国家哲学社会科学成果文库

NATIONAL ACHIEVEMENTS LIBRARY
OF PHILOSOPHY AND SOCIAL SCIENCES

中国现代文学史料批判的理论与方法

金宏宇 著

社会科学文献出版社

SOCIAL SCIENCES ACADEMIC PRESS (CHINA)

作者简介

金宏宇 字本钊，湖北省英山县人，文学博士，现任武汉大学文学院教授、博士生导师，武汉大学中国现当代文学研究中心主任，教育部新世纪优秀人才、特聘教授。兼任中国现代文学研究会理事，中华文学史料学会常务理事，中国郭沫若研究会理事等。代表著作有《中国现代长篇小说名著版本校评》《新文学的版本批评》《文本周边》《现代文学的史学化研究》等，在《中国社会科学》《文学评论》《文艺研究》等刊物上发表系列学术论文。主持完成国家社科基金重大项目等多项、省部级科研课题多项。曾获教育部高等学校人文社科优秀成果二等奖和三等奖，湖北省社会科学优秀成果奖等奖项。

《国家哲学社会科学成果文库》
出版说明

为充分发挥哲学社会科学研究优秀成果和优秀人才的示范带动作用，促进我国哲学社会科学繁荣发展，全国哲学社会科学工作领导小组决定自2010年始，设立《国家哲学社会科学成果文库》，每年评审一次。入选成果经过了同行专家严格评审，代表当前相关领域学术研究的前沿水平，体现我国哲学社会科学界的学术创造力，按照"统一标识、统一封面、统一版式、统一标准"的总体要求组织出版。

全国哲学社会科学工作办公室

2021 年 3 月

目　　录

Contents

导　论

一

　　20 世纪后半叶以来，学术界在大的方向上不断有所谓"转向"（turn），也有所谓"回归"（return），并提出了相应的口号。大约"转向"是想另辟蹊径，打开新视界或寻找新范式，但总体上是向前探究的；而"回归"大致上是回到传统（无论是老传统还是新传统），却也在后转中反思，以期有新的拓展。无论是"转向"还是"回归"，其实都是一种转，不过是向前转和向后转之别。近年来，中国现当代文学研究界也提出了所谓"史料学转向"。不过，这种转向究其实质和现实，似乎更像是向后的"回归"，似乎是对"回到乾嘉去""回归语文学"等的回应。因此，更适合于将其改称为"回归史料学"。这种回归大约有三层意涵。

　　第一，是整个中国现当代文学研究从重理论、重阐释向重实证、重史料的回归。新中国成立后，现当代文学的研究主要是一种在新民主主义论、阶级论、人民性等引领下的阐释性研究，走向极端就是以论带史甚至以论代史的倾向。20 世纪 80 年代初，中国史学界有感于此前"古为今用"的治史原则和影射史学的盛行，开始提出"回到乾嘉去"的口号并形成一种思潮。在国外，美国的文学批评家保罗·德曼等也试图在"对理论的抵抗"中喊出"回归语文学"的口号。而当时主流的中国现当代文学研究对这类"回归"意向几乎无感，而更倾向于另一种"回归"，即"回到五四"。此后的研究要么迷恋方法热、文化热，要么追求文学性或思想性，要么高扬启蒙论和现代性，主要的倾向还是一种重理论、重阐释的研究。90 年代以后，陈寅恪等受到热捧，出现了李泽厚所嘲讽的"思想家淡出，学问家凸现"的趋势。而现当代文学研究界则有人开始倡导研究方法、学术规范的"古典化",但应者寥寥。进入 21 世纪以后,又有学者针对当代文学研究的"批评化"倾向,提倡"历史化";或将现代文学研究中的"由文向史""由文向学"现象概括为"史学化"。也有人称为"从史料再出发"。正是在此基础上,《学术月刊》在 2017 年第 10 期以"当代文学研究中的'史料学转向'现象聚焦"为题发表了一组笔谈文章,提出了一个更响亮的口号——"史料学转向"。不过,实际上,更宜称之为"回归史料学"。因为它是对现当代文学研究回归于重实证、重史料趋势的一种命名。其实,"回归史料学"不只停留于一种口号和召唤,更是对进入 21 世纪以来现当代文学研究中实际存在的这种学术回归实践的概括。这种回归主要是治学方法的回归,不只是回归于史学的方法,更是回归于传统的汉学方法或朴学方法,可统称为史料学方法。尽管还有人以"学术化""技术化"等说辞对此加以矮化,但"回归史料学"已成为现当代文学研究中的一种学术潮流,得到更多学者的认同并付诸实践,也真正生产出一批或重实证的、或考论并重的、或"论从史料出"的扎实学术成果。

第二,是回归中国现当代文学的史料研究本身。如果按韦勒克和沃伦《文学理论》一书的说法,文学研究一般包括文学理论、文学批评和文学史写作三个层面。但该书专门列出"第二部"(即第六章)谈文学研究的"初步工作",这其实就是关于文学史料的研究。实际就是说,文学研究的各层面都应该奠基于文学史料研究。所以"回归史料学"也就是要回归于这种"初步工作"或基础工作。在 20 世纪新文学诞生不久,少数具有文学史料敏觉的研究者就已开始了这项研究工作,比较成规模的史料整理工程当是 30 年代赵家璧策划、众多作家参与的《中国新文学大系》的编纂,其中阿英编纂了《史料·索引》卷。40 年代,赵燕声、善秉仁等也完成了新文学书刊目录的初步编纂。而 50 年代初,开明书店的"新文学选集"丛书、新华书店的"人民文艺丛书"、人民文学出版社和作家出版社的"白皮书"及"绿皮书"系列等,虽另有建构新中国文学规范等目的,但也是一种带有特殊目的的史料整理工程。随后上海文艺出版社策划出版的"中国现代文学史资料丛书"、山东师范学院中文系展开的系列史料建设工作等更是具有史料意识的整理工作,但皆因"文革"而中断。70 年代末至 80 年代,又开始回归现代文学史料的系统整理与研究，其中最大规模的现代文学史料研究工程是中国社会科学院文学研究所发起编纂的"中国现代文学史资料汇编"丛书（包括"中国现代文学运动·论争·社团资料丛书""中国现代作家作品研究资料丛书""中国现代文学书刊资料丛书"三种丛书），陆续出版80余种资料书。90年代因市场经济对出版业的影响，现当代文学史料研究工作的成效不及80年代。跨入21世纪以后，回归现当代文学的史料研究逐渐成为学界的一种广泛自觉，这超过了以往任何一个时期。可以说，最近的20年来，现当代文学的史料研究一直成为学术热点之一，受到更多学者甚至包括从前偏重理论研究的学者重视。史料研究开始被视为现当代文学研究的根基和先导，对史料研究成果的学术认可度也不断提高。一些大型的或厚重的现当代文学史料丛书和史料研究成果得以出版，如《中国文学史资料全编·现代卷》（系中国社会科学院文学研究所主持编纂的"中国现代文学史资料汇编"丛书的重版）、"中国新时期文学研究资料汇编"丛书（孔范今等主编）、"中国当代文学史料丛书"（吴秀明主编）、《中国当代文学批评史料编年》（吴俊总主编）等。还有董健等的中国现当代戏剧目录研究，刘增人等的中国现代文学期刊研究，於可训、刘勇等的中国现当代文学编年史研究等方面的成果。此一时期的现当代文学史料研究在辑佚、辨伪、版本、校勘、目录、考证、注释、汇编等诸多方面全面开花结果，而且越来越注重史料研究的学术规范。回归史料研究的另一个重要表征，是最近20多年来学界更加注重史料边界的拓展和问题意识的介入。史料边界的拓展也可以说是有意去发掘新史料，更加关注从前被忽视的史料领域，如作家手稿研究、原始档案研究、视觉史料（尤其是图像史料）研究、副文本史料研究、拟文本史料研究、文学广告史料研究，等等。而当代文学段的史料研究似乎更注重问题意识的介入，或以问题为中心，如关注潜在写作史料、作品的本事史料、文学制度史料、文学会议史料，等等。近年来，现当代文学史料研究中还有一个被普遍关注的新问题，即数字化或电子化史料。也可以说，史料领域的拓宽和问题意识的深入，是真正回归现当代文学史料研究。

　　第三，才是回归狭义的中国现当代文学史料学研究。这首先是回归"史料学"之名。一直以来，也有学者主张用"文献学"概念取代"史料学"，但还是有很多学者采用"史料学"，如冯友兰的《中国哲学史史料学》、安作璋主编的《中国古代史史料学》、徐有富主编的《中国古典文学史料学》、潘树广等主编的《中国文学史料学》等。在现当代文学研究中，似乎更宜采用"史料学"概念，一则"文献"的概念容易局限于文字类史料，而"史料"则除包括文字类（文献类）史料外，还可涵括实物史料、图像史料等；二则"史料学"这一概念更明确地提醒我们以"历史化"的眼光和方法去处理文献及其他类史料，更清晰地表明现当代文学的史料研究虽然也服务于文学理论和文学批评，但更主要是服务于文学"史"的研究。其次是回归"史料学"之"实"，即史料学的具体研究内容。关于此问题，冯友兰说："史料学是历史科学中的一个部门，……是关于史料的方法论。"① 实际上，举凡史料研究中的理论、方法、历史、规范等都是史料学的研究内容。一般来说，既然"史料"概念比"文献"概念的外延大，那么史料学的研究范围应该大于且包含文献学的研究范围。但是"史料"概念的内涵较窄，即只有那些能进入历史研究视域或可作历史研究之用的材料方可称为史料，所以史料学关注的主要应该是如何处理史料的问题，而文献学则关注文献的存贮、控制、检索、传播等更宽泛的问题，二者有重合之处，但目的和侧重点不同。冯友兰又说："了解史料，还牵涉到语文学上的问题。"② 有人认为语文学相当于文献学，或相当于传统的"小学"（文字、音韵、训诂之学）。③ 语文学这一概念至少又提示我们注意从语言文字和文本的角度去了解史料。总之，史料学的研究可以借鉴文献学、语文学，但又必须回归本位。而关于中国现当代文学史料学之"名"和"实"的讨论及建构也经历了一个过程。1985 年，马良春发表了《关于建立中国现代文学"史料学"的建议》一文，最早明确使用"史料学"概念，该文主要谈及现代文学的史料分类问题。④ 朱金顺则于 1986 年出版了《新文学资料引论》一书，使用的是"资料学"概念，该书共列"资料的搜集和整理""考证""版本""校勘""目录"五章，是第一部现代文学史料学著作。樊骏又于

---

① 冯友兰：《中国哲学史史料学》，江苏教育出版社 2006 年版，第 2 页。
② 冯友兰：《中国哲学史史料学》，江苏教育出版社 2006 年版，第 7 页。
③ 苏杰：《语文学的精神是什么》，《文汇报》2019 年 10 月 25 日。
④ 马良春：《关于建立中国现代文学"史料学"的建议》，《中国现代文学研究丛刊》1985 年第 1 期。

1989 年撰文《这是一项宏大的系统工程——关于中国现代文学史料工作的总体考察》，在概述史料研究成绩等内容时，呼吁"及时总结工作实践中的经验教训，将它们提到方法论的高度，逐步形成独立的史料学①。严家炎曾称赞这篇 8 万字的长文"是现代文学史料学这个分支学科的里程碑式的著作"②，但该文并未建构严格意义上的史料学理论体系。进入 21 世纪以后，出版了多部现当代文学史料学著作，其中最重要的有三部。一是刘增杰的《中国现代文学史料学》，设"源流篇""形态篇""应用篇""人物篇"，框架似乎更合理。其中，"源流篇"谈史料研究史，"人物篇"叙史料研究家，皆较为完备；但作为核心内容的"形态篇"谈史料类型，"应用篇"论史料方法皆不够完整和深入。二是徐鹏绪等著《中国现代文学文献学研究》，体系较完备，概括该著的章节内容，已包括了"本体论""功能论""类型论""方法论"等，但它使用的是"文献学"概念，只关注文献类史料，且又偏重取鲁迅的文献为例去展开论述。三是吴秀明主编的《中国当代文学史料问题研究》，这应该是当代文学史料学研究的第一部著述，紧扣当代文学史料的特殊性，设计了一些较好的史料研究专题，有些专题的讨论还较深入，但无意于史料学体系的逻辑性建构，有些讨论也失之于芜杂。其他一些现当代文学史料学著作和论文也多有贡献。虽然理想的现当代文学史料学专著至今还未出现，但建构现当代文学史料学的学术热情已然燃起！

上文所述，其实可以说就是本书写作的学术背景。或者说本书是对这三种回归意向和现象的回应，也即是想为现当代文学的实证性研究提供某种学理的支撑，为现当代文学的史料研究提供一些规范与方法，为现当代文学史料学的建构提供一种视角或思路。本书原拟按四个板块来结构，以"流变论"叙述现当代文学史料研究的历史，以"类型论"分析现当代文学的史料类属，以"方法论"总结现当代文学史料研究的技艺，以"价值论"对现当代文学史料及其研究进行价值评判。后来为了避免行文内容的重复，删掉了"流变论"和"价值论"板块，因为"流变"叙述和"价值"评判的内容都可以融合到书的每一章中。最后形成了以"方法论"为主的十章结

① 樊骏：《中国现代文学论集（上）》，人民文学出版社 2006 年版，第 328 页。

② 樊骏：《中国现代文学论集（上）》，人民文学出版社 2006 年版，第 2 页。

构。而统合这十章的核心理念就是"史料批判"。笔者认为史料工作的根本任务就是进行史料批判，而掌握史料研究的方法正是为了更有效更正确地完成史料批判。本书正文的每一章章题中都缀以"批判"二字，是想说明这些方法都可用于史料批判，而对这些方法也必须进行批判，即我们要进行的是双重的批判或多重的批判。故全书正文十章，也可名之为中国现当代文学史料研究的"十批判书"。特别要说明的是，因为本书讨论的内容和取例更多偏向于一般所谓的现代文学部分，而宽泛意义上的"现代文学"概念其实也可以包含所谓当代文学，为了行文的便利，所以本书以下的讨论不再使用"现当代文学"这一概念，而只称"现代文学"。

二

本书的主要内容和重要观点可简要陈述如下。

第一章"史料批判"认为：史料是"历史资料"或"历史材料"的简称，即研究和编撰历史所需要的各种资料或材料，"史料批判"正是对这种广义的史料或史料源的批判。"批判"一词在古今中西都经历了一番演化，直到 20 世纪 80 年代以后，不仅通过哲学、美学使用的康德的"三大批判"，也通过文化学、文学学领域使用的"大众文化批判"，又通过史学领域使用的"史料批判"，还通过思维学、逻辑学中使用的"批判性思维"（critical thinking）等概念和理论，完成了对"批判"一词的政治性的过滤，使其向纯粹的学术性、学理性意涵回归。它既可以指正面的评鉴，也可以是负面的挑剔，更可以是质疑、反思、否定等，只要贯穿的是一种学理分析。而"史料批判"则是一个纯学术性的概念，它译自德文 Quellenkritik 或英文 source-criticism。这个概念也可以说是"史料"与"批判"两个概念的组合。其意也就是用学术性的批判态度去处理史料问题。在中文文献中，最早把"史料"与"批判"联系在一起的应该是梁启超。史学家朱本源在 20 世纪八九十年代写成的《历史学理论与方法》一书才明确地反复地提及"史料批判"或"史料批判学"的概念及其历史、方法等。西方的"史料批判（学）"大体上就是中国的考据（学）或考证（学）。进入 21 世纪以后，中、日史学界提出了一种新的"史料批判"概念，是一种比传统的"史料批判"更深入且带有后现代史学色彩的"史料批判"构想。

　　现代文学的史料批判是以现代文学的史料尤其是文献类史料作为批判主要对象的学术活动，对史料不仅强调要有同情的了解，更强调要有批判的了解。在整个批判活动和批判过程中，需要保有的也应是一种"实事求是""多闻阙疑"，甚至"不疑处有疑"的批判精神和态度。史料批判的核心方法是史料学和文献学积累、发展出来的学科基本方法，也即朴学方法，包括辑佚、辨伪、版本、校勘、目录、考证等方法。还需要融合科学研究、史学研究的一些一般方法，如归纳法、比较法、综合法、分析法等。也应吸收特殊的史学方法，尤其是一些现代史学方法，如计量史学、观念史学、心理史学、后现代史学等的研究方法。既然是现代文学的史料批判，自然也少不了文学学的方法，如文本发生学、传记批评、阐释学等。从理论上说，史料批判方法应该是跨学科的"科际整合"之法，在应用中，则可以根据研究对象的特点有选择性地组合。我们把完整的现代文学史料批判分为基础批判、深透批判、形上批判三个层级。所谓基础层级的批判，是指对史料的基本质素的考究。史料批判必须面对的史料基本难题或史料"基因"是史料的残缺、作伪、讹误、错乱、异同等。因此，史料的基础批判就是运用史料批判方法对这些基本难题进行处理，史料批判最基本的任务就是成全补缺、辨伪正误、求同存异，从而使史料最终趋近相对意义上的真确性和完整性。这可以说就是通过史料批判来优化史料的质素。第二层级的史料批判可称为深透层级的批判，主要是指从发生论、形构论层面批判史料。相比于基础层级的史料批判，它显然是一种更高层级的批判。传统的史料批判基本停留于基础层级，即主要关心史料的整与残、真与伪、对与错、同与异等质素论问题，而深透层级的史料批判更关心史料的一些根源性、背景性、深潜性的问题，即史料的生成、形构、呈现等问题。基础层级的批判以对史料的搜集、整理、鉴别、考证为主，深透层级的批判则在此基础上对史料进行检讨、反思，甚至否定和解构。第三层级或最高层级的史料批判是所有人文学科包括现代文学史料批判面临的共性问题，是关于史料的形上层级的批判，上升到对史料本质属性和史料观等的批判和追问。这是更抽象层面的或曰哲学层面的批判。站在第三层级史料批判的高度，我们首先应该辨证地看到现代文学史料的多种二重性，史料的基本属性正是这多种二重性的矛盾统一，如，史料是客观性和主观性的矛盾统一、材料性和话语性的矛盾统一、历史文本性与文学文本性的矛盾统一。形上层级的史料批判还应批判两种史料观：一是史料虚无主义，一是史料至上主义。最后，形上层级的史料批判还需要超越所有层级的史料批判，对史料批判这种学术实践本身进行反观和反思。

第二章"史料分类批判"认为：史料类属的划分，从本质上说也是一种知识控制，是对史料的分类控制。其控制是否得当、合理、完满，当然值得深入批判。史料分类首先取决于我们对"史料"的定义，应认同一种广义的史料概念，即史料是遗留的和后生的各种可用于历史研究的材料。这就可以最大限度地扩展史料的外延，又要将其内涵限定于"可作历史研究之用"。历史学界对史料有各种不同的分类，中国现代文学研究界对史料的划分也一直处于摸索之中。如果考虑到现代文学的史料主要形式载体是文本，同时又要涵盖其他史料载体类型，我们可以以"文本"为中心进行史料类属划分，可以用正概念"文本"与其负概念"非文本"的二分法去涵纳所有的史料类属。这样，现代文学史料就包括文本史料和非文本史料两大类，其中，文本史料包括正文本史料、副文本史料和拟文本史料；非文本史料包括实物史料、音像史料、图像史料、微缩史料、数字化史料。而当我们以文学为中心谈论史料类属划分时，可以以文字或文献史料为主要对象，现代文学的史料又可二分为文学文献史料和非文学文献史料。其中，文学文献史料包括纯文学文献史料、杂文学文献史料；非文学文献史料包括评论类文献史料、历史类文献史料、工具书类文献史料。而以价值标准来划分史料类属，则是更概括、更抽象意义上的划分方法，这就涉及史料的价值类属划分问题。我们可以批判地借鉴傅斯年的划分法，将其挪用于现代文学史料类属的划分。其一是直接史料对间接史料；其二是经意（有意）史料对不经意（无意）史料；其三是官方史料对民间史料。还有其他几类对举的史料，一是"本国的记载对外国的记载"；二是"近人的记载对远人的记载"；三是"口说的史料对著文的史料"。我们还可以从梁启超的论著中概括出两类对举的史料类属：一是"积极史料对消极史料"；二是"意义重要的史料对意义屑小的史料"等。这样，在史料类属划分上，既突出了一种价值上的辨识度，又强调这种价值的相对性。以上我们分别从史料的承载或表现形式、体裁特性、价值类属三个层面完成了史料分类问题的讨论，把这三个层面统合在一起，就基本建构了现代文学史料分类的较完整体系。

　　第三章"辑佚批判"认为：辑佚是中国古代文化传承中一种悠久的学术传统。辑佚作为一种重要的史料批判方法，在古今之间有异有同。古典文献的存储往往存在原书已经亡佚但又残存于其他书籍的情形，辑佚就是辑录出这些散佚的文字以便恢复原书或部分地恢复原书。现代文学文献的辑佚往往指的是对"集外"文的辑录。古典文献的辑佚主要源于书籍，是所谓"书海寻书"；现代文学文献的辑佚主要搜寻于报刊，是所谓"刊海寻书"。辑佚其实就是对散佚文献的重新发现，要想发现就得借助一些特殊技艺，如，第一可以通过对报刊和文章性质的判断来预测佚文的来源；第二可以通过对文献或口述线索的追踪而获取佚文；第三可以经由笔名去发掘作者的佚文；第四就是通过作品的广告或广告文去发现佚文。有关辑佚的更深入的批判应该包括两个问题，一是关于辑佚的学术规范问题；二是关于辑佚的价值问题。所谓学术规范的批判是指对辑佚中出现的漏、滥、误、陋等不规范现象的批判，进而建构辑佚所应遵循的基本规范。要避免"漏"，辑佚当求全、求备；要避免"滥"，辑佚当求准、求正，即要准确和正规；要避免"误"，就要本着求真的精神；要避免"陋"，当在辑佚中求原、求源、求流。现代文学文献的辑佚当然也需要进行价值批判，这首先要辨伪。对辑佚的价值批判还应有其他一些角度。从文学经典化的角度看，辑佚一方面有助于现代文学的经典化，因为辑录出好的作品或文献有可能改变文学经典秩序，但总的来说，辑佚又是一种反经典化的学术行为。佚文的价值需要在更深入的阐发中才能充分地凸显出来，重要的方法可能有两种：一是通过比较来彰显佚文的价值；二是通过具体定位揭示佚作的价值。现代文学文献的辑佚实践可转化为不同的辑佚成果形态：一是佚文单集，有的直接叫"集外集"；二是拼合型佚文集，即把佚文与非佚文拼合，通常是集外文与成集文拼合在一起；三是佚文考释，主要是指对佚文的考证与论析。

　　第四章"辨伪批判"认为：辨伪在中国源于一种疑古惑经的传统，是古典学术研究中搜集史料、鉴别史料的一种重要的学术方法，也是史料批判的一种技艺。辨伪其实要涉及伪书、伪文、伪本、伪事、伪史、伪说等具体内容，为论述方便，前三项可概称伪书，后三项可概称伪事，因为伪史可归入伪事，伪说主要指对伪史、伪事的叙述和解说。所以，"伪书"和"伪事"二词可涵盖辨伪的所有内容。现代文学研究也需要辨伪这种学术方法，因为其文献史料中存在大量因盗印、剽窃、翻译、归属、虚构等造成的伪书和伪事。《新青年》的"双簧信"事件是现代文学造伪和辨伪的一个典型案例和象征。近百年的现代文学辨伪大致可分成论争型、政治型、学术型等三种类型。最先出现的是论争型辨伪。这是指一些文学论争中含有辨伪的成分，或一些大的文学论争中所含的小论争其实就是辨伪。现代文学辨伪中还存在政治型辨伪，或某些学术型辨伪中包含的政治问题。学术型辨伪则是一种注重学术规范、追寻学术价值、遵循辨伪律、采用辨伪法的辨伪类型。前两类辨伪都是未完成态，终将走向学术型辨伪。而真正的学术型辨伪必须遵循适用于现代文学的辨伪律和辨伪法，辨伪律使我们辨伪时不至于迷失，辨伪法则能提供效用上的帮助。"辨伪律"这个概念是现代辨伪学家张心澂提出的，他较全面地总结出六条辨伪律，它们也基本都适用于现代文学文献的辨伪。我们也应该有一些切合于现代文学文献的辨伪法，如，利用作家手稿辨伪，借助作家的自述文字辨伪，在文本互见中辨伪，等等。辨伪本身就是一种对史料真伪的批判，还应被置于学术价值、思想价值、社会价值等不同层面的批判之中，因此更需要取一种超越的姿态。

　　第五章"版本研究批判"认为：版本是书、刊的表现形态，对版本的研究则是一种史料批判实践，这种实践形成的学问就是版本学。现代文学版本研究最基本的知识学工作是考识版本本性，包括版本的物质形态表征和版本内容构成特性。而版本本性最理想的呈现名称是所谓"善本"。在此基础上，版本研究的新路径是必须从版本视域进入文本视域，了解作品正文本与副文本在文本建构和阐释中的功能和作用。当我们把"版本构成"置换为"文本构成"时，正文自然就是正文本，其他的版本构成因素则都成了副文本。这时，最重要、最微妙的变化是正文中的标题、副标题、笔名、题词、注释等都可以纳入副文本中。版本研究还必须进入变本视域，厘清作品原文本与它的各种变本之间的变异关系，包括作品传播载体发生改变时形成的变本，审查制度造成的删节本、伪装本等变本，书商盗印产生的变本即盗印本，迎合性修改导致的变本等。于是，现代文学版本研究就主要集中于三个关键词：版本、文本、变本。与"版本"相关联的是版本学、目录学和校勘学等的研究；与"文本"相关联的是文本发生学、阐释学等的研究；与"变本"相关联的是创作学、语言学、修辞学、观念史学等的研究，因此，版本研究最终必然体现为一种科际整合研究。现代文学版本研究的著述形态既可以与传统的版本研究成果形态类似，更可以有新的著述形态。如，可以呈现为校读记、书话等不同的著作形态，而终将走向更具学术价值的版本批评。版本批评超越了传统的图书版本研究，为单纯的版本考辨研究注入了更多的问题意识，是一种关注文学的特性且具有史料批判意识的版本研究方式。

　　第六章"校勘批判"认为：校勘是古典文献整理中的一种技艺和方法，也可以说是根据古典文献的不同版本及相关资料，比较它们的文字（含字词、语句乃至篇章）的异同，审定其中的正误真伪这样一种史料批判活动。现代文学文献存在与古典文献一样的误字、脱文、衍文、倒文等错误和异文，更存在特有的阙文、斧削文、修改文等异文类型，需要全面、系统地校勘。在古典文献校勘中总结出来的校勘方法，如陈垣总结的校勘四法（对校法、本校法、他校法、理校法）也普适于现代文学的校勘。现代文学文献的校勘与古典文献校勘有同也有异，它可分成两种类型：一种是复原性校勘；一种是汇异性校勘。复原性校勘以求真复原为目标，原则上是校异同而定是非，尤其是遇到错误时可以用活校法。汇异性校勘则以求真存异为目标，其特点是只校异同却不定是非，一般采用死校法或对校法。它针对的是作家自己的修改造成的变本及其异文。这两类校勘都还必须解决一些核心问题，这些问题涉及校勘学的理论问题，也是这种史料批判方法的实际操作问题。一是底本及校本的选择问题；二是非实质性异文的校勘问题；三是作者意图问题；四是作者权威问题；五是校勘中的真善美问题。现代文学文献校勘的成果类型主要可以呈现为以下形式。其一是借身于一种版本，这是一种依附于原书并使原书发展成一种新版本的校勘成果，如校正本、精校本、汇校本等；其二是校勘专述，指不录原书全文，只记录校勘所得，单独成书、成文的那种成果类型；其三是复合型校读记。它不是纯粹的校勘论著，它以校勘为根基，既与原书、原文复合，也与其他一些史料批判方法复合，甚至与文本学、阐释学等文学研究方法复合；其四是校勘成果的序跋和凡例等。

　　第七章"目录实践批判"认为：目录是一种著述形态，而编撰目录则是一种史料批判实践，对这种学术实践的理论和方法的总结即为目录学。目录是目与录的合称。现今出现了重目轻录或有书名、篇目而无叙录的现象，于是目录蜕变成书目，目录学也只剩下书目学。这已偏离了中国传统目录的学术宗旨。中国传统的目录从形态上重视小序、叙录（即题解）一类的叙述、说明文字，从功能上偏于考见学术源流。中国现代文学文献的编编（目）实践从新文学诞生不久即已开始，近百年来出现了四次目录实践高潮，分别为 20 世纪 30 年代前期、50 年代末至 60 年代初期、80 年代、21 世纪前 20 年等。现代文学目录的功用可概括为四大方面。首先是广告、传播功用；其次是整序（控制）——检索功用；再次是辅助、导读功用；最后是学术研究功用。现代文学文献目录编撰最主要的欠缺应该在专题目录方面。专题目录是最能体现问题意识的目录，它直接对应于某一学术主题和问题，是更见学术功力和学术价值的目录。现代文学文献目录也应该被视为一种特殊的现代文学史和学术史。目录更应该成为现代文学研究中的一种重要著述类型。由于目录实践中的有目无录趋势，由于图书馆目录的重目轻录倾向，也因为对传统学术的知识学缺失，现代文学研究界在观念上对目录的价值、功用缺乏正确的认知，在实践上也不重视这种著述类型。

第八章"考证方法批判"认为：考证，又称考据、考核等，是古典学术研究中鉴别史料、解决具体学术问题的一种方法。当我们把这种方法提升为一种方法论或学问时，就称为考证（据）学。考证（据）学有广义和狭义之分、之混。作为方法的现代文学考证学承续的是中国古典文史研究中的考据学传统。传统考据学在经历了其鼎盛和衰落之后，在 20 世纪二三十年代又走向兴盛，转型为现代考证学，复在五六十年代的受挫中有所发展。对现代文学的考证性研究早就有人尝试，但到 80 年代才初见成绩，进入 21 世纪后才真正得到重视和践行。一般认为传统考据学重"据"，现代考证学重"证"。现代文学考证学的特征应该是有据且证、据证合一。为寻求合适的证据，通常需要对"证据"进行二分以大致评判其性质和价值，如分为一手证据与二手证据、硬性证据与软性证据、刻意证据与非刻意证据。合适的证据则应该具有相关性、可采性和证明力。而如何去"证明"往往有一个基本原则：主用本证、辅用旁证、贵在反证、慎用理证。也涉及方法问题，一般有逻辑思维法、调查观察法及其他辅助考证法等。现代文学考证学是广涉之术，涵盖文献史料的外部考证和内部考证，文献史料学的各学科分支如辑佚、辨伪、版本、校勘、目录等都需要运用考证术；同时还要有地理学、政治学、法学等不同学科的知识"支援"。现代文学考证学是较高级的史料批判方法，但我们仍应给予它一种恰当的价值批判。即它应该定位于"述学"，有别于索隐法，不等于烦琐考证，不提倡默证和"过限"考证。只有更多运用辩证法，它才能真正成为科学的考证术。

第九章"注释批判"与语文学关系更密切，本章认为：注释在中国是一种源于注经而普及于注子、史、集部的悠久学术传统，注释也可视为现代文学文献史料整理中的一种史料批判方法。注释有旧注、新注与今注之别。现代文学文献的注释当然属于今注。与旧注相比，它已经"减负"但仍然范围较广。"注"，从其本义说，就是"灌注"，文献的注释也就是对文献文本的文字"灌注"和意义"灌注"。注释最主要的特点是全面的细部"灌注"，即扩散到文献的语言文字细部，同时覆盖文献的诸多内容。现代文学文献的注释也基本上具有这样的特点，只是范围略有伸缩。如，关于作品结构、技巧、章法等的评点已经交给文学批评，不必进入注释的范围。现代文学文献在其初刊、初版时多是白文本状态，随着时间的推移和文献的重印，作者开始在文献上添加自注，更多的情况则是他人（编辑、亲属、研究者等）叠加新的他注。于是，多数文献渐失其白文本面目而被改造成了注释本，导致了其文本的再建构和篇幅上的扩容。但注释所要实现的基本目标其实是使文献所含有的信息、知识、内涵、背景等得以"著明"和敞开。注释作为一种史料批判方法，其价值体现在能为文献史料的解读提供真确的知识，但一经注释也可能出现失注、偏注、错注、误注、臆注、妄注、伪注、讳注等现象，由此就产生了注释之蔽。注释之蔽，缘于注释的文本简短、注释者的学养不足、意识形态的干预等。

第十章"汇编批判"认为：文献学史上有"论纂""纂辑""抄纂""类纂""编纂""编辑"等许多概念，我们采用不会引起歧解的"汇编"概念。汇编是一种文献知识控制，是指用具体形式（体）对文献史料的秩序化、专题化或完备化的辑录、集合或重组活动，是史料批判的最基始的工序。关于文献史料，如果从其内容的来源或内容性的体裁角度说，大约可划分为三种：著作、编述和汇编，相当于古代的"作""述""论"。汇编是对所有著作和编述成果及汇编成果的再处理。现代文学文献史料的汇编可从文献的结集甚至报刊的编辑算起，其汇编形式包括刊汇（期刊、副刊），集汇

（别集、全集、总集、丛书、类书、选本），库汇（电子数据库）等，它们有各自的内容、形式、特点和方法。如全集是浩繁而精密的学术工程，丛书是现代文学文献生产的集群性呈现，选本是一种特殊的文学批评方式。文献汇编对古今文献的生产、传播、控制、研究等都具有极为重要的功用和价值。文献汇编自身的分类、排序等方法固然重要，但更离不开其他的史料批判技艺。要使汇编对文献建设的负面影响降到最低，也需要运用众多的史料批判技艺。汇编可定性为一种不同于"作""述"的学术行为和学术成果。如果对其众多形式（体）的"编"再做性质上的区别，则可分为原编与再编、选编与全编，它们体现出不同的史料价值。

附录的"现代文学研究的史料派"一文认为：中国现代文学的研究存在一个绵延已久的"史料派"。它主要是一个学域性学派，但也包含有某种师承的性质。它的生成有一个较长的历程，百年来至少有四次较大规模的现代文学史料研究浪潮在为其推波助澜。史料派其实又可分为四种不同的派别：一是史料考证派，也是史料研究的主流派；二是史料散文派，主要是指现代书话派；三是史料阐释派；四是史料学建构派。史料派具备称派的一些外在表征和条件，如时长、刊物阵地、核心成员、学科支撑等。史料派还具有特定的学术范域、共同的学术关切和层叠性的研究方法。史料派还延续了中国传统汉学研究尤其是乾嘉学派的朴学风格。史料派及其学术成果有其特殊的价值所在。只有史料派的存在，才能保障现代文学研究具有更加良好的学术生态。史料派首先是根基派，史料派又是史料批判派，史料派也是限制阐释派，最后，史料派还是学术推助派。

三

本书主要讨论史料问题和史料研究方法问题，所以可视为一部现代文学史料学或方法论著作。本书形成了自己的著述特点。已有的几种现代文学史料学或文献学著作，多半参照或仿效历史史料学、中国古典文学史料学。而本书则想通过对"史料批判"概念的重新界定，以增加现代文学史料研究的内容层次和思想深度，也使得对这种文学史料的审视和批判更为严谨、科学、理性和辩证。这种新的史料研究思路和史料学建构尝试，既注重对中国古典文献学和语文学传统的继承，又强调对西方和现代史料学经验的借鉴，更强化其作为文学史料学的特色，最终企望在史料学的现代化和本学科化方面有所建树。

本书是学界第一部从"史料批判"角度研究中国现代文学史料的论著，是运用批判性思维对现代文学史料批判的内容、规范、方法、价值等的一次较完整的总结和反思。它在"照着讲"的基础上有一些"接着讲"的进步，尤其在现代文学史料学知识的系统化、史料研究方法的整合性、史料批判理论的层级建构等方面有一些新见或创见。当然，它的浅见和不见可能更多。

本书有一定的应用价值。首先在于它试图避免教科书的知识性介绍和理论书的夹生写法，既注意著述的逻辑性和理论性，也关心行文的可读性和可懂性，努力做到深入浅出，因而对中国现代文学史料学的建构有所贡献。其次，本书有助于纠中国现代文学研究的重理论、轻史料之偏，也为拓展和生发文学研究的学术空间和切入角度提供了某种可能性。最后，从更实际的层面或文学研究教学的层面说，本书有助于当下现代文学研究界的学术规范和优良学风的建设，对一般研究者和学生来说，在史料研究方法论的指导上，也应有些裨益。

第 一 章
史料批判

　　要谈"史料批判"这一论题，得先明确"史料"概念的基本含义。史料是"历史资料"或"历史材料"的简称，即研究和编撰历史所需要的各种资料或材料。如按波兰史学家托波尔斯基所说，广义的"史料的概念包括历史认识（无论是直接的或间接的）的一切来源，也就是说，关于人类过去的一切信息……"① 具体应包括实物史料、文字史料、口传史料等。人们还常常用到"文献"或"历史文献"的概念，但它一般只指文字史料，或可称文献（类）史料，是一个范围较窄的概念。同时文献又不止包括历史文献，所以又是一个较宽泛的概念。"史料"这一概念与"文献"比，不仅含有更多的史料类属，而且能更好地突出历史的内涵，因为只有进入历史研究视域的材料才可称为史料。"外文中的'史料'，大多含有根源、源泉的意义。如英语称史料为 historical sources，sources 的本义是河的源头，根源，出处。俄语称史料为 исторические источники，источники 的本义是源泉、来源。"② 从这个意义上讲，史料又可称为"史料源"。"史料批判"正是对这种广义的史料或史料源的批判，虽然它侧重于文字史料的批判。"史料批判"这个概念源自西方史学，却可以重新赋义并挪用于中国现代文学这一专科史料学的研究。

一　"批判"与"史料批判"

　　"批判"一词在中国古汉语中早已有之。有学者认为，"批判"的本义

---

① 〔波〕托波尔斯基：《历史学方法论》，张家哲等译，华夏出版社 1990 年版，第 384 页。
② 潘树广等主编《中国文学史料学》，华东师范大学出版社 2012 年版，第 3 页。

乃指在案牍上批示判断，如《太平广记》卷三〇八引谷神子《博异志·李序》谓："元和四年，寿州霍邱县有李六郎，自称神人士大夫李序，……邻近数州人，皆请休咎于李序，其批判处犹存。""批判"又指某个公案的评论，如《五灯会元》卷二十谓："留守陈丞相俊卿会诸山茶话次，举'有句无句，如藤倚树'，令诸山批判，皆以奇语取奉。师最后曰：'张打油，李打油，不打浑身只打头。'"所以"批判"一词"可以概括为'批改错漏，品定高下'"①。也有学者征引其他文献解释"批判"一词的汉语古意："一、宋司马光《进呈上官均奏乞尚书省札子》：'所有都省常程文字，并只委左右丞一面批判指挥施行'，谓批示判断。二、《朱子语类》卷一：'而今说天有个人在那里批判罪恶，固不可，说道全无主之者，又不可'，谓评论，评断。"②还有学者认为"批判"一词是19世纪晚期从日语中借来或日人从古代汉语中取用来翻译欧美语，又被重新引入现代汉语，是回归的外来词。总之，现代的"批判"一词，语义虽有变化却仍承袭了部分古意。人们选择该词去对译相应的外语，也因其原本具有某些可通约的含义。

在西方，与"批判"对译的英文词是criticism。雷蒙·威廉斯说："criticism已经变成一个难解的词，因为虽然其普遍通用的意涵是'挑剔'（fault-finding），然而它有一个潜在的'判断'的意涵，以及一个与文学、艺术有关且非常令人困惑的特别意涵（……）。这个英文词在17世纪初期形成，是从16世纪中叶的critic（批评家、批评者）与critical（批评的）衍生而来。最接近的词源为拉丁文criticus、希腊文kritikos。可追溯的最早词源为希腊文krités——意指法官（a judge）。""这个普遍意涵——亦即'挑剔'，或者至少是'负面的评论'——持续沿用，终成主流。"认为当criticism的普遍意涵朝向censure（责备、严厉的批评）"这一负面而非中性的意涵"时，其专门特别的意涵却是指向taste（品味、鉴赏力），cultivation（教化），culture（文化），discrimination（识别力），也保留有"博学或知识能力"（learned or informed ability）。③说明criticism虽趋向负面的意涵，也保留有中性的和正面的意涵。而另一位西方学者则说德文的批判（kritik）

①　欧阳健：《中国小说史略批判》，山西人民出版社2008年版，第5页。
②　刘禾：《跨语际实践》，宋伟杰等译，生活·读书·新知三联书店2002年版，第410页。
③　〔英〕雷蒙·威廉斯：《关键词》，刘建基译，生活·读书·新知三联书店2005年版，第97页。

"是个中性词，意为对事物进行区别、分析、评判。它可以是批评，也可以是建议，康德的三大 kritik，就是将纯粹理性、判断力、实用理性作为建议提出来倡导的"①。近期，有中国学者对西方哲学史上的"批判"话语谱系进行了梳理。认为从批判的内容或对象看，康德是对人的理性或先天认识能力的批判，马克思则是对资本主义或政治经济学等的批判，法兰克福学派转向对大众文化的批判。在批判领域转移过程中，"批判"的意涵发生了变化。康德的"批判""只是一种学理性的考察、辨析、厘定、研究，并无排斥、反对、责难、抨击的意味，用康德自己的话来说，它是一种'一般研究'，一种'学理的探究'"；马克思则"在反对、拒绝、排斥、消解等负面意涵而非中性意涵上使用'批判'概念乃是一以贯之"。② 其实，"批判"本身只是一种认知方法、思维方式，甚或是一种价值取向。作为认知方法或思维方式，"康德的所谓批判（kritik）就是分析、检查、考察"③。黑格尔则强调反思性批判和否定的辩证法。不过在马克思看来，批判则成为一种"武器"，成为一种政治性的概念。在《〈黑格尔法哲学批判〉导言》中，他说："批判不是头脑的激情，它是激情的头脑。它不是解剖刀，它是武器。它的对象是自己的敌人，它不是要驳倒这个敌人，而是要消灭这个敌人。因为这种制度的精神已经被驳倒。……批判已经不再是目的本身，而只是一种手段。它的主要情感是愤怒，它的主要工作是揭露。"④ 因此，在马克思那里，"批判"就是一种"批判的武器"，已潜在地包含了情绪化甚至是敌对化的含义。

在 20 世纪的中国语境中，"批判"一词携带着其部分古义，在与外文概念的相遇中丰富了其语义的现代性内涵，也更明确地经由了从学术性词语向政治性词语滑变、游移又返转的历史过程。有学者也撰文勾勒了这一过程，其观点如下："批判"一词的最早运用与哲学、美学译介有关，梁启超最早在《近世第一大哲康德之学说》（1903）一文中，译介康德的"三大批

---

① 〔瑞士〕埃米尔·瓦尔特－布什：《法兰克福学派史：评判理论与政治》，郭力译，社会科学文献出版社 2014 年版，第 3 页。

② 姚文放：《"批判"话语的谱系学研究》，《中国文学批评》2015 年第 1 期。

③ 宗白华：《康德美学思想评述》，《新建设》1960 年第 5 期。

④ 《马克思恩格斯文集》第 1 卷，人民出版社 2009 年版，第 4 页。

判"，并认为康德是"检点学派"。这里的"批判"一词"是在知识探究、学理检点的本意上使用的"。但在其《外交失败之原因及今后国民之觉悟》（1919）、《〈晨报〉增刊〈经济界〉序》（1923）等文中，又："可见此时梁启超所用'批判'概念已带有明显的否定性、负面性，同时表现出明显的政治性，与反抗、反对、拒斥之意相当。这就为后来通用的否定性、政治性的'批判'话语开了先河，……从而促进了'批判'话语中国化进程的第一次转折。"20 世纪 20 年代末，有旅日背景的后期创造社、太阳社成员如成仿吾、钱杏邨等人都较多使用具有否定性、政治性内涵的"批判"一词。在成仿吾《全部的批判之必要——如何才能转换方向的考察》（1928）这篇不到 5000 字的文章中使用"批判"一词竟达 40 多次。1928 年 1 月，《文化批判》的创刊更使该词成为流行语。而鲁迅在回应创造社等对他的批判时所写的《"醉眼"中的朦胧》（1928）一文借用了马克思《〈黑格尔法哲学批判〉导言》中由批判的武器到用武器的批判的观点，"此后否定的、政治的意义上使用的'批判'一词便进入了鲁迅写作的词典"。"随着马克思主义的传播，马克思意义上的'批判'概念在此际也输入中国，对于上述'批判'话语的否定性、政治性内涵的固化起到了有力的推动作用。"接着"左联"成立，其宣言、纲领、决议、意见中颇多"批判"一词，左联作家运用"批判的武器"对各色派别反动的或错误的文艺主张进行了批判。到 40 年代，"对'批判'话语的中国化进程具有总结意义的，是毛泽东的《在延安文艺座谈会上的讲话》"。该文也运用了"批判"一词。到"十七年"和"文革"时期，思想界、文艺界最常用的论争方式和斗争武器就是"批判"，该词的政治化程度更为突出，以致最终走向极端，使"'批判'成为充满火药味、暴力性的政治运动话语"。但到 80 年代以后，"批判"概念又通过哲学、美学领域的率先使用，开始向其学理探究之本义回归，让人们发现"一种迥异于'政治批判'、'大批判'的学理性、价值零度的意涵……"①

这种对"批判"一词过于明晰的裁定，可能会遮蔽该词在中国语境中的历史复杂性。如梁启超在《清代学术概论》（1920）第二十六节所说"对

---

① 姚文放：《"批判"话语中国化进程的政治化转向与学理性回归》，《文艺理论研究》2015 年第 6 期。

于我国旧思想之总批判"，《中国历史研究法》（1922～1927）第五章所谈对史料的"批判"等用法很难让人读出"批判"一词的政治性意涵。创造社刊物《文化批判》的预告表明，他们只是"以学者的态度"去从事"一种严格的批判工作"，以期"在新中国的思想界开一个新的纪元"①。这里的"批判"也只是一种学术性的否定之意。鲁迅在《"醉眼"中的朦胧》里固然借用了马克思的"批判"概念，但李长之的《鲁迅批判》一书付印前，鲁迅看过该书样稿，并对著作日期有所订正，却未对这个书名中的"批判"提出异议，也未把它看作政治性的批判。还有茅盾在《中国新文学大系·小说一集·导言》（1935）中将《新青年》说成是"文化批判"刊物，说新青年社的人物是"文化批判者"。郭沫若在《十批判书》（1945）里所用的"批判"也只含有对自己研究成果的"清算""检讨"和对古代思想家的质疑之意。这些"批判"概念都应该只有学术性的意涵而没有政治性意涵。即便是毛泽东的《在延安文艺座谈会上的讲话》，也既说"对于一切包含反民族、反科学、反大众和反共的观点的文艺作品必须给以严格的批判和驳斥"；又说应"按照艺术科学的标准给以正确的批判"②。这里的"批判"也不应完全说是只有政治性意涵。可以说，在20世纪50年代以前，"批判"一词也许有政治性意涵，但总的来说还是一个偏学术性的词语。李长之甚至说《鲁迅批判》中的"批判其实就是分析评论的意思"③。不过，"批判"确实是一个比"批评""分析""评论"等更重的词，或近于严苛、挑剔，或偏向负面和否定。"批判"完全成为一个政治性的词语是在20世纪50～70年代。"政治批判""大批判""批判会"等概念都是十足的政治词语，即便是学术界、文艺界所用的"批判"一词也都被政治化，这从当时的两本书名就可见一斑。如1955～1956年出版的8辑《胡适思想批判》，1958年《文艺报》第二期还专门刊登了批判丁玲、王实味等人文章的特辑——《再批判》，后又以《再批判》为书名单独出版。正如有学者所说："在当代中国的流行用法中，其含义已有很大不同。'批判'指对错误性质十分严重

---

① 《〈创造周报〉改出〈文化批判〉月刊紧要启事》，《创造月刊》第1卷第8期（1928年1月1日）。

② 《毛泽东文艺论集》，中央文献出版社2002年版，第73页。

③ 张梦阳：《中国鲁迅学通史》（上卷），广东教育出版社2001年版，第167页。

的言论和行为的严厉批评。"① 一系列批判运动使"批判"一词固化为一个令人恐惧的敌对化的词语，一个兼有语言暴力和政治暴力的词语。而 20 世纪 80 年代以来，不仅通过哲学、美学使用的康德的"三大批判"，通过文化学、文学学领域使用的"大众文化批判"，而且也通过史学领域使用的"史料批判"，通过思维学、逻辑学中使用的"批判性思维"（critical thinking）等概念和理论，完成了对"批判"一词政治性的过滤，使其向纯粹的学术性、学理性意涵返转和回归。这里需要总结的是，"批判"既然是学术性词语和行为，它就既可以是正面的评鉴，也可以是负面的挑剔，更可以是质疑、反思、否定等，只要其批判中贯穿的是一种学理分析，而不是情绪化乃至敌对化的论断或语言暴力。同时，既然是批判，也就意味着有一种价值评判，而不可能是"价值零度"的评说和分析。

"史料批判"当然是一个纯学术性的概念，这个概念译自德文 quellenkritik 或英文 source-criticism。这个概念也可以说是"史料"与"批判"两个概念的组合。其意也就是用学术性的批判态度去处理史料问题。在中文文献中，最早把"史料"与"批判"联系在一起的应该是梁启超。他在《中国历史研究法》中谈到史料搜集时说："今日史家之最大责任，乃在搜集本章所含诸项特别史料。此类史料，在欧洲诸国史，经彼中先辈搜出者已什而七八，故今之史家，贵能善因其成而运独到之史识以批判之耳。中国则未曾经过此阶段，尚无正当充实之资料，何所凭借以行批判？漫然批判，恐开口便错矣。"② 但这里并未明确提出"史料批判"的概念，直到史学家朱本源在 20 世纪八九十年代写成的《历史学理论与方法》一书中，他才明确地反复地提及"史料批判"或"史料批判学"的概念及其历史、方法等。这是一个有特定内涵的概念。他说："史料批判方法，在 17 世纪时已被杰出的博学家开始使用，到了 19 世纪，经过尼布尔，特别是兰克之手，史料批判就成为精密的科学方法。……西方的'史料批判'（亦可译为'史料鉴定'，大体上相当于我国的考据学）通常分为'外的批判'（external criticism）和'内的批判'（internal criticism）两个方面。"③ 苏联史学家茹

---

① 洪子诚：《中国当代文学史》，北京大学出版社 2010 年版，第 37 页。
② 梁启超：《中国历史研究法》，中华书局 2009 年版，第 88 页。
③ 朱本源：《历史学理论与方法（修订本）》，人民出版社 2012 年版，第 438~440 页。

科夫的《历史方法论大纲》（其中译本于 1988 年出版）也谈及史料批判的问题，也认为"对史料的批判通常可以分为外层的和内层的两种批判"①。后来，国内其他的史学著作如王学典主编的《史学引论》也使用这种西方传统意义上的"史料批判"概念。

西方的"史料批判（学）"大体上就是中国的考据（学）或考证（学），这是中国文史界的一般看法。但在"史料批判（学）"与考证（学）及其相关分支学科名称的对译方面却有些混乱。胡适把"校勘学"译为 textual criticism，"考订学"译为 higher criticism。② 在《胡适口述自传》中，唐德刚又把 higher criticism 译为"高级批判学"③。韦勒克等著《文学理论》中的中译本则把 higher criticism 译为"高级校勘"④。textual criticism 的中译也不太统一，布龙菲尔德的《语言论》中译本将其译为"古诗文评注"⑤，维拉莫威兹的《古典学的历史》中译本又将其译为"文本批评主义"⑥。有学者较清晰地梳理了这些相关概念之间的关系，认为 textual criticism "从外延上讲，就是汉语所谓的'校勘（学）'"，它"由两个词根组成，前一个意思是'文本'，后一个意思是'鉴别'、'批判'或者'考据'，所以从字面意思上可以翻译为文本鉴别（学）、文本批判（学）、文本考据（学）。'批判'和'校勘'在内涵上并不完全相同。'批判'似乎是一个比'校勘'更值得推崇的词。J.S 菲利莫尔说：'批判（criticism）是高等文明特有的标志'，也许正是在这个意义上，'有人说校勘（textual criticism）是学问的皇冠和顶峰'。根据具体语境，'criticism'有时译为'鉴别'，有时译为'批判'，有时译为'考据'。故而'校勘'（textual criticism）又叫'初级考据'（lower criticism）。与此相对应的'高级考据'（higher criticism）是对文本作者、撰写时代、地点等问题的考证。之所以叫'高级考据'只因为

---

① 〔苏〕E. M. 茹科夫：《历史方法论大纲》，王瑾译，上海译文出版社 1988 年版，第 212 页。

② 胡适：《清代学者的治学方法》，《胡适全集》第 1 卷，安徽教育出版社 2003 年版，第 371 页。

③ 胡适口述、唐德刚译注《胡适口述自传》，广西师范大学出版社 2005 年版，第 130、201 页。

④ 〔美〕勒内·韦勒克、奥斯丁·沃伦：《文学理论》，刘象愚等译，江苏教育出版社 2005 年版，第 54 页。

⑤ 〔美〕布龙菲尔德：《语言论》，甘世福等译，商务印书馆 1980 年版，第 371 页。

⑥ 〔德〕维拉莫威兹：《古典学的历史》，陈恒译，生活·读书·新知三联书店 2008 年版，第 220 页。

它要以'初级证据'作为基础和前提"①。而史学家杜维运却认为外部考证（external criticism）为低一级的考证（lower criticism），内部考证（internal criticism）为高一级的考证（higher criticism）。② 实际上，外部考证与内部考证只是关于考证对象的内部和外部之分，并不存在考证价值和等级的高低之分，即外部考证和内部考证都属于史料的基础问题研究。所以，如果我们要强调批判之义，以上概念的后一词都可统译为"批判"。无论是"低级批判""高级批判"，还是"外部批判""内部批判"，都是进行"史料批判"。如果考证（学）等于"史料批判（学）"，那么广义考证（学）的相关学科分支或方法如辑佚（学）、辨伪（学）、校勘（学）、版本（学）等也都属于"史料批判（学）"。

以上论及的是传统的"史料批判"。进入 21 世纪以后，中、日史学界提出了一种新的"史料批判"。日本学者安部聪一郎定义这种"史料批判"是"以特定的史书、文献，特别是正史的整体为对象，探求其构造、性格、执笔意图，并以此为起点试图进行史料的再解释和历史图像的再构筑"③。中国学者撰文称其为"史料批判研究"，说："史料批判研究又称'史料论式的研究'，或'历史书写的研究'，是近年来在魏晋南北朝青年研究者中比较盛行的一种研究范式。"④ 与传统的史料批判相比："史料批判研究并不满足于确保史料真实可靠，而是在此基础上继续追问：史料是怎样形成的？史家为什么要这样书写？史料的性质又是什么？……重要的是史料为什么会呈现现在的样式。"⑤ 其实，"史料批判研究"也就是"史料批判"，一种比传统的"史料批判"更深入且带有后现代史学色彩的"史料批判"。

通过对"批判"和"史料批判"这两个概念的梳理，我们可以充分汲取其中的学理性内涵，把它们整合到现代文学的史料批判之中，可以更好地定义和阐述这种史料批判。它是以现代文学的史料尤其是文献类史料作为批

---

① 苏杰编译《西方校勘学论著选》，上海人民出版社 2009 年版，"编译前言"第 12～13 页。

② 杜维运：《史学方法论》，北京大学出版社 2006 年版，第 121 页。

③ 《中国中古史研究》编委会编《中国中古史研究：中国中古史青年学者联谊会会刊》第 1 卷，中华书局 2011 年版，第 8 页。

④ 孙正军：《魏晋南北朝史研究中的史料批判研究》，《文史哲》2016 年第 1 期。

⑤ 孙正军：《魏晋南北朝史研究中的史料批判研究》，《文史哲》2016 年第 1 期。

判主要对象的学术活动，对史料不仅强调要有同情的了解，更强调要有批判的了解。首先要掌握和操控史料批判的核心方法、一般方法及其他方法去处理现代文学史料；其次要运用辩证思维、反思（思之思）等批判思维去审视现代文学史料，甚至这些史料批判方法和思维方式本身。而在整个批判活动和批判过程中，需要保有的也应是一种"实事求是""多闻阙疑"，甚至"不疑处有疑"的理念和态度。要言之，现代文学的史料批判从具体方法、思维取径到学术理念都应该贯穿学理性的批判精神，最终形成一种完整的史料批判理论和方法。它不是谦恭的史料指瑕，不是凌厉的史料指谬，也不限于传统的史料考证，而是一种超越性的、整合性的史料批判。

二　方法的整合

史料批判是一种理论，但更是具体方法。关于二者的关系，可借用史学家杜维运对史学理论和史学方法的界说："大抵史学理念与史学方法的差别，在于抽象与具体之间。当抽象时，是史学理念；当具体时，是史学方法；当史学方法最细致亦即最具体的时候，是史学理念的最大发挥。"[1] 同理，现代文学的史料批判也不宜做更多抽象的理论疏说，需要从具体方法中谈理论。而在史料批判实践中，则应该是众多具体方法的层叠性、整合性应用。

史料批判的核心方法是史料学和文献学积累、发展出来的学科基本方法，也即朴学方法，包括辑佚、目录、版本、校勘、辨伪、考证等方法。现代文学史料批判的这些核心方法既是中西古典文献学现代化之后的方法，也是完成普通史料学向现代文学史料学转化之后的方法。即这些古老的、通用的史料批判方法已具有了当下时代的和本学科的新特征。

辑佚和目录主要是现代文学史史料、文献的搜集之法。辑佚本是古典文献学整理时从他书中恢复前朝亡书或原书的方法，现代文学文献史料的搜集也常常用此方法解决文献史料的遗漏问题。现代文学的辑佚既有恢复原书的工作，如恢复穆时英的长篇小说《中国行进》等，但更主要的辑佚针对的是现代文学的"集外文"。辑佚的来源有他书，但更主要的辑佚渊薮是报刊尤其是非文学性的或边缘性的报刊。辑佚的路径和方法，不仅是从他书或报

---

[1]　杜维运：《史学方法论》，北京大学出版社 2006 年版，第 5 页。

刊中"辑"出相关文献，更表现出"发现"的曲折性，如通过作家笔名、书刊广告去辑出佚文。同时这种辑佚需要结合更多的考证方法，要尽量避免简陋的辑佚。目录是一种更古老的文献整理方法。在古代，主要限于为书籍编目录，现代文学的目录实践范围更广，不只是书籍目录，更有报纸、期刊目录，还有图像目录、笔名目录。古籍整理有目有录，而且录的形式丰富多样（有小序、解题、提要等），现代文学受图书馆体制影响，出现重目轻录的偏向。古典文献目录除了对书籍的整序（即所谓"纲纪群籍，簿属甲乙"）之外，更注重导读尤其是利用提要、解题的形式介绍书籍，从而成为指导读书、治学的门径之学；同时，也注重考辨学术源流（即所谓"辨章学术，考镜源流"），从而成为有学术功用的"流略之学"。现代文献目录更注重目录的情报信息功能，因此倾向于对知识的控制（所谓目录控制论）和检索。现代文学目录实践也受此倾向影响，从而有损其学术价值。因此必须向古典文献目录实践传统回归。古典文献目录多是回顾性目录，即整序先前书籍的目录；现代文学因有报刊媒介及出版的便捷，出现了大量的即时性目录，甚至目录式广告。因即时性目录的可靠程度更高，现代文学的目录实践就应该充分吸收这些即时性目录和书刊的目录式广告。总之，通过目录方法不仅能实现对现代文学的文献信息的掌控，也能了解其学术源流。

版本、校勘主要是史料文献的整理、鉴别之法。版本鉴别在古典文献中只需要关注书籍的不同形态；现代文学的版本则包括了书籍、报刊、电子文本这些不同传媒载体。古籍版本鉴别是依据纸张、版式、字体、墨色、刻工、装帧等去研究书籍物质形态构成的具体技艺；现代文学文献学中版本的鉴别更关注书刊中的正文、图像、扉页题词、序跋、版权页、附载广告等版本内容构成，并且从对版本内容构成的鉴别转向文本内容构成的研究。古籍的版本鉴别重在真伪、优劣，力求得其善本；现代文学的版本研究重在源流、变异，为的是梳理出版本和文本谱系。在古典文献鉴别中，版本鉴别其实离不开目录、校勘，甚至往往归入目录学或校勘学。如张舜徽的《广校雠略》一书认为须合三者，始可称为完全的学术。也有学者说它们三者相依的关系是"版本学脱胎于校勘学，借身于目录学"①。即是说版本的优劣、

① 李致忠：《古书版本学概论》，北京图书馆出版社1990年版，第235页。

异同、真伪等须借校勘来分辨，精校本、汇校本等版本形态也来自校勘；同时，版本鉴别的结果也可呈现为目录的著作形态，可以叙述为解题目录，也可以图示为谱系树式目录。校勘则是文本细部的鉴别之法，有死校法与活校法之分，或陈垣总结的对校法、本校法、他校法、理校法等四法。古籍校勘主要是复原性校勘，目的是回到原文本，要求多法并用；现代文学校勘则既有复原性校勘，更有汇异性校勘，后者只需要采用对校法和汇校法。古籍校勘主要是实质性异文校勘；现代文学校勘既有实质性异文校勘，也有非实质性异文校勘，后者尚须关注现代才有的标点符号等。另外，在古今校勘中，在不同类型的校勘中，底本与校本的选择等具体操作方法也有所不同。

辨伪、考证在现代文学文献、史料的鉴别中更突出其"辨"和"证"的功能。辨伪是对文献、史料中的伪书、伪事、伪说等的考辨之法。由于年代久远、伪托众多等，古籍中伪书、伪事等比例极高，因此，在古典文献的鉴别中，辨伪显得尤为急需和重要。而现代文学文献的生产，由于时代较近、版权意识增强等，造伪的可能性减少，所以在史料批判中，辨伪的重要性和紧迫性已远逊于古代。但造伪现象仍然存在，古典文献辨伪中总结出来的"辨伪律"和辨伪方法仍可以借鉴、挪用，更可以总结出源自现代文学辨伪实践的新方法，如利用作家手稿辨伪、通过文本互见辨伪等。考证是一种更具有广适性的史料批判方法，辑佚、目录、版本、校勘、辨伪等都离不开此法，广义考证学甚至就包含了以上这些文献学分支或所有这些方法。考证也是一种更需要提供多种证据和更讲究证明过程和步骤的史料批判方法。现代文学的史料考证方法既可以吸收传统考据学的方法，也可以利用20世纪经过科学主义改造的现代考证方法，还可以借鉴当下采用互联网和数据库技术而形成的e考证法等。

这些文献史料学科的核心方法或基本方法其实还需要或已经融合了科学研究、史学研究中的一些方法，如归纳法、比较法、综合法、分析法等。这些方法既是研究、论证学术问题的一般方法，也是现代文学史料批判的一般方法。归纳法是英国学者培根正式提出的，严复译为"内籀"，且认为它是一切法之法。这种从科学到史学都广泛运用的方法的确可称为方法中的方法或元方法。作为科学方法，归纳法是从个别到一般或"公例"的思维方法。往往由许多个别的事例、分论点归结出其共同特性。而"史学家尽量搜集可能搜集到的史料，史料搜集齐全了，再得结论，是所谓史学上的归纳方法"，它遵循的原则是"就搜集史料的时间而言，以愈长愈好；史料的选择，以愈原始愈好；结论的得出以愈审慎愈好；得结论必凭证据，证据以愈多愈好；孤证必不可得结论，得有反证，必须放弃或修正结论"①。虽然也有人否定归纳法的学科普适性，如梁启超曾极力称赞归纳法，但在其《研究文化史的几个重要问题》一文中对归纳法又有新的看法，认为由归纳法求"历史其物"不可能，它只在整理史料中有效用。在现代文学史料批判中运用完全归纳法（而不是枚举归纳法）仍然具有普适性，仍然是由史料得出结论，或由史料归结出有力证据的行之有效的方法。比较法也是社会科学最常用的方法，是一种将两个或两个以上的事物加以对比，以找出其相似性和差异性的方法。包括宏观比较或微观比较，定性比较或定量比较，纵向比较或横向比较，求同比较或求异比较，等等。傅斯年极力推崇此法："假如有人问我们整理史料的方法，我们要回答说：第一是比较不同的史料，第二是比较不同的史料，第三还是比较不同的史料。……历史的事件虽然一件事只有一次，但一个事件既不尽止有一个记载，所以这个事件在或种情形下，可以比较而得其近真；好几件事情又每每有相关联的地方，更可以比较而得其头绪。"② 因此，在比较中见出史料的异同、详略、真假等也是现代文学史料批判的一般方法。综合法一般是指把事物的部分，或不同的事物，或不同的现象统合为整体，以发现其本质和规律。在使用归纳法、比较法之后，须继之以此法，因为"归纳、比较的成绩，有待综合以发挥。凌乱浩繁的史料，归纳在一起了，如何从其中看出新义，而不流于排比；错综分歧的众说，比较在一起了，如何断以己意，而不仅于条举，皆赖应用综合方法"③。综合法在史料批判中不只是把史料统合为整体，而是要从中有新的发现，找出新义和新说，推陈出新甚至"化腐朽为神奇"。分析法一般是指把事物、现象拆分为各个部分、层面或属性来加以具体研究的方法，也被认为是由果索因的方法。归纳法、比较法、综合法等的运用都必然同时伴随着分析法。在史料批判中，史料的真伪及其可靠性的考证需要分析，历史事件

---

① 杜维运：《史学方法论》，北京大学出版社 2006 年版，第 46 页。
② 傅斯年：《史料论略及其他》，辽宁教育出版社 1997 年版，第 2 页。
③ 杜维运：《史学方法论》，北京大学出版社 2006 年版，第 83 页。

的渊源、原因、背景、影响及其意义的解释也无不需要分析。有众多分析法，如史学中流行的"内容分析法"（就文献中所出现的形容词、动词以探讨历史人物的个性与发掘时代的精神与思潮，是所谓内容分析方法）[①]、许多领域中都使用的6W分析法（who、when、why、what、where、how）等皆可移植于史料批判。以上所有这些一般方法在史料批判中可以统合、灵活地运用。正如翦伯赞所言："……有一种史料，个别看来，没有什么意义；要综合起来，才能显出更大的价值。又有一种史料，综合看来，没有什么意义；要分析起来，才有更大的价值。再有一种史料，片面看来没有什么价值；要比较起来，才能显出更大意义。"[②]

史料批判方法当然也应吸收特殊的史学方法，尤其是一些现代史学方法，如计量史学、观念史研究、心理史学、后现代史学等的研究方法。计量史学中的计量方法是欧美史学界在二战以后采用的一种新方法。"计量方法不是简单地使用统计数字或描述数量关系，而是借助统计学和数学的原理与方法，用计算机对相关数据进行编制和计算，以展示分析项目的数量关系、统计分布、变动曲线，进而得出结论。计量方法力图将事实判断或意义评价建立在精确的数量之上，它主要是依据统计学的大数字处理，即'从大量随机现象的重复中找出规律性的东西'。"[③] 由于许多文学现象的基本数据难以完整统计，更由于计量方法较强的专业性（需要严格的数学和统计学训练），在现代文学史料批判中，这种方法的真正应用还很少见，不过已有学者开始做此尝试，如通过计量方法绘制出20世纪中国文学史（含现代文学史）著作的写作轨迹图。[④] 又如，陈明远在对中国现代文化名人包括一些著名作家经济状况的研究中，对鲁迅的收入做了最完备的统计，包括每年的收入、每年购书费用及所占百分比。[⑤] 据说，如果总体上还是定性分析，而定量分析和数字证据只起辅助作用，这就仍不是严格意义上的计量方法。不过，不管是计量方法的真正习得，还是浅表的借鉴，都有益于史料批判的

---

① 杜维运：《史学方法论》，北京大学出版社2006年版，第96页。
② 翦伯赞：《史料与史学》，北京出版社2005年版，第108页。
③ 李剑鸣：《历史学家的修养和技艺》，上海三联书店2007年版，第334~335页。
④ 付祥喜：《20世纪前期中国文学史写作编年研究》，北京师范大学出版社2013年版，第33页。
⑤ 陈明远：《何以为生：文化名人的经济背景》，新华出版社2007年版，第61页。

精确性。

观念史（history of ideas）研究脱胎于哲学史，是思想史的分支，始于美国哲学家阿瑟·洛夫乔伊 1936 年出版的《存在巨链：对一个观念的历史的研究》。观念史研究强调对"单元观念"（unit-ideas）的迁徙和流变进行跨学科的研究。洛夫乔伊认为观念是世界上最具迁徙性的事物，而且其在时间上的差异大于在地域上或空间上的差异。他将"单元观念"定性为思想史中基本的、持续不变或重复出现的能动单元。而英国史学家昆廷·斯金纳则持"语境主义看法"，认为观念随时代和语境而变，随阐释者的主观意愿和经验而变。[①] 当我们悬置观念史研究的哲学、思想意涵，其方法可挪用于史学和文学研究。冯天瑜的《封建考论》、陈建华的《中国革命话语考论》等著作都做了这种尝试。现代文学史料批判亦可借鉴此法，可以对"文学""文献""批判"等核心观念做跨时空的研究，也可在作品版本演变中研究"革命""性""天命"等重要观念的意义滑变。

心理史学始于弗洛伊德，20 世纪 50 年代以后在美国获得长足发展。心理史学主要运用心理学理论和方法探究历史人物的心理、性格和社会群体的心态变化等。同样，现代文学史料批判亦可借用心理学、心理史学等的方法去研究作家和接受群体的精神状态与行为。既可以从普通的文学史材料中发现心理学的问题，更可以用心理学理论分析那些偏重于心理性的文学史料，尤其是作家自传、回忆录、日记、书信等私人史料。其他如后现代史学方法虽走极端且有导向虚无之弊，亦足以在史料的文本性研究等问题上给我们以启示，扩大我们的史料批判视野。

既是现代文学的史料批判，自然也少不了文学学的方法。现代文学史料除了档案、表谱、目录、论文等非文学类文献史料之外，尚有诗歌、小说、戏剧、美文、文学传记等文学文献史料。文学作品作为一种特殊的史料，有时可以直接取用，但有时需要用文学学的研究方法去解读或转化为史料。如，对作品手稿的研究必然会涉及文本发生学或渊源批评，对自传体小说的研究也必然会采用到传记批评。对作品本义的研究要区分出作者意图、文本意图和阐释意图，这就需要运用阐释学方法；对作品的修改、异文的研究更

---

① 张旭鹏：《观念史的理论与方法》，《中国社会科学报》2017 年 11 月 6 日。

要借助"阐释的循环"的理论。对作品版本演进的研究需要创作学和文本学知识,对版本内容构成的研究还需要"副文本"理论,对序跋、扉页题词等副文本的研究更需要"互文性"视野。总之,只有通过文学学的方法去正确解读和阐释作品,才能提取其中蕴涵的历史真实和艺术真实的信息,进而凸显其史料价值。

文学史家陆侃如在其《中古文学系年》一书的"序例"中,把文学史的研究工作分为三个步骤:第一是朴学工作,第二是史学工作,第三是美学工作。① 此说可借来概括现代文学史料批判方法,不过这些方法的应用不是步骤性的而是共时性的,不是分离性的而是层叠性的。即现代文学的史料批判当以朴学(或文献学)方法为核心方法,同时辅以科学研究的一般方法、历史学的特殊方法和文学学的本位方法。从理论上说,史料批判方法应该是跨学科的"科际整合"之法,在应用中,则可以根据研究对象的特点有选择性地加以组合。但是,在具体的史料批判实践中,这些可以言明的方法的习得,还需要掌握博兰尼(Polanyi)所谓的"默会知识"(tacit knowledge,也译为隐性知识、意会知识,与显性知识、编码化知识等概念对举)。这是指不能言明或未被言明的知识,不能形式化或未被形式化的知识,博兰尼又称之为"行动中的知识"。② 也就是说,在现代文学史料批判方法运用中,更需要"默会知识"。它与研究者的感觉、经验、悟性、眼光、趣味等紧密相关,是知识与方法的个人化习得,是在具体的史料批判实践中"默会"的知识和方法。单就方法而言,或者可以称为"心法"。有了它,即可"默会致知"(tacit knowing)。

三 三个层级

我们所谓的现代文学史料批判,简言之,就是秉持批判意识和批判思维,运用批判方法,对现代文学史料进行搜集、整理、鉴别、考证、检讨、挑剔、否定、反思甚至解构等这样一种完整的学术性活动。谈及这一学术活动,我们可先引用冯友兰对史料工作的精辟概括,他认为历史学家研究一个

---

① 陆侃如:《中古文学系年》,人民文学出版社 1985 年版,第 1 页。
② 柯平:《知识学研究》,国家图书馆出版社 2017 年版,第 294 页。

历史问题，在史料方面要做四步工作：

> 第一步的工作是搜集史料，这一步工作的要求是"全"；
> 第二步的工作是审查史料，这一步工作的要求是"真"；
> 第三步的工作是了解史料，这一步工作的要求是"透"；
> 第四步的工作是选择史料，这一步工作的要求是"精"。

他认为这里的第四个步骤与史料学无关，前三个步骤则都是"史料学的任务"，因此，搜集史料求"全"，审查史料求"真"，了解史料求"透"，"就是史料学的主要内容"。① 就这样，冯友兰又把史料工作的步骤转换成了史料研究的任务和内容。无论是步骤，还是任务或内容，都是史料批判要涉及的问题，只是这些步骤未必齐全且顺序未必都如此，而这样谈任务或内容也不具体且不完备，因此，我们毋宁把它们置换为史料批判的层级。为了便于分析，我们把完整的史料批判分为基础批判、深透批判、形上批判等三个层级。冯友兰所谓的第一步、第二步工作属于第一层级，第三步工作属于第二层级，未论及的则是我们要讨论的第三层级。

所谓基础层级的批判，是指对史料的基本质素的考究。"质素"一词含有品质、性质、成分、因子等意义。这里是想强调史料批判的最基本内涵。史料批判对史料最基本的品质要求是求其完整性和真确性，也即冯友兰所谓的"全"和"真"的要求，而史料的本来"天性"则达不到这些要求。有学者总结史料的"一般通性"有五："其一，非有意而存在，故丧失多而留存少。其二，非一定质，一定量，一定形式。其三，残破而永无完整，存者一鳞半爪，史料遗留，万不存一，从来无有完备。其四，散乱糅杂，需要整理。其五，不确定，其年代、地域及史料所有者均不能确定，甚至用途亦难确定。"② 现代文学史料年代较近，有些方面未必如此严重，但基本上也有这些"通性"。这些通性决定了史料批判必须面对的史料基本难题或史料原有的"基因"，那就是史料的残缺、作伪、讹误、错乱、差异等。因此，史

---

① 冯友兰：《中国哲学史史料学》，江苏教育出版社 2006 年版，第 2、8 页。
② 王尔敏：《史学方法》，广西师范大学出版社 2005 年版，第 123 页。

料的基础批判就是运用史料批判方法对这些基本难题进行处理，史料批判最基本的任务就是成全补缺、辨伪正误、求同存异，从而使史料最终趋近相对意义上的真确性和完整性。这可以说就是通过史料批判来优化史料的质素。

史料的基础批判首先要解决的是史料的真确性问题。未经批判的史料常常有伪有误，史料的伪与误之别，大致是有意作伪，无意成误，但通常是伪误相混。如，有学者研究夏承焘与胡兰成的关系，说在 1947 年春，胡兰成假冒张爱玲家人，自称名叫"张嘉仪"，先祖是张佩伦，常访夏家。夏承焘《天风阁学词日记》7 月 29 日记："嘉仪来，谈鲁迅遗事，谓其与作人失和，自踏死其弟妇家小鸡。作人日妇甚不满鲁迅，谓其不洁，又生活起居无度，且虚构鲁迅相戏之辞告作人，致兄弟不能相见。"这里，胡兰成所言是有意造伪或传谣，而夏承焘所记则无意成误。现代文学史料中有伪书、伪文，但更多的是伪事、伪说；现代文学有不少伪史料，但更多的是有误的史料，一些文学史实，一经成文或几经口传便已失实，又经排版翻印，更经辗转引用，错误尤多。这些现象的存在，说明了史料错误的普遍性。陈垣说得更极端："考寻史源，有二句金言：毋信人之言，人实诳汝。"[①] 因此，对现代文学史料的批判需要通过辨伪的方法去鉴别史料的真伪，通过版本、校勘、目录等技艺去发现和改正史料的错误，甚至可以通过对史料作者的品德、信誉、交往及获得信息的机会等的考证去辨伪正误。这一点尤其适用于那些撒谎成性的史料作者。总之，现代文学史料批判的基础工作之一就是辨伪正误，而我们辨伪正误正是为了提高现代文学史料的质素，使其更具有真确性，即不仅要真实而且要准确、正确。或借用波兰史学家托波尔斯基的概念来说，既要确保史料的可信性（authenticity），也要追问其可靠性（reliability）。

史料的基础批判还要追求史料的完整性，或者说是要解决史料的求全、求备问题。而史料则往往残缺，大到篇数的不整，小到文句的脱漏。这就需要通过搜集、辑佚、钩沉甚至校勘、目录的工作来求全、求备。前人谈访书求书有所谓"八道"，这其实也是搜集史料之道。唐弢说这"八道就是宋朝郑樵所说的八求：一即类以求，二旁类以求，三因地以求，四因家以求，五求之公，六求之私，七因人以求，八因代以求。八求既包含着方法，也说明

---

① 陈垣：《陈垣史源学杂文》，人民出版社 1980 年版，"前言"第 1～2 页。

了目标"①。这"八道"或"八求"中的内容多半也可以作为现代文学史料搜集的原则、目标甚至方法。史料学家朱金顺特别关注其中的因类以求、因代以求、因人以求。② 史料如海洋，往往令人茫然，只有确定一个小目标或一定的范围才可以去实现求全求备的目的，即只有锁定一个具体的"泽"，方可去"竭泽而渔"。现代文学研究也是在设定了一个具体的时段、地域、思潮、流派、作家、作品或具体的课题、问题、现象等以后才可去求具体的史料之全。朱金顺还补充了一种"双方并求"之法，也可以说是史料求全的原则之一，那就是注意搜集与问题有相关性的史料，如双方的通信、论争、唱和等文字。他举阮无名（阿英）的《中国新文坛秘录》一书中《幸福的连索》一篇为例。③ 阿英在这篇文字中辑录了 1926 年《语丝》《现代评论》中有关陈西滢的一场笔仗的全部史料。这可谓是在人事连索中发现"史料连索"从而求史料之全的实例。辑佚也是一种搜集史料的特殊工作。因有史料的遗漏，才有辑佚的需要，而辑佚的目的当然也是求史料之全。"而钩沉，则是设法把被历史淹没的珍贵史料钩稽出来，提供给学术界，以为研究者的资料。"④ 这尤其是指对那些被历史叙述所掩埋、"销毁"的史料的发掘。如蔡清富的《周总理纪念鲁迅逝世二周年讲词并未沉没在长江里》一文纠正了历史在场者郭沫若的《洪波曲》中所谓周公演说词随携带者一起坐船被炸而沉没长江之说，且在 1938 年 10 月 20 日《新华日报》上发现这篇演说词。又如老舍的《四世同堂》一直被说成只有 100 章，而且老舍之子舒乙说在与译者合作时"老舍先生自己在念的时候作了一些删节，所以，英译本《四世同堂》是删节本，但很权威，因为是作者自己删节的"⑤。而 2014 年赵武平从哈佛大学施莱辛格图书馆当年译者浦爱德档案中发现的英译全稿是 103 章，且证明英译删节本是被哈考特出版社的编辑删节的。这类钩沉工作都补全了史料。另外，对史料加以整序而成目录或以目录为依托去搜集史料也是史料求全的实践。而校勘则是补全"阙文""斧削文"的必

---

① 唐弢：《晦庵书话》，生活·读书·新知三联书店 1998 年版，第 388 页。
② 朱金顺：《新文学资料引论》，北京语言学院出版社 1986 年版，第 17～19 页。
③ 朱金顺：《新文学资料引论》，北京语言学院出版社 1986 年版，第 20 页。
④ 朱金顺：《新文学资料引论》，北京语言学院出版社 1986 年版，第 22 页。
⑤ 舒乙：《现代文坛瑰宝》，当代中国出版社 1998 年版，第 275 页。

要技艺。所以，史料的完整性要靠史料搜集的一些具体技艺和工作去求得，这其中如辑佚、钩沉、校勘、目录等都已包含对史料的考证或批判过程。

还有一种史料批判的基本难题是要处理史料的异同问题，因为有大量相异史料存在。同一段文字，可能有异文；同一本书，可能有异本；同一件史实，可能有异闻、异述；同一种思想，可能有异说、异表，这就要进行史料批判。通常我们会在相异史料中进行选择和取舍，比如校勘中采用死校法以定是非，考证时通过判断对错以求定论。这其实都是异中求同。但求同时容易出现妄断，因此，对于相异史料还可以用存异的方式来处理。如，校勘中采用活校法来并存异文，考证史料时保留他说以备待考，这些做法都是存异。现代文学文献史料常被作家或亲历者修改，从正规文学作品到回忆录、日记、自传等普遍存在着修改造成的相异史料，这样，存异的方法更值得提倡。可以通过汇异性校勘或汇校本形式来保全史料，或同时收录相异史料以显示一种历史未定性。总之，对于相异史料的批判，可以秉持求同存异的原则。这里的求同其实是为了求真，但如果过于执着求同，反而会失其真；这里的存异其实可以说是求全，这种求全也正是为了求真，也即是说，存异更可能求真。因此，求同存异既可确保史料的完整性，更能保证史料的真确性。

从一般意义上说，有了史料的完整性，才能保证史料的真确性，但如果两相比较，后者更为重要。这正如郭沫若所言："无论作任何研究，材料的鉴别是最必要的基础阶段。材料不够固然大成问题，而材料的真伪或时代性如未能规定清楚，那比缺乏材料还要更为危险。因为材料缺乏，顶多得不出结论而已，而材料不正确便会得出错误的结论。这样的结论比没有更要有害。"[①] 这也应该是对现代文学史料质素的一种基本裁断。要言之，现代文学史料的基础批判就是改善其史料的质素。因为史料残缺，我们要通过史料批判使其趋向完整；因为史料伪误，我们要通过史料批判使其接近正确；因为史料相异，我们要通过史料批判，在追求其完整的同时努力抵达真确。这是史料基础层级批判的目的和任务。而我们通常所谓的史料的"低级批判"和"高级批判"（严格地说，英文的 higher criticism 应翻译为"较高级批

---

① 郭沫若：《十批判书》，《沫若文集》第 15 卷，人民文学出版社 1961 年版，第 3~4 页。

判"），或者所谓史料的"外部批判"和"内部批判"都属于基础层级的批判，都是为了这个目的和任务。当然，使史料具有完整性和真确性的质素，永远是一个理想的目标。

第二层级的史料批判可称之为深透层级的批判，包含冯友兰所谓了解史料求"透"的内容，但主要是指从发生论、形构论层面批判史料。相比于基础层级的史料批判，它显然是一种更高层级的批判。传统的史料批判基本停留于基础层级，即主要关心史料的整与残、真与伪、对与错、同与异等质素论的问题，而深透层级的史料批判更关心史料的一些根源性、背景性、深潜性的问题，即史料的生成、形构、呈现等问题。基础层级的批判以对史料的搜集、整理、鉴别、考证为主，深透层级的批判则在此基础上对史料进行检讨、反思甚至否定和解构。西方历史学家甚至提倡对抗性的、斗争性的解读策略，即"对材料采用一种'侵略性的态度'"①。在具体史料批判实践中，深透层级的批判往往要依托基础层级的批判，有些基础层级的批判甚至可以说已进入深透层级，如史料考证。所以，这两个层级的批判往往很难截然分开。从中国古籍文献学或史料学的发展历程看，深透层级的批判其实从传统文献学或史料学转型为现代文献学或史料学的过程中就已开始了，如顾颉刚对史料层累的发现、陈垣对史源学的研究等。从中国现代文学史料批判实践看，20 世纪 80 年代以朱金顺等为代表的学者还只关注基础层级的批判；21 世纪以来，已有学者开始了这种对史料发生、形构等问题的深透追问。有学者概括这种史料批判包括史料来源、书写体例、成书背景、撰述意图等四方面。实际上，关于史料来源的内容是在基础层级批判时就应完成的，如果史料来源都未弄清楚，哪里还能进一步弄清楚史料的真伪、异同呢？而对书写体例一项，我们可以做更广义的扩充，包含整个文献史料之"形体"。成书背景往往决定编撰意图，可归于"意图"一项。还可加上史料方法甚至思维方式。因此，这个层级的史料批判，我们可侧重谈文献类史料，关注其"形体""意图""方法""思维"等问题。

对文献史料形体的批判，可以主要谈论其体裁和体例。体裁是文献的文本体式和类别标识，体例是指文献编撰的具体格式和组织形制。关于体裁与

---

① 〔英〕理查德·艾文斯：《捍卫历史》，张仲民等译，广西师范大学出版社 2009 年版，第 80 页。

体例的关系，有人是把它们混在一起的，如有学者在"体例与规范"的话题中谈体裁和文体。① 姚永朴则说："史之为法，大端有二：一曰体，一曰例。必明乎体，乃能辨类，必审乎例，乃能属辞；二者如鸟有两翼，车有两轮，未可缺一也。"② 这是把体裁与体例分开论之。有时候，二者之间有复杂的纠缠。如史学著作往往前有例言或凡例，这是史体的体例；而这例言或凡例又成为一种体裁，这是一种专门交代著作具体体例、条例的体裁。一般情况下，应该在具体体裁中考察其体例。每种文献体裁都有其特殊的体例。体例就是一般应该遵守的规范。如梁启超谈年谱写作，如何记事、记人、记文、批评等都有一定体例。如对谱主不必多做批评，一定要下批评，则"与其用自己的批评，不如用前人的批评"③。有些文献体裁可能有共同的体例，如史学著作大多有引文和注释。但在具体的体裁中，其处理方式又会不同，就形成了更具体的体例，如杜维运说："史体应分为著作之体与考证之体。通史、断代史、专门史一类的史学作品，属于著作之体。单独问题的讨论，以及琐碎小节的考索，属于考证之体。著作之体，袭用成文，援引古说，可以不注出处，而且可以就原文自由的增删润色，只要不丧失原文的意旨。考证之体，引用某书，必注出处，而且要忠实的引用原文，不加修饰。"④ 这也是在体裁中考察体例。体例是一种应遵从的规范或一种"绳墨"，违反规范，不仅有违于其体裁的特性，也无法保证史料的品质。如果在年谱中多有撰谱者的批评和议论，考证之体多用转述、转注甚至伪证等，这都有违体例，值得检讨。有学者批判顾颉刚《当代中国史学》所写的凡例中列入"临文不讳"的常识语，更有"今人则加'先生'二字"一条。说："著史之中，人物如麻，皆当世人留当世史，何能一一皆称先生。幸顾氏生平研究古代史，若其治当代史，必至满纸先生，岂不全成大人先生世谱？"⑤ 现代文学文献史料的编撰中也有这类违反体例的现象。所以，我们

---

① 李剑鸣：《历史学家的修养和技艺》，上海三联书店 2007 年版，第 372~384 页。
② 姚永朴：《老北大讲义：文学研究法·史学研究法》，时代文艺出版社 2009 年版，第 173 页。
③ 梁启超：《中国历史研究法补编》，中华书局 2010 年版，第 101 页。
④ 杜维运：《史学方法论》，北京大学出版社 2006 年版，第 190 页。
⑤ 王尔敏：《史学方法》，广西师范大学出版社 2005 年版，第 264 页。

应该听取姚永朴的告诫："必审乎例，乃能属辞。"① 如作家年谱与作家传记当有不同的编撰体例和属辞方式。史料批判所要关注的正是违反体例中的属辞不当及其所提供的史料的品质等问题。

文献的形构当然更应该了解其体裁或文体的体性、体式等，或者叫特征，这样才能分辨体裁的种类，即姚永朴所谓的"必明乎体，乃能辨类"②。这里，且不说文体的历史性和现代化等问题，史料批判首先要对文体的特性及编撰者的"得体"性及其文本的"合体"性进行审思。"得体"和"合体"是说文体具有他律性，编撰者应在自律性中去寻求文体的合适度。如果不"得体"、不"合体"，文献史料就无法真实地呈现，或导致文献史料被歪曲地呈现。有学者曾总结现代史学论著的特点，除"言必有据，无证不信""论述的系统性""正规的书面语"等之外，还应该"文辞中性"（或"零度风格"）、"我的淡出"。③ 现代文学史论著也应该具备这种史体的特征。如传记，按梁启超的说法是"人的专史"，学术性的作家传记更应该采用史体的写法。但有学者的《周作人传》在征引当事人日记等史料叙述完鲁迅兄弟失和事件之后，加入两大段议论，其中还联系上"中国现代社会盛行的'不是朋友，就是敌人，不是革命，就是反革命'的思维方式的影响……"最后还加上感叹和抒情："呵，可悲而愚蠢的民族！可悲而愚蠢的人生！可悲而愚蠢的人！"还有学者研究现代文学史，行文中充斥着大量的"我"字，有"我第一个发现""我惊讶地发现"等句式。这类文学史著作的行文方式其实会稀释史料的价值，可美其名曰为灌注了研究者的"主体性"，但有违历史写作的客观性、真实性要求，也有违文体理性，是文献史料形构中不"得体"和不"合体"的学术瑕疵。其次，现代文学史料批判对文献史料体裁的关注还在于要通过对纯文学体裁、杂文学体裁、历史性体裁等的分辨，把握不同体裁的或偏于虚构性或偏于实用性或偏于客观性等不同特性，从而衡估其提供的史料的价值差序。如日记中的史料比回忆录中的史料更可靠，书信中的史料比序跋中的史料更真实，等等。这也说明，文体对史料价值的大小有极为重要的决定作用，史料批判应该反思史料

① 姚永朴：《老北大讲义：文学研究法·史学研究法》，时代文艺出版社 2009 年版，第 173 页。
② 姚永朴：《老北大讲义：文学研究法·史学研究法》，时代文艺出版社 2009 年版，第 173 页。
③ 李剑鸣：《历史学家的修养和技艺》，上海三联书店 2007 年版，第 377~379 页。

的这种文体性差别。

所谓深透批判也包括对文献史料编撰意图的审察。如果我们把文献史料分为经意的与不经意的两大类，那么经意史料当然具有更明显的意图。但是不经意史料或所谓生史料、素料也都带有意图，只要是人类编撰和形构出来的史料都带有或明显或潜隐的意图。文献史料中往往包含有大意图，即编撰者都有一定的哲学观、宗教观、历史观、政治观、道德观、价值观，具体如进化论、正统论、"春秋笔法"等；编撰者也都有一定的民族、文化、性别甚至阶级立场，如东方主义、华夷之防、男权意识等，都会为文献史料的编撰注入意图。而编撰者的派性、偏见、私心等又会在编撰文献史料时掺入更狭隘的意图。因此，不存在绝对意义上的"不经意"史料。现代文学文献史料也呈现出无处不在的意图。我们有以进化论、阶级论、启蒙论去取舍文学现象的文学史著作，有古为今用、他为我用的影射性文学作品，有夹杂社团流派意气的论争文章。其他如鼓动性的演讲文、带提携目的的序跋、充满推销本意的广告文、刻意传之后世的日记、为尊者讳的传记、扬长避短的回忆录等都是经意史料。至于那些日后修改、润饰过的文献史料，如郭沫若对《匪徒颂》一诗进行马克思主义化的修改、梅娘对早期作品的去殖民化修改，也带有改写历史、美化自身的私意。那些仰视研究对象的史料、造伪的史料更是编撰者迷狂心态或心术不端的体现。对现代文学文献史料的深透批判也就是要揭露这些史料学意义上的"意图谬误"，祛除意图遮蔽，还原史料更纯粹的真实或真相。简单地说，就是历史学家所倡导的"抛开作者之意图去阅读材料"[1]。一般情况下，我们应该对这些史料编撰的意图保持警惕和质疑的态度。但有一种史料批判工作却要尊重并遵循编撰者的意图，那就是校勘，不论是文献的汇异性校勘还是文献的复原性校勘。即文献校勘都必须以史料作者意图为依归。所以，无论哪一种情形，史料批判都应该关注文献编撰意图，意图是史料形构的深层动机。

深透层级的史料批判还应该对批判方法进行反思。文献史料的生产、形构往往遵循一定的史料批判方法，这些方法也就决定了文献史料的质素。如果方法有问题，这些文献史料也会有偏差。批判方法是从史料批判实践中总

---

[1] 〔英〕理查德·艾文斯：《捍卫历史》，张仲民等译，广西师范大学出版社 2009 年版，第 82 页。

结出来的一般原则、路径和步骤，它又需要回到史料批判实践中去检验并不断完善。因为没有万能的、至善的、完美的史料批判方法，史料批判方法本身也需要接受批判。就拿被称为"一切法之法"的归纳法来说，也常被学者们批判。如林毓生说："归纳法在科学发展上远非如胡适所想象的那么重要。象地质学、植物分类学这一类的科学研究是与归纳法有相当关系的。但，象数学、物理学、化学等理论性的自然科学，它们里面重大的发展与突破是与归纳法关系很少的，甚至毫无关系。"① 梁启超虽推崇归纳法，但也早就说过："整理史料要用归纳法，自然毫无疑义。若说用归纳法就能知道'历史其物'，这却太成问题了。……我想归纳研究法之在史学界，其效率只到整理史料而止，不能更进一步。"② 即便是用于史料批判，它也被认为无法完全践行，因为史料往往无法穷尽。"纵使搜集到一千条证据以得一项结论，可能另外有一千条证据未被发现，而它们正好否定或修正该项结论，就是有一条例外，该项结论也失去了普遍性，它只能作你所搜集到的一千条证据的解释与说明，不能普遍推广。所以科学的归纳方法，一旦应用到历史研究上，便失去了它的科学性与纯客观性，而变成了一种史学方法，不再是科学方法。由归纳所得的结论，失去科学上的肯定性，它无法代表无懈可击的真理。"③ 如果不能穷尽同类史料，这种归纳就类似于抽样分析。所以，归纳法常常是不完全的，只有在一定范围的文献史料中才能实施完全归纳，如，在一部作品中，在一个单集里。同时，归纳法还与不科学的演绎法相关联。这种方法也需要批判。演绎法应用到历史研究中，是先设一史观或假设，再寻史料去印证，"这是被公认的极不科学的一种治史方法"④。文学史家之所以注意搜集某些史料，一定是这些史料对他有意义。其实，他心目中已经有了一种假设（hypothesis，用问题或观念等代替亦可），由某些史料，可以得到某种结论。而要形成有学术价值的假设是有条件的，即要有渊博的

---

① 〔美〕林毓生：《中国意识的危机》，穆善培译，贵州人民出版社1988年版，第380页。
② 梁启超：《研究文化史的几个重要问题》，梁启超：《中国历史研究法》，中华书局2009年版，第154页。
③ 杜维运：《史学方法论》，北京大学出版社2006年版，第57页。
④ 杜维运：《史学方法论》，北京大学出版社2006年版，第46页。

知识。"'大胆的假设',是近代学术界很不遵守学术戒律的一句话。"① 这连带也批判了胡适的方法。又如,对量化的方法也不能迷信:"量化方法对史家而言,是好的奴隶,坏的主人。"② 因为以现有的文学史料统计出来的量不一定全,内容不一定真,由此引出的结论也不一定准,更何况人文科学研究中的思想、诗意、历史感等并非数字可以解释得清楚的。其他具体的史料批判方法也应常置于批判之中,如辑佚中的简陋、辨伪中的浮泛、考证中的默证等,因为由这些方法所形构的史料往往仍然有伪有误。

深透层级的批判更可以深入思维方面。文献史料的编撰者往往是按一定的思维方式去形构文献史料,如归纳法、演绎法等其实也都是一种思维方式。这里可借用批判性思维(critical thinking)的理论。批判性思维也有人称之为明辨性或慎辨性思维,一般认为它是指合理的、反思性的思维。有美国学者认为它是"关于思维的思维"。"批判性思维就是指审慎地运用推理去断定一个断言是否为真……批判性思维的关键就是检查和评估断言以及各断言之间的关系。"③ 人们在断言或陈述时,定义是否准确,论证是否科学,逻辑是否一致等,应该都是批判性思维要涉及的内容,但它的侧重点应该在思维是否有误、是否创新等方面。运用批判性思维的理论,可以去批判现代文学史料形构中许多思维的误区。如批判文艺论争中的一些断言或论证的谬误。有"诉诸人身的谬误",即以为进行人身攻击、驳斥了某个人就等于驳倒了这个人的观点。如,钱玄同攻击旧文学是"选学妖孽,桐城谬种",郭沫若攻击鲁迅是"封建余孽",鲁迅骂梁实秋是"走狗"等即属此类。还有"稻草人谬误"(稻草人比真人更容易被击败,指论争时攻击的不是对方的真实观点,而是将其歪曲成更容易驳倒的观点等),"源自愤怒的'论证'"(由煽动性语言或思想加某种"结论"组成的伪论证)等。④ 这些都是需要批判的思维之误。

---

① 杜维运:《史学方法论》,北京大学出版社 2006 年版,第 56 页。

② 杜维运:《史学方法论》,北京大学出版社 2006 年版,第 143 页。

③ 〔美〕布鲁克·诺埃尔·摩尔、理查德·帕克:《批判性思维》,朱素梅译,机械工艺出版社 2012 年版,第 3、6 页。

④ 〔美〕布鲁克·诺埃尔·摩尔、理查德·帕克:《批判性思维》,朱素梅译,机械工艺出版社 2012 年版,第 134、110 页。

第三层级或最高层级的史料批判是所有人文学科包括现代文学史史料批判面临的共性问题，是关于史料的形上层级的批判。它超越了第一层级、第二层级的史料批判，而上升到对史料的本质属性和史料观等的批判和追问。这是更抽象层面的或曰哲学层面的批判。唯有这种批判，能使我们更透彻地认知史料及史料批判的不同价值；唯有这种批判，能使我们避免钻入具体史料和史实或方法的牛角尖，而获得一种更高远的智慧与视界。如果说第一层级、第二层级的史料批判对史料本身更具有积极和建构的价值，第三层级的史料批判则更具有一种否定和解构的倾向，也是更彻底的史料批判。不过，孤立地进行第三层级的史料批判容易陷入纯粹思辨和虚幻之境，因此我们还必须依托第一层级、第二层级的史料批判。应有的做法是，在主要从事第一层级、第二层级史料批判的实践中，始终保有第三层级史料批判的清醒理性。

站在第三层级史料批判的高度，我们首先应该辩证地看到现代文学史料的多种二重性，史料的基本属性正是这多种二重性的矛盾统一。

第一，史料是客观性和主观性的统一。具有史料批判意识的史学家茹科夫论及此问题时说："一个历史学家必须对史料采取批判态度，对它反复进行审查，这就是说，要清楚地懂得史料总是在一定程度上被歪曲了的客观实际的反映。在认识过程中，客观和主观的辩证联系表现在两个方面：第一，史料就其所反映的客观来说，它本身是一个主观的因素；第二，一个用该史料进行工作的历史学家与史料之间的关系却是主体与客体之间的关系。一个历史学家在探讨一项知识时，必须首先经历一个揭示主客观之间联系的辩证法的深刻创造性过程。"[1] 即是说，相对于历史客体或历史实在来说，史料具有主观性；而相对于史家主体来说，史料又是客体，具有客观性。这些观点也是从一个特殊的角度讨论了史料的客观性和主观性问题。提出证伪主义的哲学家波普尔也提出了一个更形而上的"三个世界"的理论："世界1"，指客观的物理世界；"世界2"，指主观的精神世界；"世界3"，指的是客观知识世界，包括语言、文字、艺术、科学等一切抽象精神产物和工具、图书、建筑、机械等一切具体精神产物。[2] 根据这一理论，史料或文献多半属

---

① 〔苏〕E. M. 茹科夫：《历史方法论大纲》，王瑾译，上海译文出版社1988年版，第211页。

② 〔英〕卡尔·波普尔：《客观知识——一个进化论的研究》，舒炜光等译，上海译文出版社1987年版，第5页。

于"世界3"，既具有物质性也具有精神性，既具有客观性也具有主观性。事实上，史料正是一种客观性与主观性的统一物。一方面，史料是人类实践的既成痕迹，是客观存在的。实物或文物史料自不必说，文献史料也是历史的遗存，它们都是历史的证明物，它们都是客观历史的反映，尽管这种反映可能有真伪之别。由于年代较近，现代文学史尚有大量史料的客观残存，如，当时的书刊实物、档案、照片、作家故居等。现代影印技术也确保了现代文学的许多原始文献史料的遗存。这些史料的残存及其及时记录和留痕，典型地体现了现代文学史料的客观性。另一方面，史料又有主观性，实物和文物史料都是具体的精神产物，口述史料更可能具有口述者的主观色彩，文献史料也带有编撰者对历史的主观阐释或主观意图。现代文学史上的论争性史料、作家的回忆录、史家编纂的文学史著述等的主观性自然更明显。从史料生产的角度，也可以说明史料的主观性，如，同是文学史在场者，他们的叙述不尽一致。另外，"纯粹客观的自在之物并不成其为史料"①。只有进入史家主体认知范域中的材料才可称为史料，如，文学广告在很长时间里不被当作文学史料，这也说明了史料本质上的主观性。要言之，史料就是这种主客观"间性"之物，不可偏认。但在已有的史料批判实践中，往往会有走极端的情形。如客观主义史家片面强调史料的客观性，他们认为："史料中包含着历史的真相，用19世纪末一位法国史家的话说，历史学家'发现自己的工作早已有人在文献中替他做好了。'"② 而后现代主义者则对史料的客观性做了过度批判，片面突出史料只是编撰者的偏见、误解和想象之物。依此逻辑，这样的史料及由此编撰的历史文献就只是一种与历史实在没有必然联系的语言游戏。这两种片面倾向显然都有碍于我们对史料客观性和主观性对立统一这一最基本属性的辩证认知。一般史料的这种最基本的二重性当然也可以说是现代文学史料的最基本属性。它还会衍生出其他二重性。

　　第二，史料也是材料性和话语性的矛盾统一。一方面，史料是史学家编撰历史时所用的客观材料，是历史的碎片、史实的遗迹，是有待史家提取、加工、激活的被动物件或文字，总之，史料似乎是不说话的死物。另一方

---

① 安作璋主编《中国古代史史料学》，福建人民出版社2010年版，第9页。

② 李剑鸣：《历史学家的修养和技艺》，上海三联书店2007年版，第248页。

面，正如西方史学家所言："历史学家不得不一直在聆听……假若他做到了，那么材料将借由他说话。"① 即史家也借材料说话。无论谁借谁说话，都说明史料具有话语性。"话语"这个概念有被神化、玄化、泛化的倾向，同时"学术界至今没有一个统一的定义，不同的人实际上在不同的意义上使用它，其意义往往要根据具体的语境来确定"②。但关于话语，有一些基本的界说，史料也有这些界说的特性。据说，话语首先是一种语言、言语、文体或符号，虽然其含义要比它们更丰富。史料亦如是。其次，"话语也指再生产和理解现实，以及把意义固定下来的社会过程"③。即指话语具有实践性且能建构现实。史料也不是死物，而能再生产"现实"，所以取用过往史料所写之史也是当代史。再次，话语还具有权威性，能反映权力关系，福柯强调这一观点。"因此，权力与知识之间的关系，多半是通过'话语'来进一步深化与传达的，因为通过权力，我们可以决定何者是该被认知的'真理'、谁有权得知、什么是合法的、谁有正确的位置来应用知识，以排除或驯服不具备知识的对象与客体。"④ 史料生产中也体现这类权力关系，如，哪些材料被决定保留于档案中。现代文学中的经典化史料、选本史料、文学史写作史料等也都充满政治权威、文学权威的权力运作和权力效应。所以，史料知识也可以说是一种权力话语。最后，话语还可以反映和加强意识形态，如巴赫金说："话语是一种 par excellence（独特的）意识形态的现象。"⑤ 一般来说，官修历史中的史料带有更明显的政治意识形态痕迹。在现代文学中，各时期的书刊查禁史料，政治运动中生产的文学史料（如，报刊的社论、作家的检讨书等），作为国家工程的现代文学史著述等也都有明显的意识形态色彩。以上界说，都足以说明史料具有浓郁的话语性。总之，史料是材料性和话语性的矛盾统一，这也是史料的基本属性。一位西方史学家对此有一种独到的总结："在很多情况下，历史研究的精妙技巧就在

---

① 〔英〕理查德·艾文斯：《捍卫历史》，张仲民等译，广西师范大学出版社 2009 年版，第 115 页。

② 高玉：《"话语"视角的文学问题研究》，中国社会科学出版社 2009 年版，第 40 页。

③ 〔英〕苏珊·海沃德：《电影研究关键词》，邹赞等译，北京大学出版社 2013 年版，第 135 页。

④ 廖炳惠：《关键词 200》，江苏教育出版社 2006 年版，第 77 页。

⑤ 〔苏〕巴赫金：《马克思主义与语言哲学》，《巴赫金全集》第 2 卷，晓河等译，河北教育出版社 1998 年版，第 354 页。

于，把作为'话语'（discourse）一部分的某些文献从'话语'中分离（detach）出来，并将它们与别类性质完全不同的文献组合起来。"① 现代文学史料研究也当如此。

第三，纯文献类史料皆可称文本史料，单从文本史料角度说，史料又是历史文本性与文学文本性的矛盾统一。法国著名哲学家德里达有个著名的论断："文本之外空无一物。"② 后现代主义的"文本"通常是广义的，器皿、衣物、建筑等皆可谓文本，但在强调文本性（textuality）时，似乎又专指文字文本，突出的是其语言性和修辞性。在此基础上，后现代主义史学家认为历史文本"与文学家工作的产物一样，同为文学制品。……其虚构、创造、想象的因素与文学并无二致。用怀特的话来说，历史著作就不过是一种'言辞结构，其内容在同等程度上既是被发现的，又是被发明的'"③。从这个意义上说，文献类史料都是"词语制品"，都具有文学文本性，具有文学文本的移情性、想象性、语言修辞性、文本编织性等特性。怀特甚至直接断言："历史事实是虚构出来的。"④ 而虚构正是文学的本体特性。其他史学家也谈到"所有历史文献的文学性质"⑤。另外，史料可以以严格的历史文本样貌呈现。"即或历史学家的材料是用文字写成的，它们与任何形式的文学在样貌上也都相去甚远。"⑥ 历史学家往往会按照严格的历史学的家法和技艺去写作历史文本，尤其是按照史料批判方法去鉴别、考证、审查并编撰史料。因此，历史文本往往呈现朴学风格。有科学、缜密的叙述，充满史实、数字、图表、注释等，以朴实的语句表达而力戒言有枝叶。总的说来，文本史料具有历史与文学的文本"间性"。而就现代文学的文献类史料来说，纯文学文本的内容可能不涉及历史史料，但文学史史料则包含这类纯文学文本；档案、表谱、目录、文学史著作等史料主要是历史文本；而作家自传、

---

① 〔英〕理查德·艾文斯：《捍卫历史》，张仲民等译，广西师范大学出版社 2009 年版，第 81~82 页。

② 〔法〕雅克·德里达：《论文字学》，汪堂家译，上海译文出版社 2015 年版，第 237 页。

③ 彭刚：《叙事的转向：当代西方史学理论的考察》，北京大学出版社 2009 年版，第 130 页。

④ 〔美〕海登·怀特：《旧事重提：历史编纂是艺术还是科学?》，陈启能、倪为国主编《书写历史》，上海三联书店 2003 年版，第 24 页。

⑤ 〔英〕理查德·艾文斯：《捍卫历史》，张仲民等译，广西师范大学出版社 2009 年版，第 109 页。

⑥ 〔英〕理查德·艾文斯：《捍卫历史》，张仲民等译，广西师范大学出版社 2009 年版，第 110 页。

作家书信、序跋、书话等杂文学史料却典型地体现出历史文本性与文学文本性的矛盾统一，也即通常所谓的"诗与真"的统一。

关于史料的二重性，还有其他说法，如，史料的人类共性与阶级性的统一，史料的历时性与现实性的统一，等等。这些内容其实也都可以归入上文提到的三种二重性之中。所谓第三层级的史料批判，其实也就是要站在辩证哲学的高度，透视史料的多种二重性。只有辩证地看待史料的这些基本属性，在史料批判中才不至于陷入偏执一端的境地，才能避免过高或过低地评估史料的价值。

形上层级的史料批判还应批判两种史料观：一是史料虚无主义，一是史料至上主义。这两种史料观的形成，其实与对史料属性的片面认知有关，过于强调史料的主观性、话语性、文学文本性等就容易滑入史料虚无主义；推崇史料的客观性、材料性、历史文本性等则易导致史料至上主义。在现代文学史研究中，也存在这两种史料观的分歧。从史学史角度看，后现代主义史学会产生史料虚无主义；科学化史学易引发史料至上主义。

后现代主义强调知识与权力的关系、与意识形态（也是重要的权力因素）的关系，于是产生新的"知识型"，因此纯粹的客观的知识就不存在。史料既然是带有权力关系的知识，也就不具有客观性。后现代主义将历史学等同于文学，因此"历史著述就当作一种语言修辞艺术，一种'诗性'的工作。在这一工作中，语言是第一位的，资料是第二位的"[1]。后现代主义将历史文本化，所谓"文本之外，空无一物"，因此，"文本失去了对外指涉性，史料也就变成了无根之萍，任其漂流"[2]。而一旦文本都是语言游戏，文本均质化或均值化，那么，原料文本与次料文本等也就无价值层级之别。后现代主义对历史所进行的极端否定和摧毁，容易使史料成为一种虚幻、虚妄之物。在研究现代文学史时，有些学者过分迷信西方现代主义史学（如新历史主义等）和文学理论，或以论代史式的研究，都会有此倾向。

科学化史学强调历史研究的客观性、实证性，认为："历史学完全可以成为一门不折不扣的科学。史料批判的严格性、规范性为历史学科学化提供了有力的保证。"[3] 西方的兰克学派、中国的史料学派等都提倡科学化的史

---

① 王学典：《史学引论》，北京大学出版社 2008 年版，第 369 页。
② 王学典：《史学引论》，北京大学出版社 2008 年版，第 376 页。
③ 王学典：《史学引论》，北京大学出版社 2008 年版，第 381 页。

学，都崇尚史料批判，因此，史料成为史学的根基和对象，傅斯年甚至断言："史学便是史料学。"① 他们如此重视史料，是因为迷信史料能代表历史，史料通向史实，或史料能表达史实和历史意义。这走向极端，就会导致史料至上主义。有中国学者名之曰"史料主义"："由于强烈强调史料，遂不免泥于史料而成为一种信仰，是所谓史料主义。"② 这也就是西方史学所批判的"文献拜物化"（documentary fetishism）倾向。英国史家卡尔就曾指出："十九世纪也崇拜文献。文献好像是'事实庙堂'里的'方匮'（ark of the covenant）。在接近这方匮时，忠实的历史家不免卑躬屈膝，肃然起敬。"③ 这种史料观又易使史家迷失于史料之中或钻入史料的牛角尖。现代文学史研究中的史料派或强调文学研究的史学化倾向者也可能走入这一极端。

形上层级的史料批判还需要超越所有层级的史料批判，对史料批判这种学术实践和学术行为本身进行反观和反思。依照史学家托波尔斯基的理论，历史学家的研究程序中既包括资料源知识，也包括非资料源知识。④ 他总结了历史研究的 12 个程序，其中史料批判（笔者按：这主要指我们所谓的第一层级的史料批判）只占有几个程序，即便是这种狭义的史料批判也离不开非资料源知识。他说："我们总是根据史料来确定事实，虽然不难理解，如果我们没有史料以外的知识，便不可能从史料中获得相对的信息。"⑤ 借用他的理论，我们所进行的现代文学史料批判也仅仅是现代文学史研究中很小的一部分。这种史料批判不能仅仅局限于史料知识、技艺，甚至不能局限于这里所说的已经扩展的史料批判层级，而应该有更深广的非史料知识作为背景和支援。所以，真正的史料批判不仅仅只在史料考辨功夫，而且还在这史料考辨功夫之外，或者是有学者所谓的"暗功夫"⑥。林毓生的总结是："任何方法论的著作，因为只能对一门学问的研究过程予以形式的界定，所

① 傅斯年：《史料论略及其他》，辽宁教育出版社 1997 年版，第 2 页。
② 王尔敏：《史学方法》，广西师范大学出版社 2005 年版，第 135 页。
③ 王尔敏：《史学方法》，广西师范大学出版社 2005 年版，第 135 页。
④ 〔波〕托波尔斯基：《历史学方法论》，张家哲等译，华夏出版社 1990 年版，第 417 页。
⑤ （苏）E. M. 茹科夫：《历史方法论大纲》，王璶译，上海译文出版社 1988 年版，第 221 页。
⑥ 孙郁：《鲁迅的暗功夫》，《文艺争鸣》2015 年第 5 期。

以根本无法说明这门学问实质层面中无法形式化的创造活动。用博兰尼的哲学术语说，影响一个人研究与创造的最重要因素，是他不能明说的、从他的文化与教育背景中经由潜移默化而得的'支援意识'（subsidiary awareness）。因为这种'支援意识'是隐涵的，无法加以明确描述的，所以方法论的著作无法处理它。换句话说，逻辑与方法论不能对研究与创作活动中最重要的关键加以界定，更谈不上指导了。一个真正创造（或发现）的程序不是一个严谨的逻辑行为；我们可以说，在解答一个问题时所要应付的困难是一个'逻辑的缺口'（logical gap）。"① 林毓生这里所概括的（或林著译者所翻译的）内容，可能有些含混。即把博兰尼的"默会知识"与"支援意识"混同了。那些无法形式化的知识，或逻辑与方法论无法界定的知识，是"默会知识"。而"支援意识"又称为"附会意识"，是与"集中意识"或"焦点意识"对举的概念。它们都是人们处理事项时的意识状态。如，我们处理具体史料时主要是焦点意识起作用，但其背后有支援意识在协调和推助。"默会知识"与"支援意识"有关（或者说支援意识中往往有更多的默会知识积累），但不是一个层面的概念。总之，在现代文学史料批判中，既要有"焦点意识"，更要有由各种史料知识和非史料知识、显性知识和默会知识叠合成的强大的"支援意识"。

四　效用及价值

　　史料批判是一项实践性较强的学术活动，它往往体现为一种工作过程。它像考古，必须对文物进行发掘、擦拭和鉴定；它像文物修复，必须对碎片进行拼合、整旧和打磨；它像探案，必须搜集证据，形成证据链，然后证实或证伪。因此，它比一般的文学研究、哲学研究等有更漫长、更具体、更烦琐的工作过程，包含史料搜集、鉴别、校读、整理、考辨等一系列实践工序，最终才求得一个完满或相对完满的结果和答案。它必然也伴随着一种复杂的学术感，有因史料先天不足的遗憾、搜寻史料的枯燥和等待、求证的烦琐甚至无望等，但也有考古那样的"发现的愉悦"（此语借自陈子善的一本书名）、文物修复那样的满足感、破案那样的惊喜感。这种煎熬并快乐的工

---

① 林毓生：《中国意识的危机》，穆善培译，贵州人民出版社1988年版，第402~403页。

作过程和学术感,是自古以来文献史料研究虽被某些学者讥讽为饾饤之学、支离之学,却仍有学者"乐"此不疲,甚至形成癖好的重要原因。而其根本原因则是这项学术活动能带来史料的更丰富、学术论证的更缜密、历史真相的更明晰等学术价值。现代文学史料批判的工作过程和学术感受亦如是,而其学术价值则可能更广泛。

现代文学的史料批判首先有助于现代文学文献史料学的重新建构。以往的几种现代文学史料学著作,如朱金顺的《新文学资料引论》、徐鹏绪的《中国现代文学文献学研究》等,从具体内容、范畴、方法到结构框架等往往参照、仿效历史史料学或中国古典文学史料学。而"史料批判"概念的明确提出和重新界定,增加了现代文学史料学研究的内容层次和思想深度,尤其是将史料研究引向一种"批判"的维度,使得对史料的审视更为严谨、科学、理性和辩证;对史料的类属划分、批判技艺、思维方式等方面也都进行了价值重估。这样建构起来的现代文学史料学既注重对古典文献学传统的继承,又强调对西方和现代史料学经验的借鉴。如,史料类属可以分为文本史料与非文本史料,文本史料又可以划分为正文本史料、副文本史料、拟文本史料等,涵盖更加全面。在批判技艺上,一方面是旧法新用,如,辨伪律、四校法等;另一方面是引入更新的方法,如,文本互见辨伪法、汇校法、e考证法、计量史学法等。同时,这种新的现代文学史料学既注重历史史料学传统的继承,更强调文学史料学自身的特性。如,在史料的界定上取其广义。在史料类属上除了历史类文献等之外,突出纯文学类文献、杂文学类文献的重要性。在批判方法上,强调科际整合的批判方法,除了史料学、历史学等方法之外,注重文学学方法的使用,加入文本发生学、传记批评、版本批评、副文本理论等切合文学史料学特点的方法。总之,从史料研究到史料批判的转变,不只是概念的转换,也是研究内容、方法和思维的转换,是史料学研究的突破和创新,是对中国现代文学史料学体系建构的反思和批判。

现代文学史料批判更有益于对现代文学史的深入研究。按照历史学者所言:"历史有两种内涵,既是'往事'本身,又指对往事的'记录'。"[1] 现

---

① 王学典:《史学引论》,北京大学出版社 2008 年版,第 15 页。

代文学史也包括客观实在的和文字记录的两种内涵，或前者可称为"文学史实在"，后者可称为"文学史书写"。也有学者借用"历史三态"（原态、遗留态、评价态）的说法来讨论现代文学史。① 实在的或"原态"的现代文学史（如 1917～1977）已成过往，我们只能依据留下的史料去想象它，去最大限度地复原它。如果说实在的文学史仍有些历史残存，那就是其文物遗存，如，当时书刊的版本实物、作品手稿、作家的书信和日记原件、作家的影像（含照片）和声音记录、作家旧物和故居等。从史料学角度看，它们是现代文学史的文物性史料。除此之外，更多可以作为复原文学史实在的凭借，是抽象意义上的史料存在，即文献性或文本性史料，包括文学作品、研究论著、文学史著作等文字。承载这些文字的原有版本、期刊或手稿等文物也许已不存在了，但这些文献性或文本性史料却通过重版、翻印、转引等方式流传下来。这类史料的效用和价值，正如美国现代文献学家托马斯·坦瑟勒所言："每一种文献的形成都是如此众多的机缘巧合的结果，而文献的流传更是历尽各种劫数，因而我们永远要对我们所拥有的一切感到惊奇欣喜……因为它承诺我们可以凌越百代而直接触及过去的真实。"② 书写的文学史既要以文物性史料作为物证，更要依据文献性或文本性史料。笼统地说，所有文献性和文本性史料都在承担着对现代"文学史实在"的书写功能。但细加区分，一些文本可能偏于对文学史的"实录"，如档案、目录、表谱、编年史、考证性论著等；一些文本可能偏于对文学史的"叙述"，如，王哲甫的《中国新文学运动史》、王瑶的《中国新文学史稿》、唐弢的《中国现代文学史》、钱理群等的《中国现代文学三十年》等许多文学史著作，其叙述性更强。这些文学史著当然也试图还原实在的现代文学史，但它们更多地关注自身体系、框架等的自足性或是强调文学史观和史识的新变。有的甚至是以论带史，如以阶级论、进化论、启蒙论等去叙述文学史。而这些文学史著最终也会转化为一种叙述性史料。这样，文学史书写大约有三类史料来支撑：最为客观的文物性史料、相对客观的实录性史料和相对主观的叙述性史料。史料批判在史料和文学史书写之间起着中介作

---

① 黄修己：《中国新文学史编纂史》，北京大学出版社 2007 年版，第 281～283 页。
② 苏杰编译《西方校勘学论著选》，上海人民出版社 2009 年版，第 199 页。

用，即它要鉴别和评估所有各类史料，从而为文学史书写服务。史料有虚实、真伪、整残、异同、原次等差别，史料背后还有制作意图、方法、文体、语言等的规约，还有史识、史观、意识形态、权力关系等的介入。史料批判正是要通过各种批判技艺，抹去各类史料中的尘埃和污染，揭开其伪饰和遮掩，不断为现代文学史的重写或知识性重构提供真史料和新史料。简言之，史料批判是现代文学史书写的辅助性学术活动，也是直接抵近现代文学史实在或"原态"本身的学术工作。

现代文学史料批判还是现代文学阐释（主要是文本阐释）的基础。

首先，有文学史料批判作基础的文本阐释才是一种更准确、更有效、更科学的阐释，才可避免空疏的阐释、过度的阐释或强制性阐释。通过辑佚和复原性校勘可以还原文本的原始面貌，如，对艾青诗作《忏悔吧，周作人》、柔石诗作《秋风从西方来了》的补足，从文本完整性上确保了阐释的完整。甚至有学者将郭沫若的《女神》及同期佚作关联起来，历史地阐释《女神》的精神内涵和更完整的抒情主人公形象。辨伪在文本真实性的基础上确保文本阐释的准确性，如，对瞿秋白的《多余的话》版本及文本内容的辨伪，为其文本阐释找到了令人信服的材料。对以译代作现象的辨伪为具体文本的互文性、独创性的阐释提供了科学的依据和线索。版本和校勘研究确保了文本阐释的具体性和差异性，如，对《太阳照在桑干河上》《创业史》等名著版本谱系、文本修改及其异文的研究，显然使其文本阐释避免了版（文）本互串和笼统阐释。而注释的进入，已是文本最基础的阐释，从知识学的角度确保了文本阐释的可靠性和精确性。

其次，史料批判还推进了文本阐释理论的研究，如副文本史料类属的确立，丰富了文本阐释的层次；版本和校勘研究的展开，明确了版本、文本和变本概念的区分。这些研究又可以发展阐释循环的理论，细化阐释的循环圈，即阐释的循环可以从正文本内部整体与局部之间开始，然后是副文本与正文本之间的循环，再然后是文本与文类、作者思想和情态、时代的文风及意识形态、历史语境和文化语境等之间的循环。因此，哪怕是文本中一个字词的修改或异文，在循环阐释中都会产生"蝴蝶效应"，导致阐释差异，甚至改变文本内涵。这就更具体地印证了阐释学家理查德·罗蒂所言：文本的连贯性（笔者按：其实也包括文本内涵的丰富性、文本结构的完整性）是在阐释车轮最后一圈的转动中突然获得。① 因此，文学的史料批判无疑丰富了文学的阐释实践且有助于阐释理论的拓展。

最后，史料批判也与阐释方法有建设性关联。传记批评这种"知人论世"的传统批评方法，常把作者生平、经历、思想、癖好等作为阐释文本的起源性因素，常常要用到史料批判的方法。如，余光中等人曾批评朱自清的名篇《荷塘月色》有"意淫"倾向，受"性驱力"影响，表现了"爱欲境界"，于是有学者采用传记批评的方法反驳这些过度阐释。其中就有日记、书信等史料的引入，辨伪和考证方法的运用，对该文进行了实证性的解读。② 渊源批评对作品手稿的研究更离不开校勘、版本等史料批判方法。而我们所说的"版本批评"方法也正是目录、校勘、版本、考证等史料批判理论和方法的集中体现。有学者从宋末元初的马端临对"文献"一词的解释得出结论，认为以"献"定"文""是我国古代史料学固有的传统"③。这里对"文献"概念的理解虽然值得商榷，但似乎是想从"文献"概念界定的特殊角度，说明史料批判对于文本阐释的重要。因为对于作家的创作文本来说，所有关于它的起源性的或外围的史料或文献都是一种有助于其正确阐释的"献"。更准确地说，文本外围的文献史料有助于阻遏强制性阐释，而导向一种限制性阐释。

---

① 〔意〕艾柯等：《诠释与过度诠释》，王宇根译，生活·读书·新知三联书店 1997 年版，第 119 页。

② 商金林：《名作自有尊严——有关〈荷塘月色〉的若干史料与评析》，《中国现代文学研究丛刊》 2018 年第 12 期。

③ 商金林：《现代文学文本精读重在以"献"定"文"》，《长沙理工大学学报》（社会科学版） 2016 年第 6 期。

第 二 章
史料分类批判

  史料类属的划分，从本质上说也是一种知识控制，是对史料的分类控制。其控制是否得当、合理、完满，当然值得深入批判。史料分类其实首先取决于我们对"史料"的定义，而"史料"如何定义却见仁见智。有学者撰文统计说史料的定义有数十种之多，认为有的定义过"虚"，如德国伯伦汉的《史学方法论》说："史料为人类动作之结果，确可用以认识并证实历史上之事实，或可由其存在、发生及其他之关系中，以推知者也。"① 有的定义过"实"，如说："史料就是人类在自己的社会实践活动中残留或保存下来的各种痕迹、实物和文字资料。"② 有的定义过"宽"，如说史料是研究和编纂历史所用的资料。这就把各种事实材料、理论材料以及通俗历史读物都包括进去了。有的定义过"狭"，如说史料是前人思想行为的历史遗迹或历史痕迹。这会导致人们误以为史料必须是人类历史的直接遗存而排除后人记述的间接材料。有的定义过"泛"，如据"一切皆史"观念说那些和人类社会过去有关系的一切事物都是史料。这会抹去"史料"与"非史料"的界限，如把《三国演义》当成研究三国历史的史料。对这些有缺陷的定义进行批判之后，这位学者又提出了一种过"纯"的定义，认为"史料是指反映某一特定历史事实的原貌的材料"③。此外，还有学者提出过"玄"的定义："史料是无所指即纯粹能指的语言。"④ 既然诸多定义皆有其偏颇处，我

----

① 刘泽华主编《近九十年史学理论要籍提要》，书目文献出版社 1991 年版，第 145 页。

② 李良玉：《史料学片论》，《福建论坛》（人文社会科学版）2000 年第 5 期。

③ 张连生：《重新审视"史料"的定义问题》，《河北学刊》2007 年第 2 期。

④ 雷戈：《论史料》，《史学月刊》2003 年第 8 期。

们就不应画地为牢，而应持一种更开放的意识，认同一种广义的史料概念，即史料是遗留的和后生的各种可用于历史研究的材料。这就可以最大限度地扩展史料的外延，又将其内涵限定于"可作历史研究之用"。中国现代文学史研究也更适宜采用这种广义的史料定义以容纳和控制其丰富的史料类属。

一　习见的分类

中国唐代史学家刘知几早在其著作《史通》中就将历史著作分为"当时之简"和"后来之笔"两类。"当时之简"是当时人的记录，包括偏记、小录、逸事、琐言、郡书、家史、别传、杂记、地理书、都邑簿等；"后来之笔"是后代人撰写的正史。这两类著作以现今的标准看，都属于史料，所以这种分类也可以说是史料的分类，关注的主要还是文字或文献类的史料。西方对史料的分类据说源于伯恩海姆（1854～1937），他将史料分为传说和遗迹两类，传说又包括图画的传说，口头的传说（掌故、谚语、歌谣等），文字的传说（铭志、日记、谱系、年志、回忆录、人物志等）；遗迹则包括遗物、文件书契、纪念物品等。比刘知几的分类多了遗迹类史料等。此后，"西方史学家的史料分类，大致沿自伯氏，其余波复及于中国。……中国近代史学家对史料的分类，系受伯恩海姆以后西方史学家的影响。如梁启超分史料为在文字记录以外者与在文字记录以内者两种（见其所著《中国历史研究法》），以及其他学者像何炳松、蔡元培、傅斯年、傅振伦、杨鸿烈等对史料的分类，皆显然不是中国传统中所衍出的"[①]。当下的一些史学著作对史料的分类也似有伯氏的影响，如，初版于1979年并于21世纪初出增写版的杜维运著《史学方法论》仍把史料分为口头传说、文字记载、实物三类。这种三分法仍脱胎于伯氏的二分法。而王尔敏的《史学方法》一书则把史料分为遗物、记录和传说三类。在更细分的时候，他把绘画、照片归入了"遗物"，而在"记录"一类中，除文字记录之外，又增加了录音、录影。大类的划分仍类似杜维运的三分法，细类的划分则略有不同。

而一些文献学著作则以"文献"的概念取代"史料"的概念。其实，在中国，"文献"是一个比"史料"出现得更早的概念。它最早记载于《论

---

①　杜维运：《史学方法论》，北京大学出版社2006年版，第102页。

语·八佾》，孔子说："夏礼，吾能言之，杞不足征也；殷礼，吾能言之，宋不足征也。文献不足故也。足，则吾能征之矣。"朱熹《四书集注》释为："文，典籍也；献，贤也。"清人刘宝楠《论语正义》明确为："文谓典策，献谓秉礼之贤士大夫。"近人刘师培《文献解》谓仪、献古通。所以，文指书之所载的典籍，献是贤人身之所习的礼仪。但宋末元初的马端临则在《文献通考·自叙》解说为："凡叙事，则本之经史，而参之以历代会要，以及百家传记之书，信而有征者从之，乖异传疑者不录，所谓文也。凡论事，则先取当时臣僚之奏疏，次及近代诸儒之评论，以至名流之燕谈，稗官之记录，凡一话一言，可以订典故之得失，证史传之是非者，则采而录之，所谓献也。"这里，"文"指经典文本的叙事，"献"则指儒士名流对事的言议。又有学者将马氏的定义强调为："把典籍所载称为'文'，前人议论称为'献'，便显示了文献史料和口传史料的内在联系和区别。"① 所以，对文献一词的界说是有分歧的。今天，人们对"文献"的界说无非是广狭的不同。有时，文献仅指图书资料。1983 年，我国颁布的《中华人民共和国国家标准·文献著录总则》对文献的定义则是"记录有知识的一切载体"。这是广义的文献概念，包含了图书及其他一切记录知识载体，却只包含部分"实物"史料并排除了口头传说。文献概念的广狭决定了其所含史料类属的多少，因此，许多文献学著作对文献的分类也就在广狭义之间摇摆。如潘树广等著《文献学纲要》谈到"文献的形态"（即文献载体）时包括了从古至今的甲骨文献、青铜文献、简策与帛书文献、图书文献、报纸与期刊文献、声像文献、微缩文献、机读文献等，但谈到"文献的分类"时则又只有经部、史部、子部、集部、丛部等图书文献了。张大可、俞樟华著《中国文献学》亦如此。而洪湛侯著《中国文献学新编》中的"形体编"则以"体"的概念巧妙地涵盖了相关的内容，其中"体例"（文献格式等）、"体式"（文献的装帧形式）与文献分类无关，而"载体""体裁"则都涉及文献分类。载体当然包括了古今所有载体。体裁则含有"文献内容的体裁"，分著作、编述、抄纂三类；"文献编纂形式的体裁"，分文书、档案、总集、别集、类书、政书、表谱、图录、丛书、方志十类。这就比其他文献学著作

---

① 安作璋主编《中国古代史史料学》，福建人民出版社 2010 年版，第 5 页。

包含了更丰富的文献类型。但是，总的来看，"文献"这一概念从字面上是无法容纳所有的史料类属的，不如"史料"概念的内涵丰富。

中国古代文学史料学或文献学著作对史料的分类往往又类似于历史文献学或普通文献学。如张君炎的《中国文学文献学》中的"文献类型"包括总集、别集、单行本、丛书、丛刊和论文集、报刊类文献等。为突出"文学"文献的特性，又另设"文献的种类和体裁"章节，单列诗歌文献、散文文献、小说文献、戏曲文献、古典文学批评文献。这种分类既突出文献作为出版物的形态，又突出文学体裁的种类，实际上反不及普通文献学所含载体形态、体裁种类的丰富。徐有富主编的《中国古典文学史料学》的"史料类型"则包括总集、别集、丛书、报刊、工具书、传记和年谱等，似乎没有统一的逻辑种属划分标准。这些著作都是用"文献"的概念去取舍史料，都未能包含所有的史料类属。而潘树广等主编的《中国文学史料学》则试图突破"文献"概念的局限，趋同于史学家的史料分类。不过，他们用的是"史源"的概念，认为文学的史源来自作家本人或当事人的著述（包括文集、日记、书信、回忆录），以及史书、类书、方志、笔记、书目、档案、谱牒、年谱、报刊和实物（包括甲骨文、金文、简牍、帛书、石刻）以及口述等。这是迄今为止关于中国文学史料类属较完备的划分。但进入古代文学史料分论时，似乎又是一种文献学的视角，不过是以时代为经，以文体为纬，分先秦文学史料（含神话、诗歌、散文），历代诗文、小说、戏曲曲艺史料。另设有"敦煌文学史料""民间文学史料""民族文学史料"，这又兼顾了空间维度。

中国现当代文学研究界对史料的划分一直处于摸索之中。在1936年出版的《中国新文学大系：史料·索引》集里，收录包括总史（收关于文学革命运动的历史论文），会社史料（含新文学社团、期刊史料），作家小传，史料特辑（收有关新式标点符号议案、新文学禁书、科学与人生观讨论等文化和文学史实的文章），创作编目，翻译编目，杂志编目等七类史料。另又编有与上述七类史料相关的中国人名索引、日本人名索引、外国人名索引、社团索引等四种索引以便检索这些史料。阿英编的这本书，其实主要是一部目录书，但兼史料文章汇编。涉及的史料类型较多，其中突出了文学社团史料、期刊史料、翻译作品史料等在现代文学中占重要地位的史料。而

"创作编目"中既有作品总集、别集，还有论文集和文学研究专著（含文学史、文学理论、文艺批评等）及其他学术著作，所含未免太杂且名实不符。这种分类不一定完备和科学，但应该是现代文学史料分类最早的实践。在1962年出版的《中国现代文艺资料丛刊》第一辑中，发表了周天的长文《关于现代文艺资料整理、出版工作的一些看法》，他说："我把已经整理、出版、发表的一些资料书籍和文章按它们在资料性质上的区别分为五类：一、调查、访问、回忆；二、专题文字资料的整理、选辑；三、编目；四、影印；五、考证。"这只是他对新中国成立以来现代文学史料整理和研究成绩的一次系统总结和评估，所以这并非是对现代文学史料的科学分类。1985年，马良春撰文倡议建构中国现代文学史料学，第一次较完备地将现代文学史料分为七类：

第一类：专题性研究史料。包括作家作品研究资料、文学史上某种文学现象的研究资料等。

第二类：工具性史料。包括书刊编目、年谱（年表）、文学大事记、索引、笔名录、辞典、手册等。

第三类：叙事性史料。包括各种调查报告、访问记、回忆录等。

第四类：作品史料。包括作家作品编选（全集、文集、选集），佚文的搜集，书刊（包括不同版本）的影印和复制等。

第五类：传记性史料。包括作家传记、日记、书信等。

第六类：文献史料。包括实物的搜集、各类纪念活动的录音、录像等。

第七类：考辨性史料。考辨工作渗透在上述各类史料之中，在各类史料工作的基础上可以产生考辨性史料著述。①

这一分类虽然涵盖了一般史料学所包含的实物史料和文献史料，但并未突出口述史料。同时，有的类别概念不准确，如，用"文献史料"包含实物史料和声像史料。另外，有些类别之间有交叉和重叠，如，叙事性史料与

---

① 马良春：《关于建立中国现代文学"史料学"的建议》，《中国现代文学研究丛刊》1985年第1期。

传记性史料。又如，专题性研究史料与考辨性史料应都可归入研究性史料。

20世纪80年代中期以后，国内开始出现现代文学史料学或文献学专书。最早的是1986年出版的朱金顺著《新文学资料引论》，该书无意于史料分类，却列出已有的新文学史料成果类别：辑佚钩沉著作、专题研究资料、作家研究资料、汇校汇释集解、考辨札记和文坛史料、年表年谱和大事记、目录和索引等。如果作为史料类别划分，这种分类显然不完整也不严谨。1992年出版的潘树广等主编的《中国文学史料学》试图打通古代文学与现代文学的界限，在谈"史源"时，对文学史料的分类还较完备，但进入现代文学史料分论部分时，又退回到"文献"的范围。包括：其一，大型作品总集与研究资料丛书（含作品总集、作品丛书、研究资料丛书）；其二，现代作家文集及有关资料（含作家文集、作家选集丛书）；其三，现代作家传记资料（含自传、回忆录、书信、年谱、年表、评传、传记集、人名辞典、笔名录）；其四，报刊资料（报刊影印、目录等）；其五，现代文学常用工具书（含作家著述目录、作品及研究资料目录、辞典、大事记）。这五类简单地说就是：总集、别集、传记、报刊、工具书，仍是不完备的文献分类，如，未含档案、图像、声像、实物等史料。2010年出版的谢泳著《中国现代文学史研究法》其实是一部史料学著作，虽无意于史料的分类研究，却从自己的研究经验出发，强调史料范围的扩展，论及全集、传记、年谱、日记、书信、年鉴、辞典、方志、校史、广告、同学录、职员录、内部出版物等。2012年出版的刘增杰著《中国现代文学史料学》叙述了现代文学史料类型划分的演进轨迹，并推崇史料类型划分的多元性，侧重论及报刊史料、网络史料、修改本史料，但并未对史料类型做进一步的学理性划分。2014年出版的徐鹏绪等著《中国现代文学文献学研究》，立足于文献学视角，对现代文学文献类型的划分进行了更有学理性的探究，总结了文献类型划分的四种线性结构模式，并最终划出三级文献类型：一是原始文献，包括创作文献（含别集、总集、丛书等出版类型）和与创作相关的文献（含表谱、传记、日记、书信等作家生平文献，社团、流派、文运、出版等文献）；二是研究文献，包括由整理原始文献而派生的文献（目录、校勘记、注释等）和由研究原始文献而派生的文献（含作品论、作家论、史论、文体论、社团流派论、序跋、书话、演说等论文及作家作品研究专著、文学史专著、辞书手册等）；三是研究之研究文献，包括研究资料汇编、研究述评、研究史等。这种层级划分有合理性，但局限于文字文献史料。

以往的分类体现了人们控制和整序文献或史料的需求和努力。随着时代的发展，史料的种类和形态越来越多，史料类属关系的研究也会持续下去。但通观普遍意义上的史料分类，大约有三种主要倾向。一是谱系化。即严格按照逻辑上的类属关系做连续划分，尽量包含所有类属，避免划分不全的现象，形成一种完整的谱系层级。可"按第一级采用一个划分标准，第二级采用另一个标准，……层层逐级划分下去"①。如，第一级可按储存或载体形态分为文字史料、微缩史料、音像史料、数字史料、实物史料。第二级又按编辑或出版特征划出新的子项，如文字史料包括图书、报纸、杂志、档案等；如音像史料包括录音、录像、图像、电影等；未能穷尽的还可按第三级、第四级等划分下去。如文字史料还可按写作性质分为创作文字、译介文字、研究文字等，还可按编汇类型分为初刊本，别集（单行本、文集、全集），以及总集、丛书、选本等。二是实用化。"即从按不同标准划分出来的若干个类型系列中抽取或概括出若干个具有典型意义的文献类型，组成一个多种标准杂糅在一起的类型系列。这一系列中的各类型之间存在部分交叉和兼容关系，因此，这种结构形式在逻辑上是不够严谨的，但是它的实用价值较高。"② 实际上，上述潘树广等主编的《中国文学史料学》、徐有富的《中国古典文学史料学》及现代文学学者马良春等的分类都是如此。这种根据历史或文学自身的特点或研究的需要，重点突出一些史料类型，而并不在意这些类型之间类属关系的做法当然也可以是今后史料类型研究的一种趋向。三是网络数字化。随着现代科技和网络技术的发展，许多史料类型都可以变成数字化类型。如，实物可以摄像、视频，口述可以录音或文字化，档案、图像等亦可以翻拍、扫描，所有的史料类型都可进入网上图书馆或数据库，所以数字化史料也可能就是今后学术研究中一种主要的史料类型。至于中国现当代文学史料类属研究，既可以借鉴一般意义上的史料分类经验，更可以探索一些符合本学科自身特点的分类法。

---

① 徐鹏绪等：《中国现代文学文献学研究》，中国社会科学出版社 2014 年版，第 38 页。
② 徐鹏绪等：《中国现代文学文献学研究》，中国社会科学出版社 2014 年版，第 39 页。

二　文本与非文本

如果考虑到现代文学史料的主要形式载体是文本，同时又要涵盖其他史料载体类型，我们可以以"文本"为中心进行史料类属划分，可以用正概念"文本"与其负概念"非文本"的二分法去涵盖所有的现代文学史料类属。这样，具有"文本"属性的史料可以分为正文本、副文本、拟文本三个子项，其他不具有文本属性的史料都可以纳入非文本史料，它涵盖实物史料、音像史料、图像史料、微缩史料、数字化史料等（其中，以微缩胶片存储的是微缩史料，以光盘、磁盘存储的出版物，或数据库、资源库、电子图书等皆可谓数字化史料或电子史料。微缩史料和数字化史料其实主要是文本史料和非文本史料存储载体的新形态，在此不做细论。而史料的数字化则是须另做讨论的重要问题）。那么，现代文学的史料类属谱系即如下图所示：

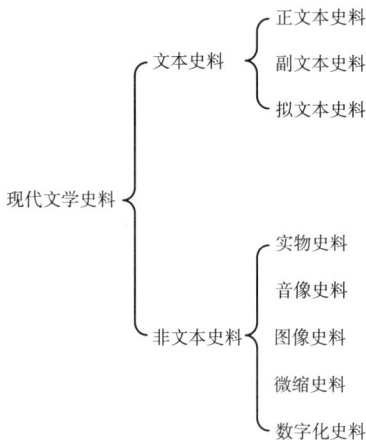

```
                                        ┌ 正文本史料
                           ┌ 文本史料 ──┤ 副文本史料
                           │            └ 拟文本史料
         现代文学史料 ─────┤
                           │            ┌ 实物史料
                           │            │ 音像史料
                           └ 非文本史料─┤ 图像史料
                                        │ 微缩史料
                                        └ 数字化史料
```

我们先考察文本类史料，这类史料是现代文学史料中最主要的史料类型。文本史料即我们通常所谓的文献史料。在文献史料之外，虽然还有口述、实物、图像、音像等史料类型，但是文献史料才是历史研究和写作的主要史料源。虽然文献可以附着于简策、帛书、纸质书刊、电脑网络等不同载体，但文献的本质则凝聚于中国古代"文"的概念或西方的"文本"（text）概念。《周易·系辞》说："物相杂，故曰文。"《说文解字》解为："文，错画也；象交文。"西方的"text"的本义也是编织。故"文本"就是一种语言编织物或语言组合体。而文献最内在的形态或本体特征正是用语言承载史实并编织成文本，或者说文献的本质就是其文本性。所以"文本"这个概念比"文献"这个概念更具有自明性，"文本史料"也就更能概括和界说文献这类史料的本体特性，我们应该可以用它来取代"文献史料"这一概念。文本史料的文本性，是说这类史料具有文本的编织性、修辞性等。这里的文本不光是指一般所谓文学作品文本，也包括非文学作品文本，如历史写作文本、研究论文文本等。依据文本的形态、价值、地位等，我们又可以把文本细化为正文本、副文本和拟文本，因此，相应地就有这三类文本组成的文本史料群。

根据文本的构成形态，一般所谓"文本"其实应该包括正文本和副文本两部分，正文本当然是指文本的主体部分，副文本是正文本周边的一些辅助性的文本因素，但人们提到文本时往往只关注正文本部分。因此，当文本被编汇成文本史料时，就只剩下正文本史料了。一些总集、别集、丛书或选本等史料体裁收入作品原始文本时，往往只有正文本。如《中国新文学大系》这样的总集在收入作品时，只有孤立的正文本，其他的封面、插图、序跋、附录文字等都被排除掉。有些传记、书信等作家生平文本被收入丛书、选本时，也可能没有了原来的序跋、照片等。因此，在被重新编汇的文本史料中，我们应警惕的正是正、副文本分离所导致的文本史料原始面貌的改变问题。正文本史料当然就是文本史料的主体。所以，史料批判中的辨伪、校勘等都主要侧重和依靠正文本。正文本中的章、段、场、幕等划分单位的不同是版本研究的明显证据。正文本的异文也是研究版本变迁、修改现象、文本史等的主要史料依托。一般的文学史叙述更离不开正文本史料。而被分离被忽视的副文本史料有时可能更为重要。

副文本（paratext）可以包括标题，副标题（因标题有独立性），序跋（含发刊词、编者按等），扉页或题下题词（含献词、自题语、引语等），图像（含封面画、插图、照片等），注释，附录文章，广告（含书后广告、报刊广告、腰封广告等），版权页等。① 其中的图像既可以属于副文本史料，亦可单列出来成为图像史料。历史写作文本、研究著作文本等都可能有副文

---

① 金宏宇：《中国现代文学的副文本》，《中国社会科学》2012 年第 6 期。

本，如王哲甫著《中国新文学运动史》、李何林编《中国文艺论战》都有自序。文学文本则具有更多的副文本。因此，可以以文学文本的副文本为主来说明副文本的史料价值。在文学文本中，如，小说、诗歌、戏剧的正文本往往具有虚构性、想象性、抒情性等文学文本本体性，而其副文本则更具有真实性或纪实性、叙"事"性等历史写作文本的特性，因此它们都可以直接成为文学史研究的史料源。有些副文本，如标题、扉页引语等本是参与文本意义建构的，日后成为阐释文本的关键史料；有些副文本，如序跋本意是阐释文本的，日后成为文本接受史中的重要史料；有些副文本，如广告的初衷是营销作品，日后也成为研究文本阐释和接受的史料。

副文本的史料价值体现在多方面。首先，环绕在正文本周边的副文本，当初可能只是文本的生态圈，日后却成为一种历史遗迹，成为文物意义上的历史现场，尤其是那些原初版本和报刊中的图像、广告、版权页等呈现的其实就是一种历史现场，是我们直接触摸"文学史实在"的凭借。其次，副文本与正文本的合成是复数作者共构的结果，正文本和自序等副文本当然是作家自己的写作，但他序、他注、扉页引语等副文本则是其他"作者"的文字。广告、他序、他注等可代表评论者、读者的意见，版权页、广告、装帧等更能体现出版商和编辑的策划意向。这些"作者"分别就是文学的直接生产者、文学的生产机构、文学的价值认定者。按照布迪厄的观点，这些力量为了各自的合法性和利益相博弈、斗争，从而组成一种"文学场"①。当初现代文学生产时的这种文学场，在今天已变成了一种历史的文学场。如果这些副文本及其作者有所变动，就成了一种流变的文学场。最后，更综合地说，副文本与正文本共同生成复杂的关系场，不仅体现了复数"作者"之间的关系，也形成相互之间的跨文本或互文性关系，还会衍生出版本、文本与变本的关系，更可见作品与作家、时代、文化的关系等。当时结成的这种合作、牵掣、矛盾的现实关系，在现在可看成是复杂的纠缠的历史关系场。因此，从宏观角度看，副文本史料可建构出以上几种历史的"场"。而从微观角度看，副文本史料则包含有许多具体的文学史细节。如鲁迅的

---

① 〔法〕皮埃尔·布迪厄：《艺术的法则——文学场的生成和结构》，刘晖译，中央编译出版社2001 年版，第 262～270 页。

《呐喊》初版"自序"中记录了让他弃医从文的"幻灯片事件"，《野草》书后广告也包含了《野草》在内众多书籍生产的信息。胡适的《尝试集》四版自序也记录了当时众多名家参与该诗集的"删诗事件"。即便是引自古代文献的扉页引语或题下引语，也依然暗含着当代的历史信息，如郁达夫小说《采石矶》引杜甫"文章憎命达，魑魅喜人过"，却隐喻了自己与胡适的关系；高长虹的《走到出版界》扉页引庄子语，却是鲁、高冲突的佐证之一。总之，副文本史料绝不是边角废料，更有可能是揭示文学史实甚至秘密的真材实料。

在文本类史料中，还包括史学界提出的"拟文本"。有学者认为："缺乏一般文本所具有的基本逻辑结构和完整话语系统的'拟文本'，……是作者思想实验的'火花'或'碎片'，不是完整、独立的文本。"[1] 拟文本可包括演讲记录、读书批注、访谈、代笔等，拟文本有草拟、模拟、代拟等性质。它通常不是正式文本，可能是草稿；不是完整文本，可能是文本碎片；不是作者亲笔，可能是他人记录或代笔。在现代文学文本史料群中，当然也有大量的拟文本。许多演讲记录可视为拟文本，如鲁迅的《魏晋风度及文章与药及酒之关系》的记录稿是拟文本，其改定稿才可称为正式文本。鲁迅还有些演讲见于当时的新闻报道，只有内容大略，也只能是拟文本。又如闻一多的《最后一次的讲演》的几种记录文本都不是作家的改定文本，都只能是拟文本。批注包括自批注和他批注，也是数量较多的拟文本。如沈从文 1944 年 12 月在昆明文聚出版处出版的土纸本《长河》上所加批的自注，溥仪在其《我的前半生》1962 年稿本上的自批注，茅盾在杨沫的《青春之歌》上的眉批等。其他如《新文学史料》杂志 1987 年第 3 期发表的《埃德加·斯诺采访鲁迅的问题单》和《鲁迅同斯诺谈话整理稿》（安危译），1936 年 6 月 9 日由冯雪峰为鲁迅代笔的《答托洛斯基派的信》，等等，都可视为拟文本。所有这些拟文本需要鉴定、整理后，方可发表或出版；也只有在经过考辨后，方可征引和使用。拟文本史料有的可能是不完整的直接史料，有的可能是较完整的间接史料，对其史料价值应该有批判性的评估。拟

---

[1] 张明：《毛泽东研究中的文本学分类方法与意义》，《南京大学学报》（哲学·人文科学·社会科学版）2013 年第 5 期。

文本一般不宜作为直接证据，但它们却是文学史研究的重要佐证。这是现代文学史研究中有待拓展的文本史料类型，也是史料批判中具有挑战性的领域，需要综合运用辑佚、版本、校勘、辨伪、考证、注释等史料批判技艺去处理。

非文本史料是现代文学史料的另一重要类型。实物史料包括作家故居、遗物、题字碑刻（如原西南师范学院校园里有郭沫若 1957 年 10 月 23 日为该校《桃园》文学双月刊创刊号所题写的《桃园花盛开》一诗的碑刻），书画遗墨（如赵树理 1964 年为赞大庆油田而作的《石头歌》，后以书法作品赠予巴金夫人萧珊，使该作不至散佚，该书法作品现藏中国现代文学馆）等，也包括作家手稿原件、作家的藏书遗存、书刊的原本实物等。这些都有文物性质，亦可称文物史料。目前，关于鲁迅的实物史料研究较深入，出现了叶淑穗、杨燕丽合著的《从鲁迅遗物认识鲁迅》、陈光中的《走读鲁迅》等著述。音像史料是关于作家、文学活动、文学会议等的录音、录像。如日本涩泽荣一纪念馆藏有 1924 年 6 月 12 日徐志摩陪同泰戈尔访日的一段无声纪录片。胡适、茅盾、老舍、巴金、沈从文、郭沫若等的录音或录像也有一些存世。现代时期这方面的史料稀少，新时期以后才增多。如 20 世纪 90 年代，台湾作家雷骧执导了"作家身影"的文献纪录片（台北春晖影业公司拍摄），留下了冰心、巴金、曹禺、萧乾的影像和声音。① 2016 年以后，张同道执导的纪录片《文学的故乡》保存了贾平凹、莫言、阿来、毕飞宇等作家的音像。这些纪实性的录音、录像是最真实的历史遗存。至于一些作品的改编性音像如评书广播、影视作品等，只能作为一种文学传播的音像史料。文物史料和纪实性音像史料在总体存量上都较少，且多藏于纪念馆、图书馆、档案馆等场所，由于管理的僵化和缺少系统的整理，这些史料的获取和使用多有不便，只有把它们整理后转换成数字化史料（digital document）或电子史料，才可以便利使用并被现代文学研究充分利用。随着电脑、网络技术的发展和现代文学史料整理工作的深入展开，数字化史料的存量会越来越大，将会成为今后最便利使用的史料类型。它们尤其会在所谓文学的"远读"（distant reading）中，如长时段研究、概要性内容提取、e 考证等中

---

①　陈子善：《把我包括在外》，《文汇报·笔会》2017 年 7 月 8 日。

显示其重要和快捷的效用。

在现代文学的非文本史料中，图像类史料有更多的存量。图像以线条、色彩、光影、构图等方式完成信息传递和意义表达。图像亦可称为图像文本（iconotext）或图本，可以像文本一样去解读。现代文学的图像史料与文本史料有共同的存储载体即纸媒。图像史料包括现代画报如《良友画报》《时代漫画》等刊载的图画、肖像、照片等，现代文学报纸、期刊中的插图、书影、照片等，现代文学单行本著作中的封面画、插图、照片等。图像史料被称为可视史料或视觉史料，当然是静态的可视史料，区别于录像那种动态的可视史料。在中国现代文学史料中，这类静态图像史料应该是文字史料这种可读史料之外存量较大而且十分重要的史料类型，它还可包括从实物史料转化成的图像史料。图像史料按其表现形态应包括照片和图像两类，前者是现代摄影技术对作家鲜活生命和文学历史的瞬间捕捉；后者是用中外各种绘画技术对文学史信息和作品或期刊内容的描画和装饰。它们都是形象的具体可感的文学史料。

图像史料按其内涵或与文学史的关系，又可分为三类。

第一类是当时注重客观呈现文学史人事、现象等的写实类图像史料，各种照片和写实性绘画、绘图皆属此类。它们保留了文学史的在场信息，是我们返回历史现场的直接依据。正如一位西方学者所说："我们与图像面对面而立，将会使我们直面历史。……图像提供的证明，就物质文化史而言，似乎在细节上更为可信一些，特别是把画像用作证据来证明物品如何安排以及物品有什么社会用途时，有着特殊的价值。它们不仅展现了长矛、叉子或书籍等物品，还展示了拿住这些物品的方式。换言之，图像可以帮助我们把古代的物品重新放回到它们原来的社会背景下。"① 现代文学史上的一些重要照片，如 1924 年林徽因、徐志摩和泰戈尔的合影，1942 年郭沫若 50 寿辰时与幻子、巨笔的合影，1926 年巴金成都故居正门照片等都是文学史的即时遗存。其他各种剧情照、布景照、书影、作家肖像照（画）、人物服饰插图等都是回到历史背景和历史实在的直接凭借。这些图像都是现代文学史"立此存照"的可靠史料，它们往往直接且客观地"图显"或"图现"了

---

① 〔英〕彼得·伯克：《图像证史》，杨豫译，北京大学出版社 2008 年版，第 9、132 页。

文学史。

第二类是当时用图画媒介对作家或文学史现象进行"图叙"或"图说"的写意性图像史料。这类图像叙述的文学史片段，往往带有作家或画家的主观性、选择性和评判性，有的图画中还配有文字说明。有对单个作家文事活动的图叙，如叶灵凤所作漫画《鲁迅先生》（1928 年 5 月载《戈壁》第 2 期），林语堂所绘《鲁迅先生打叭儿狗图》（1926 年 1 月 23 日载《京报副刊》）。有对文学流派活动的绘图，如汪子美为《论语》派作家所绘《春夜宴桃李园图》（1936 年 5 月载《漫画界》第 2 期）、《新八仙过海图》（1936 年 9 月载《上海漫画》第 5 期，1937 年 4 月 20 日载《逸经》第 28 期）。试图更完整地图叙一段现当代文学史的有鲁少飞的《文坛茶话图》（1936 年 2 月载《六艺》创刊号），该图对 20 世纪 30 年代初文坛倾向、格局和主要作家等进行了总结性的描画。刊于《文艺报》1956 年第 1 期由丁聪、方成、华君武等共绘的《万象更新图》，配有袁鹰、马铁丁、袁水拍的"解说诗"，更是对新中国成立初期文学体制、文学机构、作家布局、文坛和学界主要走向等的全面图说。这类图像多以漫画这种便捷的绘画形式及时地图叙了文学史，也显示了这个画种图叙历史时的夸张、变形、不完整等特性，但仍然是当时、当地甚至当事者留下的图像史料。这类图像往往注入了图画者的写史意图和价值评判，是我们进行文学史研究时值得借鉴但又须批判性考辨的图像史料。

第三类是与作品、期刊正文本相伴生的阐释性或装饰性图像，包括作品单行本或期刊的封面画和插图。作品单行本中的图像能典型地体现这类图像史料的特点。首先，单行本的封面画和插图会随着作品正文本的版本或文本的变异而改换，具有伴生性。如张爱玲的小说集《传奇》的初版本、再版本和增订本的封面画就不一样。因此，这些图像常成为作品版本或文本变异的证据史料。其次，这些图像有时纯粹是设计者用于正文本的"图饰"，如，由陶元庆绘制却被鲁迅用于许钦文小说集《故乡》封面的被称作"大红袍"的图像。更多的时候，这些图像是对作品正文本的"图解"和"图释"，封面画往往概括地图解正文本，如萧红自己设计的《生死场》的封面画，突出了东三省的割裂、鲜血和乡愁。正文本中的插图更是对文本内涵的对应性图解。其实，无论哪一种伴生性图像，都是对正文本的美饰，都为正文本提供了一种视界、氛围或情调，参与了文本的抒情和意义生成，所以这些图像都与正文本一起共同完成了文本建构。对于读者来说，图文并茂的文本会激发语言思维之外的视觉思维，会导引语言阅读和图像阅读同时进行，促使语言、图像相互生发，给阅读带来一种感性的灿烂。所以，经由作者、画者的有意建构和读者的参与接受，与正文本伴生的图像最终会使文本形成一种有机统一的言—像系统。而伴生图像的改换，则会使这个言—像系统随时发生变异。因此，这类图像往往会历史性地见证正文本的建构、阐释和接受，从而成为现代文本史、文学史的一种视觉史料。

总之，无论是较客观的"图显""图现"，抑或较主观的"图叙""图说"，还是更美观的"图饰"或者有意义的"图解""图释"，这些图像都"图写"了现代文学史，都是现代文学史研究的图像史料。其价值正如古人所言："夫简策有图，非徒工绘事也。盖记所未备者，可按图而穷其胜；记所已备者，可因图而索其精。图为贡幽阐邃之具也。"① 图像能将现代文学史深处的某些幽暗地带敞亮给我们，能将现代文学文本深藏的某些信息和意义阐明给我们，无疑是现代文学史研究的重要证据和参照物。这当然主要指从属于现代文学史的那些原生性和伴生性的图像。并不是所有的图像都可以成为现代文学史的图像史料，如张乐平原创的《三毛从军记》《三毛流浪记》等连环漫画，它们是现代艺术史、绘画史的图像史料，与文学史关系不大。也并不是所有图像都是再现文学史原态的图像史料。如，后来根据现代文学名著改编的连环画本，可以成为现代文学传播史、接受史、改编史的图像史料，却不可用以复原文学史和回到文学史本身。因此，必须考辨图像与文学史本身的时空关系等，以确保可以"图像证史"。

所谓"图像证史"是说"图像如同文本和口述证词一样，也是历史证据的一种重要形式"②。并且可以用来考证历史甚至确证历史。"图像证史"这个词组是当下所谓"读图时代"出现的重视图像的众多组合词中的一个。其实中国古代早已有重视图像的表述。中国的"图书"一词强调有书必有图，说明我们早有图文合观的意识。宋人郑樵《通志略·图谱略》云："索

---

① 欧阳东风：《坐隐图跋》，（明）汪廷讷等编《坐隐奕谱》，广西师范大学出版社 2001 年版，第 65 页。

② 〔英〕彼得·伯克：《图像证史》，杨豫译，北京大学出版社 2008 年版，第 9 页。

象于图，索理于书。"中国有个成语"左图右史"是突出室内书籍之多，也无意中将"图""史"并举。"图像证史"这一表述则在"图像阅读""图像叙事"等功能之外凸显了图像的证史功能及其价值。也是在这种观念中，图像皆可视为史料。正是自觉或不自觉地秉持这种观念，中国古代文学研究早就开始了图像证史的尝试，郑振铎在 20 世纪 30 年代初即已完成并出版了《插图本中国文学史》。中国现代文学的图像证史工作从唐弢写现代文学书话时就已开始。他在有意写作书话时，却在无意中推动了图像证史，只不过他所用图像局限于书影。他的《书话》60 年代初即已初版，1980 年出版时改书名为《晦庵书话》。此后，姜德明等书话作者继承了唐弢的工作。90 年代以后，现代文学的图像证史研究更深入地展开。1996 年，大陆出版了杨义、中井政喜、张中良合著的《中国新文学图志》，经过扩写增图，2009 年该书又更名为《中国现代文学图志》。这个增写本使用各类图像共 700 幅。该书的特色如作者所概括："以史带图，由图出史，图史互动，图文并茂。"① 该书称为"图志"，侧重在为图写史，即以图为主，以文为图作"志"。2001 年，陈平原、夏晓虹的《图像晚清》一书出版，"利用档案、报纸、笔记、诗文、小说等，与《点石斋画报》上的画面互相比照，或证实，或证伪"②。这种"文字与图像互相诠释"的写史方式也为现代文学史写作提供了借鉴。此后 2007 年出版了范伯群的《插图本中国现代通俗文学史》，该书以史为主，插入图像 300 多幅。2010 年出版了吴福辉的《插图本中国现代文学发展史》，也使用了大量的图像、地图等，亦以史为主，以图为辅。这两本文学史主要都是以图像证史。实际上，为图写史和图像证史很难决然区分，可以说都是以图像作为史料和证据来写现代文学史。2011 年温儒敏总主编的"图本中国现当代作家传"丛书（收高旭东和葛涛的《图本鲁迅传》、黄曼君和王泽龙的《图本郭沫若传》、易竹贤和陈国恩的《图本胡适传》、张洁宇的《图本郁达夫传》等）以传（文）为主，以图辅传，是图文共写的作家个人之史。其他如姜德明编著的《书衣百影》、孙郁的《鲁迅书影录》等都收集了有价值的图像史料。

---

① 杨义等：《中国现代文学图志》，生活·读书·新知三联书店 2009 年版，第 9 页。
② 陈平原：《文学的周边》，新世界出版社 2004 年版，第 219 页。

三 从文学到非文学

当我们以文学为中心谈论史料类属划分时，可以以文字或文献史料为主要对象。以往的史料学著作并没有一个统一的划分标准。如徐有富主编的《中国古典文学史料学》实际是把古典文学史料按诗歌、散文、小说、戏曲、民间文学、文艺理论等几大类来划分的。潘树广等主编的《中国文学史料学》谈到中国文学史料的内容时，认为应包括文学作品、文艺理论批评著作、作家传记资料、文学作品的背景性资料、文学社团流派资料、文学期刊与报纸副刊资料、文坛风尚与文学事件资料、文学形式范畴的资料等八个方面。① 在章节安排上，又把中国文学史料按时代划分和按文体划分等搅和在一起。这些分类有其适用性，但逻辑往往有些混乱。在中国现代文学史料学著作中，只有徐鹏绪等的《中国现代文学文献学研究》一书试图按照系统性原则给文学史料分类。该书按原始文献→研究文献→研究之研究文献这样的逻辑层级，容纳和排列有关现代文学的所有文献。但这种下一级文献由上一级文献派生的关系认定，并不完全符合现代文学文献的实际情形，这种层级排列似乎也有一种价值预设，容易变成从直接史料到间接史料的价值层级。另外，在具体文献类型的归属上，也有不能自洽之处，如传记、序跋、书话等既可归于原始文献，也应归入研究文献，表谱属于研究文献却被归入原始文献。因此，以往文学文献分类上的缺陷，迫使我们必须重新思考如何分类的问题。这种分类在兼顾实用性的同时，至少必须具有系统性、涵盖性。在此基础上，还必须把握文学这种文献史料的特性。

谈到现代文学文献史料的分类问题，其实我们首先要注意的是"文学"这个概念与文献、史料的关系。可以说：文学皆文献，文献皆史料，但现代意义上的"文学"概念不足以涵盖其所有的文献类史料。因为来自西方的literature（文学）概念是一个较纯的文学概念，即它只包括了诗歌、小说、戏剧和散文四大文类，但"散文"是一个含混的概念，它当然包括了艺术性散文或美文，其他不纯的散文应包括哪些文类并没有明确的界定，因此我们暂统称为美文。从文献学的意义上说，现代的"文学"概念反不及中国

---

① 潘树广等主编《中国文学史料学》，华东师范大学出版社 2012 年版，第 4～6 页。

古代的"文章"概念那样具有涵盖性。在古代，经、史、子、集皆可称文章，即哲学、历史、文学著作等皆是文章，而文章皆是文献。因此，谈论中国现代文学史，我们既要关注其被提纯出来的那一部分"纯文学"，还应关注大量的"杂文学"实存。谈论现代文学的文献史料分类时，我们更不能忽视"纯文学"之外的文学，几乎可以重启"泛文学"的古代所使用的"文章"概念。即现代文学的文献史料应包括纯文学文献、杂文学文献，还应包括与文学有关的历史文献和哲学文献（其中与文学有关的哲学文献，我们皆可放入"文学理论"文献之中）等。简言之，应包括所有文学文献和非文学文献。具体内容可列图谱如下：

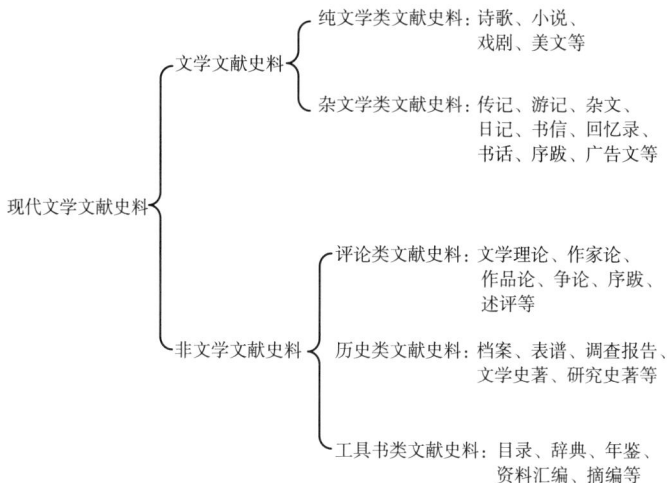

```
                                    ┌ 纯文学类文献史料：诗歌、小说、
                        ┌ 文学文献史料 ┤            戏剧、美文等
                        │           └ 杂文学类文献史料：传记、游记、杂文、
                        │                        日记、书信、回忆录、
                        │                        书话、序跋、广告文等
现代文学文献史料 ┤
                        │           ┌ 评论类文献史料：文学理论、作家论、
                        │           │           作品论、争论、序跋、
                        └ 非文学文献史料┤           述评等
                                    ├ 历史类文献史料：档案、表谱、调查报告、
                                    │           文学史著、研究史著等
                                    └ 工具书类文献史料：目录、辞典、年鉴、
                                                资料汇编、摘编等
```

这也是从文献体裁角度的分类。这个分类谱系突出了现代文学文献的学科特性，也基本上涵盖了不同性质的五种主要文献类属；这五类文献基本上能包含现代文学所有的文献体裁。五类文献中的每一类文献中，既可含其原始文献，也可含其衍生文献或研究文献。同时，每一具体的文献体裁亦可据其性质进行跨类。如，序跋既可以写成美文而归入纯文学类文献，也可以因侧重批评而归入评论类文献，当然它主要是杂文学类文献。我们对这五类文献的特性、功能和价值可做进一步的申述。

纯文学文献即通常所谓的"文学"作品，包括诗歌、小说、戏剧、美文等。自西方的"文学"概念引入中国以后，文学的提纯祛杂成为趋势，于是在文学观念上就有了纯、杂的分立。最早是周作人在《论文章之意义暨其使命因及中国近时论文之失》一文中提出了"纯文章"与"杂文章"的二分问题。20 世纪 30 年代，童行白等提出了"纯文学"与"杂文学"的区分："纯文学者即美术文学，杂文学者即实用文学也。"① 这时，人们对纯文学这个概念的外延已较明确，如胡云翼说："我们认定只有诗歌、辞赋、词曲、小说及一部分美的散文和游记等，才是纯粹的文学。"② 当时良友图书公司出版的《中国新文学大系》所收的文学作品也只主要包括诗歌、小说、戏剧、散文四大文类。其他的文类就被放进"杂文学"或"广义的文学"或"文章"之中。至于"纯文学"的内涵，当时许多人都认为是"主情"。其实，纯文学的本体特性应该是虚构性、非实用性等，至于情感性、想象性等应该是纯文学与杂文学都共有的文学性。所以这里的纯文学是指比古代的"文章"要纯的文学作品，但又不是更纯的"纯诗""唯美剧"一类理想化的"纯文学"。

纯文学作品文献当然是文学史研究所要依托的主体文献，在一般的现代文学史叙述中，除文学思潮、论争等，也主要以四大文类为基本构架。当纯文学作品变成文献史料时，我们就必须关注其文献的历史形态，如，其初刊本或初版本，因为这是作品面世的最初形态。这些作品的进一步文献化，是它们被入选、编集。于是就有了别集（包括作家选集、文集、全集等）、总集（如《中国新文学大系》）、丛书（如"乌合丛书"）等文献形态。作品的原本文献在生产、传播过程中，由于重新编辑或修改，又新生出各种变本文献形态。当这些文学作品成为文献史料学的研究对象，又会衍生出研究型文献，成为文学史研究更细化的史料。如，关于作品的辑佚成果，将增加现代文学史的文献存量并成为丰富作家形象研究的史料；对作品进行辨伪的著述，有助于清除伪文献，成为揭示文学史真相的史料；对作品的校勘，会衍生出校勘记、校读记等文献形态，进而又成为原作细读或恢复作品历史原态的史料；关于作品版本的研究，会生成汇校本、版本批评等文献形态，为作品出版史、修改史、文本史的研究提供史料；对作品的研究还会产生书话、

---

① 童行白：《中国文学史纲》，上海大东书局 1933 年版，第 1~2 页。

② 胡云翼：《新著中国文学史·自序》，胡云翼：《胡云翼重写文学史》，华东师范大学出版社 2004 年版，第 6 页。

目录、注释等文献形态。其实，还有在文学作品诞生之际或不久，就已即时伴生了序跋、批评、广告等文献形态。总之，纯文学作品这种主要的原典文献会次生出众多文献形态，共同为现代文学的生产史、接受史和经典化史，提供丰富的文学史料。

民国时期就存在的"杂文学"概念，后来淡出学者和文学史研究的视野。人们用"散文"的概念收罗了一小部分杂文学，如杂文、报告文学等；也有的杂文学则试图另立门户，如"传记文学""报告文学""广告文学"；更多的杂文学被弃置于古老的"文章"范畴之中。进入 21 世纪以来，学者们又从西方引入了"副文学""非虚构文学"等概念，试图收拾一部分杂文学。其实，我们已有的"杂文学"概念，已足以涵盖和界定纯文学文类之外的众多杂文学文类。这些文类包括接近美文的游记、序跋、书话等；偏向历史写作的传记（含自传）、回忆录、日记等；带有新闻性和政治性的报告文学或纪实文学、杂文等；类似应用文的书信、广告文、演说文等。它们不同于纯文学，是真正视域杂、笔法杂、文类杂、作品杂的"杂"文学；它们又属于文学，也具有想象性、情感性、修辞性等文学性特征。更主要的是，杂文学具有非虚构性、实用性等本体特性。当然，并非属于上述文类的写作就一定是杂文学，但只要它带有一定的文学性，就可以称其为杂文学。这些杂文学文类增加了中国现代文学的作品存量，当然也成为现代文学史研究的一种重要文献类型。

杂文学写作的非虚构特性，使得其中的大多数文类作品都在试图呈现现实和历史的真实，它们往往直接成为各类历史著述尤其是现代文学史研究的历史文献和史料源。从历史学家的眼光看，一些杂文学作品就是历史著述，如梁启超认为传记就是"人的专史"，是"历史中很重要的部分"①。其他如山水游记是地貌地理史，域外游记是跨文化史，杂文是时代政治史，书话是书籍史。事实上，许多杂文学作品偏向于历史笔法，如，朱东润的《张居正大传》像历史考据。胡适的《四十自述》也只以小说写法开了个头，就立即"回到了谨严的历史叙述的老路上去了"②。周作人也认为自己的《知

---

①　梁启超：《中国历史研究法补编》，中华书局 2010 年版，第 48 页。

②　《胡适全集》第 18 卷，安徽教育出版社 2003 年版，第 7 页。

堂回想录》"里边并没有诗，乃是完全只凭真实所写的"①。当现代作家以写史的态度写杂文学时，它们就成为特殊的历史著述文献。即便是文学性较强的杂文学文献，也依然能提供丰富的历史信息。借用胡适评论传记写作的话，杂文学作品不仅"给文学开生路"，也可"给史家做材料"②。杂文学中的有些文类，如自传、日记、书信等被称为"个人文学"，也是私人之史，但由于中国现代作家强烈的社会关怀，这些写作往往负载了更多的时代和历史信息。如，一些作家自传不像西方忏悔型自传那样过多关注个人历史和心理，往往突出个人与时代的关系。因此，这类写作不只成为传主个人的完整史料，也会成为其他历史写作的史料源，如《沫若自传》中有旧式教育、新式教育、留学教育的史料，有从辛亥革命到抗战时期中国社会变迁的史料，有四川地方政治、经济、军事等方面的史料。其他如游记已从古代的偏于模山范水转向现代的社会写实，记录了作家的个人游踪，却展现了关于社会和世界的游观和游感。甚至日记也不只是个人的"精神档案"，亦是"那个时代的政治、经济和文化报表"③。另一些杂文学文类则更重在写社会和时代，如杂文对时代政治的针砭，报告文学对社会现象的即时报道，日后都成为那个时代的历史记录文献。单纯从现代文学史研究角度看，杂文学增加了中国现代文学作品的存量，其存量甚至可能超过纯文学作品；丰富了现代文学的表现内容，如自传写自我，情书写爱情；衍生了现代文学新的文学形式，如报告文学、广告文学等；还诞生了现代文学史著作往往"遗忘"的众多名作，如《两地书》、《多余的话》、《从文自传》、《我的母亲》（盛成）、《傅雷家书》、《吴宓日记》等。无视杂文学作品的存在，是许多现代文学史著作的结构性缺失。因此，杂文学本身就是重写现代文学史的重要文献和史料。杂文学呈现了现代文学的历史语境、文学生态，保留了现代文学生产、出版、传播、接受方面的文献，也含有社团、流派、思潮、论争等方面的史料。杂文学写作体现并再现了现代作家的文学生活和文事交往，是作家研究的鲜活史料。杂文学尤其能为作家的纯文学创作提供细节化的研究史料，会涉及作品本事或原型、创作过程、主题阐释、版（文）本演变、作

---

① 周作人：《知堂回想录》，香港三育图书有限公司 1980 年版，第 724 页。
② 《胡适全集》第 18 卷，安徽教育出版社 2003 年版，第 7 页。
③ 王本朝：《吴宓日记续编与吴宓的精神世界》，《中文论坛》2015 年第 1 辑。

家的思想脉络和艺术观等内容和线索。也就是说，杂文学文献是揭示和敞亮纯文学文献的文献。

评论类文献是指除去文学史著述之外的文学理论和文学批评文献。按韦勒克的分类，文学研究包括文学理论、文学批评和文学史。"'文学理论'研究文学原理、范畴、标准等方面，而关于具体文学作品的研究不是'文学批评'（主要采用静态的研究方法）就是'文学史'，当然，人们常常用'文学批评'一词来概括文学理论。"[①] 我们以"评论"来概括这类文献，但把文学史著作拿出放进"历史类文献"中。文学理论包括相关的理论著译、编著等文献。文学批评则所含甚广，包括作家论、作品论、文体论、争论、序跋等。但民国时期这些评论类文献的编选往往没有很明确的分类。如赵家璧策划的《中国新文学大系（1917～1927）》中设《建设理论集》《文学论争集》来包罗这些文献。前者是理论集，收有《文学改良刍议》《文学革命论》《易卜生主义》《人的文学》等篇，但又收有《论短篇小说》《谈新诗》等文体论，还收有《尝试集序》等序文；后者是论争集，除收争论文外，还收有《评尝试集》这样的作品论，《论散文诗》这样的文体论，更重复理论集已收入的胡适的《论短篇小说》《谈新诗》。20 世纪 30 年代，甚至有一些作家论和作品论被编成集子，集名却冠以"评传"，如《茅盾评传》（伏志英编）、《郭沫若评传》（李霖编）、《丁玲评传》（张白云编）等其实都是评论集。尽管如此，当时的许多研究者还是对评论类文献的收集、编辑做出了贡献。除了上面提到的文集，还有苏汶编的《文艺自由论辩集》、霁楼编的《革命文学论文集》、张若英编的《中国新文学运动史资料》、李何林编的《中国文艺论战》、洛蚀文编的《抗战文艺论集》等。这些集子较好地保存了现代文学的评论类文献。评论类文献是研究当时作家、作品、文体及其他文学现象之后的总结文献，也是引导当时作家创作、文坛走向的理论文献。它们既是再生文献，也是原始文献。所以，它们也是回到文学史现场的必备文献。同时，评论类文献中隐藏着更深刻的思想性内容，即艺术观、哲学观。如学衡派评论文献中的古典主义、新人文主义，《新青年》批评家秉持的写实主义、人道主义等。借用韦勒克的说法是："批评就

---

① 〔美〕雷内·韦勒克：《批评的概念》，张金言译，中国美术学院出版社 1999 年版，第 1 页。

是识别、判断，因此就要使用并且涉及标准、原则、概念，从而也蕴涵着一种理论和美学，归根结底包含一种哲学、一种世界观。"① 因此，可以说评论类文献中，有现代文学史研究中必须关注的艺术哲学和思想哲学文献。

历史类文献是指相对更客观、更纪实的现代文学历史文献。杂文学文献中的许多文类也可以说是历史类文献，但由于具有一定的文学性，才没有归入历史类文献，因为纯历史类文献一般更注重历史原态的呈现，而且在文字表述上更质直。包括档案、宣言、调查报告、表谱、文学史著、研究史著等。档案古称文书、案牍、案卷、簿书等，是某一机构贮存的文件、法令、登记材料等，其实在现代，它不光指文字材料，音像材料等亦可归入档案。档案一般是一种原始记录。现代文学研究中的许多第一手史料都来自档案。如沈卫威从南京市档案馆查找到民国政府 1927 年所发的 193 名通缉人员名单，其中有茅盾，使茅盾被通缉一事有确切的历史证据。张克明也通过查找大量档案，编出《民国时期查禁书目》。中国第二历史档案馆编《中华民国史档案资料汇编》（1991 年版、1994 年版、1998 年版）亦有涉及现代文学史研究，如研究查禁书刊等的档案史料。南京市档案馆编《审讯汪伪汉奸笔录》（2004 年版）所收档案文献则是研究 20 世纪 40 年代有汉奸嫌疑的文人、作家的珍贵史料。一些现代作家在大学里开设的课程及讲义等史料也可以通过档案来查找。当代文学档案的解密、甄别更事关其文学史真实性问题。档案对现当代文学研究而言，是一个深邃的史料密库，至今依然挖掘不够。宣言、章程、凡例、即时性的调查报告（包括访谈）等文字都属于原始的历史文献且文字多半写实。张静庐辑注的《中国近现代出版史料》多收这类文字，如《小说月报改革宣言》《创造社社章》《鲁迅全集刊发缘起》《抗战八年来的戏剧创作——一个统计资料》等。表谱包括年表和年谱，它们皆不是原始文献，是作家或研究者完成的回顾性、总结性文献，都是根据原始文献编成的历史写作体裁。年表包括作家生平活动年表、著译系年和流派社团年表、现代文学史的大事年表等。其中，作家生平活动年表可以说是极简的作家传记。年谱则是作家生平活动更繁细的年表，是作家传记的一种形式，一种重史实呈现、考订而不事文饰的作家传记。年谱一般应该

---

① 〔美〕雷内·韦勒克：《批评的概念》，张金言译，中国美术学院出版社 1999 年版，第 298 页。

是对故去作家完整、客观地历史叙述。如，由鲁迅博物馆、鲁迅研究室众多学者合编的四卷本《鲁迅年谱》（增订本）就是现代作家年谱及众多鲁迅年谱中较成熟、较完备的一部年谱。

文学史著和研究史著皆是根据原始文献或再生文献等编撰出来的再生文献。文学史著是20世纪初由西方转经日本舶来的文献形态。第一部独立的但不完整的中国现代文学史是1933年出版的王哲甫著《中国新文学运动史》。到1953年，出版了第一部较完整的现代文学全史即王瑶的《中国新文学史稿》（其上册1951年出版）。此后出版了数以千计的现当代文学史著。从内容上看，有全史，有阶段史〔如1947年出版的蓝海（田仲济）著《中国抗战文艺史》等〕，区域史（如1980年出版的刘心皇著《抗战时期沦陷区文学史》等），还有文类史（如夏志清著《中国现代小说史》、陆耀东著《中国新诗史》、俞元桂主编的《中国现代散文史》、陈白尘等主编的《中国现代戏剧史稿》等），以及流派史（如殷国明著《中国现代文学流派发展史》）等。以上文学史著皆偏于纯文学史，但也有少量杂文学文类史著，如张华主编的《中国现代杂文史》、赵遐秋著《中国现代报告文学史》、朱德发主编的《中国现代纪游文学史》。还有关于评论类文献的文学史著，如魏绍馨著《中国现代文学思潮史》、王永生主编的《中国现代文学理论批评史》、温儒敏著《中国现代文学批评史》、廖超慧著《中国现代文学思潮论争史》。还有其他内容的文学史著，如冯并著《中国文艺副刊史》、刘增人等著《中国现代文学期刊史论》、范伯群主编的《中国近现代通俗文学史》、马以鑫著《中国现代文学接受史》、朱栋霖主编的《中外文学比较史》、蒋风主编的《中国现代儿童文学史》等。从著作形态上看，现当代文学史著的主要形态，如上述文学史著皆属于论著型文学史，还有插图本文学史著，如吴福辉著《插图本中国现代文学发展史》。还有编年史著，如刘勇、李怡主编的《中国现代文学编年史（1895~1949）》、陈思广著《中国现代长篇小说编年史》等。从文学史的性质上看，现代文学史著可分为教科书型和学术著述型。纯学术著述型文学史著较少，教科书型文学史著比例最大，一些偏于学术著述型的文学史著，如严家炎主编的《二十世纪中国文学史》往往也行使教科书的功能。黄修己把现代文学史著分为描述型和阐释型。描述型的文学史著较少，编年史大概属于这一类，阐释型的文学史著占多数。新中国成立后的现代文学史著几乎都是阐释型文学史著，"是一长段时间里的政治需要以及'以论带史'思想的反映"①。新时期以来的以"启蒙""现代性""民间"等理念编撰的文学史著也偏于阐释型。从作者构成看，可分个人写作的文学史著和集体写作的文学史著。新时期以来，中国大陆的现当代文学史著多为集体写作的文学史著。各类研究史著其实也是一种特殊的文学史著，属于研究之研究文献。有作家作品的研究史著，如张梦阳著《中国鲁迅学通史》；有单一文类的研究史著，如方长安的《中国新诗接受史研究》。有现代文学整体研究史著，如黄修己主编的《中国现代文学研究通史》（刘卫国、姚玳玫、陈希、吴敏著）；有关于现代文学史著的研究史著，如冯光廉、谭桂林著《中国现代文学史研究概论》，黄修己著《中国新文学史编纂史》等。一些研究述评，如王瑶等著《中国现代文学研究：历史与现状》，学术期刊中发表的一些现代文学年度研究述评等也都可纳入研究史著的范畴。另外，一些学术史著，如陈平原的《现代中国的述学文体》等与文学史著、研究史著等勾连密切，亦可列入本类再生文献。

最后是工具书类文献，包括有关现代文学知识的目录、辞典、资料汇编、摘编等。一般是对原始文献进行整序、汇聚而形成的总结性文献形态，是在进行现代文学研究时能起到入门、导引和检索功用的工具性文献。目录是事关现代文学学术源流和知识控制的文献形态。在现代文学生产过程中就有许多即时性的目录，如1921年6月《东方杂志》第18卷第11期上登载的《文学研究会丛书目录》，可视为丛书研究的原始文献。更有一些回顾性的目录，如阿英编纂的回顾现代文学第一个十年成绩的《中国新文学大系：史料·索引》卷，是现代文学第一部整书形式的目录。经过几代学者的努力，如今我们有了《中国现代文学总书目》（贾植芳、俞元桂主编）、《1872~1949文学期刊信息总汇》（全4卷）（刘增人主编）等大型目录工具书。它们成为现代文学研究中进入原始文献的一种门径。辞典往往是现代文学研究中一种百科全书式的工具文献。较早的辞典有顾凤城主编的《新文艺辞典》（光华书局1931年版）等。在20世纪80~90年代，形成中国现当代文学辞典编纂的高潮，有徐逎翔主编的《中国现代文学辞典》（广西人民出版社

---

① 黄修己：《中国新文学编纂史》，北京大学出版社2007年版，第319页。

1989 年版），潘旭澜主编的《新中国文学词典》（江苏文艺出版社 1993 年版），陆耀东、孙党伯等主编的《中国现代文学大辞典》（高等教育出版社 1998 年版），王庆生主编的《中国当代文学大辞典》（高等教育出版社 1998 年版）等总汇性的辞典。也有一些单一主题的辞典，如广西社会科学院主编的《桂林抗战文艺辞典》（广西人民出版社 1989 年版），周锦和葛浩文编的《中国现代文学史料术语大辞典》（智燕出版社 1988 年版），辛迪主编的《20 世纪中国新诗辞典》（汉语大辞典出版社 1997 年版）等。这些辞典往往涉及作家、作品、思潮、社团、报刊、论争、文学事件、术语等，是现当代文学教学和研究的知识总汇，当然，它们基本上是研究者编纂的再生文献。年鉴则是即时性的整序文献。"年鉴，是专指以全面、系统、准确记述上年度事物运动、发展状况为主要内容的资料工具书。年鉴的主要作用是向人们提供一年内全面、真实、系统的事实数据，便于了解事物现状和研究发展趋势。……其常设的栏目有：文献（包括文件和法规）、概况、文选和文摘、大事记、论争集要、统计资料、人物志、机构简介、附录等。"[1] 不同于综合性年鉴，现代文学年鉴是专科性年鉴，是这些现当代文学文献的及时整序，是回到文学生产现场的重要的工具书。现代文学研究可凭借的最早的年鉴有现代书局出版的佚名编《中国文艺年鉴》（1932、1933）、北新书局出版的杨晋豪编《中国文艺年鉴》（1934、1935、1936）等。从 1980 年起出版的《中国出版年鉴》，从 1982 年起出版的《中国文学研究年鉴》《中国文艺年鉴》等则是新时期文学研究可利用的工具书。此外，各种现当代文学的资料汇编书籍也是重要的工具书，如，中国社会科学院文学研究所协调编辑出版的"中国现代作家作品研究资料丛书"、孔范今和吴义勤等主编的"中国新时期文学研究资料汇编"丛书等（参考本书第十章"二"）。类似于古代类书的摘编书籍，如《鲁迅论文艺》等也可作为一种辅助性的工具书。

四　价值类属

以价值标准来划分史料类属，实际上是更概括、更抽象意义上的划分方

---

[1]　谢泳：《中国现代文学史研究法》，广西师范大学出版社 2010 年版，第 148 页。

法，这就涉及了史料类属的价值批判问题。或者说存在着史料的价值类属划分问题。目前，国内的文学史料学著作中有两种做法比较典型。一是把文献分成三个级次：原始文献（作家创作文献及与创作相关的生平、社团等文献）是一级文献，由原始文献而产生的"研究文献"是二级文献，对研究文献进行研究的"研究之研究"文献是三级文献。① 因此，其史料价值一般而言是等而下之。"三级次"这种价值层级划分法，从逻辑上是合理的，但事实上，具体的文献定为哪一级？上一级文献与下一级文献是否就是原生和派生的关系？这些问题往往不能一概而论。第二种做法是把史料分为三个层位："作家本人的著作，群体性文学活动的当事人或事件目击者的撰述，称为第一层位的文学史料。""同时代的非当事人的记录，是第二层位的文学史料。""根据前代遗存的史料进行综合、分析、取舍而写成的资料性著述，称为第三层位的文学史料。"认为第一层位的史料价值最高，因为史料的记录者是直接"感知"者。认为第三层位的史料既要考虑"时间"因素，"成书早的比成书迟的价值高"；还要考虑"地域"因素，"本地人记载本地的人和事，一般价值较高。"② "三层位"说充分考虑到"时间""地域""感知"与史料价值的关系，在原则上是没有问题的。用梁启超的话来概括："是故凡有当时、当地、当局之人所留下之史料，吾侪应认为第一等史料。"③ 不过，"三层位"说也有可质疑处，如，第一层位史料"感知"最直接，但这种"感知"可能会有偏见，较为主观；第二层位史料也应考虑有"时间""地域"因素的作用；第三层位史料的价值有时可能在第二层位史料之上。所以梁启超又说："最先最近之史料则最可信，此固原则也。然若过信此原则，有时亦可以陷于大误。"④ "三级次"说或"三层位"说都是史料的三分法，它们当然渊源有自。其实早在中国唐代，刘知己就有"当时之简"和"后来之笔"的划分。19世纪西方史学界也有"同时代"史料与"非同时代"史料之分。20世纪初，英国史学家克伦普（C. G. Crump）更有"原料"与"次料"之分：原料指"最初之材料，即

---

① 徐鹏绪等：《中国现代文学文献学研究》，中国社会科学出版社2014年版，第23页。
② 潘树广等主编《中国文学史料学》，华东师范大学出版社2012年版，第130～132页。
③ 梁启超：《中国历史研究法》，中华书局2009年版，第94页。
④ 梁启超：《中国历史研究法》，中华书局2009年版，第95页。

指由此以上不能再追其根源"者，次料指"由现存的或可寻的原料中变化而出"者。① 也有人译为"原始史料"（primary sources or original authorities）与"转手史料"（secondary sources or derivative authorities），或译为"第一手史料"与"第二手史料"。这些观点大同小异，都是关于史料的二分法。二分法已使史料的价值高下立判，三分法更使史料的价值等而下之，造成史料价值层级化。也就是说，级次、层位的划分，"原"与"次"，"一手"与"二手"这些概念有较强的价值预设和等级意识，容易导致人们对史料价值的绝对化认知。

史料当然是有价值层级的，但史料价值的高下之分又是相对的。傅斯年正是以相对的观念看待史料类属的价值。在他残存的讲义稿中，专设"史料之相对的价值"一章，下列八节，对举史料类属，辨析其价值的相对性。其八节为"直接史料对间接史料""不经意的记载对经意的记载""本事对旁涉""直说与隐喻""官家的记载对民间的记载""本国的记载对外国的记载""近人的记载对远人的记载""口说的史料对著文的史料"。这种章节安排或这种视域，甚至使用的这些对举的概念，都避免了史料价值层级划分的僵化，显示了不同于一般史家的高见与独到。我们可以批判地借鉴这类划分法，并挪用于现代文学史料类属的价值批判。

其一，直接史料对间接史料。傅斯年认为："凡是未经中间人手修改或省略或转写的，是直接的史料；凡是已经中间人手修改或省略或转写的，是间接的史料。"② 这个界定有点类似于原手史料和转手史料。杜维运认为，"所谓直接史料，是与已发生的事件有直接关系的史料"，同时也应是"原手的史料"。③ 具体包括三类："当事人直接的记载与遗物"，现代作家的纯文学类写作及书信、日记、序跋、游记、手稿、照片等皆属此类；"当事人事后的追记"，包括现代作家的回忆录、自传等；"同时人的记载"，包括记者的报道，他人为作家记录的演讲稿，当时的档案、争论文、广告等。而"凡非直接的史料，非原形的史料，经过转手的史料，都是间接史料"④。后

---

① 潘树广等主编《中国文学史料学》，华东师范大学出版社 2012 年版，第 133 页。
② 傅斯年：《史料论略及其他》，辽宁教育出版社 1997 年版，第 4 页。
③ 杜维运：《史学方法论》，北京大学出版社 2006 年版，第 111 页。
④ 杜维运：《史学方法论》，北京大学出版社 2006 年版，第 113 页。

人编撰的作家传记、注释、表谱、文学史著及研究论文等皆属间接材料。杜维运对直接史料与间接史料的界定比傅斯年完整，但傅氏更注重二者之间的相对价值。他认为，"直接的材料是比较最可信的，间接材料因转手的缘故容易被人更改或加减；但有时某一种直接的材料也许是孤立的，是例外的，而有时间接的材料反是前人精密归纳直接材料而得的……""直接材料每每残缺，每每偏于小事"，要靠"较为普遍，略具系统的间接材料""做个预备，做个轮廓，做个界落"，不过"直接材料虽然不比间接材料全得多，却比间接材料正确得多"，应该拿直接史料"去校正间接史料。间接史料的错误，靠他更正；间接史料的不足，靠他弥补；间接史料的错乱，靠他整齐；间接史料因经中间人手而成之灰沉沉样，靠他改给一个活泼泼的生气象"，因此，傅氏强调"直接间接史料之互相为用"。① 其实，直接史料与间接史料之间如何划分、切割就存在相对性问题。如，同时人的作家论、作品论等，若按上述标准当属直接史料，但它们并非当事人的记载，所以也可以说是间接史料。在直接史料或间接史料内部，也存在史料价值的相对性问题。如，同属于直接史料，当事人的记载比同时人的记载更直接，但也更主观，可能反而不及同时人的记载客观、真实。又如，同属于间接史料，文学史著作可能不如表谱那样具有史料价值。

其二，经意（有意）史料对不经意（无意）史料。经意史料是史料作者有意传之后世并进行过经心修饰的史料。"大凡名流的回忆录，公家的宣传册子，以及肆意颂扬或诋毁的一类文字，绝少不是有意史料。"② 现代作家的自传、回忆录、序跋，有意发表的书信和游记，修改过的日记等皆属此类。报刊中的新闻佚事、发刊词、流派宣言、论争双方的文章甚至作家的检讨书等亦属此类。不经意史料是史料作者无意发表或无心流露或有意在此却无意在彼时保存下来的史料。如，作家淘汰的佚文、作家间的日常通信、备忘录型日记、文学广告、版权页等中往往有许多此类史料。而傅斯年对这对概念的理解则比较狭窄，似乎是说生材料才是不经意史料，一经修理、锤炼就成了经意史料。所以他说："记载时特别经意，故可使这记载信实，亦可

---

① 傅斯年：《史料论略及其他》，辽宁教育出版社 1997 年版，第 4~5 页。

② 杜维运：《史学方法论》，北京大学出版社 2006 年版，第 113 页。

使这记载格外不实，经意便难免于有作用，有作用便失史料之信实。……每一书保存的原料越多越好，修理的越整齐越糟。反正二十四史都不合于近代史籍的要求的，我们要看的史料越生越好！……因为材料的原来面目被他的锻炼而消灭了。"① 实际上，这一对概念的内涵、外延可以更丰富。一般而言，经意史料比不经意史料更多。很少纯粹的生史料，尤其是文本型史料，因为一旦编织成文本，就已是经意了。经意史料与不经意史料可以从比较中见出，现代文学的一般文本史料是经意的，而拟文本史料可能有更多是不经意的；修改本的文字是经意的，初刊本的文字更多不经意；发表的史料多为经意，未刊文字中有更多不经意史料。有时候，史料作者经意在此却不经意在彼，于是我们换个角度就能从经意史料中发现不经意史料。如一些广告文经意于推销书刊，却不经意中留下了装帧、版本等方面的史料。经意的史料好找，不经意的史料难觅，得有锐眼慧心方可机遇，因此，不经意史料是更有价值的史料类属。总的来说，经意史料体现了史料作者的历史意向，不经意史料则更能见出历史真相。

傅斯年在讲完"不经意的记载对经意的记载"之后，又提到两对可以对举的史料类属："本事对旁涉""直说与隐喻"。其实"本事对旁涉"也是经意史料对不经意史料的话题，"因为本事经意，旁涉不经意"②。即史料作者对"本事"的叙述是经意的，但"旁涉"其他人、事时常常不经意。张资平与鲁迅的争论文章里有个典型的案例。③ 1930 年 4 月，鲁迅在《萌芽月刊》第一卷第四期上以"黄棘"为笔名发表《张资平氏的"小说学"》一文，张资平随即在《洛浦》创刊号发表《答黄棘氏》，其中说："现在我要正告黄棘氏，不要不读书而尽去'援中国的老例'啊。假如英文教师同时对外国史有研究，当然可以教外国史；国文先生对伦理有素养，也未尝不可以担任伦理学。'二重反革命'，'封建的余孽'，'不得志的 Fascist（法西斯蒂）'（见麦克昂氏的批评鲁迅的《我的态度气量和年纪》）尚可以转化为革命文学的先锋！这就是唯物的辩证法，黄棘氏知道否？"张资平此文的"本事"是要反驳鲁迅对他的嘲讽的，却"旁涉"了一件文坛悬案，不经意

---

① 傅斯年：《史料论略及其他》，辽宁教育出版社 1997 年版，第 30 页。
② 傅斯年：《史料论略及其他》，辽宁教育出版社 1997 年版，第 30 页。
③ 朱金顺：《新文学资料引论》，北京语言学院出版社 1986 年版，第 61 页。

中在括号文字里披露了"杜荃"即麦克昂氏的信息。原来1928年《创造月刊》第二卷第一期上署名"杜荃"者发文《文艺战线上的封建余孽——批评鲁迅的〈我的态度气量和年纪〉》，但长期以来，现代文学界没有弄清"杜荃"是谁。这里"旁涉"的史料为解决这一悬案提供了一个有力的旁证。张资平文中所引文字皆出自杜荃的文章，但他却说出自"麦克昂氏"且准确说出了杜荃文章的副标题，而很多人皆知麦克昂乃郭沫若笔名。所以，杜荃即郭沫若也。这个例子很好地证明了不经意史料的价值。傅斯年又把"直说与隐喻"归为"本事对旁涉"的一种。其实，直说或隐喻都是史料的一种表述方式。同一"本事"既可以直说，也可以隐喻。如高长虹的《走到出版界》，其正文本中直说了他与"二周"的冲突，其扉页引《庄子·秋水》中"惠子相梁，庄子往见之"那段寓言则是隐喻式的表达。隐喻虽近"旁涉"，但终究不是旁涉，它有深意。如再联上"经意对不经意"的史料类属划分的话，我们只能说"直说"是经意史料，"隐喻"更是经意史料。

　　其三，官方史料对民间史料（或私家史料）。傅斯年认为这两类史料的价值也是相对的，它们互有长短。"大约官书的记载关于年月、官职、地理等等，有簿可查有籍可录者，每较私记为确实；而私家记载对于一件事的来龙去脉，以及'内幕'，有些能说官书所不能说，或不敢说的。但这话也不能成定例，有时官书对于年月也很会错的，私书说的'内幕'更每每是胡说的"，如果专说它们的短处，那就是"官家的记载时而失之讳。……私家的记载时而失之诬"。[①] 这样评说古代历史记载是恰当的，但借用来评说现代文学史料并不确切。民国官方掌管了政治、军事、经济领域却没能主宰文学，民国文学几乎就是"民间"的文学。官方的三民主义、民族主义理论和文学都难成气候，官方反而围剿民间的文学。官方甚至对文学史料没有系统的整理与记载。民国文学的理论、实践及史料的整理、研究几乎主要是来自强大的"民间"。因此，"民间"的文学史料当然就是文学史的主要史料源和最有价值的史料。但官方文学史料也是现代文学史研究不可或缺的。且不说官方的档案、查禁书目等用于研究官方对"民间"文学的打压（如文

---

① 傅斯年：《史料论略及其他》，辽宁教育出版社1997年版，第25～26页。

化围剿）等是珍贵的史料，官方史料更是研究官方文学（如民族主义文学）本身以及民国作家与官方千丝万缕的关系的直接史料。如，对蒋夫人文学奖金、[①] 战国策派等的研究弥补了一直以来现代文学史研究的某些缺失和价值取向的偏颇。这些研究都有赖于对民国官方文学史料全面、细致地爬梳和考辨。新中国成立后的头几十年，我们的文学几乎就是体制化的官方文学，因此，很长时间里，我们研究这一段文学几乎用的都是官方的出版物、国刊、政策文件、会议纪要、批判材料等史料。直到 20 世纪 90 年代，在出现了"地下文学""潜在写作"这些概念之后，文学研究才真正开始关注一直潜在的民间史料。于是出现了杨健的《文化大革命中的地下文学》、刘志荣的《潜在写作（1949—1976）》等学术成果，它们采用了许多来自民刊、地下沙龙、手抄本、抽屉文学等民间史料，丰富了文学史的叙述，消解了官方史料的片面。不过，一些"潜在写作"研究者往往把民间史料与私人史料混为一谈。其实，真正的私人史料只有作家不为发表目的而记下的日记、与个别亲友之间的书信、作家的读书批注等。"潜在写作"中的民间史料主要应该是那些靠人际传播的民刊、手抄本等史料。相比较而言，民国时期，民间的文学史料尚可以在一个并不健全且受到打压，但依然存在的公共空间里进行公开传播。新中国成立后尤其是"文革"时期，民间的文学史料不能在完全被官方管制的公共空间里传播，只能在一些幽暗空间里完成人际传播或放进私密抽屉里停止传播。大致说来，民国、新中国的官方文学史料都在凸显"正统性"，民间的文学史料则试图证明自身的"合法性"。官方的记载既有讳也可能有诬，如民国官方对"普罗"文学、新中国官方对被批判作家所进行的意识形态化的评论等；民间的叙述少讳但不免有诬，如，一些现代学者把"民族主义文学"完全说成是"屠夫文学""宠犬文学"等；无论是官方还是民间的文学史料都可能有伪，如民刊《新青年》、国刊《文艺报》中都有对"读者来信"的造伪问题。[②] 因此，官方文学史料和民间文学史料的可靠性和可信性也都是相对而言的，不可一概而论。

　　还有其他几类对举史料。傅斯年还论及其他的几种对举的史料价值类属

---

① 陈思广、刘安琪：《抗战时期的"蒋夫人文学奖金"征文》，《新文学史料》2017 年第 1 期。
② 吴秀明主编《中国当代文学史料问题研究》，中国社会科学出版社 2016 年版，第 74 页。

划分。一是"本国的记载对外国的记载"。"大致说起，外国或是外国人的记载总是靠不住的多。……然而，外国的记载也有他的好处，他更无所用其讳。……他比民间更民间。本国人虽然能见其精细，然而外国人每每能见其纲领。"① 这用来比说外国汉学家、华裔学者的现代文学史料掌握和国内学者的现代文学史料功夫也是恰当的。二是"近人的记载对远人的记载"。这里的近和远是指空间距离。"这两种记载的相对是比较容易判别优劣的。除去有特别缘故者以外，远人的记载比不上近人的记载。"② 这其实等于说，其他距离事件现场远的记录人的记载不如当事人和见证人的记载真切。这一类对举史料其实也可归入"直接史料对间接史料"。三是"口说的史料对著文的史料"。这里的"口说"是指口头的传说。有巫祝阶层的民族，其传说也会如文书记载一样可靠。传说毕竟不是现代文学史料的正规传递方式，可以不论。即便有靠传说传承下来甚至又变成文书记载的文坛掌故史料也不可靠，不足以成为信史史料。其实，口说的史料也可以包括现在流行的"口述史"。但较随意的"口述的史料"最终还要转成白纸黑字的"著文的史料"，并需要用其他"著文的史料"去证实和修正。《胡适口述自传》加上唐德刚的注，增加了这本自传的史料价值和学术价值，也很好地展示了这两类史料之间的相互关系。

除了以上这些可以对举的史料类属，其实我们还可以从梁启超的论著中概括出两对对举的史料类属。一是"积极史料对消极史料"。梁启超说："某时代有某种现象，谓之积极的史料；某时代无某种现象，谓之消极的史料。"积极史料当然有价值，消极史料"其重要之程度殊不让积极史料"。梁启超特别提到消极史料，举例之一是从钟鼎款识及《诗经》《左传》《国语》《论语》等文献中见古代交易货币乃用贝而非用金，故可断言：春秋以前未有金属货币或金属货币未通用。梁氏认为："盖后代极普通之事象，何故前此竟不能发生，前代极普通之事象，何故逾时乃忽然灭绝，其间往往含有历史上极重大之意义，倘忽而不省，则史之真态未可云备也。此等史料，正以无史迹为史迹，恰如度曲者于无声处寄音节，如作书画者于不着笔墨处

---

① 傅斯年：《史料论略及其他》，辽宁教育出版社1997年版，第28~29页。
② 傅斯年：《史料论略及其他》，辽宁教育出版社1997年版，第29页。

传神。但以其须向无处求之，故能注意者鲜矣。"① 所以，积极史料易找，消极史料难求。在现当代文学研究中，也可去寻求消极史料。如民国时期，文学广告极为普遍，但 20 世纪 50 年代以后逐渐销声匿迹。民国时期，文学中有性描写，50 年代以后也日渐消失，竟出现"洁化叙事"现象。从这些时代变迁中，通过多种方法，我们亦能"无中生有"，发现珍贵的消极史料。不过处理这类史料，也需要谨防堕入"默证"的陷阱。二是梁启超在《中国史界革命案》一文中引用过斯宾塞的"邻猫生子"的典故，由此也可有"意义重要的史料与意义屑小的史料"的对举。一般史料都有意义，或被叙述出意义，而有些看似无意义的史料，在时过境迁后会显现出意义，在史家的善用中也会生发出意义。有史学家甚至断言："史料的价值有高低，但没有毫无价值的史料。"② 然而，史料意义终究有大小之分。有些文学史料恰在文学史的发生或转捩点上，其意义的重要不证自明；而有些文学史料可能意义屑小，如"邻猫生子"一类无关本质、无关宏旨的史料就可能少有社会的、历史的或文学的意义。在现代文学研究中，有学者考证出徐志摩和陆小曼越过男女大防的"第一夜"的具体时间，就大约属于此类史料。另外，当代史学家冯天瑜在一次学术演讲中曾提到其父一个形象的说法："父子证或母子证不如兄弟证。"如果这指的史料证据，大约就是同源史料与异源史料的关系了，后者的价值自然更高。而且异源史料之"异源"越大越好，如伏尔泰说："两个互相仇恨的同时代人的回忆录都肯定同一事实，这一事实便无可置疑。"③ 接着冯氏的话说就是"兄弟证不如仇人证"了。现代文学史上相争的文学流派和相仇的作家都共同认可的史料大约也可以归入这种异源史料。

　　总的来说，对现代文学史料做价值类属的划分不宜定出"三级次""三层位""原与次""一手与二手"之类明确的价值层级，而应做对举式的分类。这种对举的概念，突出的其实是某种"价值关系"。或是史料与历史客体的"直接"和"间接"关系，或是史料与制作主体的"经意"和"不经意"关系，或是史料与掌控者的"官"和"民"关系，等等，而非指这类

---

① 梁启超：《中国历史研究法》，中华书局 2009 年版，第 82~84 页。
② 杜维运：《史学方法论》，北京大学出版社 2006 年版，第 116 页。
③ 朱本源：《历史学理论与方法》，人民出版社 2012 年版，第 327 页。

史料本身具有这种"价值"。即应该对史料价值不做绝对的估定，只给定一种大致的价值取向。这样，在史料类属划分上，既突出了一种价值上的辨识度，又强调了这种价值的相对性。所以，这实际是在史料分类中始终贯注一种价值批判意识。这也是我们把这种分类叫作价值类属的原因。

至此，我们已分别从史料的承载或表现形式、体裁特性、价值类属三个层面完成了史料分类问题的讨论。当我们把这三个层面统合在一起，就基本建构了现代文学史料分类的较完整体系。它既兼顾了一般史料分类的原则和方法，又突出了中国现代的"文学史料"的特性。现代文学史料与一般历史史料一样纷繁，如果不加以科学的分类，就不能明其特性、辨其价值并恰当取舍。正如史家所言："史料的分类是必要的，这不是排列组合的游戏，而是史学家认识史料的开始。"①

---

① 杜维运：《史学方法论》，北京大学出版社 2006 年版，第 116 页。

第 三 章
辑佚批判

辑佚是中国古代文化传承中一种悠久的学术传统，辑佚之业兴起于宋代而大盛于清代。辑佚更是指古典文献整理的一种具体方法，"就是将亡佚图书的存于他书的内容抄录出来，重新编辑成书以恢复或部分恢复亡佚图书面貌的方法"①。中国现代文学的研究也继承了这种学术传统和治学方法，但是其内涵和方法等与古典文献的辑佚又有所不同，形成了现代化和本学科化的特色。从 20 世纪 30 年代杨霁云辑佚鲁迅的作品开始，中国现代文学的辑佚工作已广泛展开，留下了大量的辑佚成果，补充和丰富了现代文学的文献存量。在辑佚的学术活动中，学者们也积累了各自的治学经验和技术，只是还没有理论层面上的系统总结和整体研究，尤其欠缺的是以批判性思维去审思、质疑已有辑佚成果。这就为我们要进行的史料批判留下了学术空间。

一　古今异同

辑佚作为一种重要的史料批判方法，在古今之间有异有同。古典文献的存储往往存在原书已经亡佚但又残存于其他书籍的情形，辑佚就是辑录出这些散佚的文字以便恢复原书或部分地恢复原书。现代文学文献的辑佚往往指的是对"集外"文的辑录，即在作家或他人所编有的单集或全集之外，仍有一些文章处于散佚状态，辑佚就是去辑录这些集外文。如《鲁迅全集》中有《集外集》《集外集拾遗》和《集外集拾遗补编》，这些集名就很好地显示了现代文学文献辑佚的特点。古典文献的辑佚主要源于书籍，是所谓

---

① 安作璋主编《中国古代史史料学》，福建人民出版社 2010 年版，第 403 页。

"书海寻书"；现代文学文献的辑佚主要搜寻于报刊，是所谓"刊海寻书"。"包括纯文学刊物、报纸文艺副刊以及也刊载一些文学作品的综合性刊物等；如此等等的现代报刊不仅在数量上确实浩如烟海，并且由于缺乏整理和编目……搜求一位作家散佚的诗文，那是不能不令人'望洋兴叹'的，其难度比诸从'书海寻书'的古典文献辑佚，恐怕是有过之而无不及。"① 再加上现代作家往往有更多的笔名，辑佚的难度其实更高。现代文学文献的生产往往是"先刊后书"，现代文学文献的辑佚也可"先刊后书"，即可先寻之于报刊，现代作家的集外文的渊薮正是报刊。也可寻之于他书，如，胡仁宇的《恩海集》中就有郭沫若的佚诗。② 现代文学文献的集外文当然也可以是未刊稿，包括藏于作家亲属或他人之手的作家文稿、书信、日记、读书批注等。如，闻一多写于《奇迹》一诗之后的一首短诗《凭借》，其原稿被梁实秋收藏。1984 年，梁实秋出版自己的《看云集》时，才将此诗发表出来。③ 还有巴金 1936 年至 1937 年写给一位叫"黛莉"的少女读者的七通书信，后来由作家赵瑜发现并在《中国作家》2009 年第 12 期长篇报告文学《寻找巴金的黛莉》中，传奇般地发表出来。搜集这类未刊稿也算是辑佚。但未刊稿中有部分作家的文稿、书信、日记等为作家本人或亲属、遗产继承人所收藏，由于多种考虑，日渐整理、修改再披露出来，虽然也属于作家佚文，但已不单纯是辑佚性质。如，宋以朗整理出的张爱玲的未刊稿《小团圆》《少帅》，晓风整理出的胡风家书等。

古典文献辑佚常常有时代之隔，就是本朝为前朝文献辑佚。另外，辑佚的内容也有时代之隔，如，从汉代的子史书以及汉代的经注中辑录周、秦的古书，从唐代的义疏中辑录汉魏经师遗说，等等。中国现代文学的辑佚工作在同时代就已开始，而作家自己就已参与其中。最早应该是鲁迅作品的辑佚，鲁迅自己就参与了其《集外集》《集外集拾遗》两个集子的辑佚。同时代的辑佚，因为作家、编辑等亲历者的健在，可以向他们直接确认，如，杨霁云辑录鲁迅佚文时曾求证于鲁迅，唐弢辑录鲁迅的佚文时也曾咨询于周作人等。20 世纪 80 年代严家炎开始关注穆时英的佚作《中国行进》时，尚可

---

① 解志熙：《刊海寻书记》，《中国现代文学研究丛刊》2004 年第 3 期。
② 龚明德：《昨日书香》，东南大学出版社 2002 年版，第 243 页。
③ 陈子善：《捞针集》，浙江人民出版社 1997 年版，第 57~58 页。

写信求证于赵家璧。这即是说，现当代文学的辑佚比古典文献的辑佚常常多了人证，因此要更容易、简单一些。但是随着当事者、亲历者、知情者的逝去，人证将不复存在，辑佚的难度会增加，辑佚也更具有学术含量。也因此，在往后的现代文学文献辑佚中，需要用更娴熟的辑佚的技艺去介入，需要更多地遵从辑佚的学术规范。

一般来说，古典文献辑佚的学术规范是可以挪用于现代文学文献辑佚的，当然两者之间有差异。学者们论及的古典文献辑佚书的通病常有以下几点：

漏：有遗漏未收的。

滥：不应收而误收了的。其误收之故，一是臆断，二是非本书文而误当本书文收入。

误：一是不审时代，二是所据是误本，故所收的材料亦有讹误。

陋：一是不审体例，二是不考源流，三是臆定次序。这是指书的编排而言的。①

要根除漏、滥、误、陋等弊病，当然是应该求其反义：全、真、正等，这些也都适用于现代文学文献的辑佚。现代文学文献的辑佚到底要遵从何种规范，我们可以借由梁启超论辑佚书的优劣标准来做更具体的申述。他说辑佚书的优劣标准有四点："（一）佚文出自何书，必须注明；数书同引，则举其最先者。能确遵此例者优，否者劣。"② 现代文学的佚文可能来自某个单集或选本，但更多的情况是先刊于某一报纸或期刊，这些不同的出处当然都必须一一注明。有时候，一篇佚文可能先后发表于不同报刊，如，吴兴华的《现在的祈祷》先刊于北平的《燕京文学》，又发表于台北的《文学杂志》。③ 之所以要注明不同出处，因为可能有修改、有异文。对于这类佚文，当然还需要进行异文的汇校和版本源流的考辨。这就要采用校勘学、版本学的技艺了。梁氏又说："（二）既辑一书，则必求备。所辑佚文多者优，少

---

①　安作璋主编《中国古代史史料学》，福建人民出版社 2010 年版，第 406 页。

②　梁启超：《中国近三百年学术史》，东方出版社 1996 年版，第 330 页。

③　解志熙：《考文叙事录》，中华书局 2009 年版，第 174 页。

者劣。"① 求备或求全应该是辑佚的一种理想，实际上往往难臻此境，现代文学文献的辑佚也是这样。辑佚乃代代相沿之业，晚近的辑佚书可能相对更完备。现代文学中最新的作家全集也可能收佚文最多，但是，"全集不全"总是现代文学文献整理的一种悖论。梁氏又说："（三）既须求备，又须求真。若贪多而误认他书为本书佚文则劣。"② 现代文学辑佚的求真，贵在辨伪。需要仔细考证，没有直接证据，或只有孤证，不可臆断为真。梁氏还说："（四）原书篇第有可整理者极力整理，求还其书本来面目。"③ 现代文学文献中的某些长篇佚作也可能会有篇第的整理问题，但一般佚文的复原主要是勘误问题，这时，更应该正、误文字并存，不可妄改臆定。梁启超所说的这些，概括起来就是"求源""求流""求备""求原""求真"等，这也是现代文学文献辑佚所要遵从的基本规范。遵从这些规范，可免除辑佚的"漏""滥""误""陋"等弊病；要完全符合这些规范，则还须精通校勘、辨伪、版本、目录、考证等其他史料批判技艺。所以，现代文学文献的辑佚又绝不是梁启超嘲笑清儒辑佚时所说的"毕竟一钞书匠之能事耳"④。

二　发现的技艺

辑佚其实就是对散佚文献的重新发现，要想发现就得借助一些特殊技艺。以往学者们论古典文献的辑佚，常常把辑佚的来源和辑佚的方法混为一谈，如，梁启超总结宋元以上文献的辑佚五条。⑤ 总的来说，中国古典文献的辑佚来源、方法就是从总集、类书、史书、地志、杂纂、杂钞、古书注释等文献中来辑佚。中国现代文学文献辑佚的主要渊薮是报纸和期刊，一般而言，通过报刊目录书的导引及作家文集目录的比照，就有可能发现佚文。也有一些更具体的基本方法被学者们总结出来，可资借鉴。

第一，通过对报刊和文章性质的判断来预测佚文的来源。辑佚的首选当然是重要的纯文学期刊和报纸文艺副刊，但是 20 世纪 80 年代以来，学者们

① 梁启超：《中国近三百年学术史》，东方出版社 1996 年版，第 330 页。
② 梁启超：《中国近三百年学术史》，东方出版社 1996 年版，第 330 页。
③ 梁启超：《中国近三百年学术史》，东方出版社 1996 年版，第 330 页。
④ 梁启超：《中国近三百年学术史》，东方出版社 1996 年版，第 330 页。
⑤ 梁启超：《中国近三百年学术史》，东方出版社 1996 年版，第 322～323 页。

对这类报刊都多有关注，其中的佚文几乎都已被辑录，难以有新的发现。因此，当下现代文学文献辑佚的重点开始转向某些边缘性报刊、综合性报刊。有学者说辑佚"与文章本身的性质及刊物性质有一定关联"①。这的确是经验之谈。这首先是说，一些"综合性""边缘性""政治性""非文学性"的报刊，更可能藏有佚文。重要的综合性文化报刊，如《东方杂志》《国闻周报》《生活》周刊等，因为不是纯文学性质的报刊，反而可能会遗存文学方面的佚文。边缘性质的报刊，人们不会太多关注，也可能蕴藏更多的文学佚文。边缘性报刊所指其实很广，包括某些存活时间短暂的文学期刊、影响力小的文学副刊、非主流的综合性期刊及文化专刊、低俗的市民小报等，还包括某些校刊、学报、学生社团刊物、行会刊物、特刊、增刊等。当然也包括某些地域上边缘化的报刊，如，边地、异域的中文报刊等。如李存光在贵阳《中央日报》副刊《前路》上发现无名氏的长篇小说佚作《荒漠里的人》，李楠从上海《小日报》上发现张爱玲的中篇小说佚作《郁金香》等，皆是从边缘性报刊辑佚的成果。又有学者从甘肃的《现代评坛》上发现牛汉的早期佚诗，从《家庭研究》上辑出成仿吾的独幕剧《离婚》，从《世界展望》《光华年刊》《光华附中半月刊》等刊物辑出穆时英的不少佚文。更有一类因其"政治性"而被边缘化的报刊，有学者称其为"灰色报刊"。如，国民党主办或赞助的报刊、伪满洲国报刊、有汉奸背景的报刊等。这类报刊在新中国成立后的很长时间里一直被视为反动报刊，研究者不敢也不屑研究，有的甚至从报刊目录中消失。② 不少作家也会对曾在这种"政治性"刊物所刊作品或文章讳莫如深，它们往往不会入集而成为集外的佚文。如，冰心的散文《一篇祈祷》刊于《建国青年》，臧克家的诗作《舍利子》刊于《文化先锋》，都因为这两个刊物的国民党背景而长时间成为佚文。③ 一些非文学性刊物，如画报画刊、宗教性刊物等也可能蕴藏不少佚文，如，有学者在香港的《东方画刊》上发现老舍的京剧剧本《忠贤会》、茅盾的短篇小说《铁怎样炼成钢》、欧阳予倩的随感《一年以来的编导生活》等众多名家佚文。④

---

① 刘涛：《现代作家佚文考信录》，人民出版社2012年版，第2页。
② 刘增杰：《中国现代文学期刊研究的综合考察》，《河北学刊》2011年第6期。
③ 刘涛：《现代作家佚文考信录》，人民出版社2012年版，第8页。
④ 李斌：《新发现的老舍京剧剧本〈忠贤会〉》，《新文学史料》2017年第3期；金传胜：《〈东方画刊〉上的茅盾佚作》，《中国现代文学研究丛刊》2017年第11期。

　　而如果作品本身也被赋予某种"政治性"和落后性，或是作家有意"遗忘"的一些过"左"的文章，也可能会成为佚文。如，曹禺刊于南京《中央周刊》1947年第9卷第23期的一篇重要演讲文，因为该刊的"反动"性质，加上该文与新中国主流意识形态相悖的主题，所以成为佚文。曹禺在批判胡风运动中所写的文章也没有入集。其他如艾青写的批判胡风的诗歌、批判王实味的文章以及一些歌颂苏联的诗歌等也因政治问题未收入《艾青全集》。何其芳的《论文学上的民族形式》一文和报告文学作品《曾经是地主的农民》也因观点、人物等不符合《在延安文艺座谈会上的讲话》精神而成为集外文。此外，广告文、演讲文以及集体写作、无署名写作等作品也会因其具有非文学性，或因其文类的边缘性，或因无作者归属，都容易沦为佚文。总而言之，对这些性质的报刊和文献的预判可以提高现代文学辑佚的效率。

　　第二，通过对文献或口述线索的追踪而获取佚文。作家和某些亲历者所提供的佚文线索或其他线索都可能成为发现佚文的凭借。如，废名在小说《莫须有先生坐飞机以后》中引用了自己的两篇散文《放猖》《小时读书》，并说这两篇文章发表于南昌的某报。《废名集》的编者正是根据此线索发现了这两篇散文佚作。其他如沈从文在1944年致胡适信中提到"叔华也写了个长篇，似未完工"，这也成为发现凌叔华中篇小说佚作《中国儿女》的线索。黄源曾经是丘东平《向敌人的腹背进军》一书的编辑，他晚年写回忆文章说他编辑了丘东平的一本报告文学集《向敌后进军》（笔者按：这里黄源误记了书名），"作为新四军文艺丛书的第一种"[1]。这也为在60多年后发现丘东平的这部佚书提供了具体的线索指引。[2] 因此，有学者断言，"线索追踪"是现代文学辑佚的重要方法。[3] 这就使得文献辑佚有点像侦探的探案。穆时英的长篇小说《中国行进》的辑佚是几代学者30多年持续探佚的典范，而他们探佚依靠的正是许多线索。施蛰存是最早的线索提供者。1932年11月号的《现代》杂志上发表了穆时英的短篇小说《上海的狐步舞》。

---

① 黄源：《在鲁迅身边》，上海文艺出版社1991年版，第287页。

② 张业松：《战区"风景"与文本三重性——东平佚书〈向敌人的腹背进军〉发掘报告》，《学术月刊》2015年第8期。

③ 刘增杰：《中国现代文学史料学》，中西书局2012年版，第206页。

编辑施蛰存在同期发表的《社中日记》中说："《上海的狐步舞》一篇，是他从去年起就计划着的长篇中的一个断片，所以是没有故事的。"① 而在1933 年 6 月初版的《公墓》自序里，穆时英则交代了自己这部长篇的书名："《上海的狐步舞》是作长篇《中国一九三一》时的一个断片，……《中国一九三一》的技巧试验。"② 在 1936 年 1 月 15 日出版的《良友》杂志第 113期上，又刊登了《中国行进》的广告，显示该小说已被列入"良友文学丛书"，其中说："这一部预告了三年的长篇，现在已全部脱稿了。"其他刊物如《海燕周报》等也刊登过这部作品的广告。1983 年 5 月，严家炎根据这些线索写信咨询于当年"良友文学丛书"的编辑赵家璧，赵回复说：初名《中国一九三一》的这部小说后来改名《中国行进》，虽发排过但是并未出版。③ 至此，线索暂时中断。后来严家炎又从作家黑婴那里得知这部长篇在上海某报连载过，又再次追踪，依然没有结果。1989 年，黑婴在《我见到的穆时英》一文中回忆说曾目睹《中国一九三一》的手稿，但又说："穆时英从事这样的创作，毕竟是力不从心，只写了很少的部分就搁笔了。"④ 直到进入 21 世纪，人们才发现《中国一九三一》已在"1932 年 11 月至 1933年 1 月连载于上海《大陆杂志》第一卷五至七期上，共六万余字"⑤。2006年，又有学者考证说：1935 年 12 月至 1936 年 2 月连载于上海《十月杂志》第 7、8、11、13、14、15 期的近三万字的《上海的季节梦》其实就是《中国行进》的重要组成部分。论者参证《良友》画报第 114 期《中国行进》广告文字所说这部小说的内容是"写一九三一年大水灾和九一八的前夕中国农村的破落，城市里民族资本主义和国际资本主义的斗争"，断定"农村破落和城市斗争则分别是《中国一九三一》和《上海的季节梦》的主要内容，它们合起来就是比较完整的《中国行进》"⑥。2008 年，严家炎、李今编辑的《穆时英全集》出版，严家炎通过考证后认为，收入该全集的《上

---

① 施蛰存：《社中日记》，《现代》第 2 卷第 1 期（1932 年 11 月号）。

② 穆时英：《公墓》，现代书局 1933 年版，第 3 页。

③ 严家炎：《穆时英长篇小说追踪记》，《新文学史料》2001 年第 2 期。

④ 黑婴：《我见到的穆时英》，《新文学史料》1989 年第 3 期。

⑤ 旷新年：《穆时英的佚作〈中国一九三一〉》，《杭州师范学院学报》（社会科学版）2003 年第4 期。

⑥ 张勇：《穆时英的小说佚作〈上海的季节梦〉》，《中国现代文学研究丛刊》2006 年第 6 期。

海的狐步舞》《中国一九三一》《上海的季节梦》《我们这一代》《田舍风景》等作品都应算作《中国行进》的组成部分。后来，又有学者发现《田舍风景》与刊于上海《人生画报》第 2 卷第 2 期（1935 年 12 月 25 日）的《苍白的彗星》都有一个叫"麻皮张"的人物，所以又认定后者也是《中国行进》的一部分。① 最迟到 2015 年，还有人考证说《浮雕：上海一九三一》（刊《大地月刊》1936 年第 1 卷第 1 期）、《丽娃栗妲村》（连载于《社会日报》1935 年 10 月 9 日、10 日、11 日）两篇也属于《中国行进》这部长篇。② 通过这些努力，也许基本还原了作为长篇小说的《中国行进》。不过这还不算是原作的全貌和原貌，因为以上各篇之间存在着缩写、重合、交织等文本关系。如，《田舍风景》乃《中国一九三一》中关于农村描叙部分的缩写，二者在情节、人物上相似；《苍白的彗星》的开头与《我们这一代》第一章《上海风云》之"扉语　奴隶之歌"的文字略有重复。《苍白的彗星》和《浮雕：上海一九三一》亦略有重复；《丽娃栗妲村》是从《上海的季节梦》中抽出来的文字；《上海的狐步舞》基本等同于《中国一九三一》第一节"刘有德先生"。因此，《中国行进》的辑佚、整合和复原工作尚未真正完成，还需要对已知的众多文本进行细致对校、比较和考证，也期待有更多的佚文发现，更企盼能发现其原始手稿。从 1983 年严家炎开始搜寻这部作品，到如今已近 40 载。对《中国行进》的辑佚经历了漫长的接力追踪之旅。

对作家的职业行迹、文事交往、所属社团、发文报刊等的考察及对其亲友的访问、档案的查询等更是线索追踪的应有过程和范围。这对那些所谓在文学史上的"失踪者"及其佚作的辑录显得尤为重要。如，对于赓虞诗文的辑佚。于赓虞是 20 世纪 20 年代与李金发齐名的"恶魔诗人"，但"上百种中国现代文学史著作对于赓虞几乎一字不提"③。他仅出《晨曦之前》《骷髅上的蔷薇》《魔鬼的舞蹈》等几种诗集，其诗文多有散佚，有的虽已编辑但也并未出版。在文学史著作不提、研究文献很少且档案不存的情况下，辑佚者通过追踪他 20 年代前期在天津、20 年代后期在北京、30 年代前期在开

---

① 陈建军：《〈穆时英全集〉补遗说明》，《中国现代文学研究丛刊》2012 年第 4 期。
② 杨新宇：《穆时英集外文〈浮雕〉及其他》，《现代中文学刊》2015 年第 2 期。
③ 解志熙、王文全编校《于赓虞诗文辑存》（上），河南大学出版社 2004 年版，第 1 页。

封、抗战初期在洛阳、40 年代初期在陕甘的行踪经历，考察他与绿波社、曦社、星星文学社、新月社、无须社、蔷薇社、明天社等文学社团及有关诗人和作家的文学交往关系，查寻与他有关的《晨报副刊》《世界日报副刊·文学》《孤军周报》《京报附刊·文学周刊》、天津《新民意报副刊》《河南民国日报·平沙》《河北民国日报副刊》《明天》《华严》杂志等报刊，最终辑出"《落花梦》等上百篇佚诗佚文"①。其他如对徐玉诺诗文的辑佚，辑录者也使用了同样的方法，"通过对作家生前各种（学习、工作、交游）关系的考察，获得线索"②，辑出这位"异行"诗人的大量诗文。

第三，经由笔名去发掘作者佚文。现代作家除曹禺、无名氏、柳青等少数作家用本名或只用一个笔名发表作品外，大多数作家都用过众多的笔名，有的甚至逾百，如，鲁迅、周作人、茅盾、巴人等。因此，笔名与佚文之间就有了一种奇妙的关联。漏掉作家的一个笔名，就意味着署此笔名的诗文的散佚；新发现作家的一个笔名，也意味着其大批佚文的重现。笔名成为发掘作家佚文的一种独特标示。这样，笔名辞典或相关工具书，有关的笔名考辨文章等就是辑佚最好的凭借。通过对作家笔名的熟识去辑录作家佚作，也就成了辑佚最先要做的功课或辑佚的捷径。在先熟识作家的众多笔名之后，再去泛阅书刊目录，或直接查阅与作家相关的书刊，这对于辑佚可能事半功倍。反过来做，可能也有收获。如，有学者查阅与徐玉诺关系密切的杂志《明天》，发现 1928 年至 1929 年间他在此刊发文时一般署"徐玉诺"或"玉诺"，但又发现署名"红蘘"的《撒花女郎》一诗写到河南的风俗，推测作者可能是河南人或熟悉河南习俗者，再去查中国现代作家笔名录等工具书，发现"红蘘""红蘘女士"也是徐玉诺用过的笔名，加上其他外证材料，确定《撒花女郎》为徐玉诺佚诗，并据此笔名又在《明天》上发现徐玉诺另两首佚诗。③ 有时，发现作家的一个新笔名，也就有发现作家佚文的可能。如，有学者从作家同一篇作品的重刊，发现作家的新笔名，又从作家的新笔名发现作家的新佚文。周作人的早期名文《苍蝇》最早发表于《晨报副刊》1924 年 7 月 13 日，署名"朴念仁"，后又重刊于《小说月报》第

---

① 解志熙、王文全编校《于赓虞诗文辑存》（上），河南大学出版社 2004 年版，第 3 页。
② 秦方奇编《徐玉诺诗文辑存》（下），河南大学出版社 2008 年版，第 656 页。
③ 秦方奇编《徐玉诺诗文辑存》（下），河南大学出版社 2008 年版，第 659～660 页。

15卷第12号（1924年12月10日）"文章选录"栏，署名"周作人"。此文还三次入选周作人自编文集《雨天的书》《泽泻集》《知堂文集》。但时隔12年之后，1936年6月4日、5日《世界日报》副刊又刊出《苍蝇》一文，署名却是"牧童"。《苍蝇》一文成为内证，又通过周作人与《世界日报》关系密切等外证，可以确定"牧童"为周作人的新笔名。辑佚者进而通过此笔名又发现周作人发表在《世界日报》上的《抽烟与思想》《都市的热》两篇佚文。① 苏雪林的笔名"俪伽""病鹤"的发现，也促使她的一大批佚作复现。苏雪林晚年回忆：在女高师求学期间主编《益世报》副刊《女子周刊》时，自己以"老梅""双橺"等笔名"每月写两三万字文章"，"可以辑成一个集子"。有学者据此线索查阅该刊，并未发现署"老梅""双橺"者，仅发现署"雪林女士""苏梅""天婴"等已知为苏雪林本名和笔名的几篇文章，且写作量远未达到"每月两三万字"。倒是一位署名"俪伽"的女士所发表的文章达到这一写作量。于是通过考证，发现"俪伽"其实就是苏雪林的另一笔名。又从该刊的自传体小说《我自己升学的经过》在连载时署名"俪伽"或署名"病鹤"，再发现后者也是她的笔名。由这两个笔名，恰恰可以辑出苏雪林早期的可编"一个集子"的佚作。② 现代文学作品的刊布还有一种常见的现象，即，前一诗文署作家本名或笔名，紧挨其后的另一诗文则署"前人"，这是"同前人"的意思。如果前一诗文是某作家佚作，大约也可以定后一署名"前人"的诗文也是其佚作。因此，这"前人"也可算是现代作家的一个普遍存在的特殊笔名了。由上面的这些案例可见，其实辑佚并不是简单地借由笔名就能发掘佚文的过程，而往往要经由对笔名和佚作进行双向的交互的考辨和确证。

还有就是通过作品的广告或广告文去发现佚文。在现代文学作品的单行本和现代文学报刊上都曾有大量关于现代文学作品的广告，这些文学广告可以为辑佚提供路径和帮助。首先，这些广告文字本身可能就是现代文学的佚文。发表这些广告文时一般都是匿名的，既不署作家本名，也不署笔名，加上作家本人对这类文字不重视，所以大多沦为佚文，而它们实际也可能是作

① 刘涛：《现代作家佚文考信录》，人民出版社2012年版，第94～99页。
② 王翠艳：《"五四"女作家苏雪林笔名考辨》，《北京师范大学学报》（社会科学版）2008年第3期。

家写作的重要部分。现代文学史上的许多著名作家，如鲁迅、巴金、老舍、叶圣陶、徐志摩、施蛰存、胡风等都写过大量的文学广告，但都很少被编入他们的文集或全集。新版的《鲁迅全集》（2005 版）也仅收鲁迅的广告文字四十余则，肯定还有许多佚于集外。其他作家的广告文字入集情况更不理想。有时候，即便是作家的署名文字，一旦沦为广告也可能成为佚文。如，20 世纪 30 年代赵家璧主持《中国新文学大系》时，曾邀参加编选的 11 位作家（包括蔡元培）各自撰写了《编选感想》，这些文字以手迹影印的形式发表于"大系"样本和单张宣传广告上，40 多年后才被作为佚文发现。至今，只有《鲁迅全集》《茅盾全集》《知堂书话》等收入了他们当时各自所写的《编选感想》，其他作家的《编选感想》依然佚于其作品集外。可见，现代文学的广告已经成为辑佚中一块有待开发的重要园地。其次，现代文学的广告还可能为现代文学佚文的发掘整理提供线索。查阅书目工具书是现代文学文献辑佚的途径之一，而现代文学广告中最简洁的一种正是书目式广告。在辑佚时，这类广告是现代文学书目工具书的很好补充，有时候书目工具书未录的书目恰好可在这类书目广告中找到。因此，研究现代文学丛书的学者常常就依靠这种方法补全散佚的丛书目录，为进一步辑佚提供帮助。如，"良友文学丛书"出版到第 20 种时，曾在《良友》画报等报刊登出该丛书后 20 种的书目广告，其中就有穆时英的《中国行进》，这也为该作的存在提供了一条证据。现代文学广告中的短文式广告，对于现代文学作品的辑佚更有价值，因为它们往往会对作品的内容或形式特点有更具体的宣传。如 1929 年 7 月出版的《华严》月刊第 1 卷第 7 期上刊登的于赓虞诗集《落花梦》的广告："《落花梦》是一部用尽心力的所谓'方块诗'，在一种体制下的五十首诗，作完后整整修饰了三年有余，所谓'方块诗'之功罪当于此集表现净尽也。"由于此诗集到目前还未找到已经出版的版本实物，辑佚者正是依据这则广告所提供的体式、篇数等进行对该诗集的重新辑录，并收入《于赓虞诗文辑存》中。在这类短文式广告中，还有许多就是摘自一些同时代作家已写的现成文章的片段，这时广告会为原文的辑佚提供线索。如，《新月》杂志第 1 卷第 12 号刊有凌叔华《花之寺》的广告，广告上标明"节录徐志摩本书序文"，说明徐志摩曾为《花之寺》作过序。这则广告保存了徐志摩序文的片段，也为这篇佚文的寻找提供了依据。当然现代文学广告中也有一些只是关于作品的预告，只是预告了作家计划写但实际上并未写出的作品。如"良友文学丛书"书目广告中曾预告了郭源新（郑振铎）的《子履先生及其门徒们》、施蛰存的《销金窟》、郁达夫的《漏巷春秋》等几部长篇小说，但是最终只成了一种广告噱头。这类预告性的文字，又可能是现代文学文献辑佚甚至目录编纂的信息干扰或者陷阱。

三　规范与价值

对中国现代文学文献的辑佚，一般是在熟悉作家作品入集情况或熟悉文献目录信息，并进行了广泛、细致查阅的基础上才有可能。也有因各种机缘而偶然获得的佚文。无论是踏破铁鞋终有获，还是得来全不费工夫，辑佚者都会沉浸于一种发现的喜悦和快乐之中。但此时更需要的却是理智的审思并进行更深入的批判。发现佚文的过程其实已经就是在进行史料批判，而有关辑佚的更深入的史料批判则应该包括两个问题：一是关于辑佚的学术规范问题；二是关于辑佚的价值问题。

所谓学术规范的批判是指对辑佚中出现的漏、滥、误、陋等不规范现象的批判，进而建构辑佚所应遵循的基本规范。

辑佚中的"漏"，是指遗漏。这是现代文学文献编集普遍存在的问题，即便是编作家全集都有大量遗漏佚文的情况，如，有学者发现《郭沫若全集》"文学编""遗漏的文学作品至少有 1600 篇以上"[①]。1991 年版《艾青全集》失收的佚诗佚文已发现的就有 143 首（篇）。[②] 这种普遍的遗漏现象，凸显了辑佚这项学术活动的迫切性与重要性。要避免遗漏，当然是求全求备。但要在现代文学文献辑佚时求全求备几乎不可能。由于发表作品的刊物随生随灭、发表作品时的笔名不断更换、人的记忆的不可靠等，即便是作家生前也不可能完全记得自己发表过的全部作品和用过的全部笔名，后世学者想求全求备自然就更加困难。所以，避免遗漏，求全求备的要求往往只可以落实到某个单集和某篇作品。如，于赓虞的佚诗集《落花梦》原是五十首，辑佚者最终辑满诗人原计划的篇数，而且还将 1929 年 4 月 17 日发表于《河

---

① 魏建：《郭沫若佚作与〈郭沫若全集〉》，《文学评论》2010 年第 2 期。

② 叶锦：《还艾青一个清白——艾青研究史料考证》，团结出版社 2010 年版，第 67 页。

北民国日报副刊·鸮》第 18 期的《落花梦》（六首）所附《小引》一并辑入，较完备地恢复了该诗集的历史面目。学者们在几十年中对穆时英的长篇小说《中国行进》的辑佚过程其实也是求全求备的过程。现代文学文献辑佚的求全求备，其范围应该很大。当我们破除 20 世纪所引进的西方"文学"观念的自囚，我们会发现，辑佚除了包括诗歌、小说、戏剧、美文等"纯文学"之外，也应包括演说文、广告文、传记、日记等杂文学佚作。当我们引入西方的"副文本"观念，佚作就既包括我们所重视的作品正文本，也包括我们所忽略的题词、附录等副文本。当然还应包括一些非正式的、片段性的"拟文本"，如读书批注、访谈录、演讲记录等。作家的"杂文学""副文本""拟文本"等更容易成为佚文。

还存在辑佚的"滥"象。滥是泛滥、过度，是指辑佚时把不应收入本书的、不应归入本类的佚文收入了，这主要是因为辑佚者的臆断。现代文学辑佚中的"滥"象很常见。如，沈从文在 20 世纪 30 年代回乡途中所写的家书就被辑佚者或作者家属妄取篇名并以总名《湘行书简》辑入《沈从文全集》的"散文卷"。即便这些书信文采斐然，但终究是家书而不是艺术性的散文，更不应臆断地加上篇名，使其变成"正规"的散文。它们都应该恢复其历史原貌并辑入其全集的"书信卷"中。反过来做也是"滥"。老舍有一篇散文叫《文人——致李同愈》，编者删去正标题《文人》，同时又删去储安平以编辑身份为此文所写的"题记"，仅以"致李同愈"为题收入《老舍全集》的"书信卷"。与此类似的还有其全集"书信卷"所收 1933 年的《致友人书》、1938 年的《致女友 XX》、1946 年的《三函"良友"》等老舍假借书信形式所写的散文。① 这些文字都本应辑入其"散文卷"却"滥"辑入"书信卷"。把作家的非佚文也当作佚文辑入的，严格地说也是一种"滥"，一种伪辑佚。陈子善在《沉香》里所辑的都是张爱玲的佚文，才可谓不"滥"。更严重的"滥"是把疑似佚文当佚文辑入。有学者已指出："……有《鲁迅佚文全集》上下册出版，说是收入 1981 年版《鲁迅全集》和 1958 年版《鲁迅译文集》未收的著译。除收入近年新发现的佚文外，将过去《鲁迅全集》因证据不足而不收者尽皆收入……完全违背了宁缺毋滥

---

① 刘涛：《现代作家佚文考信录》，人民出版社 2012 年版，第 39～42 页。

的原则。"① 因此，要避免这些"滥"象，辑佚当求准、求正，即要准确和正规。

辑佚中的"误"，从古典文献辑佚的角度说，是指因不审时代或所据误本所造成的佚文讹误。现代文学文本诞生的时间距离我们较近，而且报刊和出版物都有明确的时间标记，因此时间因素导致的错误概率较小。同时，只要辑佚不依据盗印本或伪书，也不会出现误辑。现代文学的文献辑佚之误首先有可能是因为相同的笔名。如，现代史上至少有六个"达夫"。② 如果把《战线》周刊上署名"达夫"的长诗《冤鬼曲》当作郁达夫的佚诗，必定大错。还出现过两个冒牌艾青，一个真名叫张蓬的写过《烽火女儿》等诗歌的"艾青"，一个尚不知真姓名但写过散文《解放之前》并在难民收容所工作过的女"艾青"。如果把这些作品当作真名蒋海澄的著名诗人艾青的佚作，也是特错。③ 据说还有三个"废名"④、两个"柳青"⑤、两个"孤桐"、两个"田间"，以及真假"芦焚""穆（慕）旦"并存，等等。这类相同的笔名很容易让人在辑佚时出错，事实上已经出现对相同笔名不加分辨而误辑佚文的情况。其次，辑佚之误也可能来自证据不足而滥收一些疑似佚文。《鲁迅佚文全集》为人所诟病正在于它可能有误，《鲁迅全集》慎收佚文也在于想要避免失误。另外，辑佚之误更可能来自不加考证或简单考证就加以妄断的学术行为。对茅盾佚文的辑录就出现这种讹误，有学者辑茅盾佚文 8篇，其中 7 篇被证明笔名皆不属茅盾，而另有作者归属，剩下的 1 篇是否为茅盾所作也值得怀疑。⑥ 如此高比例的辑佚讹误，不仅严重影响一些辑佚者的学术声誉，也可能严重威胁辑佚这一史料批判技艺的学术信誉。而要避免辑佚之误，就要本着求真的精神，凡伪佚文、疑似佚文、证据不足的佚文决不妄下断语并轻易辑入。若一定要辑入必须加上存疑说明。如《于赓虞诗文辑存》中将疑似于赓虞的佚文作为附录收入，并加以说明，以备待考。

① 朱金顺：《辑佚·版本·"全集不全"——读"中国现代文学的文献问题座谈会"论文随想》，《中国现代文学研究丛刊》2004 年第 3 期。

② 陈子善：《"达夫"何其多》，香港《明报月刊》1987 年 8 月。

③ 叶锦：《还艾青一个清白——艾青研究史料考证》，团结出版社 2010 年版，第 150、57、58 页。

④ 眉睫：《文人感旧录》，文汇出版社 2018 年版，第 8 页。

⑤ 吴心海：《重庆柳青延安柳青各有其人》，《新文学史料》2012 年第 1 期。

⑥ 陈子善：《文人事》，浙江文艺出版社 1998 年版，第 54～56 页。

　　在现代文学文献辑佚中更应该批判的不规范现象是"陋",即"简陋"。古典文献辑佚中的"陋"是指不审体例、不考源流、臆定次序等。上文谈"滥"时提到的把书信编入"散文卷"、把书信体散文编入"书信卷"也可以说属于所谓不审体例之"陋"。现代文学文献辑佚的"陋"主要还不是这类事关文献编排的问题,而是在对佚文的认定、考证上存在的简陋问题。在搜寻现代作家的佚文时,一些辑佚者往往只凭署名是作家本名或是作家曾用过的某个笔名即认定某佚文属于该作家。这种只凭孤证却又不加详细考证的辑佚,当然是简陋的辑佚。有学者从梁实秋主编的重庆《中央日报·平明》(1939年3月2日、4日)上找到一篇署名"柳青"的小说《泡沫》,即断定为延安作家柳青的佚作。只提供了两个笼统的外部证据:这篇小说受到蒋光慈创作的影响,延安柳青有一项向重庆邮寄稿件的工作任务。没有直接证据,也没有详细的考证,这种辑佚之"陋"自然就受到能提供反证的学者的批评。[①] 有的辑佚甚至连笔名都不属于某位作家,却仅凭某种可能性即去认定佚文,更是既"陋"且"误"。某学者辑录茅盾佚文时提供的外证是茅盾曾在《申报·自由谈》上发表过大量杂文,内证是佚文中某些惯用词(不用"介绍"而用"绍介"等)、喜用破折号等是茅盾习惯。然后只进行了形同猜测的考证:茅盾在该刊发过文章且有可能遗忘用过的笔名(未证明新笔名确属茅盾),佚文与茅盾其他可以确定的文章主题相似(这只是一种感觉,没有直接证据),佚文有茅盾惯用词、惯用标点符号(这不能证明为茅盾独有)。[②] 这种考证其实等于没有考证,是有违学理的伪考证。这类简陋的考证或伪考证很可能导致辑佚的讹误。现代文学文献辑佚的成果虽然很丰富,但是这种辑佚之"陋"可能随处可见。要避免这种"陋"习,当在辑佚中求原、求源、求流。求原,是指辑佚必须回到原文或恢复原作的历史面目,如前文已提到的,回到老舍那篇有"题记"的散文《文人——致李同愈》的历史原初形态。求源是指辑佚必须从作品源头即初刊本或初版本入手,求源其实也是为了求原。艾青有一首名诗《忏悔吧,周作人》收入1991年版《艾青全集》时少了二十三行,有学者通过查寻此诗所收入的

　　① 吴心海:《小说〈泡沫〉不是柳青的作品》,《现代中文学刊》2013年第3期。
　　② 翟同泰:《新发现的茅盾佚文十篇》,《河南大学学报》(社会科学版)1986年第5期。

诗集《反法西斯》的不同单行本（华北书店 1943 年 12 月初版，读书出版社 1946 年 4 月初版、1947 年 1 月再版）发现也都是少了二十三行。直到追溯至该诗的初刊刊物（1938 年 6 月 18 日印行的《抗战文艺》第 1 卷第 9 期），才发现该诗原来是整整六十行，是从其收入诗集时就少了二十三行，后来就一直以半首诗的面目流传于世。看来要恢复该诗的原貌只有返回其源头。① 求源必然伴随求流，即梳理佚文的流变。辑佚要关注的不仅是佚文的版本流变，更要关注其文本变异。于赓虞佚诗集《落花梦》中题为《秋》的一首诗，初刊《孤军周报》第 100 期，又刊《燕大周刊百期增镌》，出现异文，再刊《华严》月刊第 1 卷第 4 期，改动更多。辑佚者注意到这种版（文）本变异，并将两个主要的不同文本同时辑入，可谓严谨。② 在辑佚中，于佚文本身下足了这些功夫，当然不"陋"。同时，在考证时求细，证据中求博，更何"陋"之有！这方面，孙玉石、方锡德对鲁迅《自言自语》等的辑佚和考证已成榜样，③ 得到了唐弢、朱金顺等先生的高度肯定。④ 而方锡德对冰心佚作《惆怅》的考证更是中国现代文学辑佚考证的精心之作。其考证提供了作品署名"冰心女士"和《益世报》副刊编辑张虹君所写"题注"这两条证明此为冰心佚作的直接证据，又提供了冰心与《益世报》关系密切等五条间接证据。尤其是通过对小说文本与吴文藻、冰心共同写作的《求婚书》的对读，在文本互见中证明其爱情婚姻观的一致性，为小说的作者归属提供了重要佐证。甚至还不忘交代尚存的写作时间的疑问。⑤ 论证细密、论据广博，堪称完美。其他如陈学勇关于凌叔华中篇佚作《中国儿女》的考证，王彪等对何其芳重要佚诗《夜歌（第五）》的考证都可谓细致、周详。⑥

对现代文学中的作家演讲记录、访谈录等拟文本的辑佚，则可能要更严

① 龚明德：《新文学散札》，天地出版社 1996 年版，第 199～202 页；叶锦：《还艾青一个清白——艾青研究史料考证》，团结出版社 2010 年版，第 65～66 页。

② 解志熙、王文全编校《于赓虞诗文辑存》（上），河南大学出版社 2004 年版，第 186～187 页。

③ 孙玉石、方锡德：《介绍新发现的鲁迅十一篇佚文》，《鲁迅研究》1980 年第 1 期。

④ 朱金顺：《新文学资料引论》，北京语言学院出版社 1986 年版，第 56 页。

⑤ 方锡德：《佚文〈惆怅〉：冰心唯一一部爱情小说的意义》，《长江学术》2008 年第 3 期。

⑥ 陈学勇：《民国才女风景》，上海远东出版社 2009 年版，第 21～23 页；王彪、金宏宇：《新发现何其芳佚诗〈夜歌（第五）〉》，《新文学史料》2021 年第 2 期。

守辑佚规范。这类文本是否可以作为佚文入集，值得商榷。如，鲁迅就反对将不准确的演讲记录入集，说："而记录的人，或者为了方音的不同，听不很懂，于是漏落，错误；或者为了意见的不同，取舍因而不确，我以为要紧的，他并不记录，遇到空话，却详详细细记录了一大通；有些则简直好像是恶意的捏造，意思和我所说的正是相反的。凡这些，我只好当作记录者自己的创作，都将它由我这里删掉。"① 这指出了这类文献的通病。但许多现代作家的文集和全集，往往收录这类未经作家审核的演讲记录。把这类拟文本当作资料，搜集、钩沉、存储、备考，自无不可。一定要当佚文入集，则必须加注释。更重要的还是应该对演讲记录的来源，演讲的内容，演讲的时间、地点、记录者等进行深入的考证，② 以免生出更无谓的辑佚乱象。

对辑佚的价值也要做必要的批判。梁启超在谈辑佚书优劣的四条标准之后，还加了一条，即"此外更当视原书价值如何。若寻常一俚书或一伪书，搜辑虽备，亦无益费精神也"③。他在另一著作中谈辑佚时又说："肤芜之作，存亡固无足轻重；名著失坠，则国民之遗产损焉。"④ 梁启超这里所说的就是古典文献辑佚的价值批判问题，只是他没有展开论述。现代文学文献的辑佚当然也需要进行价值批判。它当然不必像古典文献辑佚那样关注文献的俚与雅，却要关注文献的真与伪。所以首先要辨伪，辨伪就是一种价值批判。假如所辑文献是伪作，对现代文学研究、对作家的评价，可能就没有正面的价值，甚至会导致对文学史和作家的误判。这是另一个史料批判的论题，前文所批判的辑佚之误也涉及此论题（参看本书第四章）。这里的价值批判，我们只侧重讨论梁启超所说的肤芜之作与名著的价值问题。从他的价值观看，辑出名著佚作更有价值。古典文献中也的确辑出许多久已不传的名著。但现代文学辑佚出来的可能更多的是肤芜之作而非名著。因为年代近、发表和出版便利等，现代文学中的名著尤其是长篇名著散佚的可能性较小，真正的经典作品可能因为查禁制度、意识形态、文学规范等暂时停印，如《围城》等名著曾停印 30 余年，但这不等于散佚。作家编文集时也会保留

---

① 鲁迅：《集外集·序言》，《鲁迅全集》第 7 卷，人民文学出版社 1981 年版，第 5 页。
② 凌孟华：《故纸无言：民国文学文献脞谈录》，人民出版社 2015 年版，第 69～71 页。
③ 梁启超：《中国近三百年学术史》，东方出版社 1996 年版，第 330 页。
④ 梁启超：《清代学术概论》，东方出版社 1996 年版，第 55 页。

自己的得意之作。所以，一般而言，现代文学史中散佚之作大多应该不是名著、名篇而是肤芜之作，大多可能是作家的少作、病作、尝试之作或不愿入集之作。当然，也不排除辑录出名作的可能性，尤其是在篇幅短小且易遭忽视的新诗和散文方面。至于因为政治因素、文学观念的局限、文学史叙述的缺失等而被遗忘的作家和作品，我们又重新将其打捞出来，虽与辑佚有关，但已不单纯是辑佚的问题了。如，对《诗帆》诗刊及其诗人群的发现，对盛成的传记文学名著《我的母亲》的重评等。

对辑佚的价值批判还应有其他一些角度。从文学经典化的角度看，辑佚一方面有助于现代文学的经典化，因为辑录出好的作品或文献有可能改变文学经典秩序。但总的来说，辑佚又是一种反经典化的学术行为。现代文学的经典化是一项复杂的文化工程，但常态的文学经典化应该是按照思想性和文学性统一的标准精选出相对更具有文学价值的经典之作而淘汰掉肤芜之作。作家自己编单集时就是首次经典化，他会从发表于报刊的大量作品中汰选出自己满意的作品编入某个单集。日后的各类选本如《中国新文学大系》等又反复汰选，都是经典化的动态过程。在经典化的过程中，会使一部分作品散佚，尤其是作家自己首次汰选而遗弃的大量作品都可能成为佚作。如，郭沫若编《女神》集只收诗歌五十六首，遗弃此前诗歌五十二首。鲁迅编《野草》集，未收早期《自言自语》七篇。这些作品都可能成为佚作。这种经典化过程中所遗弃的，往往成了辑佚所拾遗的。从这一意义上讲，辑佚是与文学经典化悖反的学术活动。随着文学史的发展，中国现代文学作品必然要走向不断经典化，在文学经典化中只能做减法，但辑佚却是在做加法。辑佚在与经典化的趋势反动的过程中，成为一种纠偏的学术方式，既能避免经典化所导致的遗珠之憾，还可能从肤芜之作中打捞出现代文学的吉光片羽。或者也可以说，辑佚也是一种特殊的经典化活动。

从史料学角度看，辑佚是搜求文学史史料的一种重要方法和手段，但它最终服务于文学史的完整叙述。辑佚似乎是为了完备地搜求作家之文：作家编单集时是在编选本，一些作品会被遗弃而成为佚文；他人编作家全集时会搜求这些佚作而列于其单集之旁的"集外"；其后，辑佚者又在对"全集不全"的质疑中继续辑佚。但对作家之文的求全，其实是为了作家个人文学史料的完备。对作家研究来说，所辑出的佚文也许不是他的重要作品，却可能是关于他的重要史料，让我们能看清作家的成长过程和写作全貌。从作家的少作或习作中可以确定其创作起点，研究作家文学才情的萌芽状态。如，辑佚者发现张爱玲的中学习作。从一些佚作中，又能看到作家的各种艺术尝试和突破。如，郭沫若《女神》集外佚诗中的新诗形式试验，穆时英的长篇小说写作操练。从某些遗弃文中，又能看到作家陷入歧途，如，新中国成立后批判运动中的文字。对作品研究来说，佚文的发现，可以让我们厘清作品之间的某些历史关联。如，穆时英《中国行进》与其他短篇之间的重合、缩写或从属关系。鲁迅佚文《自言自语》的重现，不仅能让我们看到其中的某些篇章与鲁迅后来的某些作品之间在内容、情节等方面的关联性和相似性（如《古城》与杂文《我们现在怎样做父亲》，《我的父亲》与散文集《朝花夕拾》中《父亲的病》等的互文关系），而且能从发生学的角度看出这组作品其实就是《野草》这部经典散文诗集艺术形式的先行试验。总之，辑佚有助于对作家及其写作的相对多面的、完整的历史叙述，并进而丰富、调整乃至重写整个现代文学史。因此可以说，佚文具有重要的史料价值，辑佚是一种重要的史料批判技艺。

当然，佚文的价值需要在更深入的阐发中才能充分地凸显出来，否则，佚文搜集得再完备都是价值不明的文献和史料。阐发佚文价值的具体方法有很多，重要的方法可能有两种。

一是通过比较来彰显佚文的价值。如，把集外佚文与集内文比较。《〈女神〉及佚诗》一书在编汇上颇有匠心和治学眼光，将郭沫若的《女神》集与其同时期佚诗 77 篇（按：也含《女神》初版后郭沫若的某些诗作，编者统称之为"《女神》时期"的诗作）整合在一起。[1] 有学者将《女神》集与集外佚诗比较，发现许多差异：集内诗的形式基本是整齐、对称，佚诗的形式多元化，有散文诗、图像诗、古体诗等；集内诗突出人的觉醒、个性解放、爱国激情等"五四"主题，佚诗侧重日常生活和"小我"描写；集内诗多体现泛神论思想，佚诗却有信奉神灵的宗教意识；集内诗多宏大意象，佚诗多具体细小的、生活中随处可见的普通意象。[2] 因此，我们从佚诗

---

[1]　郭沫若：《〈女神〉及佚诗》，人民文学出版社 2008 年版，第 297～299 页。

[2]　张勇：《〈女神〉等同于"五四"时期的郭沫若吗?》《鲁迅研究月刊》2014 年第 6 期。

中看到郭沫若五四时期诗歌的另一面和诗人形象的另一面。集内诗是诗人汰选、纯化、典型化、经典化的结果，而佚诗呈现的才是芜杂、丰富和常态，集内诗与集外佚诗一起才能合成和复原郭沫若五四时期诗歌的整体风貌和诗人的历史形象。又如，臧克家也说自己的诗集《烙印》是"几年中作品汰选的结果"①。辑佚者也把所发现的几首佚诗与该集比较，发现佚诗充满黯淡、空虚、悲观的消极情绪，没有《烙印》集中所有的积极和坚韧。而且在风格上，这几首佚诗更像现代派的诗，表情含蓄、达意曲折、意境朦胧，形式与内容较完美地配合，也没有《烙印》集的"过分拘谨"②。这也在比较中彰显出佚作的价值。佚文除了与集内作品比较，当然还有从其他角度的比较。

二是通过具体定位揭示佚文的价值。即对佚文进行历史定位，发掘出它在作家个人写作中乃至整个现代文学史叙述中的独特价值。如，辑佚者发现凌叔华佚作《中国儿女》，这是一篇长达五万字的中篇小说。辑佚者认为这篇佚作改变了以往人们以为凌叔华只能写短篇小说的看法。且分析该作在她后期的小说中大放异彩，是一篇具有城乡大视野、取材于当前生活的抗日小说。"《中国儿女》的特殊价值，不仅显示在凌叔华小说创作中，而且显示于20世纪40年代初期的整个创作界。"③ 而对于鲁迅的佚诗《自言自语》，则可以将其放在中国现代散文诗的历史中确立其地位和价值。以往学界认为，在1920年夏天至年底，是刘半农、郭沫若等人最先开始进行散文诗的尝试，此后《小说月报》《文学旬刊》等刊物也开始大力倡导新的文学形式。1924～1926年间，鲁迅写出《野草》并成为散文诗的经典之作。但是"《自言自语》的发现，使我们第一次看到，早在1919年8月，鲁迅就开始了散文诗这一文学形式的创作实践了。这就将中国现代文学史上散文诗这一文学形式的出现和鲁迅尝试这一形式的时间提前了。"由此可以断定："鲁迅是中国现代文学史上有计划地、成批地进行散文诗创作的第一个人。"④

---

① 《臧克家全集》第10卷，时代文艺出版社2002年版，第579页。
② 刘涛：《现代作家佚文考信录》，人民出版社2012年版，第177～178页。
③ 陈学勇：《民国才女风景》，上海远东出版社2009年版，第22～23页。
④ 孙玉石、方锡德：《介绍新发现的鲁迅十一篇佚文》，《鲁迅研究》1980年第1期。

　　同时，也可以将定位法和比较法相结合来阐发佚文价值。如辑佚者认定中篇佚作《惆怅》是冰心创作的最长篇的小说，是冰心创作中少有的"双三角恋"小说。尤其是小说表现了一种新旧调和的爱情婚姻观，即"自己选择，理性裁决，父母俯允"。这种爱情婚姻观在中国现代伦理道德变革史和现代文学史上都具有独特价值。通过比较可以发现"它在激进主义、自由主义、理想主义和保守主义之外，提供了另一种观念和模式，亦即'渐进主义'，或曰'改良主义'的爱情婚姻和家庭伦理变革模式，显示了新文化运动思想的丰富性、复杂性和多元化的特征"①。这样就更充分地阐发了此篇佚作的价值。

　　对作家佚文的价值阐发当然应该是全方位的，会涉及作品的内容、形式、艺术价值、文本关系甚至其他一些外部研究信息等，但这种阐发最终都可能指向作家的历史形象和在文学史中的地位问题。这就有可能会出现一种价值判断上的矛盾。佚作及其价值阐发可能会抬高作家的文学历史地位，但也可能会破坏作家原有文学形象的纯粹、完美和高大。如，有学者论及郭沫若《女神》时期集外诗的发掘时认为，不收佚诗是一种遗憾，收入佚诗"则是一种损害"②。担心有损于《女神》所呈现的那样一种"五四"时代精神担当者的诗人形象——这也是众多文学史著作所塑造的郭沫若的"五四"形象。这种矛盾的价值判断或者说学术研究中情感性认知，其实有违学术理性，不是学术研究应有的批判性思维。辑佚从事的正是一种钱钟书所谓的"发掘文墓和揭开文幕"③的工作，发掘那些被掩埋的作品和被他人或作家自己所掩饰的过往，以"考古"的方式追问历史真相。从这种意义上说，辑佚又具有解构的功能和价值。对现代文学佚作的发掘和价值阐发的最终指向，正是为了解构原有的文学史著作和"不全"的作家选本所建构的已被固化的作家形象，而重塑一种具有多面性和杂质性也更接近历史真实性的作家形象，进而更实证性地重写现代文学史。

---

　　① 方锡德：《佚文〈惆怅〉：冰心唯一一部爱情小说的意义》，《长江学术》2008 年第 3 期。
　　② 颜同林：《〈女神〉时期集外诗作的发掘与郭沫若早期新诗的文学史形象》，《西南大学学报》（社会科学版）2011 年第 3 期。
　　③ 钱钟书：《写在人生边上》，辽宁人民出版社、辽海出版社 2000 年版，第 6 页。

四 成果形态

辑佚在古典文献整理中成为专门之业，转化为成果形态就是大量的辑佚书的出现。但"直到辛亥革命以后，辑佚学才像校勘学、训诂学一样，得到了人们的普遍认可"①。辑佚要成为"学"，就必须对其基本规律、原则、方法、范畴等进行申论，于是 20 世纪 80 年代以后，开始有了古典文献辑佚学的论著，如王玉德《辑佚学稿》〔收入李国祥主编的《古籍整理研究（八种）》（1989 年版）一书〕、曹书杰《中国古籍辑佚学论稿》（1998 年版）等。中国现代文学的辑佚尚不能成为学，所以这方面的论著还很少。朱金顺的《新文学资料引论》对辑佚有零星论及，没有像"版本""校勘""目录"一样设专门章节。徐鹏绪等的《中国现代文学文献学研究》虽有"辑佚"专章，但侧重论鲁迅作品的辑佚。刘增杰的《中国现代文学史料学》虽也有"辑佚"一节，但主要是举了几个辑佚案例。也有少量论文从具体作家佚文的辑录中，试图对现代文学辑佚做一些理论总结，如解志熙的《刊海寻书记——〈于赓虞诗文辑存〉编校纪历》等。所以，至今并没有更系统的研究现代文学辑佚学的专著和论文出现。但从 20 世纪 30 年代开始，就已有人开始了现代文学文献的辑佚实践，这些实践转化为不同的辑佚成果形态，为现代文学辑佚学的建构提供了经验、资料和知识的储备。目前主要有以下几类成果形态。

一是佚文单集，即把作家的集外佚作单独编为一集，有的直接叫"集外集"。如杨霁云所编《集外集》（群众图书公司 1935 年版），收鲁迅 1935 年以前未收入集子的诗文。唐弢编《鲁迅全集补遗》和《鲁迅全集补遗续编》（上海出版公司 1946 年版、1952 年版），收 1938 年复社版《鲁迅全集》所漏收的部分佚作。其他有曾广灿等编《老舍小说集外集》（北京出版社 1982 年版）、四川大学郭沫若研究室编《郭沫若集外序跋集》（四川人民出版社 1983 年版）、冯光廉等编《臧克家集外诗集》（陕西人民出版社 1984 年版）、陈子善编的张爱玲佚文集《沉香》（台北皇冠文化出版公司 2005 年版）、王炳根编的冰心佚文集《我自己走过的路》（人民文学出版社 2007 年

---

① 徐鹏绪等：《中国现代文学文献学研究》，中国社会科学出版社 2014 年版，第 187 页。

版）、陈学勇编的凌叔华佚文集《中国儿女》（上海书店出版社 2008 年版）等。这些佚文单集一般都会按时间顺序编排，或做一些分类，有的甚至做了一些增加史料性的处理。如，《郭沫若集外序跋集》对所辑序跋中的人和事都尽可能做了简要注释，并在书后附上《〈郭沫若文集〉序跋目录》，让读者可以检视郭沫若序跋的整体情况。这些佚文单集一般应该是辑佚者精心搜集、排除疑似、考证确凿的结果。但往往只留一些简单的证据信息，如标明佚文刊发时间、所出自的书或刊物名称及作者署名等。有时辑佚者也会在自己所写的序跋文字中对佚文做一些简单的价值说明，一般都无法呈现更多的证据和考证过程，更无法充分阐发每篇佚文的文史价值。只有少数佚文单集努力做到了这一点，如，李存光编注的无名氏长篇小说佚作《荒漠里的人》（秀威资讯科技股份有限公司 2015 年版）。辑佚者对佚作的误植做了校勘又保留原文字，保留了佚作原注又加了新注，提供了照片、书影、刊影、广告、附录等大量证据，还有编辑凡例说明、文本整理说明，更有作为"前言"的长篇考辨文章对佚作的标题、章节、写作过程等的辨析及佚作的文献价值和文学史意义的深入阐发。这是一部较能体现现代文学文献辑佚规范和史料批判精神的佚文单集。

　　二是拼合型佚文集，即把佚文与非佚文拼合，通常是集外文与成集文拼合一起。这又分几种不同类型。首先是全集或文集中专设"集外"收录佚文。《鲁迅全集》最有代表性，1938 年版《鲁迅全集》收入杨霁云编《集外集》及许广平编《集外集拾遗》。1981 年版《鲁迅全集》又加入《集外集拾遗补编》，"是唐弢辑佚工作的进一步加工和完善"①。这体现了鲁迅作品辑佚的历史性和阶段性。又如《郑振铎全集》（花山文艺出版社 1998 年版）则分别在小说、诗歌、散文等单集之后设"集外"收同一文体的佚作，突出了佚作的文体类别。有些全集中的"集外"还加入注释。如《冯至全集》（河北教育出版社 1999 年版）诗歌卷"集外"诗皆有题注，除注出处外，还对佚诗与集内诗的关系（如组诗）等做了简注，提升了佚作的史料价值。1981 年版和 2005 年版《鲁迅全集》皆有详细注释，其中"集外"作品的注释，更有助于佚作的文史价值阐发，如，《新的世故》一文的注释就

---

① 朱金顺：《新文学资料引论》，北京语言学院出版社 1986 年版，第 28 页。

有益于深化鲁迅与高长虹的关系研究。另一类辑佚书无"全集""文集"之名，其实也属于集外文与成集文的拼合，如，解志熙、王文金编《于赓虞诗文辑存》（河南大学出版社 2004 年版）、秦方奇编《徐玉诺诗文辑存》（河南大学出版社 2008 年版）。前书除了秉持"精校、不改、慎注"的原则对于赓虞结集诗文和集外诗文都进行了校注外，于辑佚上颇下功夫：收集了大量集外诗文，其中还恢复了于赓虞已定集名但只见于图书广告的诗集《落花梦》、诗论集《诗论》等；附录了疑似佚文；附录了待辑佚文目录；同一首佚诗发表于不同刊物但又修改甚多的则同时收录。这一类"辑存"书也很有辑佚学价值。而郭沫若纪念馆编的《〈女神〉及佚诗》可特别归为一类。它把《女神》集和同时期的佚诗拼合为一体，是一种以"全本"解构和消融"选本"局限的特殊辑佚文本。

三是佚文考释，主要是指对佚文的考证与论析，可以是论文或论文结集的著作，通常会附录佚文或将佚文嵌入论文之中，有的甚至直接将佚文拍照插入。陈子善发表过大量佚文考释文章，在他的《文人事》等书话著作中收入不少这类论文，涉及周作人、胡适、郁达夫、茅盾、戴望舒、梁实秋、张爱玲等众多现代作家的佚文。他的论文一般篇幅短小，偏重于"考"，往往考证佚文的真伪、出处、内幕等。而将佚文考释文章结集为专书的有解志熙的《考文叙事录》（中华书局 2009 年版）、刘涛的《现代作家佚文考信录》（人民出版社 2012 年版）等。他们的佚文考释别具一格，其实是一种混合型的研究，对所附录的佚文有校有注，然后又以札记形式去解读佚文文本的思想性、文学性、文学史意义等，虽然有"考"，但是更偏重对佚文的"论"。而考、论相结合的是孙玉石、方锡德的论文。它们论据充分、考证细密，同时持论公允、阐发得体，是中国现代文学佚文考释的典范。

辑佚的成果可能还有其他形态，如，有学者提到了"辑补"型。引例是朱金顺的《鲁迅演讲资料钩沉》（湖南人民出版社 1980 年版）。鲁迅的演讲文，见于《鲁迅日记》记载的就有 50 多次，而入集的却只有 16 篇，这为辑佚留下巨大空间。朱金顺通过钩辑整理，较完备地辑成鲁迅演讲资料集。应该是考虑到演讲的拟文本特质，该著设有"考察""辑佚""存异""备考""质疑"等板块。其中有严格的辑佚。有些演讲只有当时新闻报道的大概内容，当时听讲者的记录或回忆复述，还有一些是散见于鲁迅文章中的片段。这些内容都并非鲁迅演讲的原文和全貌，钩沉出来就不能算严格的辑佚，却是具有史料价值的"辑补"。另外，还有鲁迅日记的"辑补"也可算一特例。鲁迅1922年的日记遗失于抗战时期，幸存的仅有许寿裳的手抄本断片。马蹄疾以许寿裳手抄本为底本，依据《周作人日记》《胡适日记》《钱玄同日记》《鲁迅许广平收藏书信选》等第一手文献，又参考《鲁迅年谱》《鲁迅著译系年目录》以及其他专家研究成果，写成《一九二二年鲁迅日记疏证》。其正文部分仿鲁迅1921年和1923年日记格式、语气摹写，疏证部分则考订日记的内容。① 这种摹写，企图恢复佚作原貌，但终究只能是仿佚文。许寿裳的手抄本日记断片虽不是佚文原作，但仍是第一手史料，可以"附录"形式收入《鲁迅全集》的日记卷。而这种仿佚文却不可以收入，收入就是伪作。这类著述还是有一定的学术价值，可作为辑佚研究的一种补充著述类型存在。另外，还有目录形式，只以提要目录或简单目录交代佚文。如付祥喜的《新月派考论》一书中单列"新月派作家佚作存目"收新月派作家440篇佚作。总之，以上辑佚研究的著述形态都有助于中国现代文学辑佚学的建构，也丰富了中国现代文学研究的著述类型。

---

① 　徐鹏绪等：《中国现代文学文献学研究》，中国社会科学出版社2014年版，第197页。

第 四 章
辨伪批判

辨伪在中国源于一种疑古惑经的传统，是古典学术研究中搜集史料、鉴别史料的一种重要的学术方法，也是我们所谓"史料批判"中的一种技艺。辨伪可分广、狭二义："广义的辨伪，涵盖一切事和物；狭义的辨伪，专指对典籍文献真伪的鉴别考察。"① 即狭义的辨伪仅限于图书文献，广义的辨伪扩展至实物。还有一种广、狭义划分：狭义辨伪仅指关于书籍本身，包括其名称、作者、年代等真伪的考辨；广义辨伪除此之外，也含对书籍内容真伪的考辨。统而言之，辨伪不只是事关伪书，也包括真书中的伪事，还包括文献之外的实物，不过主要还是文献的辨伪。

顾颉刚认为中国古典文献的辨伪"萌芽于战国、秦、汉，而勃发于唐、宋、元、明，到了清代濒近于成熟阶段"②。也有学者认为辨伪之业与秦始皇焚书有关。"这个事件对中国辨伪学发展的进程曾产生过不可低估的影响。经今文、古文之争，缘起于秦之焚书，后世大量伪书的出现，也多与焚书有关。"③ 从此之后，辨伪之业日渐兴盛，到 20 世纪 20 年代，已成为文献学的分支学科。中国现代文学研究亦有辨伪的问题，其辨伪实践在新文学诞生不久即已零星展开，但直到 80 年代以后才引起关注，并开始成为现代文学研究的一种急需方法。现代文学的辨伪体现了一种明显的批判取向，但我们还应该对其辨伪内容及这一方法本身进行再批判。

---

① 孙钦善：《中国古文献学》，北京大学出版社 2006 年版，第 155 页。
② 顾颉刚：《秦汉的方士与儒生》，上海古籍出版社 1998 年版，第 248 页。
③ 杨绪敏：《中国辨伪学史》，天津人民出版社 2007 年版，第 14 页。

一　伪书、伪事

辨伪其实要涉及伪书、伪文、伪本、伪事、伪史、伪说等具体内容，为论述方便，前三项可概称伪书，后三项可概称伪事，因为伪史可归入伪事，伪说主要指对伪史、伪事的叙述和解说。所以，"伪书"和"伪事"二词可涵盖辨伪的所有内容。梁启超也说："辨伪法先辨伪书，次辨伪事。"① 伪书在中国古典文献中比例极大，张之洞在《輶轩语》中说："一分真伪，而古书去其半。"而且愈古伪书愈多，胡应麟在《四部正讹》中的统计是："余读秦汉古书，核其伪几十七焉。"因此，古代的辨伪侧重于辨伪书。关于辨伪书与辨伪事二者谁更重要，钱玄同认为："二者宜兼及之；而且辨'伪事'比辨'伪书'尤为重要"，因为如果被伪事所蔽，辨伪者"据以驳'伪书'之材料比'伪书'还要荒唐难信的。"②

前人关于古典文献辨伪的论述，自然可以为中国现代文学辨伪的范围、重点等的划定提供借鉴。现代文学的伪书与古代伪书一样，也有全伪、半伪、内容不伪而书名伪、冒名、依托、伪本、伪装等不同种类。伪事也有虚构、溢美、溢恶、增饰、附会、武断等不同表现。无论是伪书还是伪事，既有与古代相同的伪，也有现代特有的伪；既有故意的造伪，也含无意的做伪。不过，与古典文献的年代久远相比，中国现代文学文献的生产时代较近，所以伪书的比例较小，而伪事、伪说更多。与古代伪文献主要是书这种载体相比，现代文学还多了更为便捷的伪文献载体即报刊。报刊除了刊载伪作之外，也会伪造读者来信，如《新青年》《文艺报》都有此举。③ 还可能刊载虚假广告文字。这些可能是现代独有的现象。这些现象当然也属于现代文学辨伪的范围，但现代文学的辨伪主要应该关注的还是以下几个方面。

第一是因盗印而产生的伪本、伪书。民国时期，出版商出于营利的目的，大肆盗印现代文学作品。如，华通书局《中国新书报》调查北平地区翻版书时发现，其"第二卷第四期、第五期合刊及第二卷第七期、第八期

---

① 梁启超：《中国历史研究法》，中华书局 2009 年版，第 102 页。
② 顾颉刚编著《古史辨（一）》，上海古籍出版社 1982 年版，第 24 页。
③ 程巍：《"王敬轩"案始末》，《中华读书报》2009 年 3 月 25 日；吴秀明主编《中国当代文学史料问题研究》，中国社会科学出版社 2016 年版，第 74 页。

上综合起来的，共收 1932 年调查所得的翻版书二百零一种，大部分都用原书、原作者、原出版社的名义翻印"①。有研究者剔除这次调查数据中的重复书名后的统计是 199 种。"在所有作者中，被翻版作品最多的是郭沫若，共有三十种；其次是张资平，有二十二种；第三是蒋光慈，有九种；第四是胡适和阳翰笙，都是六种；鲁迅四种。"② 这还只是一次局部的不完整的调查。事实上，不同时期、不同地区的盗印情况和数据很难摸清和统计。单个作家的作品被盗印情况也一样，只有少数作家的作品盗印数据有统计，如，老舍的作品在民国时期被盗印的书目据说有 38 种图书，66 种版本。冒名张恨水的伪作有 86 种。③ 那些冒用原书名、原作者名，但并不改变原作内容、篇目等一类盗印书，其实只是伪本，这并不是辨伪的重点。应重点辨伪的还是那些改变作者名、作品名、文本内容等的伪书、伪文。有被称之"依托"的伪书伪文，如，1937 年《文摘》战时旬刊第 20 期，刊有日本人假托郭沫若夫人之名所伪造的《我的丈夫郭沫若》一文。1942 年大连一书局依托张恨水之名而伪造的《我的一生之情史》一书。有张冠李戴的伪书，如，苏曼殊的《断鸿零雁记》改署郭沫若著，茅盾的短篇小说集《野蔷薇》署蒋光慈之名出版并改题为《一个女性与自杀》，邹枋的短篇小说集《三对爱人儿》也被改署蒋光慈之名。有只更换书名的伪书，如，蒋光慈的《鸭绿江上》改名《碎了的心与寻爱》，郭沫若的《我的幼年》被改名为《沫若自述》等。更有任意割裂与拼接的伪书，如，署蒋光慈之名的《最后的血泪及其他》其实以蒋光慈与宋若瑜的书信集《纪念碑》为主，但又加入一些他人书信。还有各种半伪书。其中有附骥式的半伪书，如，张恨水的《水浒新传》在《新闻报》连载至五分之三的篇幅时，因"孤岛"沦陷停刊，一家上海小报却请"枪手"续写并假冒张恨水之名登载。有篡改型的半伪书，如，张恨水的《锦片前程》经过"枪手"缩改、拉长并改名为《胭脂泪》。所有这些盗印书中，伪本可能旋生旋灭，也较容易辨伪；纯伪书终究也会被读者和研究者识别。唯有半伪书的归属、识辨和研究较难。张恨水谈到自己名下的半伪书时说："所难堪者，却是半伪书。怎么叫半伪书呢？就

---

① 唐弢：《晦庵书话》，生活·读书·新知三联书店 1998 年版，第 61 页。
② 刘震：《蒋光慈作品的畅销与盗版》，《新文学史料》2007 年第 2 期。
③ 谢家顺、宋海东：《冒名张恨水的小说伪作考略》，《中国现代文学研究丛刊》2013 年第 3 期。

是把我的书，给它删改了，或给它割裂了，却还用我的名字，承认不是，不承认也不是，这都教人啼笑皆非。"① 又如，老舍未完成的小说《选民》1936 年 10 月至 1937 年 7 月在《论语》上连载过，但香港作者书社 1940 年初版时更名为《文博士》，有学者考证《文博士》的"序"是假托老舍的伪文，《文博士》的出版老舍也并不知情。因此应将书名改回《选民》并删去伪"序"。② 《文博士》也应算是半伪书，但 2013 年新版的《老舍全集》对此未做说明。

　　第二是因剽窃而造出的伪书、伪文。顾炎武总结说，"汉人好以自作之书而托为古人"，"晋以下则有以他人之书而窃为己作"，明人"其所著书，无非窃盗而已"。③ 可见剽窃和依托是古代文献造伪的两种主要方式。中国现代文学文献造伪也有这两种方式。依托是假托他人，剽窃是窃为己有。依托方式前已述及，这里专说剽窃。剽窃是一种"文辞上的偷盗""欺诈性抄袭"。其中，"隐匿是剽窃的核心特征"，即故意隐匿其复制行为。这使它有别于戏仿和用典。戏仿可能会复制被戏仿作品，但"戏仿作者会埋下大量的、不会被误解的线索，使读者看出他的复制行为"，但"用典不算剽窃，因为作者预期其读者能够看出这是用典"④。剽窃者却不想让人知道其复制行为，所以有意隐匿。同时，剽窃还有很明显的对原作或局部或整体的复制、抄袭痕迹。剽窃也有别于模仿和改编。模仿可能只是暗袭原作的主题、形象、形式等，但往往不会有文字雷同。改编可能只把原作当材料，用其他艺术形式进行重新加工、改写和阐释，但常常会交代所本原作。模仿和改编都可以算是一种文学创作。剽窃既不是修辞手法，也不是创作方法，而是制造伪书、伪文的手段。中国现代文学史上就存在大量剽窃造伪的案例。如，1919 年 3 月《晨报》副刊所载署名"华士"的小说《人道主义》变相剽窃胡适所译英国女诗人的诗作《老洛伯》。1925 年《京报·妇女周刊》第 9 期刊有欧阳兰（琴心）的诗作《寄 S 妹一篇——有翅的情爱》，其实是抄袭郭

① 张恨水：《写作生涯回忆》，时代文艺出版社 2015 年版，第 77 页。
② 史承钧：《新版〈老舍全集〉补正》，《中国现代文学研究丛刊》2016 年第 3 期。
③ 顾炎武撰，黄汝成集释：《日知录集释》，上海古籍出版社 1985 年版，第 1429 页。
④ 〔美〕理查德·波斯纳：《论剽窃》，沈明译，北京大学出版社 2010 年版，第 15、37、21～22 页。

沫若所译雪莱诗《欢乐的精灵》。文氓史济行更是明目张胆地剽窃多人的作品，如，1930 年 7 月 28 日北平出版的《骆驼草》第 12 期署名史济行的《石臼三则》的文章就一字不改地剽窃丽尼 1929 年发表于厦门报纸上的三篇散文《黎明以前的故事》《红海中的一座岩石》《威赫》。作家何家槐在 20 世纪 30 年代初将徐转蓬的多篇小说改署自己的名字发表，亦有剽窃之嫌。直到世纪之交，仍有徐小斌的《天意》、况浩文的《一双绣花鞋》等被他人剽窃的现象发生。剽窃生成了伪书、伪文，这就需要辨伪。纯粹的剽窃容易辨伪，倒是那些部分剽窃之作需要通过细致比对和考证才能辨伪。这里还应提及的是，集句（集他人之句）这种中国古已有之的写作传统算不算剽窃，值得讨论。现代文学史上也有此现象，目前仅发现诗人南星的诗集《春怨集》（署笔名林栖）全部集自"应淡"（朱英诞）的诗歌。在该集的《编订后记》中，诗人说："自己有感，却借了前人生花妙笔，一支不足又求其多，于是左右逢源，只要在组织上费一点点心，即斐然成章，并无抄袭之罪，原作者见之，也只得笑而不言。"①

第三是因译作而生成的伪作。将翻译之文当成自己的创作而又故意隐匿原作者、源文本，也是造伪，甚至可以说是一种特殊的剽窃。鲁迅曾在《集外集》"序言"中坦白有这类剽窃："一篇是'雷锭'的最初的绍介，一篇是斯巴达的尚武精神的描写，但我记得自己那时的化学和历史的程度并没有这样高，所以大概总是从什么地方偷来的……"② 这是说该集里的《斯巴达之魂》和《说铔》二文。有人将这种写作方式称为"以译代作"。也有人认为这是一种"拟译"（limitation）或"隐型翻译"（covert translation）的翻译形态。其特点是"源文本只不过是拟译作者的灵感源泉，由此生成的译本必须看作是'另一个作品'"，隐型翻译者也对原作做出符合本国文化特点的改造，结果是目标文本"看上去不那么像外国作品，而更接近目标语文化"③。这种现象在叶圣陶、徐志摩、闻一多、李金发等诗人那里都发生过。如，叶圣陶的诗作《风》照搬罗塞蒂的 *The Wind*，然后加写了第三节；闻一多的《忘掉她》酷似蒂斯黛尔的 *Let It Be Forgotten* 一诗，李金发

---

① 刘福春：《南星与〈春怨集〉——寻诗之旅（一）》，《新文学史料》2018 年第 2 期。
② 《鲁迅全集》第 7 卷，人民文学出版社 1981 年版，第 4 页。
③ 熊辉：《以译代作：早期中国新诗创作的特殊方式》，《中国现代文学研究丛刊》2010 年第 4 期。

的《墙角里》一诗与魏尔伦的《情话》（*Colloque Sentimental*）意象、结构相似而情感基调相异。这类作品究竟是翻译之作还是以译代作，应该仔细甄辨。如果在进行这种"拟译"或"隐型翻译"时有意隐匿原作者、源文本，完全将作品据为己有，就可称为"以译代作"。但严格地说，这其实就是剽窃，尤其是那些与源文本在诸多方面高度吻合却只署译者自己名字的作品，更可以说是剽窃而成的伪作。如，有学者将徐志摩的诗作《威尼市》与尼采名诗《威尼斯》比较之后，断定徐诗是抄袭。① 这种现象在张资平的小说写作中也存在。如，他将日本作家冲野岩三郎的小说《群星乱飞》翻译后，直接署自己名出版，其早期小说《飞絮》《爱力圈外》则是对译作改写而成的作品。② 对这类译作或译、改混合之作，应该通过跨语际的文本比较，从文本的相似度和有无隐匿原作者等方面进行细致的辨伪。

第四是因归属不当而造成的伪象。常见的情况是对伪作或他人之作未加辨识而误归某作家名下。如，《中国现代文学总书目》（贾植芳、俞元桂主编）将《悲欢姻缘》《我一生之情史》等伪书归入张恨水名下。有的研究者甚至把伪书《雾中行》当成新发现的张恨水的佚作。有些作品并不是伪作，但归属错误，即成为伪。如，《茅盾全集》第 11 卷误收了郑振铎的散文《不幸的人》，《胡适全集》（安徽教育出版社）第 12 卷误收了署名"胡遹"的论文《宿命论者的屠格涅夫》。《章士钊全集》（文汇出版社）也误收署名"孤桐"的一篇小说《绿波传》，其实该小说是另一"孤桐"即江苏东台人蔡达的作品。③ 中国现代文学的文献辑佚就常会出现这种错误，如，唐弢的《鲁迅全集补遗》将史济行伪造的两篇伪文辑入。还有一些合作之文或续作，并不是伪作，但归属不当，也生伪象。这也必须辨伪。如，收入鲁迅《伪自由书》等集子中的《伸冤》等十多篇杂文，本为瞿秋白所作，用鲁迅的"何家干"等笔名发表，但鲁迅也有意见参与并做了字句改动。这批杂文《鲁迅全集》《瞿秋白文集》都有收入。这类文章如果不做注释加以说明，也会出伪。鲁迅、周作人兄弟早期作品署名互用，也属此类。研究者对《随感录三十八》等文章的讨论，为的正是弄清其正确归属。其他如陈

---

① 毛迅：《〈威尼市〉：徐志摩早期诗艺中的一个疑点》，《文学评论丛刊》2000 年第 2 期。
② 陈思广：《审美之维：中国现代经典长篇小说接受史论》，四川大学出版社 2012 年版，第 45 页。
③ 孟庆澍：《〈绿波传〉非章士钊所作》，《中国现代文学研究丛刊》2007 年第 6 期。

白尘为滕固代笔写的中篇小说《睡莲》，冒他人之名发表的《雷峰塔》等作品，也都应回归陈白尘名下，否则也是归属致伪。中国现代文学史上的一些续作入集如不做交代，也会出伪。如，徐志摩的小说《珰女士》由邵洵美续作完成。合作、续作现象本是文坛佳话，归属不当即成伪话。另外，也存在故意利用共同署名或以"合作"名义制造伪书的现象，如，陈明远弄出一部诗集《新潮》，并把"郭沫若"之名也署其上，就引起争议。因为对郭沫若来说，这就是一部伪书。因此，所有真书、伪书，如果归属出错，都可能造成伪象。

　　更应该关注的还是虚构的伪事、伪史、伪说，其比重更大。梁启超曾把伪事分成两类："事之伪者与误者又异，误者无意失误，伪者有意虚构也。"① 实际上，在现代文学发展及研究过程中，虚构的伪事与误造的伪事有时难以分辨，但其恶果都一样，即制造了伪事。伪事的生成与叙述者的品质和能力相关。刘知几讲史家应有"三长"：才、学、识，章学诚添一"德"，即"四长"。伪事的生成当事关叙述者的这"四长"。首先与史德的缺失有关。章学诚说："德者何？谓著书者之心术也。"② 梁启超说："史家第一件道德，莫过于忠实。"③ 而"忠实的后面，最重要的是端正的心术"。所以"端正的心术"是最重要的史德。如果心术不端，就不能忠实，就可能编造出伪事。"举凡回护、曲解、溢美、溢恶、造伪，皆由此引出。……心术不端的极致是造伪。"④ 因此可以说，以造现代文学伪事而名世者都缺少"端正的心术"这种史德，他们因邀功、炫名、攫利、掠美等不端心术而有意虚构伪事。如 20 世纪 40 年代，史济行不但伪造了鲁迅自述文《三昧书屋笔札》等佚文，还为鲁迅伪造了"周莲乔""周扬""许广升""之凡"等假笔名。又在《记胡适》一文中虚构了与胡适交情深厚的伪事，甚至说胡适曾告诉他：在十几岁时写过一部长篇小说。⑤ 沈鹏年在 20 世纪 80 年代

① 梁启超：《中国历史研究法》，中华书局 2009 年版，第 109 页。
② （清）章学诚：《文史通义·史德》，北京古籍出版社 1956 年版，第 144 页。
③ 梁启超：《中国历史研究法　中国历史研究法补编》，中华书局 2015 年版，第 17 页。
④ 杜维运：《史学方法论》，北京大学出版社 2006 年版，第 282~289 页。
⑤ 丁景唐、丁言模：《三、四十年代的文氓史济行——对鲁迅、郁达夫等人行骗诬陷的各种劣迹》，《江淮论坛》1989 年第 2 期。

初撰文编造了毛泽东到八道湾会见鲁迅的伪史，80年代中期又记录整理出周作人1940年底出任伪华北教育督办一职是"共产党方面的意思"等伪说。从20世纪80年代到90年代末，张紫葛撰书《在历史的夹缝中》《心香泪酒祭吴宓》等，也编造了大量与吴宓、郭沫若、傅斯年等有关的伪事。

编造伪事、伪史、伪说的人还可能是作家自己及其亲属。作家的回忆录、口述史等会因失忆、误记，或有意溢美、增饰，或刻意选择、省略、不说等都可能叙出伪事。作家晚年修改早年的日记、书信等，更会写成伪史。对这类写作的可信度也应多加以质疑。这类写作中的造伪，与作家的才、学、识甚至史德都有关联。如果不查找原始文献，仅靠记忆来写作，往往会出错弄伪。如许广平写《鲁迅回忆录》说："盐谷的教材取自鲁迅，而不是如陈西滢恶意污蔑所说，是鲁迅'盗取盐谷'的了。"① 这就成了鲁迅出书在前，盐谷盗取鲁迅了。而关于鲁著与盐谷著的关系，鲁迅早已在《不是信》一文中做了明确说明，许广平写回忆录时未参看此文并进行仔细考证。即便像茅盾那样按史家写史的步骤和方法来写回忆录的，也可能歪曲真相。如在《我走过的道路》中提及《虹》里梅女士的原型时就有意不提秦德君。这种"失忆"和"不说"常常会使所写之史成为"半伪"，很难说具有"忠实"的史德，至少是有违传记写作所应遵循的传真纪实的叙事伦理。作家的家属或后人整理作家文献史料时，或缺乏"三长"，或为尊者讳，或有其他顾虑，对原始文献常做修改，也会造出伪事、伪史。如，陈明"整理"丁玲的日记时，将一页六百字左右的日记修改了三十多处，其中改动了毛泽东评郭沫若和茅盾的话，并把丁玲评郭沫若和茅盾的话错改成了毛泽东的话。② 叶至善整理叶圣陶的一部日记时，因篇幅所限只取五个片段而删去记日常琐事的部分，这也使得日记这种可信度较高的"私人之史"成了半伪史。

中国现代文学的研究者一般都秉有史德，但可能缺乏良史"三长"，更可能是研究中疏于核对、查考进而弄成伪误。如，一部郁达夫年谱长编著述就引用台湾作者刘方矩《浪漫大师郁达夫》文中的伪说，说《学灯》主编

---

① 鲁迅博物馆等选编《鲁迅回忆录》下册，北京出版社1999年版，第1108页。
② 龚明德：《昨日书香》，东南大学出版社2002年版，第295～299页。

王平陵在焚稿中抢救出郁达夫的《银灰色的死》，才使该小说得以刊载《学灯》。而事实是郑振铎从李石岑未用的积稿中找出该作，予以发表的。王平陵从未当过《学灯》的主编，救稿之事与他没有关联。① 这事本已被研究者辨伪，但10年之后仍有学者继续误引刘方矩这一伪说。② 也有研究中望文生义甚至望空而想进而弄成伪误的个例。如茅盾《蚀》三部曲最后一部《追求》初版本中有写章秋柳的一句："她的光滑的皮肤始终近于所谓'毛戴'。"有学者认为其中的"毛戴"一词可能是影射毛泽东，或是"model"（模特）一词的音译。但实际上，古语里就有"毛戴"一词，意指"寒毛竖立"。③ 更有把诺贝尔奖委员会提名老舍评奖之类的传说（伪说）写进学术著作的现象。还有一些现代文学史著作中的造伪现象等。④ 总之，现代文学史叙述和研究中的伪事、伪史、伪说种类繁多，与伪书、伪文等相比，它们更容易被忽视，更具有再生性和衍生性。常常因为以讹传讹，造成旧伪未除、新伪又出的现象。其辨伪量、辨伪面、辨伪难度都可能更大。

二　百年辨伪类型

百年来的中国现代文学史上有不少造伪现象。就现有史料看，《新青年》的"双簧信"可能是最早的造伪事件。1918年3月15日出版的《新青年》第4卷第3号上发表了《文学革命之反响》，包括一封钱玄同伪造的《王敬轩君来信》和刘半农的《复王敬轩书》，史称"双簧信"。这原是新文学阵营中人不甘寂寞、制造影响的策略之举，但开了新文学造伪和影射的先例。其后《新青年》又伪造了"崇拜王敬轩者""戴主一"等读者的来信和复信。"双簧信"事件在现代文学史著作中一直被叙为"佳话"，其实是一个"假话"，需要辨伪。然而直到90年后，才有学者试图揭示其真相，说胡适当时就曾忧虑此举会引发《新青年》的信用危机。⑤ 后来，"双簧信"事件又被一些现代文学研究论著写成"神话"，说它影响甚广，将新文化运

---

① 陈福康：《民国文坛探隐》，上海书店出版社1999年版，第259～261页。

② 王锦厚：《决不日夜记着个人的恩怨》，重庆出版社2010年版，第20页。

③ 解志熙：《考文叙事录》，中华书局2009年版，第19～20页。

④ 黎保荣：《现当代文学作品复述的"信度"问题》，《中国现代文学研究丛刊》2010年第1期。

⑤ 程巍：《"王敬轩"案始末》，《中华读书报》2009年3月25日。

动推向一个新的高潮。这又可能生出一种伪说。也是直到最近才有学者对这一神话提出了质疑，认为"双簧信"事件的影响被夸大。①

林纾当年曾在《论古文白话之相长》一文中哀叹："吾辈已老，不能为正其非，悠悠百年，自有能辨之者。"后来果然有为林纾等所代表的文化和文学保守主义辩护的思潮出现。其实，我们不仅应为林纾的文化和文学态度进行学术层面的辩护，也应就"双簧信"事件为林纾进行历史的辩护。钱玄同等因为门派之见（钱玄同为章太炎学生，林纾则被归于桐城派），通过造伪和影射（其化名王敬轩中的"敬轩"其实就是影射"畏庐"的，林纾号畏庐）的手段弄出"双簧信"事件，其实不是光明磊落之举，也有违《新青年》所倡导的科学精神和史学家所推崇的"忠实"史德，我们有必要为此事辨伪。关于这一事件，从其造伪到有人辨伪，几乎相隔了近百年。因此，它可以视为百年中国现代文学辨伪的一个典型案例。对百年来中国现代文学辨伪的历史及其内容，的确需要我们去进行一番学理性的梳理。也许可以将其概括为三种类型。

最先出现的是论争型辨伪。这是指一些文学论争中含有辨伪的成分，或一些大的文学论争中所含的小论争其实就是辨伪。如，在与甲寅派的论争中，鲁迅对"二桃杀三士"的辨伪。1923 年，章士钊撰文《评新文化运动》，举古乐府《梁父吟》"二桃杀三士"一句为例，认为其"节奏甚美"，但如果用白话去叙述它，就只能说成"两个桃子杀了三个读书人"②。认为这就既不简洁也无节奏，可见文言优于白话。鲁迅于 1923 年 9 月 14 日在《晨报副刊》（署名雪之）发表《"两个桃子杀了三个读书人"》一文进行辨伪。认为《晏子春秋》的出典意思是"二桃杀三勇士"而非"读书人"，因为那里提到的公孙接、田开疆、古冶子三人本是"以勇力搏虎闻"的"勇士"，于是，章士钊将"士"解为"读书人"就成了伪说。后来章士钊又在《甲寅》周刊第 1 卷第九号（1925 年 9 月 21 日）重刊《评新文化运动》一文，并加按语辩说"此等小节"不关"谋篇本旨"。鲁迅又写了《再来一次》一文，在文中又夹入《"两个桃子杀了三个读书人"》一文，

---

① 宋声泉：《被神话化的〈新青年〉"双簧戏"事件》，《中国现代文学研究丛刊》2015 年第 1 期。

② 章士钊：《评新文化运动》，《新闻报》1923 年 8 月 21 日至 8 月 22 日。

与其论辩。① 连教育总长章士钊这样的读书人在文言"士"的解释上都出错并拒不认错，文言优于白语的观点其实已不攻自破，他也不配为文言辩护。可见，辨伪也是文学论争中的有效手段。

而在语丝派与现代评论派围绕"女师大"事件、五卅运动和"三·一八"惨案的论争中，包含的一个小论争却是两桩剽窃辨伪案。1925 年 10 月 1 日，在徐志摩接编的《晨报副刊》的报头用了一幅敞胸西洋女人黑白画像。在同日刊载的凌叔华小说《中秋晚》的附记中介绍说："副刊篇首广告的图案也都是凌女士的。"10 月 8 日，"重余"（陈学昭）在《京报副刊》发表《似曾相识的〈晨报副刊〉篇首图案》一文，说此图案是从英国画家琶亚词侣（今译为比亚兹莱）那里剽窃来的。该图案其实是凌叔华摹画的，是徐志摩的介绍有误。11 月 7 日的《现代评论》第 2 卷第 48 期发表了凌叔华的小说《花之寺》，11 月 14 日《京报副刊》又发表了"晨牧"的《零零碎碎》一文，指出《花之寺》抄袭柴霍甫（今译为契诃夫）的《在消夏别墅》。后来，刘半农等也撰文指出凌叔华抄袭。陈源怀疑是鲁迅化名"重余""晨牧"写了以上两篇文章，于是在 11 月 21 日的《现代评论》第 2 卷第 50 期上发表《剽窃与抄袭》一文，一面为恋人凌叔华辩护，一面又暗指鲁迅也在剽窃。1926 年 1 月 30 日，陈源又在《晨报副刊》发表《闲话的闲话之闲话引出的几封信》，在其中一封《致志摩》中，更明确说鲁迅的《中国小说史略》一书抄袭日本学者盐谷温的《支那文学概论讲话》。这样，又引出了所谓鲁迅剽窃案。鲁迅于 1926 年 2 月 8 日在《语丝》周刊第 65 期撰文《不是信》加以辩驳，说盐谷氏的书的确是参考书之一，说《中国小说史略》中的某些章节的大意参考了该书，但"次序和意见就很不同"，并与盐谷温的著作进行了细致的比较。10 年后，鲁迅在 1935 年 12 月 31 日写的《且介亭杂文二集》的《后记》中说："现在盐谷教授的书早有中译，我的也有了日译，两国的读者，有目共见，有谁指出我的'剽窃'来呢？我负了十年'剽窃'的恶名，现在总算可以卸下。"② 连当时认为这是一桩"无头官司"的胡适也在 1936 年 12 月 14 日写给苏雪林的信中还鲁迅清白："现

---

① 鲁迅：《再来一次》，《莽原》第 11 期（1926 年 6 月 10 日）。

② 《鲁迅全集》第 6 卷，人民文学出版社 1981 年版，第 450 页。

今盐谷温的文学史已由孙俍工译出了，其书是未见我和鲁迅之小说研究以前的作品，其考据部分浅陋可笑。说鲁迅抄袭谷温，真是万分的冤枉。"① 而凌叔华也并不承认小说抄袭，在 1925 年 11 月 21 日致胡适的信中只说受了契诃夫的"暗示"和影响。所以在 1928 年 1 月出版短篇小说集时，集名偏要定为《花之寺》。1935 年，鲁迅为《中国新文学大系》编《小说二集》，只收凌叔华的《绣枕》，并在"导言"中客观评价了凌叔华的小说特点，并不提及《花之寺》及其抄袭之事。至此，牵涉众多现代作家的两桩连环剽窃案似乎尘埃落定。它们其实是大论争中的小论争，却丰富了现代文学辨伪的历史内容。另外，有些论争原本主要是辨伪的问题，但又导向了更大的论争。如，1934 年徐转蓬与何家槐的小说版权之争，最终牵扯到左翼作家与"第三种人"之争。② 可见文学论争与辨伪之间往往有着复杂的纠缠。

中国现代文学史上的一些文学论争往往是意气之争，有许多无聊之处。而其中的辨伪会使这些论争增加学术含量。但因为论争双方的着力点在文学思潮、思想观念或个人恩怨等，辨伪只是其中的一种附属性学术因素，这就造成辨伪的不完整和不充分。因此，所谓论争型辨伪其实是未完成型的辨伪，它往往会留下一些悬而未决的尾巴，以致多年以后人们还会对此有错误的认知。如，关于鲁迅"剽窃"案，许广平在其 1961 年出版的《鲁迅回忆录》中又提出另一伪说：不是鲁迅剽窃盐谷而是盐谷盗取鲁迅。后来，朱正又对此进行了辨伪正误。朱正既以鲁迅的《不是信》一文自证，又援引胡适给苏雪林的信做旁证，还提到了盐谷与鲁迅之间的友好往来，本证、旁证、书证、理证俱全，从而完成了对该案的学术辨伪。③ 关于凌叔华的剽窃案，胡风晚年还认定她是抄袭，也有其他学者还在写这方面的研究文章。④ 至今还没有人就凌叔华的《花之寺》与契科夫的《在消夏别墅》进行细致的文本比较，以及从多方面来进行完整的辨伪。其他如在"两个口号"的论争中涉及的《答徐懋庸并关于抗日统一战线》一文到底算不算鲁迅所作

---

①　《胡适全集》第 24 卷，安徽教育出版社 2003 版，第 325 页。

②　钦鸿：《文坛话旧》，上海远东出版社 2008 年版，第 325～329 页。

③　朱正：《鲁迅回忆录正误》，浙江人民出版社 1999 年版，第 43～47 页。

④　龚明德：《昨日书香》，东南大学出版社 2002 年版，第 58～63 页。

的问题，也是直到 90 年代才有完整的学术辨伪。① 总之，现代文学的论争型辨伪有待超越论争思维，在细致梳理和深入挖掘中去完成某些未竟之辨。

现代文学辨伪中还存在一种政治型辨伪，或某些学术型辨伪中包含着政治问题。瞿秋白的《多余的话》就是典型的案例。这部自传性文本的写作和传播是中国现当代史上重要的政治事件，围绕着它的辨伪活动也就具有浓厚的政治意味。1935 年 5 月 17 日至 22 日，瞿秋白于福建长汀狱中写成《多余的话》。同年 8～9 月，国民党"中统"主办的《社会新闻》杂志第 12 卷第 6、7、8 期选载了其中《历史的误会》《文人》《告别》三节。1937 年 3 月 5 日至 4 月 5 日，上海《逸经》半月刊第 25、26、27 期连载全文。此后日本和香港报刊也转载过。"文革"中作为批判材料的刊行本所据也是《逸经》本。1991 年《瞿秋白文集》出版时，收入中央档案馆保存的国民政府档案手抄本（与手抄本比较，《逸经》连载本有不少遗漏），此后各种单行本皆据此本。《多余的话》问世以来，一直存在真伪之辨，而这些真伪之辩又往往事关国共政治或意识形态问题。国民党刊物主动刊载此文，当然认为它是真的，而且是一篇共产党高干的"反省书"。《社会新闻》的按语说："瞿之狡猾恶毒至死不变，进既无悔过之心，退亦包藏颠倒黑白之蓄意……"《逸经》所加"引言"也说此文"对于共产党，要算是一桩坍台的事"。当时《闽西日报》记者李克长所写的《未正法前之瞿匪秋白访问记》刊该报 1935 年 7 月 3～7 日，说他见过《多余的话》的手迹本，未读完即"为主管禁押人员催索取去"，瞿答应"另抄一本寄予记者"。这旁证了《多余的话》曾有真实的手稿存在，但郑振铎说《逸经》连载该文后，他当时就通过关系到《逸经》杂志社去查阅，只见到一个手抄本，未见瞿秋白的手稿，因此怀疑是伪造。而共产党方面，从该文发表直到 20 世纪 60 年代以前，几乎都认定它是伪造的，是国民党的一个政治阴谋。其间，1950 年关于瞿秋白的诗文还有过争论。当年 7 月 18 日，《人民日报》刊登臧克家的《关于瞿秋白同志的"死"》一文和瞿秋白爱人杨之华的来信并加编者按，认为国民党发表的瞿秋白"遗作"是经过篡改和捏造的。但到 60 年代，周恩来、陆定一等高层领导又都认为《多余的话》为瞿秋白所作。20 世纪 60

---

① 廖超慧：《中国现代文学思潮论争史》，武汉出版社 1997 年版，第 559～565 页。

年代初，随着《李秀成自述》的证真和定性，人们对《多余的话》也产生类似的联想。1963 年 8 月，《历史研究》第 4 期发表戚本禹《评李秀成自述——并同罗尔纲梁岵庐吕集义等先生商榷》一文，认为《李秀成自述》是"叛徒的供状"。毛泽东读了戚文和《李秀成自述》的原稿，批写道："白纸黑字，铁证如山，晚节不忠，不足为训。"① 支持戚文观点。于是，瞿秋白就被认定为当代的李秀成，是叛徒。"文革"开始后，《多余的话》更被认定是"自首叛徒的铁证"。"文革"结束后，中共中央经过深入调查取证，认定《多余的话》是瞿秋白真作，但瞿秋白并非叛徒。② 直到编入《瞿秋白文集》的"政治理论编"，《多余的话》仍然是在"政治"之中，辨伪工作还没结束。文集编者按说："《多余的话》至今未见作者手稿。从文章的内容、所述事实和文风看，是瞿秋白所写；但其中是否有被国民党当局篡改之处，仍难断定，故作为'附录'收入本卷，供研究者参考。"③ 在半个多世纪里，《多余的话》这部重要的自传文学文本几乎都被当作政治文献来辨伪的。其他如对《答徐懋庸并关于抗日统一战线问题》《可爱的中国》等的辨伪也属于政治型辨伪。在一些文学论争中，也有不少涉及政治话题的辨伪，如关于"两个口号"的论争，直到 20 世纪 80～90 年代都涉及冯雪峰与脱党者姚蓬子的关系，胡风是否是文化特务等政治问题。④

中国现代文学与政治关系甚为密切，当然多有政治型辨伪，而政治型辨伪常常会秉持政治思维。无论是当年参与论争，还是晚年时写回忆录，亲历者或知情者大多有习惯性的政治思维，看到的自然多是政治问题，对作品、事件的真伪辨析自会政治化。如，从 20 世纪 70 年代末至 80 年代，冯雪峰、胡风、夏衍、茅盾、徐懋庸、丁玲等作家的回忆性文字中都体现了这种倾向。在习惯于政治思维的年代，即便是学者的辨伪，也同样如此。所以，政治型辨伪往往不能走向学术化，也仍是一种未完成的辨伪。但是，政治型辨伪走向学术化终将成为一种趋势。仍以《多余的话》为例。有学者对《多

---

① 焦润明等编著《当代中国社会文化变迁录》，沈阳出版社 2001 年版，第 250 页。
② 胡明：《瞿秋白的文学世界》，中国社会科学出版社 2013 年版，第 380～386 页。
③ 《瞿秋白文集（政治理论编）》第 7 卷，人民出版社 1998 年版，第 693 页。
④ 周健强：《夏衍谈"左联"后期》，《新文学史料》1991 年第 4 期；茅盾：《"左联"的解散和两个口号的论争》，《新文学史料》1983 年第 2 期。

余的话》的辨伪就体现了周密的学术逻辑，而不是简单的政治断案。他先列出该文可能被怀疑为伪作的多条理由，但认为都证据不足。接着又把《多余的话》与瞿秋白其他相关诗文逐一比对，认定："《多余的话》的内容与同在狱中写的遗作，与入狱前的著作的内容相通或一致，有的完全相同，所记述基本事实与瞿秋白的实际情况相符；其思想情绪确是瞿秋白当时的思想情绪，与他的其他著作所表现的思想情绪一致，也是他思想情绪的合乎逻辑的发展；作品的个性特点、语言风格也显然是瞿秋白的，与他的散文、书信、诗词等相一致，非他人所能伪造得出的。所以说，它不仅不是伪造，而且'篡改'的可能性也是极小的。"最后又将《多余的话》的几种版本进行比较，认为这些版本的差异仅在文字的多与少，由此推断"国民党人即使对瞿秋白的原稿有所改动，很可能也只是删削，并非根本性的篡改"①。虽然这种辨伪还不十分充分，也有臆测之处，但毕竟已趋向学术型辨伪。

学术型辨伪是一种注重学术规范、追寻学术价值、遵循辨伪律、采用辨伪法的辨伪类型。学术型辨伪没有论争型辨伪的意气行文，超越了政治型辨伪中的政治思维，以纯粹的学术建构为目的。在以往的现代文学辨伪中，我们有更多的论争型辨伪和政治型辨伪，较少学术型辨伪。就目前所见史料而言，对现代文学最早的学术型辨伪可能是关于《我的丈夫郭沫若》一文的辨伪。《为郭夫人的〈我的丈夫郭沫若〉访问郭沫若先生》是刊于1937年《文摘》战时旬刊第21号的一则记者访问记。记者经过与郭沫若的核实，断定《我的丈夫郭沫若》是伪作。即便是这类较简单的学术型辨伪，在当时也不多见。学术型辨伪真正形成气候应该是在我们告别革命、告别政治意识形态对学术研究的钳制之后。其具体的学术发动力则是20世纪70年代末80年代初《新文学史料》《文教资料》等刊物的创刊和大批作家自传或回忆录的发表与出版。在这次现代文学史料整理与研究热潮中，一些文献出现了历史细节的"失忆"，历史事实和史料的错讹、虚构甚至造伪等现象。如，《文教资料》1986年第4期刊出的《关于周作人的一些史料》一组文章，有的就有造伪之嫌。这些现象引起了作家和学者的警惕。陈白尘在《云梦断忆》的《后记》中对《新文学史料》杂志有微词。诗人艾青在

---

① 刘福勒：《关于〈多余的话〉是否被篡改的考辨》，《江淮论坛》1987年第6期。

《序〈艾青的跋涉〉》一文中指责有人编造伪史。也有学者撰文抨击"伪史料",甚至呼吁编一套《中国新文学"伪'史料'"正误》丛书①。在这种呼声中,现代文学研究才开始真正出现学术型辨伪。20 世纪 90 年代以来,龚明德的《新文学散札》、陈福康的《民国文坛探隐》等学术性书话著作中开始出现大量学术型辨伪文章。1999 年修改、重版的朱正的《鲁迅回忆录正误》(1979 年初版)也多有辨伪文章,该书对北京出版社同年出版的《鲁迅回忆录》进行了细致的辨伪正误。如,涉及鲁迅"剽窃"案、《五讲三嘘集》等诸多问题。学界也开始出现少量正格的学术型辨伪论文,如,《〈绿波传〉非章士钊所作》。该文对误归入章士钊的小说《绿波传》进行了客观、缜密的辨伪。一是用章士钊的话自证,章氏说自己:"夙不喜小说,红楼从未卒读。"说小说非自己所长。二是用章氏笔名出现的时间证:他早年自号"青桐",在办《民立报》《甲寅杂志》等报刊时多用"秋桐",直到 20 年代中期办《甲寅周刊》时才改署"孤桐"。而署名"孤桐"的《绿波传》最早连载于《东方杂志》第 9 卷第 10 ~ 12 期(1913 年 4 ~ 6 月),并于 1914 年 9 月在商务印书馆初版。这都比章氏用"孤桐"笔名的时间早,可见写《绿波传》的"孤桐"非章士钊。三是考证另一位"孤桐":此"孤桐"是江苏省东台人蔡达。《南通市志》记载他写《游侠外史》即署名"孤桐",还有《孤桐馆诗》等著作。四是通过文本互见和文本比较来考证:蔡达 1921 年初版的《游侠外史》与署名"孤桐"的《绿波传》同是文言小说,语言风格、故事情节、叙事模式等有相似处。而章士钊仅有的一部小说《双枰记》取材自友人何梅士的真人真事,与蔡氏的两部虚构性小说不是同类。五是用蔡达自传《知非录》的自证:其中述及写成《绿波传》后寄给《东方杂志》,并提到刊期、字数、稿费等信息。其自传还提到另一自作《游侠外史》。这都是最直接的证据。② 众多证据形成完整的证据链,也演示了精彩的辨伪过程。

学术型辨伪应是现代文学史料批判中的主要辨伪类型,但是目前这方面的论著较少,也只有少数学者关注这种传统的史料批判技艺,遑论对现代文

---

① 龚明德:《令人忧心的"伪史料"》,《人民日报》1988 年 3 月 11 日。

② 孟庆澍:《〈绿波传〉非章士钊所作》,《中国现代文学研究丛刊》2007 年第 6 期。

学中大量的伪本、伪书、伪事、伪史等进行全面的系统的辨伪。究其原因，主要是我们对这种史料批判方法认知不足。已有的现代文学史料学论著对辨伪知识、方法等几乎没有系统的介绍。樊骏的长文《这是一项宏大的系统工程——关于中国现代文学史料工作的总体考察》在涉及史料的"鉴别"话题时只有所提及，他总结说："我们还没有把鉴别史料的正误、了解事实的真相，作为必不可少的学术任务认真对待。"[1] 刘增杰的《中国现代文学史料学》一书虽设有"辨伪"一节，但所论简略，只强调："清除伪史料，是中国现代史料研究者义不容辞的职责。"[2] 可见，学者们对现代文学辨伪的研究还只停留在"任务""职责"的强调上，对其历史、技艺、规律、价值等并未进行深入的介绍和论析。

三　律与法

文献史料的辨伪正误必须遵循一定的辨伪规律（可简称为"辨伪律"），采用特定的辨伪方法（可简称为"辨伪法"）。遵循辨伪律，可以让我们走上辨伪的正途，避免辨伪结果的不正确；而辨伪法则可以给我们以适当的指引，使我们更有效、更快捷地去完成辨伪工作。这时，中国古典文献辨伪学总结的辨伪律和辨伪法就可被中国现代文学文献辨伪所挪用和借鉴。

"辨伪律"这个概念是现代辨伪学家张心澂在其《伪书通考》一书1939年初版时提出的。该书1957年的修订本则把它改为"辨伪的规律"，并对其内容做了修改和补充。其实，"辨伪律"这一说法更简练且具涵盖性，完全可以袭用。张心澂较全面地总结出六条辨伪律，这六条辨伪律其实也基本都适用于中国现代文学文献的辨伪。

"（一）不可和其他目的相混淆。"认为："我们要辨伪书的目的，是要求得知某一书的真实情形。第一能辨别出这一书不是某时某人撰的，和它伪的程度怎样；第二能进一步辨别出这书是某时某人撰的，或有意伪造的。简言之，就是求真的目的。"这就不可与其他目的相混淆：一是不能与护圣道的目的相混淆。"以前的儒者有为了拥护圣道而辨伪的，凡不合于他们所谓

---

① 樊骏：《中国现代文学论集》，人民文学出版社2006年版，第365页。
② 刘增杰：《中国现代文学史料学》，中西书局2012年版，第201页。

的圣道的书，就是伪书。"这违背辨伪律，所以"结论不见得是正确的"。二是不能与为自己一派争胜的目的相混淆。"因学术或政治主张的派别不同，遇有某部书或某书的某部分认为是伪的，于我派有利，就多方辨明它不伪，而于我派不利的地方就抹杀了不说。"这也不合辨伪律。三是不与"矜奇好异""破坏""捣乱"目的相混淆。为"求多发现伪书，以推翻前人所说，以炫耀自己的学识才能，就会多方的周纳，强词夺理，吹毛求疵，以断定书的伪。一人唱之，众人不加深究而和之，积非成是，使真的淹没变成伪的"。这些也都违反辨伪律。针对 20 世纪 50 年代初我国对待文化遗产的倾向，张心澂还另提出了辨伪不可与以进步性、人民性等观念取舍古籍的目的相混淆的问题，"因为辨伪并不是以它们有进步性或保守性，有人民性或反人民性为书的真伪标准"。① 其实，这个目的也可与护圣道的目的归为一类，这是护特定时期的革命"圣道"。"不可和其他目的相混淆"这一辨伪律当然适用于中国现代文学的辨伪。在论争型辨伪中，就有为自己一派争胜的目的；政治型辨伪也有护革命"圣道"的目的。所以皆有违辨伪律，是未完成的辨伪。

"（二）不可有主观的唯心的成见。"指出："辨伪书是要求得客观的唯物的实在。若辨伪的人用主观主义唯心论，预先存有一个成见，那辨别所得的结论，就不会正确"。因为"预有成见，已先倾向于伪或不伪的一方面。……倾向的态度，就不免已偏向于一方面进行，会失掉公平的判断，得出错误的结论。"② 此律亦普适于现代文学辨伪。如，论争型辨伪多有门派之见，所以可能不正确。20 世纪 50 年代，臧克家对瞿秋白诗词的辨伪也存一个成见：认为消极情绪的"诗词对于这样一个烈士的死是多不相衬"。所以就武断地说："这些东西绝不可能出自一个革命烈士的笔下，它是敌人埋伏的暗箭，向一个他死后的'敌人'射击。"③ 最终错误地断定这些诗词都是伪造。

"（三）不可以一般④概括全体。"指出："不可因书内一部分的伪，或

---

① 张心澂：《伪书通考》，商务印书馆 1957 年版，第 26 ~ 27 页。
② 张心澂：《伪书通考》，商务印书馆 1957 年版，第 27 ~ 28 页。
③ 臧克家：《关于瞿秋白同志的"死"》，《人民日报》1950 年 7 月 18 日。
④ "一般"一词在其《伪书通考》的初版中作"一斑"，更确切。——笔者按。

一句数句的话，或所用的名词和著者的时代不同，因而肯定这书全体是伪。因一部分或者有为后人窜入，字句间或者有因传写的错误，而相沿或后人所改的。……总之，不能以一种孤立的证据来定是非，还要参以他种证据，综合起来，才能肯定。"① 中国现代文学的辨伪应同守此律。我们不能因为《多余的话》可能有国民党方面的局部篡改，而断定它为伪书。反过来，对那些割裂、拼凑而成的所谓蒋光慈的作品，也不能因为其中的部分之真而认它为真书。

"（四）不可和书的价值问题相混淆。"认为辨伪是为了"还它的真相。并不是说是某人所作，这书是真，就有价值，不真就没有价值。因为书的价值是另一个问题，虽大多数伪作不及真，然而尽有是真的而没有什么价值，……也有书虽是伪的，而有相当价值"②。对此，钱玄同也早有论述："殊不知考辨真伪，目的本在于得到某人思想或某事始末之真相，与善恶是非全无关系。"③ 这是要把事实判断与价值判断分开来。现代文学辨伪书时亦可持此律。如，《新潮》一书对郭沫若来说是一本伪书，但陈明远在其中对郭沫若旧体诗的改写、对古诗的今译还是有一定价值。

"（五）不可和书中所说的真伪问题相混淆。"指出："书内所说的事实的真伪，或理论的真伪，是另外一个问题。不能因为书是真，就认为它所叙的事实都确实，所说的理论都正当。……又不能因为书内所叙的事实不真确，所说的理论不正确，而认为这书是伪的。有时虽因为这点而发现书是伪的，但不是一般的标准。"④ 这正如钱玄同所谓"辨古书的真伪是一件事，审史料的虚实又是一件事"⑤。现代文学的辨伪书亦当遵此律。如，《多余的话》这个文本的真伪和文本里所述内容的真伪是两种不同的真伪，一者属于辨伪书，一者属于辨伪事。

"（六）不可和书的存废问题相混淆。"是说："并不是经过辨别了，真

---

① 张心澂：《伪书通考》，商务印书馆 1957 年版，第 28 页。

② 张心澂：《伪书通考》，商务印书馆 1957 年版，第 28 页。

③ 钱玄同：《论近人辨伪见解书》，顾颉刚编著《古史辨（一）》，上海古籍出版社 1982 年版，第 24 页。

④ 张心澂：《伪书通考》，商务印书馆 1957 年版，第 29 页。

⑤ 钱玄同：《论〈说文〉及壁中古文经书》，顾颉刚编著《古史辨（一）》，上海古籍出版社 1982 年版，第 231 页。

的就应该存留，伪的就应该废弃。可能有的书虽不是伪造，而它本身没有什么价值，没有保存的必要的；有的书虽是伪造，而它本身确有价值，有值得保存，批判的采用，或可留作参考之用的。"① 即对伪书不能一概否定。"一因伪书尽有其本身之价值，二因定一书为伪，恐不免为一时或一人或少数人之偏见，或他日可别有新证可证其非伪也。"② 此律对现代文学的辨伪书仍适用。这提醒我们对现代文学中的伪书、伪文应该仔细考辨，区别对待而不能轻易废弃。对那些因剽窃、翻译、归属等而被认定为伪作的文献，都可存而待辨，对盗印的伪书、伪本亦可留作传播学的特殊史料。

对于辨伪律，也有学者将其称为辨伪"应该注意的问题和考辨者所应持的正确态度"③。这六条辨伪律都适合于辨伪书，前三条则适合于辨伪事。梁启超在谈辨伪书时较少谈及这些"律"或"态度"问题，只在《古书真伪及其年代》一书的第五章谈到辨伪之后并不一定要把伪书烧掉，因为伪书亦有其价值。这类似于张心澂的辨伪律（六）。但梁启超在论伪事时却论及"辨证伪事应采之态度"。他提出七条意见，其中最关键的是"辨证宜勿支离于问题以外""正误与辨伪，皆贵在举反证""不能得'事证'而可以'物证'或'理证'"等三条。④ 这三条也可说是辨伪事的辨伪律。加上张心澂的前三条，那么，辨伪事时至少也应有六条辨伪律。统而述之就是，辨伪书和辨伪事有共同的辨伪律，但也有各自的辨伪律。而无论是辨伪书还是辨伪事，最重要的辨伪律还是梁启超所谓："'求真'两字——即前清乾嘉诸老所提倡之'实事求是'主义是也。"⑤ 总之，中国现代文学的辨伪与古代文献辨伪一样，只有遵从辨伪律，才能保证辨伪时不至于迷失。也只有在此基础上，才好去谈辨伪法。

前人对古典文献辨伪法也多有总结。最早是胡应麟在其《四部正讹》一书中提出辨伪八法。《四库全书总目》也全面总结了前人的辨伪法（现今

---

① 张心澂：《伪书通考》，商务印书馆 1957 年版，第 29 页。
② 张心澂：《伪书通考》，上海书店出版社 1998 年版，第 7 页。
③ 杨绪敏：《中国辨伪学史》，天津人民出版社 2007 年版，第 327 页。
④ 梁启超：《中国历史研究法》，中华书局 2009 年版，第 113～118 页。
⑤ 梁启超：《中国历史研究法》，中华书局 2009 年版，第 119 页。

有学者把它们归纳为 8 类 32 条）。① 梁启超则对辨伪法进行了不同的总结。在他 1921 年撰写的《中国历史研究法》一书中提出了辨伪书的十二例、证明某书必真的六法、辨伪事的七例等，都是在总结辨伪法。而且提到辨伪事"应采之态度"七条意见，也涉及辨伪法。② 在 1924 年发表的《中国近三百年学术史》中，他又提出了辨伪六法。在 1927 年完成的《古书真伪及其年代》一书中再把辨伪法归纳为两个系统，从传授统绪上辨别有八法，从文义内容上辨别有五法。胡适在其《中国哲学史大纲》中提出审定史料真伪的五法，也可说是辨伪法。曹聚仁的《国故学大纲》一书整合梁启超、胡适的辨伪法，列图如下：③

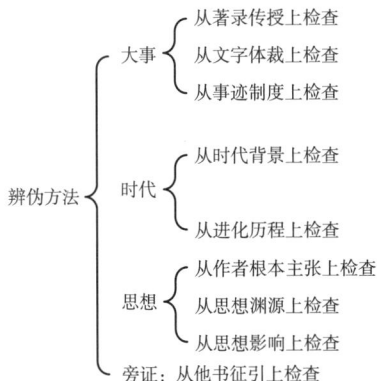

$$
\text{辨伪方法}
\begin{cases}
\text{大事}
\begin{cases}
\text{从著录传授上检查} \\
\text{从文字体裁上检查} \\
\text{从事迹制度上检查}
\end{cases} \\
\text{时代}
\begin{cases}
\text{从时代背景上检查} \\
\text{从进化历程上检查}
\end{cases} \\
\text{思想}
\begin{cases}
\text{从作者根本主张上检查} \\
\text{从思想渊源上检查} \\
\text{从思想影响上检查}
\end{cases} \\
\text{旁证：从他书征引上检查}
\end{cases}
$$

这种归并可谓简要、完整且明了。这些古典文献的辨伪法当然可以灵活挪用于现代文学文献的辨伪，但我们也应该有一些更切合于现代文学文献的辨伪法。可简述如下。

第一，利用作家手稿辨伪。在 20 世纪，中国现代作家主要用毛笔、钢笔等写作，所以他们或多或少会留下一些原始手稿或书刊影印手稿。作品的原始手稿是没有遭受印刷文化污染的文本，也是作家的重要手迹。如果作品留有原始手稿或影印手稿，它就是作品辨伪最直接、最有说服力的证据，通过字迹的辨识即可确定文本的真伪。或者说，作家的遗作、佚作的认定，最

---

①　司马朝军：《文献辨伪学研究》，武汉大学出版社 2008 年版，第 76 页。
②　梁启超：《中国历史研究法》，中华书局 2009 年版，第 103～118 页。
③　曹聚仁：《国故学大纲》上卷，上海梁溪图书馆 1925 年版，第 14 页。

关键的是手稿，有此孤证即可定案。如，张爱玲佚作《同学少年都不贱》就因存有手稿而在其印刷文本问世时被编者认为是"迄今为止唯一确凿无误的张爱玲佚作小说"①。编者把该手稿影印附于文前，那篮格竖写的手稿呈现了张爱玲隽秀而略不规整的钢笔书法，手稿左下角印有"张爱玲稿纸"字样。有这样的手稿物证，真伪已不必再辨。而瞿秋白的《多余的话》，尽管可用很多证据证明它是瞿秋白的真作，但因至今未发现其原始手稿，所以仍难以证明其完全真实，仍不能排除该作有局部被篡改的可能。对作家已刊之作或已编入其文集中作品的疑问亦可通过手稿辨伪。如，关于鲁迅《答徐懋庸并关于抗日统一战线问题》一文的辨伪，就可凭借手稿。一般研究者不易看到其原始手稿，也可借助《鲁迅手稿全集》《鲁迅著作手稿全集》中的影印件。从这篇文章的手稿中，我们可以辨别出冯雪峰用钢笔写的草稿有 11 页，鲁迅用毛笔对冯稿做了多处修改和删节，鲁迅又另外加写了 4 页。从手稿中鲁迅的斟酌、修改笔迹可证明，该文虽是冯雪峰代笔起草，但思想观点、文字内容及语言风格等，都能代表鲁迅。② 故该文完全可认定为鲁迅之作。

作家的手稿还可用于对作家亲属修改过的文献的辨伪。某些作家亲属喜欢擅自"整理"作家的文献，一些非专业的"整理"最糟糕的情况是导致文献最后近于伪文献。如，陈明整理过丁玲 1947 年的日记，且加题为《四十年前的生活片断》，刊于《新文学史料》1993 年第 2 期，后来湖南文艺出版社出版的《丁玲文集》第九卷也收入这部分日记，题目为《1947～1954生活片断》。而《新文学史料》1995 年第 1 期刊载丁玲儿子蒋祖林的来信，批评陈明整理的《四十年前的生活片断》"与原稿不符"，如，原稿的一段文字是：

> 毛主席评郭文，有才奔放，读茅文不能卒读。我不愿表示我对茅文风格不喜，只说他的作品是有意义的，不过说明多些，感情较少。郭文组织较差，而感情奔放。

① 张爱玲:《同学少年都不贱》，天津人民出版社 2004 年版，"序"第 8 页。
② 张小鼎:《"民族革命战争的大众文学"新口号的提出真的是"疑团"与"难解之谜"吗?》，《鲁迅研究月刊》1992 年第 3 期。

陈明将其整理为：

> 毛主席评郭文有才华奔放，组织差些；茅的作品是有意义的，不过说明多些，感情较少。①

陈明整理的文字与丁玲手稿相比，语意差别甚大，几乎就是伪文。因此，手稿就是辨识这类伪文献的重要依据。而曾任郭沫若秘书的王戎笙所著《郭沫若书信书法辨伪》则是利用手稿进行辨伪的专书。其中多用手稿或字迹证明陈明远伪造和篡改郭沫若给他的信且伪造《新潮》一书。②

第二，借助作家的自述文字辨伪。现代作家的序跋、日记、自传、声明、创作谈等自述类文字都是辨伪正误的直接证词。如，老舍的《习作二十年》一文说："我也写杂文，更无足取，所以除了已经绝版的一本《幽默诗文集》，我没有汇印我的杂文……而且永远不拟汇印。"据此可知，除1934年时代图书公司出版的此书外，其他由长春启智书店、上海时代书局等出版的《老舍幽默杰作集》等各种杂文集可能是伪本。老舍还在《成绩欠佳，收入更欠佳》一文中说有本《老舍选集》是野鸡本。③鲁迅在《不是信》一文中对所谓"剽窃"案有自述："盐谷氏的书，确是我的参考书之一，我的《小说史略》二十八篇的第二篇，是根据它的，还有论《红楼梦》的几点和一张《贾氏系图》，也是根据它的，但不过是大意，次序和意见就很不同。其他二十六篇，我都有我独立的准备，证据是和他的所说还时常相反。……其余分量，取舍，考证的不同，尤难枚举。"④《且介亭杂文二集》的《后记》中还有后续自述。这类辩解性的文字是我们辨伪的重要线索和凭借。赵景深考证写于《绿野仙踪》一书扉页的鲁迅题跋是伪文时还利用了鲁迅的日记，因"《鲁迅日记》中找不到购买《绿野仙踪》的记载"⑤。有学者对张恨水作品进行辨伪时更利用了张恨水自己的启事、创作谈、回忆

---

① 龚明德：《昨日书香》，东南大学出版社2002年版，第295~296页。
② 王戎笙：《郭沫若书信书法辨伪》，兰州大学出版社2005年版，第4页。
③ 向东：《老舍被冒名、盗版图书初探》，《社会科学战线》1988年第1期。
④ 《鲁迅全集》第3卷，人民文学出版社1981年版，第229~230页。
⑤ 陈梦熊：《鱼目混珠难逃法眼》，《中国现代文学研究丛刊》1988年第1期。

录等自述文字。1938 年刊于《申报》汉口版上的"张恨水启事"，1943 年重庆《新民报》刊布的《文字被窃》一文，1949 年刊于北平《新民报》的《写作生涯回忆》，1963 年撰写、1980 年才发表的《我的创作和生活》等都是涉及其作品被窃的自述文字。研究者根据其中的"张恨水启事"（该启事还刊于《新民报》副刊"最后关头"）所说"自上海沦陷为孤岛以后，……鄙人从未有片纸只字寄往"，认定 1938 年 1 月 19 日至 9 月 23 日连载于《晶报》的小说《征途》是伪书。① 作家的其他自述文字也都可以为辨伪提供相关信息。

第三，在文本互见中辨伪。这种方法主要是通过寻找被辨文本与作者的其他相关文本的相似点、相似文句等具体的"互文性"，来证明被辨文本的真伪。如果其他相关文本被确认是真实的，而某些内容、情绪尤其是一些细节、词句等又能在相关文本和被辨文本中互见，则大体可以证明被辨文本也是作者真作。值得注意的是，运用文本互见法辨伪，必须找到比较确凿、具体的相似点，而不能仅凭语感、风格等笼统模糊的相似度来做预判。对《多余的话》的辨伪就使用了此法。有学者先用瞿秋白在狱中所写诗词与之对读。其中在写给军医陈炎冰的《浣溪沙》中有诗句"廿载浮沉万事空，年华似水水东流，枉抛心力做英雄"。而在《多余的话》中则有："滑稽剧始终是闭幕了。舞台上空空洞洞的。……虽然我枉费了一身心力在我不感兴趣的政治上"等文字。二者思想情绪相同。"万事空"与"空空洞洞"，"枉抛心力"与"枉费了一身心力"等词句也相似。他的《卜算子》《狱中忆内》等狱中诗词也与《多余的话》有"互文"。再将瞿秋白狱中致郭沫若的信与《多余的话》合读，也能互见相似内容及文句。最后还将瞿秋白入狱前的作品如《饿乡纪程》《赤都心史》《儿时》《雪意》等拿来与《多余的话》比对，发现其相关性。有了这众多的文本互见，就可断定《多余的话》"非他人所能伪造得出的"②。前文述及关于《绿波传》的辨伪也使用了文本互见法。

现代文学的辑佚也须辨伪，同样可采用文本互见法。如，关于《郁金

---

① 谢家顺、宋海东：《冒名张恨水的小说伪作考略》，《中国现代文学研究丛刊》2013 年第 3 期。

② 刘福勤：《关于〈多余的话〉是否被篡改的考辨》，《江淮论坛》1987 年第 6 期。

香》是否为张爱玲佚作的考辨，若采用此法对比会尽释质疑。学者们最先认定该作是张爱玲佚作的依据是"张爱玲"这个署名，这是孤证，不能排除有人在小报上冒张爱玲之名刊发作品；若再补证以该作与张爱玲其他作品在贵族生活题材、人物等方面的相像乃至也有"张腔"，这都是一种笼统的阅读感觉，仍不能确证。因为至今仍未发现该作手稿这一最重要证据。同时，张爱玲本人、其亲友以及同时代的批评家也都从未提到这篇叫《郁金香》的小说。这些信息都可拿来做反证。所以，认定《郁金香》是张爱玲佚作仍可质疑。这时可用文本互见法。在《小团圆》和《郁金香》中，能发现两个老姨太在身世、经历、长相及"过阴天儿"的嗜好等方面的相似，而且还能发现她俩出自同一个人物原型。还有其他细节、人物关系等的相似点。因此，既然自传体小说《小团圆》和虚构体小说《郁金香》有文本互见的诸多关联，就足以证明后者也是张爱玲的真作。① 关于《哀乐中年》是否为张爱玲的剧本也可用文本互见法去考辨。② 方锡德在证明中篇小说《惆怅》是冰心的佚作时，则以冰心丈夫吴文藻的《求婚书》这一特殊文本与该小说比较，从爱情婚姻观的一致来确认《惆怅》的归属，也是用文本互见法去辨伪的范例。

第四，还可用其他方法辨伪。如，通过核实作品内容的真伪来考证作品的真伪。这种方法尤其适用于杂文学类、历史类文献。有学者对《多余的话》的辨伪就用了此法，发现文中所述主人公的经历、政治表现及态度、对王明的看法、关于政治活动和文学爱好的关系的看法、从托尔斯泰式的无政府主义向马克思主义的转变等都与瞿秋白的情况高度吻合。这些内容都真实，且符合自传的写真原则和口吻，都可证该作是真作且为瞿秋白所作。还可根据目录等著述辨伪。一些现代文学目录工具书、作家著译年表、年谱、编年史等皆可利用。尤其是作家所列自己著作的书目，更可作为辨伪依据。如，张恨水"曾开列出自己的作品目录，交给文化部作为防伪依据"③。这些目录著述是辨伪时应该首先查核的。还可利用作品的版权页来辨伪。如，

---

① 马春景、金宏宇：《〈郁金香〉为张爱玲所作真伪辨》，《武汉理工大学学报》（社会科学版）2017 年第 4 期。

② 张瑞英、高丽：《张爱玲与〈哀乐中年〉关系考》，《中国现代文学研究丛刊》2017 年第 10 期。

③ 谢家顺、宋海东：《冒名张恨水的小说伪作考略》，《中国现代文学研究丛刊》2013 年第 3 期。

抗战时期，老舍的某些作品版权页上的出版地被标注为伪满洲国，可是老舍在此期从未涉足东北地区，更不会授权于此地的出版机构，则可断这些书乃盗印的伪作；同时，查考版权页中的编辑者，老舍又与他们素无交往，也可断此书为伪书，如，证明巴雷、朱绍之选编的《老舍杰作选》（上海新象书店1941年版）是伪书。另外，反证法、理证法等古典文献辨伪常用的方法亦可用来辨伪。

对现代文学文献的辨伪有很多方法，最常见的应该是多法叠加或多种方法的综合运用。因为除了手稿可以直接证明作品真伪外，其他任何方法可能无法绝对确证真伪。当然，不是每一篇文献都有手稿存世，所以手稿辨伪法也不是随时随地可用。其他方法中，作家自述文字有可能不真实。如，张恨水在回忆录中曾说《京尘影事》这部伪作是根据其《春明新史》篡改的，其实是根据他的《斯人记》。[①] 文本互见法通常是先能肯定乙文本为作者所写或者就是真本，然后发现乙文本与甲文本有相似处，从而证明甲文本也归于作者或也是真本。但乙文本与甲文本还有不相似处，我们无法从不相似处证明其作者归属或是真本，所以此法也不能像手稿那样全面确证文本。现代文学的目录工具书也不如古籍目录书可靠，如，《民国时期总书目》（北京图书馆编）、《中国现代文学总书目》（贾植芳、俞元桂主编）这样的工具书就著录了张恨水的不少伪作。《中国现代作家著译书目》（北京图书馆编）也著录了老舍的一些伪书。因为这些目录书不可能认真细致地进行辨伪工作。很多图书馆馆藏目录更是真伪不辨，只管著录。总之，单一的辨伪法都可能有漏洞，不能臻于辨伪的完美之境。只有叠加或复合多种方法，从不同角度去辨伪，方法愈多，证据愈全，且相互参照，相互补充，才能提高辨伪的正确率。

四　辨伪即批判

传统的史料批判的先行工序之一应该是辨伪。有些史料批判技艺，如辑佚，必须伴随着辨伪；有些史料批判技艺则必须有辨伪在先，如校勘。只有经过辨伪，才有可能在此基础上进行其他的史料批判工作。辨伪与其他史料

---

① 张恨水：《写作生涯回忆》，时代文艺出版社2015年版，第77页。

批判技艺相比较，更明显地体现出批判性。可以说，辨伪即是批判。但辨伪也应该被置于进一步的批判之中，这首先是必须对它所辨的真伪进行质疑和反思，其次是还必须对辨伪这种学术活动进行批判，这就更需要有一种超越的态度。

辨伪其实包含了证实、证伪两大方面，一是有人误断某书（文）、某事为伪，我们则要考证其真；一是有人误认某书（文）、某事为真，我们则要辨认其伪。但是在考辨了某书（文）、某事的真伪之后，我们仍须秉持一种批判意识。

当我们合观"真"与"伪"时，应该看到二者之间的相对和转化。梁启超指出："书有从一方面可认为伪，从他方面可认为真者。"如《孙子兵法》："此书若指为孙武作，则可决其伪；若指为孙膑作，亦可谓其真。"①但是，1973 年在银雀山汉墓中出土的竹简中，既有《孙子兵法》又有《孙膑兵法》。可见真伪之难定。中国现代文学研究中也有类似现象。如，《绿波传》归章士钊，为伪；属蔡达，则为真。但《睡莲》的归属就较复杂。这部中篇小说 1929 年由上海芳草书店出版，署名"滕固"，其实是陈白尘所写。断为滕固作，为伪；归于陈白尘作，则真。但该作的标题和寓意都是滕固想好的，再由陈白尘代笔，所以也可视为合作。②还有，某一作品在此时被断为伪作，彼时却又被当成真作，如，瞿秋白的《多余的话》。有的论断在此时被奉为真，在彼时则被证为伪，如，钱玄同的"桐城谬种"之说。③某些作品所受影响在一方看来是正当的借鉴、模仿，而另一方则认为是剽窃和抄袭，如，凌叔华的《花之寺》之于陈源和刘半农。可见某书（文）、某事的真伪往往复杂难辨，又与时间、视角、认知、情感等因素相关联，所以不能遽断，亦不可轻信。

当我们分观"真""伪"时，又应看到它们各自的复杂与分歧。认定某书为真，但其内容不一定真，书的真和其内容的真是两种不同的真。《多余

① 梁启超：《中国历史研究法》，中华书局 2009 年版，第 107～108 页。

② 陈虹：《还其庐山真面目——陈白尘以他人之名发表的四部作品》，《新文学史料》1997 年第 1 期。

③ 范培松、何亦聪：《论"桐城谬种"之说的谬误和谬传》，《中国现代文学研究丛刊》2015 年第 10 期。

的话》内容的真自然可以证明该文的真，但其部分内容的伪也并不妨碍该文整体为真。该文中可能有国民党方面的某些篡改所留下的伪，甚至也有瞿秋白基于求生图存目的而策略性地造伪。其中所讲不都是真话，许多内容其实与历史事实相悖。如，说对于政治他自"1927年起就逐渐减少兴趣"，事实是他紧急主持召开了八七会议，确定了土地革命和武装反对国民党的方针，成为"工农武装割据"理论的重要奠基人。这种矛盾处，使有的研究者断定：其"细节有真，关节有假；局部有真，全局有假；求生是真，自污有假，自轻自贱有假"①。使它成了内容真伪混合的文本。这个文本也说明：书（文）的真并不能确保其叙事的真。而当我们辨明某事是真，也应看到它的不真，因为这事可能是选择性叙述的结果。哲学家波普尔更极端，他认为任何知识都是猜想性的，都是不能证实而只能证伪的。对伪的认定同样应该审慎。我们不可遽断某书为伪。典型例子是《文子》一书。从《汉书·艺文志》到梁启超、章太炎等都认为它是伪书，但1973年，河北定县汉墓出土竹简确证该书不伪。《李秀成自述》的伪书嫌疑，也因后来发现其原稿而被排除。现代文学史上那些因剽窃、拟译、归属等而可能成为伪书（文）的，其实都应经由细致、确切的考辨才可定性。在认定某书为伪时，也应看到书的伪和内容的伪是两种不同的伪。书伪，其内容不一定伪。国民党统治时期一些伪装本的进步书、刊，正是书伪而内容不伪的特例。② 但是反过来，书不伪而内容多伪也可断为伪。如，张紫葛的《心香泪酒祭吴宓》虽是正规出版社出版，却被周国平等学者及吴宓女儿断为伪书，因该书内容多伪。他们通过查核吴宓现存的日记等文献史料，寻访张书所涉及的当事人等，都认定该书"多属虚构，是一种有意作伪的欺骗行为"③。该书唯一的一份真实材料是全文照抄了1952年7月8日重庆《新华日报》刊发的吴宓的一篇检讨文章，"但也被作者歪曲使用了"④。因此该书基本可以说是伪书。当然，在认定了某书（文）为伪之后，也应该看到它的某些价值。如，盗印书可以成为研究现代文学作品畅销的一种佐证；伪装书是现代时期查禁

---

① 谢宏：《剑走偏锋欲何为——关于〈多余的话〉的另一种解读》，《党的文献》2013年第2期。
② 唐弢：《晦庵书话》，生活·读书·新知三联书店1998年版，第89页。
③ 陈斯言、季石：《〈祭吴宓〉——一本虚构作伪的"纪实"书》，《百年潮》1998年第1期。
④ 周国平：《一本沉渣泛起的伪劣书》，《文艺报》1997年11月29日。

制度研究的史料。即便是《心香泪酒祭吴宓》之类的伪书也有"反面"价值，可以成为研究文人攀附心理等的文献和造伪研究的典型案例。张紫葛以吴宓的"三十八年异性手足之交""彼此生命中惟一无二的密友"自居，编造出既无照片等物证，又无文证（吴宓 1951 年 4 月 5 日的日记中倒是有张紫葛在学校会议上坦白交代自己伪造学历的记载），更无人证的历史谎话。①这里文献作者的当事人（所谓密友）身份是伪造的，也从另一个角度将该书证伪。

我们还需要对辨伪这一学术活动、学术方法进行批判。首先应认识到辨伪不单纯是自身的方法问题，它其实已混合了目录学、校勘学、版本学等史料学的其他批判方法。更须借鉴文学史、文化史、学术史、思想史的知识和方法，否则无法进行深透的辨伪。例如，若是了解中国新诗生成与翻译诗的密切关系，就不会在辨伪中对以译代作现象过于严苛，简单地认定为伪。现代的版权观念使我们又应该对盗印、剽窃等造伪现象有更严肃的态度，但对20 世纪 30 年代初徐转鹏与何家槐关于作品署名权之争的辨伪，则应把"第三种人"对左翼作家的打压这种文学史背景考虑进去。② 正如鲁迅所说："徐何创作问题之争，其中似尚有曲折，不如表面上之简单，而上海文坛之不干净，都已于此可见。"③ 而对《多余的话》的辨伪，若不研究瞿秋白的思想、心态、经历等，那就会使辨伪流于浮浅。有这些辨伪学之外的知识和方法作为"支援意识"，辨伪才能真正进入历史深处，才能更逼近历史真相。更要紧的是，辨伪是否有正确的理论指导。古代文献辨伪史上，"如清代崔述在辨伪上取得重大成就，但由于过分迷信圣人及儒家经典，直至陷入荒谬而不能自拔，把本来不伪的说成伪的"；现代中国的古史辨派也"因缺乏正确的思想指导而钻入牛角尖，得出了一些错误的结论"④。这说明，辨伪这一学术活动应该有一个总法，即唯物辩证法。如此才能使辨伪导向相对科学和客观之径。另外，还要对辨伪的思维方法进行批判。辨伪时可能出现错误的思维方法。如，钱玄同的"桐城谬种，选学妖孽"这一断言就

① 周国平：《一本沉渣泛起的伪劣书》，《文艺报》1997 年 11 月 29 日。
② 钦鸿：《文坛话旧》，上海远东出版社 2008 年版，第 325～330 页。
③ 鲁迅：《致姚克》，《鲁迅全集》第 12 卷，人民文学出版社 1981 年版，第 385 页。
④ 安作璋主编《中国古代史料学》，福建人民出版社 2010 年版，第 376 页。

是个"稻草人谬误"。稻草人比真人更容易被击败，因此有"稻草人谬误"之喻。即"为反驳对方的立场，而歪曲、夸大或以其他方式曲解之，使得被攻击的不是对方的真实立场，而是更容易被批判或拒绝的立场，就犯了稻草人谬误"①。新文学阵营对保守派文人指谬中的这类谬误，严格地说，也可算伪说。其使用的思维方法不是真正的学术思维方法，当然也不是真正的学术型辨伪应有的思维方法。

对辨伪还要有价值层面的批判。梁启超在《古书真伪及其年代》中从史迹、思想、文学三方面分析了伪书造成的不良现象，以此说明"辨伪及考证年代的必要"。若反过来说，就是经过了辨伪就必会减少或根除这几方面的不良现象。这也可以说是彰显辨伪价值的一种视角。也有学者从学术的价值、思想的价值、社会的价值等方面论析清代辨伪的价值。② 许多学者都强调辨伪的学术价值。如，清代姚际恒在其《古今伪书考》书前《小叙》中说辨伪是"读书第一义也"。梁启超则说："无论做那门学问，总须以别（笔者按："别"字疑为"辨"）伪求真为基本工作。因为所凭的资料若属虚伪，则研究出来的结果当然也随而虚伪，研究的工作便算白费了。""把古书真伪及其年代辨析清楚，尤为历史学之第一根据。"③ 钱玄同也说："一切'国故'，要研究它们，总以辨伪为第一步。"④ 他们都认定辨伪在治学中的"第一位"价值。而郭沫若则突出了伪材料所带来的学术危险："无论作任何研究，材料的鉴别是最必要的基础阶段。材料不够固然大成问题，而材料的真伪或时代性如未规定清楚，那比缺乏材料还要更为危险。因为材料缺乏，顶多得不出结论而已，而材料不正确便会得出错误的结论。这样的结论比没有更要有害。"⑤ 这些论断都从正面强调了辨伪的重要性。可以说，辨伪是一种学术奠基工作。没有辨伪，学术的大厦无法正常建构，即便建构起来，也极易倾覆。中国现代文学的辨伪也应是其史料批判中最基础最先行的

① 〔美〕布鲁克·诺埃尔·摩尔、理查德·帕克：《批判性思维》，朱素梅译，机械工业出版社2015年版，第134页。

② 佟大群：《清代文献辨伪学研究》（下），人民文学出版社2012年版，第528～529页。

③ 梁启超：《中国近三百年学术史》，东方出版社1996年版，第305、319页。

④ 钱玄同：《论今古文经学及〈辨伪丛书〉书》，顾颉刚编著《古史辨（一）》，上海古籍出版社1982年版，第29页。

⑤ 郭沫若：《十批判书》，《沫若文集》第15卷，人民文学出版社1961年版，第3～4页。

批判。搜集文学史料时就应该辨伪，鉴别文学史料时也须先行辨伪，史料批判的各个方面都离不开辨伪。辨伪是清理现代文学研究中伪史料的必要手段和途径。没有辨伪，就会造成是非颠倒、真假混淆、源流错乱、思想矛盾，就无法求得文学研究的优质史料，其他各种史料批判也都将成枉费。离开了辨伪，现代文学史研究的后续工作亦不能达成有效性、严谨性，更无法还文学史真相。如，假若研究瞿秋白而错评《多余的话》，或将鲁迅说成剽窃者，我们不能想象这样的文学研究是何等虚妄。所以，辨伪无论是作为方法抑或程序，在现代文学研究中都必不可少，否则，现代文学研究就不能真正学术化，甚至可能走向造伪。

　　古代的文献辨伪不只是单纯的史料批判问题，而是有其现实的功用。因为那些辨伪往往带有护经卫道、规训学术思想，甚至巩固政权的目的。如康有为就是想通过辨伪来推动变法维新，这都体现了封建时代辨伪以经世的指向。中国现代文学的辨伪，除政治型辨伪会直接介入政治外，其社会价值主要还是体现在对文学生产和学术生产的影响上。辨伪对当下图书市场的盗印盗版现象有一定的抑制作用。更重要的是对当下文学界和学术界剽窃、造伪的文风和学风也有一定的改进作用。所以，当王戎笙的《郭沫若书信书法辨伪》出版后，有学者说此书对"当今的学术规范，……对净化学术空气大有益处"①。当然，如果我们夸大辨伪对文风、学风乃至社会道德的改进作用，自是过于天真，但通过辨伪来宣传现代的版权法、著作权法等法律观念，去质疑造伪者、剽窃者的公信力和诚信度，这将使辨伪的社会价值得到最大的发扬。20 世纪 80 年代以来，现代文学的辨伪传统在《新文学史料》等学术刊物和《中华读书报》等大众文化报刊上得到继承，尤其是后一类刊物通过对剽窃、造伪事件的关注，将辨伪新闻化，又宣传了相关法律，无疑彰显了辨伪的社会价值。这期间，有两本并非严格意义上的辨伪编著，即祝晓风的《知识冲突》（1999 年版）和涂林正的《文坛剽客》（2002 年版）涉及 20 世纪 90 年代以来有关《新潮》《心香泪酒祭吴宓》《马桥词典》等造伪、剽窃类文化案件。也在新闻化的叙述中，扩大了辨伪的社会影响。它们既关联着现代文学的辨伪传统，更聚焦当下的文学和学术生产现实，在前

---

　　① 王锦厚：《还学术界一片净土——〈郭沫若书信书法辨伪〉出版》，《郭沫若学刊》2005 年第 3 期。

文所论及的三种辨伪类型之外，几乎生成了一种新的辨伪类型。

中国古代的文献辨伪多涉及经典文献，这些文献包含有中国古代的思想、哲学、历史等丰富内容，所以，其文献真伪之辨往往体现出重要的思想价值。如，阎若璩的《尚书古文疏证》"确证东晋梅颐所献《古文尚书》为伪，带来了一场思想解放的震动"①。康有为的《新学伪经考》"把西汉迄清今古文之争算一个总账，认西汉新出的古文书全是假的，……使当时的思想界也跟着发生激烈的摇动"②。中国现代文学的辨伪主要以文学作品及相关文献等为对象，涉及文学现象、文学史实等内容；同时由于文献的年代较近，其造伪的比重也不会如古典文献那样大。所以其文献真伪之辨，当然不可能导致重要的思想解放或思想震动，其思想价值也就远不如古典文献，其价值批判自然还是应该主要放在文学史研究的学术价值层面上。当然也有少数文本，如瞿秋白的《多余的话》、鲁迅的《答托洛斯基派的信》等的局部真伪问题与作家的思想研究有关，会带来文学史研究的认知修正，但总体上还是不可高估现代文学辨伪的思想价值。

---

① 张大可、俞樟华：《中国文献学》，福建人民出版社 2005 年版，第 200 页。
② 梁启超：《古书真伪及其年代》，中华书局 1962 年版，第 44 页。

第　五　章
版本研究批判

　　书之称"版"或"本"，始于先秦。"版本"成为一个词则始见于宋代文献。关于"版"的语义，许慎的《说文解字》释为"判也，从片，反声"，判即分开之意。清代朱骏声的《说文通训定声》云："判木为片，名之曰版。"这里，版已变成名词。版是指用以书写的片状木板，版亦作板，但写了字的木板就称为牍。竹片书写材料称为简，竹简更方便拼连，后来木板也改制成简，于是这些书写材料通称为竹木简牍。而"本"的原义是树根，《说文解字》云"木下曰本"。书之称"本"，源于帛书。竹木简之外，缣帛也成为书写材料，于是有帛书。帛书和早期纸本书是卷轴形式，里面的木轴称为本，也称根。木轴露头于外，以便计数，所以叶德辉的《书林清话》说"本"是"因根而计数之词"。后人称书的下面为书根，是卷轴称本、称根的遗意。一般认为，汉以前，"版，指简牍书的载体。本，指缣帛书的载体书根。版与本也分别代指简牍书和缣帛书"①。到了西汉，"本"开始成为各类书的通称。到了唐代，用来刻字的印刷底版称为版，印成之书称为本。北宋初，"版本"指雕版书，以区别手抄写本和金石拓本书籍。后来，"版本"扩大为一切形式的书籍的总称。"版本"就是一部书的具体表现形态，即它的各种本子。②中国现代文学的"版本"概念更宽泛，它不仅用于书本，也可用于杂志；它不仅用于装订成册的书本，也可用于一篇有异文的文章或一首诗。随着新媒体的发展，版本概念的外延也可以扩展至网络

<hr />

① 　张大可、俞樟华：《中国文献学》，福建人民出版社 2005 年版，第 168～169 页。
② 　姚伯岳：《中国图书版本学》，北京大学出版社 2004 年版，第 11 页。

版或电子版。

版本是书、刊的表现形态，对版本的研究则是一种史料批判实践，这种实践形成的学问就是版本学。即"专门研究各种版本的刊印质量、格式、版本之间的关系、源流，鉴别并追溯书籍传播的历史的学问叫版本学"①。这当然是指古书版本学。古书版本学兴于汉，成于明，盛于清，但前人并没有"版本学"的概念，且版本的学问往往附属于校雠学或目录学。民国时期叶德辉的《书林清话》（1928 年刻印）、钱基博的《版本通议》（1930 年初版）才为古书版本学的独立成学奠定了基础，直到 20 世纪 50 年代才出现了以"版本学"命名的古书版本学著作。在中国台湾，屈万里、昌彼得的《图书版本学要略》（1953 年版）出现最早。在大陆则迟至 80 年代以后，如，戴南海的《版本学概论》（1989 年版）、姚伯岳的《版本学》（1993 年版）等。而关于中国现代文学版本的研究实践虽早在 20 世纪 30 年代就已开始，但至今也没有形成独立的现代文学版本学或新书版本学。古书版本学自然可以为现代文学版本学的建构提供借鉴，但现代文学文献所具有的新特征则需要我们超越古书版本学的域限，以批判性思维去审思和考索其版本问题。因为现代文学的所有文献都可能有版本的问题，范围太广不便一一论及，所以本章的讨论重点是文学书刊尤其是作品的版本研究。

一　版本"本"性

古书版本学的重心其实就是版本鉴定，这首先就涉及对版本本性即版本基本特性的认知。版本本性主要是指它的物质形态和版本构成特性。前者是版本辨识的表征凭借，后者是版本考核的内容因素。而新书（包括现代文学书刊）的版本研究首先也是要识察其版本本性。

书刊的物质形态是其版本本性的典型表征。古书的物质形态包括其用纸、字体、墨色、版式风格、制作方法、装帧形式等。从古书到新书，物质形态发生了许多变化。如，古书印制采用传统方法造出的麻纸、皮纸、竹纸等，可以"纸寿千年"；新书用纤维更碎、酸性强的机械造纸，寿命不过百年。古书的有些物质形态在新书中已不复存在，有些在版本鉴别中已不太重

---

① 张大可、俞樟华：《中国文献学》，福建人民出版社 2005 年版，第 169 页。

要，有些则在改变。而版面设计、整书结构的变化则更为明显。在版面设计方面，古代的书"叶"与现代的（西方的）书"页"不同。中国古书的版面称为"叶"（以书口处折成两个半叶，整个版面为一叶），不同于新书（西书）之"页"（page）。在典型的古书书叶图中，我们能看到"天头（书眉）""地脚""象鼻""鱼尾""版心""书口""耳子"等部位和称谓，新书的页面上则只剩"天头""地脚""切口""订口"的部位和名称。古书的整书结构丰富多样，但以线装书最典型。它也有"书首（书头）""书根""书脊（书背）""书脑""书角""书口""针眼""书签""书衣"等部位和名目。新书在整书结构上比古书简单，仅有书脊、上切口（书首）、下切口（书根）、封面（书衣）等。总之，在版面和整书形态上，新书不如古书那样功能齐全，那样生动形象。现代藏书家周越然说："吾国书叶（不作页字）则有口有脑，有眼有目，有头有尾，有面有眉，有角并有根，惟无手足，无腿臂，无肝肠，无肺肾，无鼻无腮，无颈无腰。"[1] 其实，也还有其"心""脊""鼻"等。所以，中国古书形态设计中充满了生命的器官，似乎就是"天""地"之间与"人"相伴的有生命的物体。新书因为少了这些器官称谓，也都缺乏这种生命的喻义。

线装书不仅具有生命感，同时也能带给读者以阅读的舒适和方便。这方面凸显了新书的弱点，因为新书多是硬面装订。黄侃曾谓洋装书乃皮靴硬领，又硬又重又不易翻阅；而线装书则是长衫布鞋，又轻又软，可以卷曲随人。然而，皮靴硬领的时代潮流非少数旧文人所能阻挡，这种洋装书也成为现代文学版本的主流形态。不过，有怀旧情怀和趣味的现代文学作家也偶尔弄点线装书，掠古书之美。唐弢曾在《晦庵书话》中列举了现代文学史上的许多线装诗集。不过，虽然现代文学书刊的版面设计没有古书那么多的名目，但自有它的一种简洁；整书结构没有古书的多样性，也缺乏生命喻义，然而也有它的整齐与挺拔。夏丏尊就曾把新书比作站在柜子中的一排排美女。

现代文学书刊的整书制作，除了光边书，还有一种独特的毛边本书。新书装订好后不切边，边上不整齐，毛糙糙的，所以叫毛边本（也叫"留边

---

[1] 周越然：《书与回忆》，辽宁教育出版社1996年版，第13页。

本")。毛边本有不同的形式，有的毛在书根，有的毛在书顶，有的三边皆毛。现代文学诞生以后，尤其是 20 世纪二三十年代，毛边本书曾风行一时。中国新书的第一个毛边本据说是鲁迅兄弟编的《域外小说集》一、二集的初版本。鲁迅的许多著作、编著、译著都有毛边本。其他如周作人、郁达夫、郭沫若、张资平、林语堂、冰心、苏雪林、谢冰莹、叶灵凤、施蛰存、邵洵美、章衣萍、许钦文、蒲风等的作品都出过毛边本。新潮社、未名社及光华、大江、泰东、北新等书局都出过很多毛边本书，尤其是北新书局可谓毛边本书的大本营。二三十年代的现代文学杂志如《创造月刊》《莽原》《沉钟》《新文艺》《新月》《白露》《我们》《水星》等也有毛边本。毛边本书是现代文学文献一种特有版本现象。20 世纪 50 年代以后，此种斯文不再。21 世纪以来，又有少数读书人、学者也偶尔制作一些毛边本书，而作家们似无此雅好。

毛边本书有一种参差美、本色美。它的参差不齐、错落有致，是所谓参差美；它未经过加工、朴拙、天然的状态是所谓本色美。唐弢说："我之爱毛边书，只为它美，——一种参差的美，错综的美。也许这是我的偏见吧：我觉得看蓬头的艺术家总比看油头的小白脸来得舒服。"[1] 鲁迅则反过来比，说光边书是"没有头发的人——和尚或尼姑"（1935 年 7 月 16 日给萧军的信）。鲁迅和唐弢都曾自称是"毛边党"，可见他们对这种版本的嗜好。阅读毛边本书，需要一页页地裁开来。在边裁边读中，有参与感和期待感，有玩赏与闲适的趣味。毛边本书的天头、地脚、边缘多留空白，也给阅读带来视觉上的开阔感和题写阅读批注的方便。

书刊的版本内容构成（可简称为版本构成）也是版本本性的重要体现。古书的版本构成包括书衣、内封、序跋、正文、牌记、插图等。现代文学的版本构成则含封面画、书名页、扉页（有的扉页上有题词）、序跋、正文、插图、附录、广告、版权页等，有的还有目录。其中封面画、带有题词的扉页等是古书版本构成所没有的内容。封面画因为有内涵，所以是版本构成因素；而如果仅仅把它看成书衣，它就只是物质性的装帧因素了。概括地说，现代文学文献的版本内容构成，大致可分为文字内容构成和图像内容构成两

---

① 唐弢：《晦庵书话》，生活·读书·新知三联书店 1998 年版，第 211 页。

方面。

正文是版本文字内容的主体。古书的正文以卷篇来划分，卷大于篇。当然也还夹杂一些文体的划分单位。如小说有卷、回，戏剧有折等。现代文学版本的正文，如，小说有部、章，戏剧有场、幕，诗文有段。这些划分正文的单位，都是鉴别版本的一种重要依据。依据卷数、章数、折数、幕数、段数等的数量差异，能明显地分辨出版本的不同。如老舍的《四世同堂》有100 章本和 103 章本之别。

版权页，古书中叫牌记。牌记在古书中是刻书者、出版者的专用标志，又叫木记、牌子或书牌。古书的牌记位置不固定，可以在序后、目录后、各卷之后。清代书籍的牌记多在书名页上。古书的牌记一般是申明版权，或反映刻书的情况和图书的内容，如，刻书的时间、地点、刻书者、刻书缘起、刻书的校勘、底本等，甚至还包括刻书用纸和成本等情况。牌记是鉴定古书版本的重要依据。现代文学书籍的出版更重版权观念，改叫版权页。版权页上有时印有"有著作权，不准翻印""版权所有，翻印必究"等字样。一般在书的最后一页或书名页的反面。上面印有书名、著者名、发行者、印刷单位、出版时间及版次，还有价格等。牌记或版权页，由刻印者、出版者设计，是考察版本的重要标记。它提供的历史信息对文学传播学、文本学的研究等也具有史料价值。如，版次及其数量可显示作品的销量。20 世纪 90 年代以后，中国图书的版权页上又有了在版编目（CIP）数据，含著录数据和检索数据，包括书名、文类、出版社、责任者、书号，等等。

书名页也有人称为扉页。其实扉页可专指封面和书名页之间的空白页，有的文献的扉页则有题词或引语。扉页题词是新书和西方书籍才有的，因此它是中国现代文学版本构成的新特征。一部作品的不同版本，有的有扉页题词，有的则没有，有时增加或删去扉页题词。于是，扉页题词的有无、多少又成为版本鉴别的一种依据。

序与跋也是版本构成的重要内容。古代的序又叫"叙"或"引"，这是由于避讳所造成的，据说"苏东坡祖名序，故为人作序，皆用'叙'字，又以为未安，遂改为'引'"（陆游《老学庵笔记》卷六）。苏东坡影响太大，后世文人也仿效之，用"引""叙"。现代文学作品或其他文献中，除了叫"序"之外，也叫"引言""小引""弁言""导言""题记""前记"

等。序的位置古今不同，汉代的序多在书后。从写作的顺序来看，往往是先写正文再写序，序本来应该放在书后，所以当时《淮南子》《史记》《汉书》的序都在书后。但对于读者来说，先读其序，更容易进入正文，所以汉以后，序往往移置书前。现代文学作品的序当然也在书前。序的种类有自序、他序两种，这是古今相同的。现代文学中一些作品往往有很多他序和自序，如，汪静之的《蕙的风》有朱自清的序、胡适的序、刘延陵的序和自序。《尝试集》有三个自序。跋，又称书后、后序，现代文学版本中多称为"后记"。跋一般比序短，位置在全书之末。跋是对序的补充，所以，常以序跋并称。现代文学作品的序跋常有变化，作品的不同版本可能有不同的序跋，作品出版过程中也可能增加或删去序跋，这些都是版本鉴别的外在标志。同时，序跋文字本身也会交代作品的版本情况，所以这又成为版本鉴别的内在依据。

广告是指书刊上所附的广告文字，也是版本构成的一部分。古书有时有广告，一般都在牌记上。现代文学书刊则往往有关于本书和他书的大量广告，在报刊上多刊插于补白处，在书籍中常单独成页。如，北新书局1927年版鲁迅的《野草》一书的书后有8个页码的包括《野草》在内20多部图书的广告。广告中常有书名、著者、书局、定价、开本等版权页的信息，也常有关于封面、插图、用纸、版本等的说明，成为版本鉴别的重要凭借。不过，1949年以后，这类书刊广告日渐稀少了。

版本构成中的图像内容主要是封面画、插图、照片等。古书有书衣，通常没有封面画。现代文学作品的版本则重视封面的设计，封面上如果设计有画，就形成封面画。这是现代文学文献版本不同于古书版本的重要表征之一。在现代文学版本产生的过程中，造就了一大批以封面设计闻名的封面画家、装帧家，如陶元庆、钱君匋、司徒乔、陈之佛等。还有一批作家，如鲁迅、丰子恺、闻一多、叶灵凤、萧红等也都设计过许多封面（画）。现代文学文献的封面画一般有两种功能：图饰和图释。图饰性的封面画是书刊的精美装饰，一般与书刊的内容无关。鲁迅曾提倡这一类封面画。这一类封面画设计得好，就是纯粹的、独立的艺术品。如，深为鲁迅、唐弢等人喜爱的"大红袍"。"大红袍"是陶元庆受故乡绍兴戏《女吊》启发所绘，这幅画具有狞厉之美、恐怖之美。鲁迅很欣赏这幅画，为了保存和流传这幅画，鲁迅在编"乌合丛书"时就把它用作了许钦文小说集《故乡》的封面。《大红袍》这类封面画给现代文学版本带来了形式上的美感。它使现代文学版本的封面美胜过了古书版本。更多的现代文学文献版本的封面画是图释式的，正如钱君匋所说，是"把书的内容高度概括成为形象的那种手法"①。这一类封面画往往是书的内容的高度抽象化或形象化。其实，无论是图饰性还是图释性的封面画都是现代文学文献版本的特有装饰。同时，封面（画）的改换也意味着版本的变迁。如，张爱玲的《传奇》初版本、再版本、增订本的封面画就很不同。

插图在中国古籍中历史悠久，所以有"图书"这一概念。中国文献最早的插图见于汉代。到宋代时，制书者的图文合观意识更明确。明清之际，更是书籍插图的黄金时期。小说、戏曲文本甚至诗词文本多有插图，常冠以"锈像""绘像""增像""全像（相）""出像（相）"、画谱等字样。中国现代文学文献尤其是作品也有大量插图。大批画家都致力于现代文学作品的插图工作。许多作家也为自己或朋友的作品设计插图，如，鲁迅为自己的《坟》《朝花夕拾》画过插图，丰子恺为鲁迅的小说插图，叶灵凤为苏雪林的《绿天》插图。最爱为自己作品插图的是丰子恺、叶灵凤、张爱玲等。作家和画家共同赋予了中国现代文学作品版本图文并茂的特性，或所谓"灿烂的感性"。

中国现代文学书刊有众多的版本称谓，这些称谓都呈现了其版本本性的某一方面。如手写本（包括手稿本、手抄本）、排印本、影印本等表明版本的不同生产方式。线装本、平装本、毛边本表明其版本的不同装订形式。初刊本（包括连载本）、初版本、再版本、定本等表明其不同的刊印时间、形态等。还有精印本与普及本，合订本与抽印本，原版本与增订本、删节本、翻印本、盗印本等对举的名称。另有单行本、签名本、袖珍本、注释本等，皆可顾名思义地呈现某种版本本性。而版本本性最理想的呈现名称是所谓"善本"。善本是版本中的优者。清代张之洞在其《輶轩语》的"语学篇""读书宜求善本"条中总结说："善本之义有三：一足本，无缺卷，未删削；二精本，一精校，一精注；三旧本，一旧刻，一旧抄。"当代的一些古书版

---

① 《钱君匋散文》，花城出版社1999年版，第183页。

本学著述论及善本则往往抽象出所谓三性：一是历史文物性（即文物价值）；二是学术资料性（即文献价值）；三是艺术代表性（指印刷、装帧等的艺术水平或版本的形式美等）。这三性也被简括为真、善、美。新书其实也有一个如何确定善本的问题。朱金顺在《新文学资料引论》一书中的"新善本"概念其实还是古书善本概念的延伸，他认为现代文学的善本主要包括重要的现代文学文献的手稿本、原本、初版本、孤本、精校本等。但是许多现代文学作品具有众多的版本，往往令人难以择"善"而从。按照古书善本的足本、精本、旧本的标准来说，现代文学文献的初版本因其"旧"可算善本，比初版本更旧的初刊本更应是善本。比初刊本和初版本更后的定本常常又是精校本，也可看作善本。所以，现代文学的善本内涵尚需重新界定。就现代文学作品的版本演变复杂而言，可以提出"新善本"的概念，但它所指的应该是备具众本的汇校本。其实，只有汇校本才能化解现代文学文献难以择"善"而从的尴尬。

二　版本与文本

研究中国现代文学文献的版本问题还必须转换到文本视域，如此才能突破传统版本学的局限，才能使版本研究进入更深的层次。一般而言，"版本"是图书学或版本学的概念，是一个"实"指的概念。它指向作为物品或实体的"书"，包含书的制作、印刷、载体材料、结构形态等物质性特点，也指向书的文字内容和图像内容。"文本"是文学学、文艺学等使用的概念，是一个"虚"指的概念，更具有抽象性。一般是指文字的组合体或语义交往形式。就一部现代文学作品而言，如果以"版本"视之，就是从"实"的维度去发现"文本"的"在书"状态；如果以"文本"视之，则能从"虚"的维度把握作品的抽象本性，抽出"版本"的语言特质。前者使我们关心其版本构成，后者使我们注重其文本构成。当我们把"版本构成"置换为"文本构成"时，正文自然就是正文本，其他的版本构成因素则都成了副文本。这时，最重要、最微妙的变化是正文中的标题、副标题、笔名、题词、注释等都可以纳入副文本中。正文本的重要性自不待言，以往的文学研究，无论是文本的细读与阐释，还是文学史的书写等都依托正文本。而在以往的文学史料批判中，如，版本谱系梳理和研究，异文及讹误的校勘，乃至辑佚、辨伪等，我们主要关注的也是正文本文献，往往"不见"那些副文本文献。

"副文本"（paratext，法文为 paratexte）是与"正文本"对举并称的概念。这个概念最早由法国文论家热奈特于 1979 年在其《广义文本之导论》一书中提出。结合中国现代文学生产的实际，我们对此概念略做修正：它是指正文本周边的一些辅助性的文本因素，主要包括标题（含副标题），笔名，扉页或题下题词（含献辞、自题语、引语等），序跋，图像，注释，附录文字，书刊广告文，版权页等。副文本因素不仅寄生于一本书，也存在于单篇作品；不仅是叙事性作品的文本构成因素，也是抒情性的诗歌和散文的组成部分；不仅单行本的文学文本中存在副文本，文学期刊中也有类似的副文本（如图像、广告、发刊词、编者按、补白等）。这些正文本周边的类似于饰物的副文本文献，其实是作品版本和文本的构成因素。也可以说，它们与正文本之间也形成重要的跨文本关系，是正文本最显见且最具"在场感"的互文本。具体地考察各种副文本因素，还会发现它们与正文本之间的有机构成程度或它们与正文本的互文深度是不一样的。如，版权页一般对文本建构和阐释影响不大，但当下的图书在版编目（CIP）数据中，往往会明确标示文本的文类，会影响到文学图书目录的编制和文学图书的分类摆放，也会影响到对文本的研究。其他的副文本文献则都对整个文本的建构和阐释至关重要。

标题本来是正文本的有机构成因素，是全文最扼要的语符和意符。标题一般能聚集文本精魂、辐射作品大意，但也常有题不逮文的情形，这说明题文之间具有排异性。从发生学角度说，古诗文最初多无标题或后取标题。现代文学文本的实际写作，有很多也是先文后题，这都证明标题具有后发性。标题又具有某种独立性，这尤其表现在多幕剧、长篇小说或作品单行本中，因为其标题会脱离正文本而单独出现在封面上。所以从这些意义上，标题可以当作"副文本"因素。当然，不管标题是作为正文本的有机构成，还是作为副文本因素，它对文本的建构和阐释都会有先入为主的作用，甚至可以说它是文本批评的关键处或重要起点。在现代文学写作中，有些作家有明确的标题意识。如，鲁迅常常在作品自序中解释标题或书名的含义；张爱玲更刻意经营其作品的标题与正文本的关系；更多的作家则常怀题不逮文的忧虑，其作品发表之前常有不同的拟用题，作品出版之后又常易题而导致不少异题。这些都体现了现代作家对标题于文本建构和阐释的重要性的关注。如果我们把标题视为一种副文本因素，则可能会更辩证地认识它与正文本之间的复杂关系。

副标题同样也可视为一种副文本因素，它对正标题有补充和阐明的功用。如，吴组缃的《一千八百担》的副标题为"七月十五日宋氏大宗祠速写"，交代故事的时地和文体特征等。徐志摩的诗作《西窗》发表时的副标题是"仿 T. S. 艾略特"，点明诗作所受的影响。而卞之琳的《鱼化石》是后来才加上一个解释性的副标题："一条鱼或一个女子说："，以此限定阐释的范围。副标题对正标题有种种辅助功能，表明它对正文本更具体的介入。它对正文本最重要的介入莫过于限定文本的类型，而"作品的类型或种类是解释的出发点。正如赫施正确指出的那样：'一切文字意义的理解，都必然关联于（作品的）种类'"，有了类型的框架限定后，文本"所有的细节便都纷纷各就各位地形成一个统一的整体"。① 如，郭沫若的《凤凰涅槃》发表时无副标题，收入《女神》时加上副标题"菲尼克司的科美体"。"科美体"即英文"comedy"的音译。诗人强调这是一个"喜剧"，该诗是悲壮主题还是"喜剧"风格，可能与这个副标题的有和无关系密切，因为它重新给诗作定"类"。副标题的增删所带来的变化，证明它也具有左右文本的力量。

笔名是一个字、一个词或一个词组，它在一种与文本的特殊关系中也可以成为副文本因素。笔名一般被看作文学生产与传播现象。笔名即匿名，是隐身术。当作者把自己的真实身份隐匿起来，就可以更自由地表达；当读者不知作者真实身份，就切断了真实作者与文本的关联进而可以玉成文本中心主义。笔名当然也是一种文化现象。中国现代作家取用笔名与五四运动有关，当时废除姓氏而用假名别号也有反宗法文化和张扬个性的意义；笔名的兴盛还与应对审查制度、躲避文网、文艺论争等有关，这些活动催生了大量笔名。作家的笔名有丰富的意蕴，它寄寓着个人、社会、时代、民族、文化等诸多信息。而当作家将一个笔名与一个文本连在一起时，笔名所含信息就

---

① 张隆溪：《道与逻各斯——东西方文学阐释学》，冯川译，江苏教育出版社 2006 年版，第 207 页。

可能辐射到文本中。尤其是作家创作一个文本且首次使用一个新笔名时，它可能转化为此文本重要的副文本因素。笔名可能与文本有部分勾连，可理解为作家潜意识或有意赋予的某种意图。如，"鲁迅"之于《狂人日记》。"迅"古注为"狼子"，周树人以"狼子"自居，有做封建礼教逆子贰臣之意。这样的一个笔名自然有助于理解文本意蕴和狂人形象。《阿Q正传》署"巴人"笔名也暗示了该作的"下里巴人"风格。沈雁冰发表《子夜》时署笔名"逃墨馆主"，也借"逃墨归杨"——杨朱——"朱者赤也"的转义，传达文本倾向赤化之意。笔名也可能与文本有密切的关系，此时它可能就是文本机枢性的隐喻或者文眼。沈雁冰发表《幻灭》是第一次用"茅盾"（矛盾）笔名，"矛盾"正是解读这个文本甚至《蚀》三部曲意蕴的关键词。黄英写作《海滨故人》时首次署"庐隐"笔名，"庐隐"有结庐而隐之意，暗示小说的归隐主题；"庐隐"还有隐去庐山真面目之意，标明文本的文体特性乃自叙传。因此，当笔名成为副文本因素时，它对正文本的建构和阐释作用不可小觑。

题词（或引语）往往只有一句或几句话，是文本碎片，但也是一种重要的副文本。作者刻意在一部作品正文前的扉页上或一篇作品的标题下，加上题词或引语，或有郑重的用意，或想微言大义，或企图对正文本"一言以蔽之"。题词一般存在于文学作品中，但有些理论文献文本前也常有题词，如，胡风的《论现实主义的路》一书扉页引但丁的诗句。题词有三类。第一类是献辞，如，孙毓棠的《宝马》扉页题"献给闻一多先生"。献辞除了表示作者与被献者有某种特殊感情之外，对正文本并无意义，却能显示作者的人际关系和文事关系，也能见出作者写作的拟想读者或隐含读者。第二类是作者的一般自题语或他人题词。如，张爱玲在《传奇》初版本扉页的自题语是"书名叫传奇，目的是在传奇里面寻找普通人，在普通人里寻找传奇"。《蕙的风》扉页则是汪静之的女友题词"放情地唱呵"。第三类是引语。引用格言、谚语，或重要人物的话，或经典中的警语，或古典诗句等。题词或引语对正文本的建构和阐释往往重要，尤其是第二、三类题词或引语。它们可能对作品正文本的主旨、情感基调、价值取向、文类特点、取材、本事等起到一种提示、阐明和凸显的作用。张爱玲《传奇》的扉页题词强调其作品是另类传奇和这种传奇的特点。柳青的《创业史》扉页既引毛主席语录，又引民谚和格言，其实透露了两种话语的矛盾，为我们发现正文本的裂隙找到入口。曹禺《日出》的初版本扉页有 8 则引语：1 则引自《道德经》，7 则引自《圣经》。曹禺对 8 则引语做了精心排列，意在借东西方经典之言表达《日出》主旨。这些题词或引语并非在一般意义上参与了正文本的建构和阐释，而是强化了副文本与正文本的互文关系，也即本文本与他文本的互文关系。从时间和空间上拓展了正文本的内涵，甚至使正文本获得了经典的某些精神资源。

序跋通常是篇幅最长，内容最丰富，对文本最重要的副文本。在序跋中，既有对作品的解释，包括书名（标题）、主旨、内容、艺术特性乃至作品得失、版本源流等；也有对作者的介绍，包括其生平、思想、著述原委、写作意图等。所以，序跋往往被视为走近作者和进入正文本的门径。或者说序跋既指向书（文）里边，也指向书（文）外边，简直是文学的内部研究和外部研究的结合部。序跋因正文本而产生，又往往寄生于正文本。序跋有时甚至就是文本的结构部件，如，鲁迅《狂人日记》的文言序。序跋更具有阐释学的价值，它既有正文本寓意或作品本义和原意的提示，也是正文本生产、接受等的记录。序跋既可能与正文本是有机的意义整体，也可能会消解或阉割正文本的意义。因为序跋里的阐释可能与正文本不一致，尤其是他序跋所体现的阐释者意图、自序跋里的作者意图与文本意图之间会有矛盾。从这个意义上说，序跋也可能是误解作者和误读正文本的陷阱。现代文学序跋的生产情况比较复杂，作者会增加新序跋或删去旧序跋；同一篇序跋在不同版本中也会被修改。有时是编者自作主张砍掉序跋，如，《中国新文学大系》收作品却不附收序跋。这些都可能影响到文本的意义建构和阐释，尤其是修改序跋和去掉原序跋可能会改变或销毁正文本的历史现场。另外，正文本多有名家序跋也可能影响到其经典化和文学史地位的叙述。

封面画其实是一种图像副文本，它无论是对正文本的图饰还是图释，都会产生一定的意义。当封面画有了含义，它就与正文本的内容发生化合作用。即便是陶元庆所设计的"大红袍"原本只作为许钦文的《故乡》的一种图饰，但那来自绍兴戏的女吊形象也是一种故乡的文化符号，与《故乡》这本小说集就有了意义或主题关联。现代文学作品更有大量图释文本内容的封面画，它们与正文本的关联就更为密切和直接。读者阅读一本书的纸质文本时，首先入眼的应该是封面画。封面画会提供一种视域，限定看的范围和看的方法；封面画营造一种特定的氛围，提示读者阅读正文本的特定心境。借用沈从文的说法，封面画还是一种抽象的抒情方式，所以它也调定阅读作品的情绪和情感基调。尤其是图释式的封面画，更是阅读作品先入为主的因素，触发和影响着读者对作品意义的理解。总之，封面画也参与了作品意义的生成和阐释。鲁迅的小说集《彷徨》初版本的封面画也是陶元庆设计，它借图案、线条和色彩传达出一种彷徨的情绪。萧红自己设计的《生死场》初版本封面画是一条红斜线将血色的东三省版图切离，上书书名"生死场"，喻指东三省即屈辱流血的生死之地。同时，作者署名分置："萧"在关外，"红"在关内，又象征性地隐现着东北流亡作家身在关内、心系关外的乡愁。这已较好地图解了正文本内容。但由于画中的东三省版图又稍变形，又可视为昂首嘶鸣的战马头像，或翘首仰望的妇女头像。有人据图像引出抗争之意，有人甚至从图像中读出妇女身体乃生死场之意。无论是国土、战马还是妇女，这个封面画似乎典型地体现了所谓图像悖论。即同一幅图画，从不同视角去看，会呈现不同的图像或境界，这类封面画更能图释出正文本的多重含义。有的封面画不仅图释正文本的意蕴，而且还指涉正文本与其他文本的互文关系甚至现实世界。如，叶灵凤为郭沫若的诗集《瓶》初版本设计的封面画，以梅花和德国诗人歌德情人玛丽安娜的图像，隐指了诗集的爱情主题，交代了郭沫若与歌德的关系，还吐露了郭沫若的一则爱情绯闻以及该诗集与其自传散文《孤山的梅花》的互文关系等丰富蕴涵。

插图与封面画一样都可算是图像副文本，但也有区别。在数量上，每个单行本的封面画只有一幅，而插图却可以有多幅；在与正文本的关系上，封面画对正文本具有总括性，插图则着眼于呈现正文本的某些局部。如果说封面画是可窥正文本内涵的窗户，插图则是书中一幅幅标志性的风景。插图往往是选取正文本的核心情节、主要人物、重点场面、典型意境进行对应性的图释，能更具体、更形象地阐发文本的意义或补足文本的意义。关于插图的功用，鲁迅说："书籍的插图，原意是在装饰书籍，增加读者的兴趣的，但那力量，能补助文字之所不及……"① 郑振铎也谓："插图是一种艺术，用

---

① 鲁迅：《"连环图画"辩护》，《鲁迅全集》第4卷，人民文学出版社1981年版，第446页。

图画来表现文字所已经表白的一部分意思。这因为艺术的情绪是可以联合的激动的。"① 这说明插图也具有文本建构和阐释价值。要言之，封面画、插图等图像副文本皆可称为"图本"，它们和文字文本合成一种"言—像系统"，形成完整的文本建构。图像的阐释功能则正如古人所说："图为贡幽阐邃之具也。"（汪延讷编《坐隐弈谱·坐隐图跋》）即图像能为文本"贡幽阐邃"，将其幽暗和深邃的内涵敞亮、澄明给读者。图像对于正文本建构和阐释的重要性，可从图像改变所带来的差异性上更明显地体现出来。叶永蓁为其小说《小小十年》修改封面画和插图是很典型的例子。《小小十年》初版本（上海春潮书局 1929 年版）是由一些标点符号组成的图案。作家说"我觉得我这小小十年间，好像都是标点符号一样的可笑。"他用不同的标点符号象征性地概括了小说的故事和内容。该书第三版（生活书店 1936 年版）的封面则改用了齿轮、时针和闪电的组合图案，似乎是突出时间和时代的倏忽性。初版本中，作者选取正文的 12 句话，为其配图 12 幅。第三版则选取正文 18 句话并配图 18 幅。不仅插图多了，也显示了更积极进取的人生态度。这里图像具有的时代性和历史性差异，悄然影响着正文本的建构和阐释。

注释往往是外加的和后加的，所以也可算是副文本。清代学者陈澧说："地远则有翻译，时远则有训诂。"（《东熟读书记》卷十一）传统的注释是对时间隔得较远的古典文献的注释，这往往是后人做的工作。在现代文学中，有的作品在诞生时就有注释，如周立波的《山乡巨变》等作品初版本就有注释。也有的是时隔多年以后，作者或编者的重新加注，如《围城》等。对现代文学正文本的注释主要是对外文、方言、引语、行话、风俗、典故、史实、人物、书籍等的注释。目的是消除正文本理解上的时代隔阂和地域隔阂。在文本中加入注释，除了其版本学的价值之外，更主要是其阐释价值。可以说，注释其实就是对文本细部的最基础的阐释。注释会使正文本的某些语义和细节更为明确。一些现代派诗歌，有了诗人的自注，使读者在解诗时不至于如盲人摸象。如，卞之琳在《雕虫纪历》中为《距离的组织》一诗加了 7 个注释，使这首诗的意义变得容易理解。其实注释还会使正文本实现意义增值，如，钱钟书对《围城》的注释，使那些外文、典故等在新

---

① 郑振铎：《插图之话》，《小说月报》第 18 卷第 1 号。

的语境中化合出新的意蕴。注释对文本也有建构的功用，为文本不断扩容、增加层次。在叙事性文本中，注释甚至会生成次级叙事（关于注释作为一种史料批判方法的讨论内容见本书第九章）。

中国现代的书刊广告也是现代文学的一种副文本。这些广告往往刊载于它刊、它书，在空间上并不都与本刊、本书联在一起。有时本书也附有关于本书的广告，如，《野草》就附有《野草》的广告。在一种紧密的空间关联中，广告就进入了文本构成，成为文本建构和阐释的相关副文本。现代文学广告文多对报刊、作品等进行介绍和评论，一般都篇幅短小，只有几句话甚至一句话。它往往在推销书刊的商业用意中完成一种通俗的恰当的或溢美的阐释。而鲁迅、叶圣陶、巴金、老舍等名家所写的广告文，则常常能对作家、作品进行精妙的批评。因此这些广告文本就可称为微型的文学评论。同时，这些广告文因篇幅有限，往往字斟句酌，甚至达到字字珠玑，有的几乎就是智性小品、微型美文（如《新月》上刊登的梁实秋《骂人的艺术》一书的广告文），或精美短诗（如《时事新报》刊登的叶圣陶、刘延陵写的《诗》月刊的广告诗）。它们是既可独立又有所依附的特殊的副文本，丰富了现代文学的文本构成。当然，现代文学的广告文也是一种独立的杂文学文类（体），可称为广告文学。

三　原文本与变本

我们说版本是一个"实"指的概念，文本是"虚"指的概念。在英文里恰好有两个词与之对译，即版本是 edition，文本是 text。关于版本和文本，我们都可以从空间或横向维度去认知，这就可称为版本构成和文本构成。版本构成指的是版本由封面、扉页、序跋页、正文页、版权页等物质性的页码构成；文本构成是说文本由正文本和大量副文本因素合成。同时，对版本和文本还应该从时间或纵向的维度去认知，即在历时过程中，一部（篇）文献会形成不同的版本和文本。一般而言，一部文献的版本数量多于文本数量。因为不同的传抄者、编辑者、出版者可能将一个文本制作出众多的版本。这在古书传播中很突出，所以古书版本学、校勘学的任务就是从众多版本中尽量返回或接近最初或最古的文本。在现代文学生产中，由于出版便捷、作者修改频繁等，一个文本可能出众多的版本，其版本数量多于文本数量。同时，这些不同的版本更可能就是不同的文本。如果仅仅是版本有变，并不影响文献质量，而文本有变带来的则是文献内容的差异问题。所以，在此我们还有必要引入一个西方现代校勘学的概念 version，它指的是"同一个文本的几个变体，比如作者出于新的表达意图，将自己以前作的一首诗略加改动，所形成的就是一个新的'version'，但这个新的'version'的出现并不取消原来的'version'的合法性"①。version 一词译成"变本"更恰当。用于中国现代文学史料学，"变本"可指一个文献文本在主动或被动情境下修改正文本或副文本形成的不同文本。或者说，有了异文就会形成变本。有时甚至会因版次不同而生成变本，如《日出》的第四版与前三版就有差异。因为变本的存在，所以一部（篇）文献的文本数量就应该是一个原文本加上数个变本。如果有手稿在，手稿就是原文本，其后的文本有可能就是变本；如果手稿不存，原文本及其变本就只能依次后移。总之，与前面所说的版本数量串起来看，那就是：一部（篇）现代文学文献或作品的版本数量往往多于文本数量，而其文本的数量等于一个原文本加上变本的数量。鉴于此，就有必要进一步关注原文本与其变本的关系问题。

20 世纪基本上还是毛笔和钢笔文化的时代，所以现代文学文献或作品的真正原文本应该是原始手稿（不包括誊清手稿）。仅以文学作品而言，作家的手稿本才是作品最初的版本形态和文本形态，是文本未进入社会传播、未经印刷文化污染的真正原文本。现代作家的手稿本具有多方面价值，如，作为作家的手泽和真迹，具有文物价值；用毛笔或钢笔书写，具有书法艺术价值。依照本雅明的观念，这种手工书写文本，更是具有"光晕"的艺术品。作为原文本，手稿本也具有多重价值。第一，是字迹学价值。即可以从手稿的字迹中感知甚至直观作家的性格特征、情感状态、写作风格乃至生命迹象等。如，林徽因《灵感》一诗的手稿在笔画规整中带有错位和灵动之感；何其芳《夜歌》的手稿字样细小清秀，有女性的柔弱之风；巴金早年的《憩园》等作品手稿字体稳重、雅正又略带夸张，晚年的《随想录》手稿字迹则拙稚无力，留有患帕金森综合征的手抖痕迹。第二，作家常常会修改手稿，手稿的改定文字会覆盖以前的文字。那些被涂抹或勾划掉的文字，往往可以将手稿正面或背面对着光亮来观看，也可以通过现代摄影技术去发

---

① 苏杰编译《西方校勘学论著选》，上海人民出版社 2009 年版，"编译前言"第 14 页。

现（如，有日本学者通过摄影技术发现鲁迅的《藤野先生》原标题是《吾师藤野先生》）。不过，如果是影印或复印的手稿就不能进行这样的辨认了。因此，原始手稿其实是有不同文字层次或文本层次的稿本，是留有作家构思、行文的选择性遗迹的文本，是研究作家推敲和修改艺术的文本。用法国文论家的话说，原始手稿具有"渊源批评"或"文本发生学"的价值。第三，从阐释学角度看，手稿是呈现作家最初文本意图的文本。如，《子夜》手稿本的标题是《夕阳》，后附英文标题"在黄昏"，以"夕阳无限好，只是近黄昏"之意喻蒋政权现状，又以英文题词"现代中国变革中的罗曼司，工业化中国的故事"来显示文本的叙事内容和文类性质。这与后来学者依据其印刷本所进行的主旨阐释有差别。第四，从史料学意义上说，原始手稿又是现代文学文献辑佚、辨伪的最直接证据，也是复原性校勘时最可信的文字。总之，手稿本是最可靠的原文本，具有多方面的还原价值。在现代文学史上，最早关注作家手稿的是刘半农。他将自己收集的胡适等众多诗人刊于《新青年》的 26 首诗作的原稿编印成《初期白话诗稿》，并于 1933 年出版。目前仍有《春水》《骆驼祥子》《知堂回想录》等不少名著原始手稿存世。而现已出版的《鲁迅著作手稿全集》《茅盾珍档手迹》，以及巴金《寒夜》《憩园》等手稿影印本也为现代文学作品原文本的研究提供了珍贵的原始史料。

对现代文学作品原文本的追寻和研究固然重要，但其变本更应该成为重点研究对象。因为变本数量更多，从原文本到定本之间的所有文本皆有可能是变本，甚至定本也可以说是最后的变本。变本研究既是版本问题，更属文本问题。变本可分许多类别，其成因也各有不同。

一是作品的传播载体发生改变时会形成变本。如，从手稿进入报刊载体时可能产生变本，即报刊本（包括初刊本或连载本、再刊本）；从报刊本到单行本的载体转换也会产生变本。近现代文学的生产和传播与古典文学的最大不同是出现了报纸和期刊。报刊使得多数现代文学作品有了初刊本，篇幅较长的作品则可能呈现为连载本。有学者统计，仅中国近现代中长篇小说就有 667 部作品有连载本。① 有了报刊和出版社以后的现代文学生产，实际上

---

① 李春雨：《中国近现代中长篇小说连载一览》，《新国学研究》第 6 辑，人民文学出版社 2006 年版。

已形成了法国学者布迪厄所说的"文学场"。在这个文学场里，书刊的出版商、编辑、读者（含批评家）与作家之间会为各自的权力、利益、审美趣味等相互博弈。这无疑对作品的生产、传播和接受都产生制约。以连载本为例，因报刊篇幅所限，文本会被切割成片段发表；读者的接受也变成了断续相接的分散阅读；出版商和编辑为营利也会要求作家取悦读者。这些都会影响作家的写作。也就是说，现代报刊载体会左右手稿这种原文本的生产，同时，手稿本进入报刊时作家也会做一些调适性的修改，可能还有编辑进行文字修改甚至删削、手民误植文字等。所以，初刊本或连载本往往是原文本的第一个变本。在 20 世纪，一稿多投、一稿多刊的现象很常见，一稿多刊时也会产生变本。如《创业史》（第一部）连载于《延河》杂志，到再刊于《收获》杂志时，柳青本人做了修改，这就出现了变本。现代文学文献的另一载体转换是从报刊本到单行本，即先刊后书是文本生产的普遍现象。很多作品在初刊时往往写得比较仓促。尤其是连载本更可能会边写边构思边刊发，同时连载又有时长间隔，如张恨水的《金粉世家》连载时长甚至达 7 年又 3 个月，这就难免出现记忆错误、首尾不能相顾等问题。于是，到作品出单行本或初版本时，作家会重新打磨和完善作品，使其又成变本。如《家》《围城》等作品的初版本都有重要修改。

二是审查制度会造成删节本、伪装本等变本。北洋政府时期和国民党统治时期都有严厉的审查制度，书刊查禁就会造成变本。查禁过程中会允许一些图书删节后出版，就有了删节本。如，《子夜》在 1934 年出过只有 17 章的删节本，删去了原书的第四章（还有一种删节本只删去第四章的一半）、第十五章。王统照的《山雨》初版本共 28 章，在 1934 年也出过删节本，删去第 24～28 章。两书中关于工农革命的内容都被删去，成为变本。审查制度还会使一些报刊通过"开天窗"的方式造成变本，如，在《鲁迅全集》中的《准风月谈》《花边文学》等集里，有些文字底下被标以着重号（黑点），表示那是恢复在报刊发表时被删去的文字，即它的报刊本其实是不完整的删节本。审查制度还造成了另一种变本，即伪装本。为应对官方的查禁，出版者会出一些伪装本。如，蒋光慈主编的文艺期刊《拓荒者》第 4、5 期合刊时，改名《海燕》。蒋光慈的长篇小说《咆哮了的土地》曾在《拓荒者》上连载，上海湖风书局 1932 年 4 月出单行本时因害怕查禁，改题为

《田野的风》。还有很多现代文学作品因查禁而改换书名，如，郭沫若的第一部自传《我的幼年》被查禁，改名为《幼年时代》，又查禁，再改名为《童年时代》，还遭查禁。这些伪装本都是特殊的变本。

三是书商盗印会产生变本，即盗印本。书商出于营利目的，往往冒畅销书作家之名胡乱编排或增删原作，造出变本。蒋光慈的作品一度畅销，书商借他之名造出许多盗印本。如，1930 年 1 月，上海爱丽书店出版《一个女性与自杀》一书，署为"蒋光慈著"，内收《一个女性》《自杀》《创造》《昙》《诗与散文》五篇作品，其实都是茅盾的小说。蒋光慈自己的许多作品也常被更换书名、打乱次序出版。如，《鸭绿江上》更名为《碎了的心与最爱》，并被颠倒各篇的次序。《冲出云围的月亮》被腰斩后，改名为《一个浪漫的女性》。张恨水的小说也是畅销书，所以他的许多作品也被修改、增写且更名出版。这类盗印本是他人造成的变本，它们不同于那些原封不动的翻版书，虽然二者都可以称为伪本、伪书。值得注意的是，这种变本是一种不应进入作家原作演进谱系的变本。它当然可以作为现象来研究，但更是辨伪学研究的史料。

四是时代巨变导致的迎合性修改本，这是最突出的变本。宽泛地说，以上变本都可以说是修改本。伪装本是假改，审查者、盗印者强行介入的是篡改，编辑及作家亲友操刀的是臆改，而这里讲的主要是作家本人的修改。这种修改又可分成常态的修改和非常态的修改。前者多半为了文本自洽或是一种艺术性的完善，后者多半是一种内容性的跟进。我们应重点关注的正是后者，即所谓迎合时代巨变的修改本。这里的时代巨变是指民国的被推翻和新中国的成立以及一系列体制性的改变。这里的迎合则是指旧作的新改。最主要的表征就是归顺新的国家意识形态，与新的文学规范接轨，回应知识分子改造运动、现代汉语规范化运动以及其他政治和文学批判运动。迎合性修改成为中国现代文学发展的一种普遍存在，几乎所有的现代（包括当代）文学名著都有这类修改本，有的甚至有多个修改本。在 20 世纪 50 年代、60 年代、70 年代末 80 年代初，迎合性修改几乎是一股绵延不断的文学浪潮。这种迎合性修改体现了一种明显的跨时代或跨时段特征，即 20～40 年代原刊、原版的作品在 50 年代以后普遍被修改。如，50 年代初出版的"新文学选集"丛书，50 年代出版的一批后来被称为"白皮书""绿皮书"的现代作家选集或单行本，50 年代中期以后出版的《沫若文集》《茅盾文集》《巴

金文集》《叶圣陶文集》等，都是如此。还有 50 年代原刊、原版的作品如
《红旗谱》《青春之歌》《创业史》等在 60 年代前期也都进行了修改。其实，
一些去了海外或台湾的作家对作品也进行了这类修改，也都可以归入迎合时
代巨变的修改之列。如，胡适在台北修改《尝试集》，张爱玲在美国修改
《十八春》等。

　　迎合性的修改虽也涉及作品的形式因素，但更主要是作品的内容问题。
虽也有宗教、历史内容，但主要集中在性、爱情、政治、革命等与主流意识
形态相关的内容上。在新中国成立后的多次修改浪潮中，原作中的性内容成
为修改重点，一大批叙事作品由此都有了洁本。《骆驼祥子》《创业史》等
作品修改本中的正面人物几乎无性，仅剩反面形象和落后人物涉性，性已然
成为道德和思想落后、反动的佐证。当修改本不再有人性论意义上的
"性"，而只有阶级论意义上的"性"时，"性"就被意识形态化。同时，
对性内容的修改也从一定意义上助成了当时文学的洁化叙事成规。而当
"爱情"被视为小资情调，它也就被意识形态化，也就成为删削对象。如，
《创业史》《青春之歌》等作品的修改本就大量删改主人公的爱情细节内容，
甚至将"爱情"一类词语也改换掉。革命和政治更是意识形态的核心问题。
《倪焕之》《子夜》《日出》《创业史》《青春之歌》等作品都曾按作家各自
的理解来叙述这些问题，但其修改本或新增革命情节，或将革命（者）纯
化和神圣化，或依据阶级两极化原则重新处理人物关系，或对涉及党派、路
线、政策、外交等具体问题进行修改。所以，这些迎合性修改本往往是一种
更加意识形态化的变本。

四　多学科研究

　　韦勒克和沃伦在《文学理论》一书中说："一个版本几乎包括了每一项
文学研究工作。在文学研究的历史中，各种版本的编辑占了一个非常重要的
地位：每一版本，都可算是一个满载学识的仓库，可作为有关一个作家的所
有知识的手册……"① 这些论断同样适用于中国现代文学的版（文）本研

---

① 〔美〕勒内·韦勒克、奥斯汀·沃伦：《文学理论》，刘象愚等译，江苏教育出版社 2005 年版，
第 56 页。

究。这里的"所有知识"大约包含了该书所谓文学的"外部研究"和"内部研究"所涉及的许多知识。这里的"一个版本几乎包括了每一项文学研究工作"的说法也显然超越了单纯的版本学思维。这给我们的启发是：现代文学文献的版（文）本研究其实是文学研究的基本问题。同时，我们必须突破传统版本学或图书版本学的局限，对其局限的视域和研究方法进行反思和批判，发掘现代文学文献版（文）本丰富的学术蕴含。简单地说，对现代文学版（文）本的研究应从多学科角度切入，现代文学版（文）本史料也是多学科共享的研究资源。

第一，必须进行版本学、校勘学、目录学的关联研究。版本学是一门以图书版本为研究对象的应用性学问，它研究版本现象、版本理论、版本学史等，但最主要的工作是对图书文献的"正本清源"，即进行版本本性的确认及其源流或谱系的梳理。版本学的研究也像史学研究一样需要有"二重证据"。现代文学版本研究的二重证据是指版本实物和其他文献材料。要考察纸质书刊的版本，必先经眼版本实物。有了版本实物，才能看清其版本构成的原有状态，了解其正副文本的本来特点。要尽量找到原稿、原刊、原书的版本实物，它是最直接的版本史料。退而求其次，是求其复刻本、影印本。如，上海书店影印的《新潮》《新月》《现代》等一批旧期刊，辑有许多现代文学作品初版本的《中国现代文学史参考资料》，天津百花文艺出版社复制的"中国现代文学名著原版珍藏系列丛书"等。再次可求那些标明是按初刊本、初版本等翻印的版本。如《中国新文学大系》《中国新文艺大系》中所收版本。它们的正文本一般与原本无异。现代文学作品的其他版本如再版本、修订本、定本一般没有复刻本和影印本，基本上只能求其版本实物可靠。其他版本如修改本、定本等也应该经眼其版本实物。而作为另一重证据的文献材料是指作家的自序跋、日记、自传、创作谈等和他人所作序跋、作家年表、校读记、目录著述等，这些外围文献史料都是版本研究的重要线索。有了版本实物和其他文献这"二重证据"，才能有效地进行现代文学文献版本的"正本清源"工作。同时，版本学的研究其实是一种与目录学、校勘学相关联的研究。在学术史上一度是校雠学或目录学中包含版本学。有人认为它们之间相互依赖、彼此借助的关系是"版本学脱胎于校勘学，借身于目录学"①。

这种关联研究作为一种工作过程，大体有四个步骤。一是备具众本，即要搜罗文献的所有版本。这首先必须利用已有的现代文学目录、校勘著作。如，已有的《中国现代文学期刊目录汇编》《中国现代文学总书目》等。一些校读记、汇校本等研究成果使用起来更方便。如，孙用的《〈鲁迅全集〉校读记》、王得后的《〈两地书〉研究》、桑逢康的《〈女神〉汇校本》、王锦厚的《〈棠棣之花〉汇校本》、胥智芬（龚明德）的《〈围城〉汇校本》等。这些校读记、汇校本一般都已备具了众本。二是版本鉴别。是关于版本真伪、整残、优劣的考辨。这在古今有差异。古籍版本因为经历了年代久远的流传，往往多伪本、残本，所以鉴别版本真伪、整残的工作更重要。现代文学版本研究也需要进行这种工作，但印刷更便捷、作家修改更频繁等导致文献的版本密度大、变本多，所以鉴别的重点应是在版本本性的识察、版本源流的梳理和版本优劣的比较等方面。三是异文校勘。现代文学版本研究应着重关注的是那些重要变本，尤其是异文问题。这已不是版本外部特征的考察了，而是要真正进入文本内部，对其异文进行校勘。要进行复原性校勘，更要进行汇异性校勘。在校法上也有差别（详见第六章）。四是异文记录。复原性校勘可以径改异文，亦可在底本文字旁以括号形式保留异文。汇异性校勘可以以汇校本形式存异，但若要进行深入研究，则需要对异文做完整的记录。可将异文按照行文顺序并置排列，这会便于异文的比较，便于看出修改内容的有机关联，甚至便于找出文本的"关系束"和被修改内容的同类项。②

第二，现代文学版（文）本史料也成就了文本发生学或创作学的研究。这种研究关注的是文本的创作过程或多种可能性，或者说是研究版（文）本史料的发生过程。按韦勒克和沃伦的说法是："作品的每一版与另一版之间的不同，可使我们追溯出作者的修改过程，因此有助于解决艺术作品的起源和进化的问题。"③ 法国塔迪埃的《20 世纪的文学批评》一书称其为"渊

---

① 李致忠：《古书版本学概论》，书目文献出版社 1990 年版，第 235 页。
② 傅修延：《文本学》，北京大学出版社 2004 年版，第 80～82 页。
③ 〔美〕勒内·韦勒克、奥斯汀·沃伦：《文学理论》，刘象愚等译，江苏教育出版社 2005 年版，第 55 页。

源批评"，也有学者名之曰"演进批评"。"渊源批评"更侧重研究作品的手稿本，也可称为"手稿诗学"或文本发生学。这种研究，一般可以通过对手稿本的统计、归纳、描述和分析来展开。如，舒乙在《现代文坛瑰宝》一书中对《夜歌》《宝船》等作品手稿本进行了描述和介绍。龚明德的《〈太阳照在桑干河上〉手稿的报告》、冯铁的《由"福特"到"雪铁笼"——关于茅盾小说〈子夜〉（1933年）谱系之思考》等文章则是更有学术价值的手稿研究论文。还可以将手稿本与其初刊本或初版本进行对校、比较，让我们更完整地看到作品原文本与其变本之间的渊源关系、内容差异等。如，在《太阳照在桑干河上》的手稿里，黑妮是地主钱文贵的幼女，而在其初版本中却是他的侄女而且是贫农身份。这种亲属关系的改变其实是阶级关系改变，会带来对作品的不同解读。① "渊源批评"这个概念强调了文本发生的本原问题，所以主要指向手稿本。"演进批评"的概念则侧重文本整个演进过程的研究，涵盖从手稿本到初刊本以至定本等各种变本。演进批评关注的是作品的版（文）本演进史，也是从演进角度去研究创作动机、创作心理、创作技巧、修改艺术等创作之道，所以属于创作学研究。鲁迅曾引惠列赛耶夫《果戈理研究》中的话："应该这么写，必须从大作家们的完成了的作品领会。那么，不应该那么写这一面，恐怕最好是从那同一作品的未定稿本去学习了。在这里，简直好象艺术家在对我们用实物教授。恰如他指着每一行，直接对我们这样说——你看——哪，这是应该删去的。这要缩短，这要改作，因为不自然了。在这里，还得加些渲染，使形象更中显豁些。"② 这段话适用于手稿本以及其后的所有变本。但实际上，一部作品的版（文）本演进过程，既显示"应该这么写"，也会显示"不应该那么写"。所以，作品所有版（文）本的演进都可以成为我们研习创作的"实物教授"。

版（文）本演进研究一般采用点评或笺评的方法。可以左右并置不同的两个文本片段，就其重要修改内容加以点评。或者上下罗列不同版本中的异文，然后加以笺评。点评和笺评是与文本片段组合在一起的一种注重文本

---

① 金宏宇：《中国现代长篇小说名著版本校评》，人民文学出版社2004年版，第227~228页。
② 《鲁迅全集》第6卷，人民文学出版社1981年版，第311~312页。

分析的中国式细读法。朱泳燚的《叶圣陶的语言修改艺术》、朱正的《跟鲁迅学改文章》、龚明德的《〈太阳照在桑干河上〉修改笺评》等著述都如此操作，承袭的是中国古代评点派传统。目前，这类研究侧重于文章修改的艺术，而且许多研究者都秉持所谓版（文）本进化论思维，即认为作品会在版（文）本演变中不断改进。许多作家也都认为他们的作品是越改越好。如，巴金说"我一直认为修改过的《家》比初版本少一些毛病"，所以他不"让《家》恢复原来的面目"，① 甚至一度不同意《中国新文学大系》收入《家》的初版本。由于作家们看重修改本或定本，导致很多现代文学作家的选集、全集收入的是这些版本。而一般的研究者因为缺少对版（文）本进化论的反思，也往往只关注作家修改带来作品进化和完善的一面，却忽视一些迎合性修改会导致作品退化的一面。实际上，在现代文学名作中，既有版（文）本演进的可能，也有版（文）本演退的倾向。无论是演进还是演退，我们都可以获得一种创作学的借鉴，从价值批判中获取文本发生学的史料。

第三，还可以展开文本阐释学的研究。这种研究关注的是原文本与变本以及变本与变本之间的阐释差异，主要是阐释异文对作品语义系统和艺术系统的改变。阐释学的研究可以关注版（文）本演变中革命、性、爱情等重要叙述和宗教、历史、政治等核心内容的修改。这些文字的系统性修改对文本释义和文本本性的改变显而易见。正如法国学者所言："被删除的内容之间存在着有机的联系；只有那些重要的删节才能从某种意义上不约而同地使文本面目一新，使情节面目一新。"② 我们很容易从这些重要异文中找到"关系束"或"同类项"来支撑新的阐释。如，《骆驼祥子》1955 年的修订本对性内容和革命问题的洁化修改使该版本变成洁本。《棘心》1957 年的增订本对宗教问题的着重修改使这本劝孝之书更倾向于劝教之书。从阐释学角度看，哪怕是细小的异文，也会微调乃至改变文本的语义系统和艺术系统。一些字、词、句的修改对诗歌、散文来说可能会带来很大的解读差异。在叙事类文本中，它们也会牵一发而动全身，对情节、结构、人物、主旨乃至文本本性产生颠覆性影响。如，《太阳照在桑干河上》的校订本将"翻身"一

---

① 《巴金全集》第 1 卷，人民文学出版社 1986 年版，第 465 页。
② 〔法〕让－伊夫·塔迪埃：《20 世纪的文学批评》，史忠义译，百花文艺出版社 1998 年版，第321 页。

词改为"翻心",会使小说的主旨更加深刻。《雷雨》1951 年的改写本几乎删去所有"天""命"字眼,对于理解剧作、剧中人物乃至作家本人是否具有"宿命论"思想也至关重要。通常人们谈论阐释的丰富性和历史性往往是以文本自身的静止不变为前提的,突出的是阐释者个人的主观理解和时代语境对文本的再生产再创造所带来的阐释差异,并未注意到文本自身的变异性、动态性和历史性。现代文学异文变本史料的存在恰恰可以引起我们对这种阐释差异问题的关注。

异文带来的阐释差异和文本变化,可以验之以阐释学理论。中国传统学术研究中有一种单向阐释法,即钱钟书所谓:"乾嘉朴学教人,必知字之诂,而后识句之意,识句之意而后通全篇之义,进而窥全书之指。"① 验以此法,字、句之异文自会改变文本之义、旨。但钱钟书认为这一阐释法缺少循环。所以我们还需要超越朴学思维,借助西方的两种"阐释的循环"理论。一是狄尔泰的"阐释的循环",强调文本局部与整体之间在理解上的相互依赖关系。二是海德格尔的"阐释的循环",关注文本释义与阐释者、理解与世界等因素的关联,即注意到阐释必须循环至文本外的问题。但这两种阐释循环都未明确提到文本内与文本外之间的中介处或交汇处,即热奈特提出的文本周边的"副文本"。也就是说,我们进行阐释的循环还必须纳入副文本因素。这样,阐释的循环就包括了文本内(正文本)、文本边(副文本)、文本外等更多的层次,必须在这不同层次里进行反复和交互往复的循环,最终才能实现对文本的圆览、合视、通观。这是一种多圈次循环的圆形思维。② 而当我们将现代文学文本的修改或异文验之以这种阐释的循环理论时,就会发现:一部(篇)作品无论是其正文本还是副文本的个别部分被修改了,它就有可能生成一个变本或一个新的文本。"阐释的循环"能很好地证明文本局部的修改和异文带给阐释的"蝴蝶效应",能更客观地阐发现代文学版(文)本史料的价值或曰发挥这类史料的限制阐释作用。此外,现代文学版(文)本史料还会颠覆或支撑某些文学理论,促进文学阐释学的发展。③

---

① 钱钟书:《管锥编》第 1 册,中华书局 1979 年版,第 171 页。
② 刘玉凯:《鲁迅钱钟书平行论》,河北大学出版社 1998 年版,第 261 页。
③ 金宏宇:《中国现代长篇小说名著版本校评》,人民文学出版社 2004 年版,第 28~29 页。

　　第四，可以进行传播学和接受学的研究。现代文学文献版（文）本的变迁其实也是文献传播和接受的结果。所以，它也可以成为文学传播史和接受史的研究史料。我们可以研究传播机构、传播媒介、传播方式等与作品版本生产的关系。如，良友书局与《中国新文学大系》、"良友文学丛书"的编纂，开明书店的"新文学选集"和人民文学出版社的"白皮书""绿皮书"与现代文学作品变本的生成，现代报刊传媒与现代文学作品连载本的生产，戏剧阅读本（曹禺称之为"书斋剧本"）与演出本的差异等，都是值得系统研究的文学传播现象。还可以研究接受者（读者、评论家、改编者、传抄者等）和把关人（编辑）对文献文本变异的影响等。如，20 世纪 50 ～ 60 年代，许多作品出版后会引发普通读者和评论家的论争和讨论，促使作家将《创业史》《青春之歌》等作品再出变本。作为读者的周恩来、彭真、周扬等领导人的指导意见也使《风雪夜归人》《太阳照在桑干河上》《红旗歌》等作品出现修改本。60 ～ 70 年代，许多"潜在写作"文本如《第二次握手》《一双绣花鞋》及一些"地下诗歌"由于人际传播造成许多手抄本。这些传播和接受现象也值得深入研究。至于"把门人"直接参与文本的生产和变本的制作，这更是 50 年代以后的普遍现象。如，叶圣陶 1953 年采纳编辑方白的建议弄出《倪焕之》删节本，茅盾《子夜》1954 年的修改本也是依据出版社编辑龙世辉在该书开明本上贴的写有"此处黄色描写，应改"等小纸条的意见修改而成的。王蒙的《组织部来了个年轻人》的局部增改，也是刊物编辑秦兆阳直接操刀的结果。在不同时期，也都有编辑直接删节作品而不做任何说明的情况，如安徽文艺出版社出版《苏雪林文集》第一卷收入的《棘心》定本（增订本）擅自删去两章。所有这些版本史料内容都是传播学和接受学的研究对象，而这种研究也可以证明现代文学史料的生产其实也是传播和接受问题。

　　第五，现代文学文献的版（文）本还有助于语言学、修辞学和观念史学的研究。这些研究其实都是关注现代文学版（文）本演变中的语言问题，是从更专一的学科角度阐发版（文）本史料的价值。中国现代文学诞生之时，文言初废，白话刚兴，所以文学作品的语言往往是文白夹杂；同时，国语还不规范，译文也不统一，还有大量方言的采用和外语的直接嵌入。许多作品的初刊本或初版本出现语言杂糅现象或曰语言的"四不像"现象。随着现代汉语的规范化，对现代文学作品的修改也就普遍包含着语言规范化的修改。这类修改和其他方面的修改一起使作品有了新旧不同的版（文）本，这不同的版（文）本中又恰好保存了不同时代的语言，或显示了方言的普通话化过程，所以它们成了现代汉语发展（史）研究的绝好史料。同时，作品版（文）本演变中的有些修改又涉及修辞问题，也就为比较修辞学研究提供了丰富的例证。所以，一些修辞学论著往往在现代文学名著不同版本的异文中取例，以做纵向的修辞比较，如，郑颐寿的《比较修辞》等著述。这些异文为语言学、修辞学研究提供了语料，反过来也凸显了现代文学版（文）本演变的史料价值。另外，现代文学文献的版（文）本演变也为观念史研究提供了语料和史料。观念史（History of Unit Ideas）主要研究那些基本的、一贯的和复现的核心观念。包括对一个时期或一个运动所奉为神圣的字眼、短语的研究。① 20 世纪的"个性主义""自由""阶级"等关键词都是观念史的研究对象。美国哲学家洛夫乔伊在《观念史论文集》等著作中倡导观念史的研究，国内冯天瑜等学者倡导的历史语义学也是这种研究。现代文学研究界有陈建华的《中国革命话语考论》，该书涉及近现代文学作品中"革命"一词的研究。许多重要的观念词语在中国现代文学作品的不同版（文）本中的意义演变当然也可以成为观念史研究的重要资源。如，"革命"之于《蚀》《骆驼祥子》，"天""命"之于《雷雨》等。在作品版（文）本演变中对这些核心观念进行具体研究，有益于文本意义差异的比较，而把它们当作观念史史料，当然是特殊征用，更能发挥其思想史的价值。

五　著述形态

版本研究的结果当然要以一种著述形态来呈现。传统的版本研究常常无独立的文字表现形态，要么与校勘研究的著述形态合而为一，要么借身于目录研究的著述成果。校勘的任务是将有异文的图书版本变成精良的图书版本，那个精校本也就是校勘的成果表现形态。同时校勘的成果也可体现为汇校本形态或写成异文校读记。目录研究的成果形态可以是目录编制或写成叙

---

① 陆文虎：《围城内外》，解放军出版社 2004 年版，第 163～168 页。

录文字。传统的版本研究成果就往往体现为和依附于这些成果形态。现代文学版本研究的著述形态既可以与传统的版本研究成果形态类似，更可以有新的著述形态。

一是与校勘成果合而为一。一部作品的精校本既是校勘成果，也是版本研究成果，如丁景唐整理、校勘的《孩儿塔》、章海宁校勘的《呼兰河传》等。一些现代文学名著的异文汇校本既是校勘成果，也是版本研究的著述形态，如胥智芬的《〈围城〉汇校本》、易彬的《穆旦诗编年汇校》等。一些异文校读记也具有汇校之功，它们不同于汇校本之处是不依托某一底本全文。它们当然可以算校勘类著述，但由于它们突出了作品原文本与变本的差异，更应归入版本研究的著述形态，如孙用的《〈鲁迅全集〉校读记》。在这类著述中，王得后的《〈两地书〉研究》具有代表性，该著的甲编就是"鲁迅和景宋的通信与《两地书》校读记"，研究的是鲁迅、景宋的原信（手稿）与 1933 年初版《两地书》之间的差异，即《两地书》的原文本与变本之间的差异。比较这两个文本会发现，原信是真正的私人文本，进入公共空间出版时，写作者对原信做了许多增删和修改。如第一一二号信增加一段：

> 我这才明白长虹原来在害"单相思病"，以及川流不息的到我这里来的原因，他并不是为《莽原》，却在等月亮。但对我竟毫不表示一些敌对的态度，直待我到了厦门，才从背后骂得我一个莫名其妙，真是卑怯得可以。[①]

这一段话披露了真相，嘲讽了高长虹。又如第一二六号信在人名、署名、部分信内容上都做了修改，其中删去的一段原信是：

> 丛芜因告诉我，长虹写给冰心情书，已阅三年，成一大捆。今年冰心结婚后，将该捆交给她的男人，他于旅行时，随看随抛入海中，数日

---

① 《鲁迅全集》第 11 卷，人民文学出版社 1998 年版，第 275 页

而毕云。①

鲁迅把这段传闻在公开出版物中删去，又显示了一种厚道。校读者把这类重要的异文录入校读记，并做了解释性的评析，以此呈现原文本和变本之间的差异。用校读者自己的话是："校读的目的主要不在遣词造句的技巧，而在思想内容上的比较研究。"② 所以这种校读记，更明显属于版（文）本研究的著作形态。

二是依附于其他学科研究的著述。有的依附修辞学研究，如郑颐寿的著作《比较修辞》从一些作品不同版（文）本的异文中选例，进行比较修辞的研究。有的从创作学角度切入，着重讨论作品版本变迁中作家的修改艺术，如龚明德的《〈太阳照在桑干河上〉修改笺评》一书选该作不同版本中同一句（段）的异文，并置比较，加以笺评，解释作家修改的用意和艺术。朱泳燚的《叶圣陶的语言修改艺术》一书同样如此。有的从手稿学或文本发生学角度展开研究，如朱正的《跟鲁迅学改文章》初版本书名是《鲁迅手稿管窥》，对鲁迅的原稿和誊清稿进行了考证和区分，然后选用鲁迅部分著作的原稿和改定稿（实际是指《鲁迅全集》中的定本），并置两种文本的印刷体文字，又附上其手稿影印件，通过对校、比较，逐条写出说明性或评判性的文字，阐发鲁迅修改文章的艺术。虽不能算真正意义上的文本发生学研究，但仍涉及了手稿这种原文本。还有把多学科研究方法加以综合运用的著述，如陈永志的《〈女神〉校释》。该书以《女神》初版本为底本，对校、参校其他版本，进行汇异性校勘，汇聚众多实质性异文和非实质性异文，是比桑逢康的《〈女神〉汇校本》更完整、更精准的汇校本。在此基础上对每首诗以尾注形式详加注释。下编更有校勘记和考证文章。这样，"本书以校来确定文本的真实面貌，以注深入文本的细部，以考证指明作品中有关人、事及写作日期，这些都为求得对文本内容合乎实际的理解，为把握《女神》的本义打下基础"③。更准确说，是从其原文本和各种变本的比较中，呈现诗歌语义及其艺术形式的流变。该书多法并用，融校、注、考、释

① 鲁迅、景宋：《两地书·原信》，中国青年出版社 2005 年版，第 304 页
② 王得后编著《〈两地书〉研究》，天津人民出版社 1982 年版，第 3 页。
③ 陈永志：《〈女神〉校释》，华东师范大学出版社 2008 年版，第 4 页。

为一体。

三是呈现为书话形态。传统的版本研究中有题记、跋文、藏书记一类的文字，或称题跋识语。记买书经历、文坛掌故、读后感想、书籍评论、版本源流等内容。藏书家黄裳将其分成"学术性的与文学性的两大类"①。认为文学性的题跋识语可当小品文来读，学术性的题跋识语可作版本学的研究资料。这类文字的现代化就成了所谓"书话"。1937 年，阿英写《鲁迅书话》一文，评鲁迅书三种。唐弢从 1945 年开始以"书话"评论大量现代文学书刊，至 1962 年结集为《书话》出版，至 1980 年结集为《晦庵书话》出版。其后姜德明有《书叶集》《余时书话》等，吴泰昌有《艺文轶话》，胡从经有《拓园草》，陈子善有《捞针集》等，龚明德有《新文学散札》等，倪墨炎有《鲁迅与书》等。终使书话成为现当代散文的亚种。关于书话的特点，人们有不同的总结。唐弢认为："书话的散文因素需要包括一点事实，一点掌故，一点观点，一点抒情的气息；它给人以知识，也给人以艺术的享受。这样，我以为书话虽然含有资料的作用，光有资料却不等于书话。"②强调书话的文学性，但这里所说的"资料"包括书刊版本资料。也有学者持相反的书话观："书话的核心就是史实、掌故、版本知识以及对这些史实、掌故、知识的观点，倒不是抒情。"③ 强调书话的学术性或史料性。不过即便是学术性较强的书话，其实也只是关于书刊版本研究等的札记。龚明德《新文学散札》中有对《家》《语丝》等新文学书刊的细致描述和研究。该书书名中的"散札"二字恰好强调了书话只是现代文学书刊版本研究的一种札记形态。

四是"版本批评"。中国现代文学版（文）本研究的成果可以用汇校本、校读记、书话等著述形态，但现代文学版（文）本的学术价值却不是这些著述形态所能涵盖和呈现的。它完全可以呈现为长篇学术论文和专著的形态，并可以由此生成一种所谓"版本批评"的研究方式。金宏宇的《中国现代长篇小说名著版本校评》较早开始了这种著作形态的尝试，该书明确提出了"版本批评"的概念，认为："版本批评既要注意版本研究的一般

---

① 黄裳：《榆下说书》，生活·读书·新知三联书店 1998 年版，第 21 页。
② 唐弢：《晦庵书话》，生活·读书·新知三联书店 1998 年版，"序"第 5 页。
③ 倪墨炎：《倪墨炎书话》，北京出版社 1998 年版，第 391 页。

规律，又要直指文学版本的特性。简言之，是要将版本研究与文本批评整合起来。"① 该书是学界第一部系统研究中国现代长篇小说版本的专著，对《倪焕之》《家》《子夜》《骆驼祥子》《围城》《太阳照在桑干河上》《青春之歌》《创业史》等八部长篇小说名著的重要版（文）本进行了细致对校，对导致版（文）本变异的多种原因进行了追问，还对异文所带来的释义差异及其文本语义系统和艺术系统的蜕变等进行了论析。著者的另一部专著《新文学的版本批评》又对《蚀》《八月的乡村》《无望村的馆主》《怨女》等小说名著和《雷雨》《屈原》《天国春秋》《风雪夜归人》等戏剧名作及《在延安文艺座谈会上的讲话》这篇理论经典的不同版（文）本进行了细致校评。更对版本批评做了进一步的理论建构，尤其是提出了现代文学研究中版（文）本三原则：文学批评的版（文）本精确所指原则、文学史写作的叙众本原则、文学经典化的善文本原则。这两本专著在版本批评的实践中校读了一大批具体作品的版（文）本，在理论上也基本建构了成一家之说的体系，但也还有值得进一步深化的理论空间。此后，其他学者的一些现代文学版本批评论文陆续发表，都丰富了版本批评这一研究方式和著述形态。版本批评的特点可以更系统地总结为：在著述形态上，它可以融汇整合目录编制、校读记、书话等文字表现形态，并进一步发展成为学术性的论文和专著形态；在研究方法上，它是一种科际整合研究法，基于与版本学紧密相关的文献学诸学科分支的技艺，更运用文本发生学、创作学、阐释学等文学研究的方法，甚至借助语言学、修辞学、观念史学、传播学等其他学科的理论；在观念上，它应该突破古书版本学的善本观念，超越片面推崇的版（文）本进化论观念，而强调一种动态的历史的文本蜕变观念和版（文）本谱系观念；在理论上，它遵从文学研究的版（文）本三原则，② 强调虚实纵横的"文学文本四维"研究。③ 因此，版本批评超越了传统的图书版本研究，为单纯的版本考辨研究注入了更多的问题意识，是一种关注文学特性且具有史料批判意识的版本研究方式，其著述形态也更能凸显现代文学版（文）本的多重价值。

---

① 金宏宇：《中国现代长篇小说名著版本校评》，人民文学出版社 2004 年版，第 6 页。
② 金宏宇：《新文学的版本批评》，武汉大学出版社 2007 年版，第 54～62 页。
③ 金宏宇、耿庆伟：《文学文本四维论》，《福建论坛》（人文社会科学版）2016 年第 2 期。

第　六　章

校勘批判

　　校勘，古称校雠或雠校。"雠校"一词始见于西汉刘向的《别录》："雠校（一作'校雠'）：一人读书，校其上下，得谬误为'校'；一人持本，一人读书（一作'析'），若怨家相对，故曰'雠'也。"（《文选·魏都赋》李善注引，又见《太平御览》卷六一八）① 这里的"校雠"取狭义，专指校正文字。但刘向父子的工作，除了校正文字之外，实际上又涉及了版本、目录等内容，所以"校雠"又有其广义。后世"校雠"之义就由狭而广。南宋郑樵的《通志·校雠略》、清代章学诚的《校雠通义》等都取广义，即校雠指整个古文献的整理工作。"校勘"成词于南北朝时期，其义相当于"校雠"的广义，到唐宋时期则由广而狭。所以，从词源学角度看："'校雠'与'校勘'在历史上本是一对同义词，都有广狭二义：广义包括目录、版本、校勘等内容，狭义只指校正文字。"经过反向分化，到现在："'校雠'基本保留了广义的用法，而'校勘'基本保留了狭义的用法。"② 循此语义变化，近代出现的"校雠学"这一专门学术科目也所指甚广，相当于今天的"古典文献学"，而"校勘学"只是它的一个重要组成部分（在中国台湾仍用"校雠学"指称校勘学）。

　　校勘学中的"校勘"所指当然也是狭义的。它是古典文献整理中的一种技艺和方法，也可以说是根据古典文献的不同版本及相关资料，比较它们的文字（含字词、语句乃至篇章）的异同，审定其中的正误真伪这样一种

---

① 倪其心：《校勘学大纲》，北京大学出版社 2004 年版，第 2 页。
② 管锡华：《汉语古籍校勘学》，巴蜀书社 2003 年版，第 6～7 页。

史料批判活动。在中国，这种学术活动萌芽于春秋，勃发于汉，大盛于清，近代正式成为专门之学。校勘学也是一门世界性的学问。在西方，据说始于古希腊，并日渐发展成为方法上更趋科学的 textual criticism。中国现代文学的文献整理也存在校勘的问题。在其校勘实践中，中西校勘学的理论和方法皆可以借鉴。不过，中国现代文学的校勘有新的情况和特点，我们在挪用中西校勘学理论和方法时，应该对其持有一种批判的态度。

一　错误与异文

现代文学研究之所以需要校勘的介入，因为其文献中存在大量的错误和异文。校勘的任务首先就是要发现这些文字中的错误和异文并找出其原因。关于这方面的内容，可先与古典文献校勘做一点宏观的比较。有学者把古典文献校勘面临的错误"分为两大类：一类是有形可见的，一类是无迹可寻的"。后一类指校勘时并未发现异文，但实际上其中确有错误，这是无迹可寻、较难发现的错误，属疑误，如文理不通、名物制度上矛盾、历史事实的抵牾等；前一类是校勘时发现异文，其中必有正误，这是有形可见、容易发现的错误，即那些误字、脱文、衍文、倒文、错简等。[1] 在中国现代文学文献校勘中，除此而外，则还有一种由作家自己修改而造成的异文，这种异文无所谓对错问题。所以，总括起来说，中国现代文学的文献校勘会面临三种基本情况：一是无异文却有错误；二是有异文也有错误；三是有异文但无错误。

对导致错误和异文背后原因的探寻也十分重要，找不到原因，就不能定是非，就不能准确地勘误，或又可能弄出新的错误和异文。所以，"作为把握校勘正误准则的一个重要保证，就是对文字致误原因进行具体分析"[2]。古典文献除了传抄、传刻等导致错误和异文之外，一个主要原因是在漫长的历史过程中，经过反复注释和来回校勘，使文献成为一种或复杂或简单的"重叠构成"[3]。于是出现大量异文，或出现本文与注文相混淆的错误。现代文学文献较少存在传抄、传刻之误，却有印刷或误植之误；少有"重叠构

---

①　倪其心：《校勘学大纲》，北京大学出版社 2004 年版，第 147 页。
②　倪其心：《校勘学大纲》，北京大学出版社 2004 年版，第 146 页。
③　倪其心：《校勘学大纲》，北京大学出版社 2004 年版，第 78～85 页。

成"（现代文学文献的重叠构成主要体现在注释上，参见本书第九章），却有各种修改，更有由先刊后书这种文学生产方式造成的异文。这些都成为出现错误与异文的主要原因。现代文学文献生产年代较近，一般都能找出其异文出现的主要原因。除了要了解这些主要原因外，我们更应结合文献的具体错误和异文，探寻其具体的致误生异原因，找出现代文学文献特有的校勘通则。

第一，现代文学文献也与古典文献一样存在误字（又称讹字）、脱文（又称夺文）、衍文（又称长文、剩文）、重文、倒文（又称乙文）、错简等常见的错误和异文。这其中可能有作者的笔误，手民的误植等原因，更有编者臆改或妄改的原因，如，天马书店出版的《茅盾散文集》所收《邻二》一文，原稿最后一页付印时被排字工人遗失，编者施蛰存只好以"池里的绿水"五字代替，其实原文有 150 多字。① 现代文学的文献错误和异文又可能与其生产或转换方式有关。作者手稿的不清晰可能导致在报刊发表时被误植。从发表本到初版本或文集本的转换也会又一次出错，如，老舍《抗战以来文艺发展的情形》一文从原刊到初收《老舍文集》第 15 卷时，居然出现 71 处错误和异文，《老舍全集》第 17 卷又沿用了这些误排。② 在当代，从纸质版到电子版的转换也会出现错简。报刊的"版面比较大，一版往往刊发多篇文字，如今当人用扫描、照相等手段把它复制处理为电子版时，倘若原封不动地将整整一版复制为一个页面，其实不便于读者阅读，所以整理者有时会把每一篇文字单独处理成一个页面，但原版上的每篇文字并不一定都拼排得整齐规划，有些文章需要重新剪辑、拼版，才可以制作成便于阅读的电子版；在这样重新剪辑、拼接的过程中稍不留意，就会造成上下左右不能衔接的新错版"③。如，1940 年 8 月 11 日香港《大公报》"文艺"第 901期刊登的冯亦代《哑剧的试验——〈民族魂鲁迅〉》一文，在整理成电子版时就出现错版。另外，现代的报刊或书籍往往用机械纸，由于纸质低劣导致破损或漫漶不清从而产生新的脱文，编者或辑佚者在无其他版本可对校的情况下，臆补一些疑似文字从而又会产生新的异文，如，新发现的林庚诗作

---

① 唐弢：《晦庵书话》，生活·读书·新知三联书店 1998 年版，第 165～166 页。
② 张桂兴：《〈老舍全集〉补正》，中国国际广播出版社 2001 年版，第 208～214 页。
③ 解志熙：《考文叙事录》，中华书局 2009 年版，第 7 页。

《爱的河流》中多处文字即如此。① 除了以上有形可见的错误之外，也有所谓"疑误"文字。鲁迅的《伤逝》中写子君已不知道"向着这求生的道路，是必须携手同行，或奋身孤往的了，倘使只知道捶着一个人的衣角，那便是虽战士也难于战斗，只得一同灭亡"②。收入《彷徨》中的这篇小说因无手稿或发表本可对校，其中的这个"捶"字从上下文语意看，疑为"拽"或"搊"字之误，可能是笔误或误植造成。

第二，是阙文。阙文其实也是脱文，但脱文没有符号标记，阙文则以"□"或"X"来表示。鲁迅曾有杂文论及此，他说："□"是国货，是阙文。"到目前，则渐有代以'XX'的趋势。这是从日本输入的。"阙文在现代文学文献中是一种特殊的异文，它的出现一方面是作者有意为之，甚至把它当成一种修辞策略；一方面也有被迫为之，是现代避讳的需要。所以，鲁迅接着论及这些阙文符号的功用："这东西多，对于这著作的内容，我们便预觉其激烈。……固可使读者佩服作家之激烈，恨检查员之峻严，但送检之际，却又可使检查员爱他的顺从，许多话都不敢说，只 X 得这么起劲。"③作为修辞策略，阙文符号具有暗示和影射的效用，它诱导读者在试补原文中去体会作家的激烈感情或其他隐藏的深意，并获得某种神秘的阅读感受。鲁迅的小说《药》中有"古□亭口"，用"□"来暗示"轩"字，而"古轩亭口"正是秋瑾被杀之处。瞿秋白的杂文《水陆道场·民族的灵魂》用"X 国府"代"宁国府"，影射南京国民政府。20 世纪 90 年代贾平凹写《废都》用大量"□"来暗示色情描写，但其实原作可能并无这些阙文。现代文学文献中更多的是因避讳而生阙文。封建时代对当代君主或尊者、长者、贤者的名字不能直接写出或说出，通常以改字、空字、缺字、缺笔等方法以避之，即避讳。陈垣说："避讳为中国特有之风俗，其俗起于周，成于秦，盛于唐宋，其历史垂二千年，其流弊足以淆乱古文书。"④ 所以从事古籍校勘须重视避讳现象。现代中国的避讳则因政治忌讳或书刊查禁制度而起，从而产生阙文。如，国民政府不允许人们谈抗日，作者就以"抗 X"代"抗

---

① 解志熙：《考文叙事录》，中华书局 2009 年版，第 89 ~ 90 页。

② 《鲁迅全集》第 2 卷，人民文学出版社 1981 年版，第 123 页。

③ 《鲁迅全集》第 5 卷，人民文学出版社 1981 年版，第 484 ~ 485 页。

④ 陈垣：《史讳举例·序》，陈智超主编《陈垣全集》第 7 册，安徽大学出版社 2009 年版，第 3 页。

日"，以"ＸＸ"代"日本"。国统区的一些出版物中也常有以"Ｘ区"代
"边区"，以"ＸＸ市"代"延安市"，以"ＸＸＸ"代"共产党"等避讳法。
老舍、沈从文等作家的作品中也有这类阙文。现代阙文及其符号之普遍，以
致有作家以它们作为杂文写作的对象，鲁迅的《"……""□□□□"论
补》一文标题只比徐訏原文标题多一"补"字，是对徐文的补论。卞之琳
也写过《ＸＸ礼赞》，赞ＸＸ的神秘。

　　第三，是"斧削"文。这也是书报审查制度的产物，现代时期作者的
文章常被施以"斧削"之刑，被编辑或检查官强行删去，是真正的"夺"
文。相比较而言，阙文往往是作者自己为之，往往较短，并以特殊符号标记
出来。"斧削"文则是被他人所删，长短不一，有时整句整段被删。有的被
删处留有空白，当时的说法叫"开天窗"。更多的时候是"删掉的地方，还
不许留下空隙，要接起来，使作者自己来负吞吞吐吐，不知所云的责任"[1]。
鲁迅的杂文是这方面的典型代表。他的许多杂文在刊物发表时即遭斧削，他
自编文集时又恢复了被斧削之文并以黑点标记出来。《准风月谈》《花边文
学》《且介亭杂文》等集里就有大量斧削文的留痕，如，《病后杂谈之余》
一文中与"文字狱""斯基""轩亭口""舒愤懑"等相关联的文字皆被斧
削，他提醒"读者试一想这些讳忌，是会觉得很有趣的"[2]。茅盾的《见闻
杂记》发表于1941年香港《华商报》，在1943年由文光书局出单行本时却
遭"斧削"之刑，图书审查官员对该作大加删节，有三篇文章甚至整篇都
删掉，"连同被删的文字，加在一起共失落万字左右"[3]。这些都是现代文学
史上的故实，也是现代文学校勘学的特殊案例，在斧削和原文之间，产生了
一种新的异文类型。至于这类异文到底是编辑还是检查官造成的，往往已很
难考证了。倒是鲁迅在《准风月谈》前记中的推想大致准确："改点句子，
去些讳忌，文章却还能连接的处所，大约是出于编辑的，而胡乱删削，不管
文气的接不接，语意的完不完的，便是钦定的文章。"[4]

　　第四，是修改文，这主要是指作者自己进行的各类修改。无论是作者主

---

① 《鲁迅全集》第5卷，人民文学出版社1981年版，第418页。
② 《鲁迅全集》第6卷，人民文学出版社1981年版，第213页。
③ 姜德明：《书梦录》，安徽人民出版社1983年版，第64~65页。
④ 《鲁迅全集》第5卷，人民文学出版社1981年版，第190页。

动的或被动的修改，无论修改能否体现作者的意志，都造成了文本异文。前三类异文如果不去校勘就无法恢复原文，都会导致文本错误。而这类作者自己修改的异文，我们却无法从校勘学的角度简单地判定其对错。对其对错的判定应该是语言学、修辞学、写作学、文本学等的任务，它们将把修改当作一种语言现象或文学现象来研究。校勘学的任务是文字上的求真，作者自己的各类修改皆为真，皆作者自己所为。因此，我们只需要把修改文看成一类无所谓对错的异文。这当然应排除作者对自己作品的校勘正误，如，鲁迅对北新书局版的《呐喊》所做的校勘，并写了《呐喊正误》。细分起来，作者的修改文有各种类型和各种修改动因。有的只是出于艺术完善或悔其少作的考虑，对文本做一些文字上的润饰，在作品的初稿与定稿之间弄出一些异文，如，鲁迅的诗歌《哀范君三章》就有初稿与定稿两种。也有的可能是为隐晦（讳）历史真相而做出修改，如，徐志摩的《爱眉小札》原稿中的"海与先生争花的故事极趣"（笔者按："海"指张歆海，"先生"指胡适，"花"指陆小曼）一句在《论语》杂志发表时改成了"海与先生争送花的故事极趣"[1] 这类修改导致的异文更普遍是在作品的先刊后书之间出现的。现代文学与古典文学生产方式的重要区别是有了报纸和期刊，许多文字都是先发表于报刊，再出单行本，形成先刊后书的生产顺序。因此在出初版本时，作家们往往会对初刊作品的不足乃至错误加以修改、润饰，于是出现异文，如冯至、戴望舒等诗人的许多诗作，在出单集时都做了修改。在其他文类中，这种修改也非常普遍。还有的是因应汉语现代化的修改，如戴望舒《夜是》一诗收入诗集《望舒草》时，把结构助词"底"一律改为"的"等。尤其是 20 世纪 50 年代中期开始的现代汉语规范化运动，促使大批作家将自己在民国时期的作品做了一次全面的语言修改，如，叶圣陶出文集时，将从前作品中文言与白话相间，国语与欧化语、方言夹杂的"四不像"语言都做了修改。在这种普通话化中，现代文学文献又普遍地出现了大批异文。更有一类普遍而重要的修改，是为了迎合新的国家意识形态和新的文学规范而进行的旧作新改。这在 20 世纪 50 ~ 70 年代末出现的多次修改浪潮中表现得尤为突出，几乎所有现代文学名著都有这类修改。另外，还有所谓跨

---

① 龚明德：《"海与先生争花"考述》，龚明德：《新文学旧事》，青岛出版社 2019 年版，第 1 页。

语际修改，如，老舍和译者把《四世同堂》翻译改写成英语的《黄色风暴》。有跨地区的作品修改，如苏雪林的《棘心》，还有新近作家虹影的《饥饿的女儿》、毕飞宇的《推拿》、韩少功的《日夜书》等在大陆与台湾地区的不同版本等。这些修改也涉及意识形态乃至文化冲突、出版体制等问题。这几类修改都已不只是语言、文字问题，都超出了校勘学的研究范畴，却也为现代文学校勘学提供了一种新的异文类型。

最后，还应提到两种异文问题。一位英国校勘学者指出："我们必须区分两种异文：一种是重要的，或者我称之为'实质性'的，即会影响作者的意图或者其表达实质的文本异文；另一种一般是诸如拼写、标点、词形分合等等，主要影响其形式上的呈现，可以看作是次要的，或者我称之为'非实质的'文本异文。"① 按照这种划分法，前面提到的所有现代文学文献中的异文皆可归入实质性异文，而非实质性异文在现代文学文献中，则主要是指竖排文改横排文，其他排版的变化，段落的重新划分与合并问题，以及标点符号的使用或修改问题等。之所以要区分两种异文，是因为人们对它们的态度和反应不一样。一般来说，编辑、排字工、校勘者等都会更重视实质性异文，他们会在处理文本时严格地复制它们。而对非实质性异文，他们可能会根据自己的习惯去处理它们，或者对它们做"当代化"的处理。这就会产生新的异文。其实，两种异文在现代文学文献校勘当中，具有同样的重要性。

二　旧法新用

关于校勘方法，可以从一般方法和具体方法两方面去总结。有学者概括其一般方法就是："搜集各种版本和有关资料，择其善者为底本，通过比较，列出异文，分别类型，予以分析，做出正误是非的判断。"② "校勘的一般方法的实质就是比较分析和科学考证。"③ 这都是从科学研究或史学研究的角度去总结的，也是从史料批判的一般方法角度而言的。但文献校勘又有

---

① 〔英〕格雷格：《底本原理》，苏杰编译《西方校勘学论著选》，上海人民出版社 2009 年版，第 161 页。
② 安作璋主编《中国古代史史料学》，福建人民出版社 2010 年版，第 357 页。
③ 倪其心：《校勘学大纲》，北京大学出版社 2004 年版，第 102 页。

一些具体方法，前人在古典文献整理的过程中多有总结。如，吴承志的校书五例，叶德辉的校勘二法，梁启超、蒋元卿和陈垣等都有各自的校勘四法。现代文学的文献校勘可以借鉴但又不可完全拘泥于这些具体方法，必须根据现代文学文献特有的异文类型、校勘类型等灵活地使用。更重要的是，应以批判的眼光审视这些方法，进而在旧法新用中发展这些方法。

叶德辉的校勘二法是所谓"死校法"与"活校法"："死校者，据此本以校彼本，一行几字，钩乙如其书。一点一画，照录而不改。虽有误字，必存原文。顾千里广圻，黄尧圃丕烈所刻之书是也。活校者，以群书所引，改其误字，补其阙文。又或错举他刻，择善而从；择善而从，版归一式。卢抱经文弨，孙渊如星衍所刻之书是也。"① 简言之，死校就是校出错误和异文但存异不改；活校就是校出错误和异文并择善而从，予以改正。或曰死校就是"死"守异文，活校就是"活"动异文。这两种方法在现代文学文献校勘中都可以应用，如，一些现代文学名著的汇校本皆用死校法。而 20 世纪 80 年代人民文学出版社出的"中国现代文学作品原本选印"丛书的某些作品就用活校法，直接对错字进行改正。死校法的优点是能最大限度地保存文献的原貌及异文。活校法虽然能改正明显的笔误、误植等错误，但在改动中又可能产生新的错误和异文。如 1938 年版《鲁迅全集》的校勘就出现这种情况，唐弢说有些改动其实不妥："如先生平素所写的这才，彻底，怜悧，诅呪，必有所本。我们徒以正俗字或见习的关系，改成这纔，澈底，伶俐，诅咒。等到发现这是先生的主张，并非原书排印的错误时，已经太迟了。实在很可惜。"② 即活校法容易导致妄改。实际上，现代文学的文献校勘可以把死校法和活校法结合起来，丁景唐、陈长歌编的《殷夫集》，刘增杰主编的《师陀全集》的校勘采用夹注的方式就是这种结合的实例，既保留原来的错字，又在错字旁加上括号，添入改正过来的字。《于赓虞诗文辑存》则采用脚注的方式，原文的错误不改，却在脚注中标明某字当作某字，或某字今通作某字。现代文学文献校勘更值得提倡这种做法，这样就既保存了文献

---

① 叶德辉：《藏书十约·校勘七》，叶德辉撰，紫石总校《书林清话》，北京燕山出版社 2008 年版，第 339 页。

② 唐弢：《关于〈鲁迅全集〉（1938 年版）的校对》，唐弢著，刘纳编选《唐弢文论选》，人民文学出版社 2009 年版，第 115 页。

原貌，又提供一种参考的改正。这种方法可称之为"死活比照法"。

在校勘史上更有影响、更具操作性的当是陈垣总结的校勘四法。在其《通鉴胡注表微·校勘篇》中的概括是："综举校勘之法有四：曰对校，以祖本相对校也；曰本校，以本书前后互校也；曰他校，以他书校本书也；曰理校，不凭本而凭理也。"① 而在其《校勘学释例》（原名《元典章校补释例》）中的说明，则更具体。这四法是对古典文献校勘法的总结，但也普适于现代文学文献的校勘。

"一为对校法。即以同书之祖本或别本对读，遇不同之处，则注于其旁。""此法最简便，最隐当，纯属机械法。其主旨在校异同，不校是非，故其短处在不负责任。虽祖本或别本有讹，亦照式录之；而其长处则在不参己见。得此校本，可知祖本或别本之本来面目。故凡校一书，必须先用对校法，然后再用其他校法。"② 此法又称为版本校，即一书的不同版本对校。而现代文学文献的不同版本应包括报刊本，其祖本应该是初刊本。此法是校勘中最基本的方法，是校勘的第一个步骤。也有人认为此法只是"一个步骤"，所以它是"不能独立完成校勘的任务的"③。还需要其他方法来后续和补充。其实，此法对现代文学文献校勘来说，可以作为一个独立的方法，许多现代文学的汇校本基本上只用此法，或者说由这种对校法发展出了现代的汇校法。孙用的《〈鲁迅全集〉校读记》即用此法。当然，一般情况下，实施对校法要和其他校勘法结合起来，如，穆旦的《防空洞里的抒情诗》中有一句发表于《大公报·文艺》时为"像是飞来的剑锋"，收入诗集《探险队》时诗人改为"像是蜂踊的昆虫"，这就需要用对校法和汇校法了。而李方编选的《穆旦诗文集》初版将其中的"蜂踊"一词误写为"蜂拥"，到其第三版又据《探险队》本改正为"蜂踊"，这就涉及他校法了。而在这种改正中，如果以"踊"（指往上跳）比"拥"（指围着、人群挤着走）修饰昆虫更形象、更合理来判断"蜂踊"正确，则又是下文要提到的理校法了。

"二为本校法。本校法者，以本书前后互证，而抉摘其异同，则知其中

---

① 陈垣：《通鉴胡注表微·校勘篇》，陈智超主编《陈垣全集》第 21 册，安徽大学出版社 2009 年版，第 37 页。
② 陈垣：《校勘学释例》，陈智超主编《陈垣全集》第 7 册，安徽大学出版社 2009 年版，第 309 页。
③ 倪其心：《校勘学大纲》，北京大学出版社 2004 年版，第 104 页。

之谬误。""此法于未得祖本或别本以前，最宜用之。予于《元典章》，曾以纲目校目录，以目录校书，以书校表，以正集校新集，得其节目讹误者若干条。至于字句之间，则循览上下文义，近而数叶，远而数卷，属词比事，抵牾自见，不必尽据异本也。"① 本校法就是以本书、本文的前后文互校。有学者说这是从前后文等的矛盾现象入手："对本书中同类内容的前后矛盾现象，上下文义矛盾现象，章节结构矛盾或欠缺现象等等疑难，进行逻辑类推分析，以合乎本书思想的文辞考证不合的文辞。"② 有学者则认为在前后文之间存在各种对应关系，"主要有用例对应、语音对应、意义对应和结构对应四类"③。可从这些对应关系中来互校，现代文学的文献校勘也可用此法。如，《呼兰河传》初版本第一章有一句："城里除了十字街之外，还有两条街，一个叫做东二道，一个叫做西二道街……"从前后文类推，"东二道"后面显然脱了一"街"字。朱金顺还举了一个有名的例子：鲁迅的《风波》中有一段，七斤拿回一只碗，"对九斤老太说，这碗是在城内钉合的，因为缺口大，所以要十六个铜钉，三文一个，一总用了四十八文小钱"。但在小说结尾处则是六斤"捧着十八个铜钉的饭碗，在土场上一瘸一拐的往来"。前后矛盾，将钱数一算，显然，"十八"乃"十六"之误。④ 还有学者认为除了体察前后文义之外，"或推寻著书者原定的体例，或寻绎原书行文造句的通则，或比较原书遣字用词的特点"⑤。这就把梁启超总结的"第三种校勘法"也纳入了本校法。梁启超所说的其实是一种处理文献紊乱的特殊校勘法："发见出著书人的原定体例，根据他来刊正全部通有的讹误。"⑥ 从体例（含凡例、规范等）去勘误，可归于本校法，也可独成一法。唐弢等校勘《鲁迅全集》即用此法。"有正俗两写，而先生平日多用正写，因而决定取舍者，如凄作淒，决作決，朵作朶……"⑦

　　"三为他校法。他校法者，以他书校本书。凡其书有采自前人者，可以

① 陈垣：《校勘学释例》，陈智超主编《陈垣全集》第 7 册，安徽大学出版社 2009 年版，第 311 页。
② 倪其心：《校勘学大纲》，北京大学出版社 2004 年版，第 104 页。
③ 管锡华：《汉语古籍校勘学》，巴蜀书社 2003 年版，第 164 页。
④ 朱金顺：《新文学资料引论》，北京语言学院出版社 1986 年版，第 143～144 页。
⑤ 张涌泉、傅杰：《校勘学概论》，江苏教育出版社 2007 年版，第 106 页。
⑥ 梁启超：《中国近三百年学术史》，东方出版社 1996 年版，第 279 页。
⑦ 唐弢著，刘纳编选《唐弢文论选》，人民文学出版社 2009 年版，第 115 页。

前人之书校之，有为后人所引用者，可以后人之书校之，其史料有为同时之书所并载者，可以同时之书校之。此等校法，范围较广，用力较劳，而有时非此不能证明其讹误。"① 这里的他书不包括本书的其他异本，而是指别（人）的书。在古典文献中，主要指各类引文、述文、释文等。在现代文学文献中也有许多引文和述文，如，郭沫若的自传《创造十年》中就有鲁迅《上海文艺之一瞥》一文的引文。许多现代文学广告文也会引用一些作家的文字，许多论争文章更会互引对方的文字。这些引文和述文是可以用来与本书互校的。如，《鲁迅书信集》所收 1934 年 5 月 4 日夜鲁迅致林语堂信中"花柳春光"一词有误，校勘者找到林语堂的原文《方巾气之研究》，校出信中的"柳"字乃"树"字之误。② 一些当时的新闻报道也可以用来校本书、本文，如，鲁迅 1931 年 2 月 4 日致李秉中信中说："大谈陆王恋爱于前，继以马振华投水，又继以萧女士被强奸案……"校勘者查阅 1928 年至 1930 年间上海报刊连续报道的三个案件，认为信中的"陆王恋爱"疑似"陆黄恋爱"之误。鲁迅所说的应该是当时上海发生的黄慧如和陆根荣主仆恋爱的事（而并非一般所认为的陆小曼与王赓恋爱问题）。另外，证之以上海话、绍兴话中"黄""王"不分，断定鲁迅有可能因音致误。③ 甚至一些对亲历者的访谈也可作为他校的材料，如，关于左联理论纲领中有"'稳固社会地位'的小资产阶级"的说法，有人去访问冯乃超，冯认为把"稳固"换成"失掉"更正确。④ 可以说，现代文学中用于他校的材料比古典文献校勘可用的史料更多、范围更广。在无条件使用对校法或本校法时，必须用他校法，但他校所用的材料多半不是直接的、原始的。整体上说，他书材料的价值要低一层次；具体的他书材料更须细作评估。因此，他书的材料一般只可作为旁证和参考。也有人把他校法归于活校法，而以他书来改本书时则更须谨慎，一般更宜作为存异备考。

---

① 陈垣：《校勘学释例》，陈智超主编《陈垣全集》第 7 册，安徽大学出版社 2009 年版，第 311 ~ 312 页。

② 朱金顺：《新文学资料引论》，北京语言学院出版社 1986 年版，第 145 ~ 146 页。

③ 王景山：《鲁迅书信考释》，文化艺术出版社 2013 年版，第 159 页。

④ 蔡青：《"稳固"和"失掉"——就左联理论纲领的两个词语访问冯乃超同志》，《新文学史料》1980 年第 1 期。

　　"四为理校法。段玉裁曰'校书之难，非照本改字不讹不漏之难，定其是非之难。'所谓理校法也。遇无古本可据，或数本互异，而无所适从之时，则须用此法。此法须通识为之，否则卤莽灭裂，以不误为误，而纠纷愈甚矣。故最高妙者此法，最危险者亦此法。"① 这里所引段玉裁文字中所谓"是非"有二："曰底本之是非，曰立说之是非。必先定其底本之是非，而后可断其立说之是非。"② 所以有学者据此概括出理校法的步骤和方法是："首先要求从复杂重叠构成的古籍中辨析出其中某一层次所依据的版本原文；其次是根据本书思想即义理和有关历史知识分析判断其是非；最后根据文字形式和知识内容一致的准则，确定其文字正误。"③ 理校法既可进一步以"理"去裁断对校法、本校法、他校法所校出的异文的是非，也可在没有其他校勘材料做凭据的情况下，凭"理"去推定文字的正误。这"理"当然所含甚广，既有文字、音韵、语法、修辞等文理，又有思想、逻辑、哲学等方面的义理，也包括习俗、制度、史实、故典等史理。因此，运用理校法需要具备更丰富的学识或"支援意识"。现代文学文献的校勘也多用此法。前文提到的关于"陆王恋爱"疑为"陆黄恋爱"之误的校勘，从运用史实和方言知识的角度看，也可以说是理校法。又如俞平伯诗论《做诗的一点经验》一文中有"盛兴来了，我们不得不写下来"等句，其中的"盛兴"一词，疑为"感兴"之误。校勘者认为"感"字手写潦草一点就会形似"盛"而致误。同时又证之于俞氏写于同期的《诗底自由和普遍》一文中有"所生的感兴各各不同，从而所发生的文学诗歌，亦各各不同""兴到疾书"等句。更指出"感兴"一词是当时诗论和中国传统诗论中常见的诗学概念。最终推断"盛兴"乃"感兴"之误。④ 值得注意的是，在"数本互异"时，运用理校法也必须先弄清版本和文本源流的问题，尤其是现代作家的反复修改所导致的变本关系，否则就难以理清其中的"理"了。如，鲁迅《哀范君三章》在初稿、定稿和《集外集》中多有异文，加上传抄、

---

　　① 陈垣：《校勘学释例》，陈智超主编《陈垣全集》第 7 册，安徽大学出版社 2009 年版，第 313 页。
　　② （清）段玉裁：《与诸同志论校书之难》，段玉裁：《经韵楼集》卷十二，上海古籍出版社 2008 年版，第 332～333 页。
　　③ 倪其心：《校勘学大纲》，北京大学出版社 2004 年版，第 105 页。
　　④ 解志熙：《考文叙事录》，中华书局 2009 年版，第 3～4 页。

排印的错字，异文更多。校勘者在进行理校时首先就梳理了其版本问题。①由此可见理校之难，也可见其法的高妙与危险。另外，与古典文献的理校法一样，现代文学的"理校法所得结论，其实是一种合理的假设。在没有得到可靠的版本依据之前，只能说'当作'，不能更改本字"②。所以，运用理校法也应做活校法的处理。

以上校勘四法基本可以涵盖文献校勘史上的方法，新的方法也可以说是这些具体方法的延展。这四法之间关系密切，对校法是最基本的方法，是其他三法的先导；理校法是补充方法，其他三法都可以借助它做进一步裁断；本校法、他校法有时则接近于理校法。所以在具体校勘实践中，往往是多法并用或活用。这四法也各有短长：对校法只罗列并呈异文，最笨拙但也最可靠；理校法近似于推理，最高妙但亦最危险；本校法、他校法重在发现各种关联，对这些发现则应加以反思。从校勘的一般方法角度看：对校法实际是运用比较的方法，本校法、他校法、理校法其实就是分析和考证（因为校勘、辑佚、辨伪等具体史料批判方法中都有运用考证之法，故考证在这里也可被列为一般方法）。有学者认为："比较的方法是容易掌握、不难运用的；分析的方法实则主要是逻辑的方法，也较为容易学习和运用；最费工夫，最为困难的是考证的方法。……所以掌握校勘的一般方法，关键在掌握科学的考证。"③从死校法和活校法的角度看：对校法相当于死校法，本校法、他校法、理校法则可归于活校法，不过后三者也都可融入死校法。最后，这几种校勘法的应用还应结合其他治学方法，即还应吸收文字学、音韵学、训诂学、语法学、修辞学、版本学、目录学、辨伪学、避讳学等学科的知识和方法。从这个意义上说，完备的校勘法其实也是科际整合之法。总之，对校勘四法应持辩证的态度，找到它们之间的相互关联，在旧法新用中推陈出新。还应具有批判的眼光，看到它们各自的短长，从而真正领悟校勘的真谛。

三　两种校勘

中国古典文献的异文和异本主要是在久远的历史流传中由于误抄、误

---

① 朱金顺：《新文学资料引论》，北京语言学院出版社1986年版，第148～151页。
② 倪其心：《校勘学大纲》，北京大学出版社2004年版，第105页。
③ 倪其心：《校勘学大纲》，北京大学出版社2004年版，第104～106页。

刻、妄改、避讳等造成的，所以，古典文献校勘的任务是求真复原，或者说古典文献校勘主要就是一种复原性校勘。《大英百科全书》对校勘学的解释也是"将文本尽可能接近地恢复其原始形式的一门技艺"。中国现代文学文献的校勘与古典文献校勘有同也有异，它可分成两种类型：一种是复原性校勘；一种是汇异性校勘。

复原性校勘以求真复原为目标，原则上是校异同而定是非，尤其是遇到明显的错误时可以用活校法。这种校勘就是为了清除后来的各种文本污染，回到作者的原文本。严格地说，是应该回到作者的手稿。以文学创作为例，作家的手稿一旦进入社会化的文学生产，在初刊、初版及再版过程中必然会出现各种文本污染，如，编辑、审查者和排字工（手民）的误植、误排、误改、斧削等，复原性校勘就是要清除这些由他人造成的文本污染，当然也可以改正作者手稿中明显的笔误。如，鲁迅编《准风月谈》等集子时对原文的恢复。其他如《中国新文学大系》、"中国现代文学作品原本选印"丛书等的出版都进行了一些复原性校勘。由于年代较近，一般来说，现代文学文献的复原性校勘应该比古典文献校勘更容易，但实际情况却比古典文献的校勘更糟。一些现代文学文集往往讹误百出，几不可用。如，有学者对时报文化出版事业有限公司1980年版《徐志摩诗文补遗》"第三辑·文集"第111页做了校勘，发现一处脱45字，一处脱1字，四处错讹（如"定量"讹为"走量"，"边际"讹为"缘边"等），一处径改却未注明。广西民族出版社1991年版《徐志摩全集》也有类似的讹误。① 许多现代文学名著也都没有完全完成其复原性校勘。如，《老舍文集》第3卷（人民文学出版社1982年版）所收的《骆驼祥子》标明是依据其初版本并进行了校勘，但其实漏掉了四处文字，尤其是漏掉了描写"白面口袋"撩奶表演的那一段文字。又如，收入《曹禺全集》第1卷（花山文艺出版社1996年版）中的《雷雨》也说是据其初版本收入，但其人物表中鲁大海的身份是"煤矿工人"，而初版本应为"煤矿工头"，此处也没有完全恢复其初版本。还有《日出》第四幕胡四与顾八奶奶谈到京戏中的一个术语，该作的初刊本及初版本的前三版皆为"慢长锤"，但此后各版本乃至1996年版《曹禺全集》

---

① 陆耀东：《现代作家全集的编辑与文学史料学问题》，《河北学刊》2006年第6期。

皆误作"慢长锥",至今未恢复其原文本的正确文字。[①] 即便是鲁迅的作品,复原性校勘也未达到理想的状态。如,有学者发现《野草》集里《复仇》一篇中"颈子"应为"脖子",《死火》一篇中"衣裳"应为"衣袋",《失掉的好地狱》中"地上"应为"地土",《颓败线的颤动》一篇中"人与兽"应为"神与兽"。这些错误从自《野草》成集一直错到现在,即便是《〈鲁迅全集〉校读记》的作者孙用,也没有把它们校勘出来。[②] 可见现代文学文献的复原性校勘还有漫漫长路。这种校勘,近期做得较好的是章海宁负责的《呼兰河传》(中国青年出版社 2012 年版)。该书初版半年之后萧红即病逝,但从 1943 年开始到 1998 年,该书不断地被修订重版,又出了五个重要版本,参与修订的有萧红好友骆宾基及各出版社的编辑。这些修订都不是作者萧红所为,虽然校正了原作的某些错误,却又造成了对原作新的污染。如,骆宾基修订的桂林河山出版社 1943 年版《呼兰河传》,将原作第一章"北烧锅欠酒二十二巾"一句中的"巾"改为"斤"。萧红原作所用的"巾",其实是民间记账时常用的简化字,骆宾基改为"斤"虽然更规范,却少了萧红原作的民间味儿。[③] 其他如上海新文艺出版社 1954 年版、黑龙江人民出版社 1979 年版分别按当时的现代汉语规范对萧红的原作进行了语言修订。这些修订都改变了作品的原貌,是对原文本的一种历史污染。因此,校勘者章海宁以其初版本为底本,与此后的五个版本,与此前的残缺的初刊本进行互校,既校正一些明显的错误,又最大限度地回到萧红的原文本,成为现代文学文献复原性校勘的范例。

汇异性校勘则以求真存异为目标,其特点是只校异同却不定是非,一般采用死校法和对校法。它针对的是作家自己的修改造成的变本及其异文。它的主要目的不是清除他人对作家文本的污染,而是汇聚作家自己造成的异文流,并最终呈现作家文本的成长史或衰退史。它是对一部作品或一篇文献从初刊本到初版本到再版本到最终的定本所产生的异文的汇校,一般按递进顺序将这些版本两两对校,然后汇聚存异,不对异文是非做出裁断。这种裁断是校勘学之外其他学科的任务,这种校勘的价值也就超出了传统的校勘学范

---

① 段美乔:《文化生活版〈日出〉版次》,《新文学史料》2020 年第 2 期。

② 龚明德:《鲁迅〈野草〉文本勘订四例》,《中华读书报》2015 年 11 月 11 日。

③ 章海宁:《〈呼兰河传〉校订记》,《现代中文学刊》2013 年第 5 期。

畴。因为现代文学文献普遍存在着作家修改造成的异文，所以这种汇异性校勘必将成为一种主要的校勘类型。这种校勘在 20 世纪 80 年代就已兴起。如，在古典文学的校勘中，冯其庸等人以《红楼梦》庚辰本为底本，汇聚其早期抄本十二种，"文同则留白，文异则录出，并用各种符号表示增、删、改，不用写繁琐的校勘记，集各本异同于一编，读者可一目十行浏览无余，了解各本的承传关系"①。这种校勘方法被称为汇校法，被认为是古典文献校勘的一种现代创新。其实，它不过就是对校法或死校法的一种发展，不足以称为一种独立的方法，只是古典文献校勘中一种非主流的校勘类型。但在现代文学文献整理中，则可以成为一种主流的校勘类型。从 20 世纪 80 年代开始，一批现代文学文献的汇校著作和汇校本，如，孙用的《〈鲁迅全集〉校读记》、桑逢康的《〈女神〉汇校本》等的出现就确证了这种校勘类型的存在及其价值。古典文献的汇异性校勘面对的是文献传播过程中形成的异文，现代文学文献的汇异性校勘处理的则是作家自己修改出的异文。古典文献校勘固然可以以汇异形式存在，但终究应该往恢复原著的路上走。现代文学文献的校勘当然可以以复原为目的，但这更适合于少有文本变异的文献。对于被作者不断修改的作品，也可以恢复其初刊本的"原"、初版本的"原"、再版本的"原"以及定本的"原"，但往往没有一个固态的"原"可恢复。如果一定要以其中一个文本的"原"为目标，如初版本或定本，那必然就要舍弃作者的许多改变文本意义的修改或一些完善艺术性的修改所造成的异文。而如果要保留这些内容，就必然要采用汇异性校勘。就中国现代文学乃至当前文学中的名著普遍存在修改现象而言，汇异性校勘应该成为一种主要的校勘类型。

　　无论是哪一类型的校勘，其最基本的前期工作是要搜集校勘所需要的各种版本、变本及其他相关材料。要借助目录学、版本学的知识，从各种版本中梳理出一部作品的文本谱系和变本谱系；还要利用史料学的方法搜全与作品或文献相关的一些外围材料，如日记、回忆录、选本、引文等。如要校勘鲁迅的《哀范君三章》，就必须搜全该诗的初稿、定稿、刊本，以及周作

---

① 　张大可、俞樟华：《中国文献学》，福建人民出版社 2005 年版，第 188 页。

人、许寿裳等的相关叙述等全部材料方可进行。① 在占有全部材料的基础上，这两类校勘还都必须解决一些核心问题，这些问题涉及校勘学的理论问题，也是这种史料批判方法的实际操作问题。

第一是底本及校本的选择问题。所谓底本，是指作为校勘基底的那个版本和文本，或称为"用来进行校勘的工作本"。校本包括对校本和参校本。"对校本是用来与底本逐一对比的本子。参校本是用来供解决某些问题时需要查对相关部分的本子。"② 在底本与校本的选择中，关键当然是底本。底本的确定，无论是在古典文学校勘还是现代文学校勘中，都是一项关键的工作，都首先应该基于一种版本谱系意识。古典文献的校勘往往在其版本谱系中，通过考察诸多版本与原文本的远近关系和价值大小来确定底本。大体上可用"善本"原理。所以稿本或真本是首选，其次是原刻、旧刻，再次是全本。遇到各种版本互有短长时，也可同时取几种版本作底本。底本确定后，就可以选择校本了。一般是"对于底本校勘价值大的选为对校本，对于底本校勘价值小的就选为参校本"③。现代文学文献的生产虽然年代较近，但确定其底本和校本所面临的情况似乎比古典文献更为复杂。在现代文学文献中，存在版本多于文本，文本多于变本的现象。一个文本可能发表于多种报刊，出版于多家书局或书店，所以就有许多版本。这个文本经过作家修改后再发表、再出版就出现了变本。这里的变本，主要是指经过作家较大幅度修改而产生的蜕变文本，一些较小的技术性勘误、校正尚不足以称为变本。所以，现代文学文献的校勘就主要应该在某一文献的文本谱系及变本谱系中确定底本和校本。而在不同的校勘类型中，确定底本和校本的原则又有所不同。

复原性校勘大体可沿用古典文献校勘的底本原理，并根据现代文学文献的实际情况做适当调整。如果文献只有手稿，那当然只能在手稿中进行本校和理校，如，殷夫的诗集《孩儿塔》作为"中国现代文学作品原本选印"时即如此。如果多本并存而手稿完好，当以手稿为底本，其他为校本。如，冰心的《春水》、废名的《桥》都有原始手稿存世，要进行复原性校勘，当然要依据手稿。如果只有刊本（发表本）且一文多刊，可以以其中较优质

---

① 朱金顺：《新文学资料引论》，北京语言学院出版社 1986 年版，第 159～160 页。

② 管锡华：《汉语古籍校勘学》，巴蜀书社 2003 年版，第 149 页。

③ 管锡华：《汉语古籍校勘学》，巴蜀书社 2003 年版，第 152 页。

的刊本为底本，其余为校本。在既有初刊本又有初版本时，一般可以初版本为底本，因为作者在作品编集初版时往往已进行了校勘，如，鲁迅编《准风月谈》等集。此外，作者的手校本也可作为底本。总之，现代文学文献的复原性校勘一般应以其文本谱系中的原本为底本，而不能以删节本、修改本等变本作底本。在此原则下，可根据其在文本谱系中的权威性和价值大小等因素具体确定底本和校本。如，鲁迅的《呐喊》，1923 年由新潮社初版，鲁迅亲自校勘；1926 年又由北新书局初版，1930 年北新书局出第十三版时，鲁迅抽出其中《不周山》一篇（后改名《补天》编入《故事新编》）。北新书局第十三版对初版有改正之处，却又错误较多；它又成为以后各版的祖本，且鲁迅当年对此版做过校勘并留有《呐喊正误》的手稿。① 所以就应该以此版为底本，以其初版为对校本，以集子里各篇的原刊本为参校本来校勘。当然也有学者笼统地主张复原性校勘应以作品初版本为底本。

现代文学文献汇异性校勘的底本选择则不必拘泥于原本或初版本，也可以以某一变本为底本。西方校勘学家的态度是："当'存在不止一个权威性不相上下的实质性文本'，或者如我们所说，当有不止一个变本时，……这时的选择是任意的，是一个何者更为方便的问题。"② 为了汇校的方便，底本最好是一个全本。在此基础上，可以以初刊本为底本汇校后面的文本，这样便于从时间顺序上显示作品的文本变异过程，如，《〈围城〉汇校本》即如此。也可以以初版本为底本，与前后其他文本汇校，《〈女神〉校释》一书即如是。也可遵从作者的最终意志，以他选定的文本为底本与其前后文本汇校。如，《边城》有《国闻周报》1934 年连载本、生活书店 1934 年初版本、开明书店 1943 年修订本、江西人民出版社 1981 年重订本等。沈从文自己最看重开明书店本，所以北岳文艺出版社的《沈从文全集》收录此本，《〈边城〉汇校本》一书也以此本为底本。也可以以作家最后的定本为底本逆行而校。如果《围城》以定本为底本进行汇校，就更能凸显其增删内容之多。所以，汇异性校勘的底本确定可以以方便、全本或突出某种研究目的为原则。而所有作家自己改动过的文本都应该拿来作为校本，不必分什么对校本和参校本。尤其值

---

① 朱金顺：《新文学资料引论》，北京语言学院出版社 1986 年版，第 136 页。
② 〔美〕杰罗姆·麦根：《现代校勘学批判》，苏杰编译《西方校勘学论著选》，上海人民出版社 2009 年版，第 261 页。

得指出的是，中国现代文学文献的汇异性校勘不必害怕所谓底本专制的问题。"底本专制"是西方校勘学家在复原性校勘中提出的概念。格雷格在谈底本原理时说："选择某一特定原本作为我们的底本，我认为，只有在非实质性文本要素的问题上，我们才有义务（在合理范围内）遵从它，而在实质性文字方面，我们则有选择的自由（和义务）……""如果不进行这样的区分，不使用这样的理论，必然导致对底本过于紧密，过于广泛的依赖，并由此产生所谓的底本专制。"① 复原性校勘可能面临底本专制的问题，汇异性校勘则可以从底本专制中解放出来，不必坚持某种僵化的底本原则。

　　第二是非实质性异文的校勘问题。无论是在复原性校勘或是在汇异性校勘中，人们都重视实质性异文而忽视非实质性异文。一般都会认为只有实质性异文才会导致词义、语意甚至文旨的改变，而非实质性异文却影响甚微，其实这是误判。非实质性异文也可以说是一种非文字之"文"，但有时它能干预文字之文的意义。戴望舒的《我用残损的手掌》一诗发表时分两段，收入《灾难的岁月》时合为一段。这类段落的分合，一般可能对文本意义影响不大，但若细究起来也不一定就没有影响。而穆旦的《诗八章》在闻一多编的《现代诗钞》中，第二章和第三章位置互换。《创业史》（第一部）初版本将初刊本的第二章移至第五章。这类或无意或有意的段、章的异动，则一定会改变文本结构和文本意义。尤其是现代诗歌这种讲究形式感的文类，其诗语的错落、间隔、凸显、跨行、断句等非实质性文字手法的运用都可能造成"有意味的形式"。稍有这类异动，就会成为改变诗义、诗意的非实质性异文。

　　非实质异文中更不为校勘者或读者注意的是标点符号。中国的古文可以加圈点，但古文的原创文本并没有标点符号，标点符号与现代文学相伴生。现代的标点符号具有语法、修辞功能，参与文气、节奏的调节和语义、文情的生成，有人甚至认为它就是另一种形式的虚字。它在新诗文本中的意义更为重要。虽然新诗曾有弃标点符号的尝试，但更有加感叹号、括号等特殊用法，而且破句、提行、抛词等也离不开标点符号。这都证明标点符号这种非

---

① 〔英〕格雷格：《底本原理》，苏杰编译《西方校勘学论著选》，上海人民出版社 2009 年版，第161、165 页。

实质性异文的重要性。而标点符号在新诗文本建构上的重要性，也足以反证它的异动、误用可能导致其错误的重大性。如，有学者注意到某位教授讨论卞之琳诗歌的论文，在卞之琳的名诗《尺八》第九行"次朝在长安市的繁华里"后妄加了一个句号，导致对该诗的误读，弄乱了诗的意群和主客体。① 结果："把在长安市上访取'凄凉的竹管'的'孤馆寄居的番客'误植②为在东京市上买支尺八的'海西客'，把想象中的唐代的日本人误解为现实中旅日的诗人自己了。""不应有的断句背离了作者时空交错的用意和感慨祖国衰微的深层表现方法。"③ 这个例子足以说明标点符号这种非实质性异文在复原性校勘中，尤其是在新诗这一文类中的重要性。诗人在修改实质性文字时，也会修改标点符号，所以它在汇异性校勘中也同样重要，汇校时也应该汇标点符号之异。这方面，王文彬等主编的《戴望舒全集·诗歌卷》（中国青年出版社 1999 年版）、易彬的《穆旦诗编年汇校》（北京大学出版社 2019 年版）都做得较为细致，堪称典范。另外，标点符号在校勘当代化过程中也会成为一个需要注意的问题。与古典文献整理当代化过程中加标点符号一样，现代作家的少数原无标点符号的文献也在校勘时被重新加入标点符号，结果也会导致文义两歧。典型的例子是周氏兄弟日记被加入标点符号的问题。如，鲁迅 1932 年 2 月 16 日日记中有"夜全寓十人皆至同宝泰饮酒，颇醉。复往青莲阁饮茗，邀一妓略来坐，与以一元"。日记原无标点符号，《鲁迅日记》标点本在"颇醉"之后加一句号，有学者认为这可能被解读为鲁迅一人去邀妓了。又如，周作人 1939 年 1 月 12 日日记原文有一句是"下午收北大聘书仍是关于图书馆事而事实上不能去当函覆之"。《周作人年谱》标点并取舍为"下午收北大聘书，仍是关于图书馆事，而事实上不能不当"。并认为这是周作人接任伪职的起始。这就使文献意思"完全相反"④。虽然历史事实是周作人很快就接受了伪北大图书馆

① 王雪松：《论标点符号与中国现代诗歌节奏的关系》，《中国现代文学研究丛刊》2016 年第 3 期。

② "误植"为印刷学、校勘学用语，此处用"误换"二字更恰当。——笔者按。

③ 孙玉石：《重建中国现代解诗学》，孙玉石主编《中国现代诗导读（1917～1938）》，北京大学出版社 1990 年版，第 16 页。

④ 顾伟良：《周作人研究与历史文献的阐释——兼论〈周作人年谱〉中的日记篡改》，《周作人研究通信》第 5 号，2017 年 1 月。

馆长及文学院院长的职务，但如此标点并篡改文献则有违历史原则。同时，现代标点符号本身的形态、名称等也在发生历史变异，在文献校勘的当代化过程中也可能出错。这也是这种非实质性异文在校勘时应注意的现象。

第三是作者意图问题。文学批评和文学欣赏也许可以只顾文本而不顾作者意图，文献校勘则必须重视作者意图。这种对立，在 20 世纪西方的文学研究中，形成了两种派别，即新批评派和新目录学派。前者无视作者意图，将之斥为"意图谬误"；后者则看重作者意图，以其作为校勘的归依和理论的核心。新目录学派正是英美现代校勘学的代表，他们对作者意图问题有许多研究和论述。如，认为有"文献文本"与"作品文本"之别，前者是整理者校勘出来的，不一定就是作者意识中的"作品文本"；认为一部作品可能存在两个或更多的意图文本，校勘者必须决定选择哪一个意图文本；认为通往作者意图的最佳向导是作家的最终手稿，等等。① 这些观点似乎都针对的是复原性校勘，当然也适用于中国现代文学的复原性校勘。但中国现代作家在跨时代、跨地域、跨语言的环境中写作和修改作品，创作意图不断在变，有最初意图、修改阶段的意图、最终意图等。一部作品的不同版本或变本正是他们不同的意图的实现。所以，汇异性校勘就无法也无须聚焦于某一种创作意图和某一个意图文本。而出汇校本正是对作者不同意图的文本的融汇处理，借此可以知晓作者不同的意图以及意图的变化。西方校勘学者也发现了最终意图法则方便操作但往往失效的问题："因为有多个变本，而所有变本都显示出同等的地位和竞争力，所以我们无法确定作者最终意图。"这时，"对照本（facing pages）是标准的解决办法"。② 这种对照本已接近我们所说的汇校本了。他们还发现最终意图理论的广泛应用，阻碍了校勘学理论的发展，这其实是他们没有区分两种不同校勘类型的结果。所以，无论是在技术操作上，还是在理论发展上，出汇校本都为作者意图问题找到了某种解决途径。在校勘中，我们还应着重关注作品的序跋，中国现代作家通常会在作品的序跋中明确谈到创作意图。在进行复原性校勘时，可以从原文本的序

---

① 〔美〕G. 托马斯·坦瑟勒：《校勘原理》，苏杰编译《西方校勘学论著选》，上海人民出版社 2009 年版，第 221、227 页。

② 〔美〕杰罗姆·麦根：《现代校勘学批判》，苏杰编译《西方校勘学论著选》，上海人民出版社 2009 年版，第 295 页。

跋中了解作者的最初创作意图；在汇异性校勘中，则须关注不同版本或变本中的不同序跋以及同一序跋在不同版本中的异文所涉及的作者意图问题，序跋是弄清作者意图蜕变的关键文字。

第四是作者权威问题。这是说作品及作品的解释权、修改权等归于作者。英文"权威"（authority）一词正包含"作者"（author）一词。某些文学批评理论特别是"新批评"可以宣布作者已死，把作品当作自主自足的整体（即作品中心论）。但"作者"对于某些文学批评（如传记式批评）具有诱惑力，无作者或作者生平不详会让他们在批评时感到无所凭依。对校勘来说，作者更为重要。底本的选择、文本污染的清除、作者意图的确定等"都是以文学作品作者权威归属（以及归属的可能性）的假定为前提的"[①]。所以，可以说校勘的目的正是使作品的权威最终归于作者。而"作者权威"理论的背后潜藏着西方学者所谓的作者自治权的观念，即作者完全自主地创作一个文本，是文本自治的权威。西方现代校勘学者则对作者权威及其自治观念进行了批判，如他们关注作品的生产和传播过程。这样，作品就是作者与出版机构、编辑或其他人合作的结果，或者存在"复数作者"。因此，作者权威具有相对性，更不可能对文本拥有绝对的自治权，文本的权威是多种力量合力所致。那么，对作者权威问题的研究，会给中国现代文学文献校勘带来什么启发呢？一方面，我们应维护作者权威，尊重作者的意图、解释权等，更重要的是尽量不将他人弄出的异文纳入校勘中。如，《骆驼祥子》收入《老舍文集》时，老舍女儿舒济称是"根据初版本校勘"，其实，并没有完成对作品的复原性校勘，而是漏掉了初版本的一些文字。所以，这个"文集本"没有维护作者权威，既不能被选作底本，也不能作为校本。收入《茅盾全集》中的《子夜》也是校注者弄出的不伦不类的变本，有损作者权威，不能纳入汇校。所以，我们应有"作者权威"意识，在复原性校勘中尽量维护作者权威；在汇异性校勘时只收作者的异文，他人修改或误植造成的异文不能纳入。另一方面，也应看到，其实只有手稿本能真正体现作者权威，在文本进入社会化生产以后，作者不可能完全自治和完全控制文本，作

---

① 〔美〕杰罗姆·麦根：《现代校勘学批判》，苏杰编译《西方校勘学论著选》，上海人民出版社2009年版，第305页。

品中可能已有了许多他人参与或他人假作者之手弄出的异文，如，《子夜》1954 年修订本的许多异文就是作者茅盾根据编辑龙世辉的标示而修改的。这类异文在汇异性校勘时则必须收入，因为它们终究是作者经手的。现代文学校勘不同于古典文献校勘之处，是我们一般都能梳理清楚作者的原文本与作者造成的变本的关系，如果我们把作品的所有版本都纳入校勘尤其是汇异性校勘，其实是有违作者权威意识的。当然，实际上，校勘者不可能完全区分清楚这些异文、修改和错误等到底哪些是作者所为，哪些是他人所为。所谓维护"作者权威"只是一种校勘目标或理想。美国现代诗人庞德甚至认同他人的改动："因为这些改动是作品拥抱历史而与时俱进的一部分；因而他似乎是将其诗作的变迁痕迹包括进作品的艺术设计，从而取消文本讹误的概念。"① 实际上，他不过是认同自己无力阻止、无法控制的文本污染现象。但取消文本讹误概念也就取消了作者意图、作者权威，也就取消了校勘作为史料批判方法的学术价值。

第五是校勘中的真善美问题。一般而言，校勘的根本目的是求真而不是求善、求美。底本的选择，对实质性异文的重视，对作者意图和权威的确定，都是以求真为目的。最终落实到异文的取舍上，也是为了求真。

在两类校勘中，复原性校勘是在复原中求真。校勘是为了回到原文本，原文本善否美否皆不是校勘学的任务。在古典文献校勘中，一个很著名的例子是陶渊明诗句"采菊东篱下，悠然见南山"中的"见"字原为"望"字。白居易《效渊明诗》有句云："时倾一樽酒，坐望东南山。"其后半句效法陶诗，说明白居易当时所见陶诗的原字为"望"。苏轼也说"今皆作'望南山'"。可见在苏轼以前，"望"字乃陶诗原文。"见"字是苏轼或宋代其他人所改。苏轼等人说"见"佳于"望"，乃诗人眼界。蔡宽夫《诗话》云："'采菊东篱下，悠然见南山。'此其闲远自得之意，直若超然邈出宇宙之外。俗本多以'见'字为'望'字，若尔，便有寒蹇濡足之态矣。乃知一字之误……併其全篇佳意败之，此校书者不可不谨也。"蔡氏显然是校勘外行。从诗学角度说，"见"字比"望"字好；但从校勘学角度说，则

---

① 〔美〕G. 托马斯·坦瑟勒：《校勘原理》，苏杰编译《西方校勘学论著选》，上海人民出版社2009 年版，第 226 页。

只能恢复原文"望"。"因为我们校勘的目的是求真，是为了推求古书的真相，我们没有权利去改动古人的原文。"① 现代文学文献的复原性校勘也同此理。骆宾基把《呼兰河传》中"北烧锅欠酒二十二巾"中的"巾"改为"斤"，使普通读者更易理解，这是"善"，但有损原文的真。又如，鲁迅写的《哀范君三章》后有一段附言是写给周作人的，其中有赞自己原诗中"白眼看鸡虫"的文字："而忽将鸡虫做人，真是奇绝妙绝，辟历一声，速死豸之大狼狈矣。"周作人在《关于范爱农》一文中将最后半句改为："群小之大狼狈。"周作人可能是不喜欢"速死豸"一词，或觉得用"群小"更好，所以这样改。这也是求善求美。但"速死豸"与鲁迅诗中的"鸡虫"是对应的，这一改不仅失鲁迅附言中原文之真，也失鲁迅原意之真。② 这显然有违校勘的求真原则。

而汇异性校勘则在汇异中求真。它不能把原文与他人修改的异文汇合在一起，而是把原文和作家自己修改的异文汇聚起来。作家自己的修改，体现了他对某种"善"的追求，如迎合新的国家意识形态、文学规范、语言规范，提高作品的教育功能等；也体现了作家对"美"的追求，即对作品的进一步艺术完善或语句润色。也就是说，汇异性校勘的求真中包括了作家求善、求美的过程和异文，其任务只是如实地把这些呈现出来，呈现其变异之真。至于对修改现象、修改艺术的研究，那已不是汇异性校勘的本分，那是修辞学、语言学、写作学、版本学、文本学等的任务。在这里，对异文的善否美否的批判，也不是校勘学所要关心的。《〈女神〉汇校本》《〈文艺论集〉汇校本》等汇校本都只呈现了一种变异之真。

在解决了校勘的这些核心问题之后，我们还必须回到关于校勘本质的追问。人们将"校勘学"一词翻译成 textual criticism，我们再反译过来，可称为"文本批判学"。这也可以说明校勘实质上就是一种对文本的批判。文本在传播过程中出现了错误和污染，文本在修改过程中出现了异文和蜕变，都只有通过校勘的方法才可以勘误或呈现。校勘首先是一种文本细部的批判。在校勘时，虽然也有厘定篇章的问题，即对篇章、段落的错乱进行整理、指

① 张涌泉、傅杰：《校勘学概论》，江苏教育出版社 2007 年版，第 128 页。
② 朱金顺：《新文学资料引论》，北京语言学院出版社 1986 年版，第 151 页。

陈，但校勘应更多关注文本中字、词、句、段等细部的对错、真假问题，是一种逐词逐句地细致地校读、比勘。细部的文本批判，实际上已事关文献的可信度和文本理解的准确性，其重要价值不言而喻。校勘还是一种更谨慎的文本批判，更需要一种怀疑、存疑的态度。宋人彭叔夏在《文苑英华辨证》自序中引周必大之言："校书之法：实事是正，多闻阙疑。"这句话可以说是校勘的根本之法，意思是在校勘中可以确证讹误者，当"是正"，否则必须"阙疑"。因为在证据不确切的情况下，臆改、妄改、遽改，都有可能以不误为误并造成新的误。因此，慎改而多注是复原性校勘主流的处理方式。至于汇异性校勘中的谨慎，则是不改而多录，不遗漏所有异文和重要变本。文本细部的问题很容易被掩盖，所以，在校勘这种文本批判实践中，必须谨慎之至！

四　成果类型

对文献进行校勘之后，必须以某种文字形式呈现出来。可以依附于文献文本本身，也可成为独立的校勘成果。后者在古典文献校勘中一般都称为校勘记，也有称校记或考异等。古典文献校勘传统悠久，校勘记类型多样，写法、格式、用语等亦都有具体的规范，这些皆可为现代文学校勘成果的呈现所借鉴。只是现代文学文献的校勘不必拘泥于"校勘记"一类概念，而可以称之为成果类型。这些成果类型主要可以呈现为以下形式。

一是借身于一种版本。这是一种依附于原书并使原书发展成一种新的版本的校勘成果，如，校正本、精校本、汇校本等。有一些校正本在版权页等位置标明对文本内容有所校正，也算校勘成果，但在文本的具体校正之处并无标示，我们一般不能断定其校勘的完整性和精准程度。如，20世纪80年代人民文学出版社出的"中国现代文学作品原本选印"丛书中的一些作品。而其中殷夫的诗集《孩儿塔》以手稿为底本，用括号显示了校勘的痕迹，这自然就是明显的校勘成果。其他如刘增杰主编的《师陀全集》基本上以初版本为底本，保留原文而用括号夹注来校正一些明显错误，也用少量脚注去呈现定本的异文，是较标准的精校本。而章海宁校勘的《呼兰河传》以初版本为底本，与另五种版本参校，应该是很完整的精校本，可惜为了适合普通读者阅读，除了书前写有一篇校订记外，并没有留下具体的校勘痕迹，而是直接在底本上以活校法径改错误。而现代文学的一批汇校本是一种更明显的校勘成果，它们或以初刊本、初版本为底本，或以定本为底本，以不同方式呈现了校勘出的异文。桑逢康的《〈女神〉汇校本》、王锦厚的《〈棠棣之花〉汇校本》以在每首诗或每一幕的尾注方式呈现校勘异文。龚明德的《〈死水微澜〉汇校本》、胥智芬的《〈围城〉汇校本》、易彬《穆旦诗编年汇校》等以每页脚注的方式展示校勘异文。金宏宇、曹青山的《〈边城〉汇校本》则以每页左右平行的方式呈现底本原文和校勘出来的异文，左右对观，既适合于一般的阅读，又适合于学术性阅读。日本株式会社所出的《毛泽东集》以眉注方式展示异文，不过就是脚注形式的一种变化而已。这种方式在现代文学汇校本中还没有出现。以上这些校勘成果都依附于某个底本来发表，实际上是使作品造出一种新的版本，可以说成为现代文学中的一种善本。而汇校本不仅是一种善本，而且也是关于文献异文的统合文本、比较文本或对观文本，即当我们把一部作品在不同时间的文本统合于同一空间之中，就足以供读者进行比较或对观式阅读。所以，汇校本应该就是现代文学文本的"新善本"。如果能系统地出一套现代文学名著汇校本丛书，将更能凸显汇校本这种校勘成果的多种价值。

二是校勘专述。指不录原书全文，只记录校勘所得，单独成书、成文的成果类型，也可称为单行式校勘记。这在古典文献校勘中比较普遍，如罗继祖的《〈辽史〉校勘记》等。这种校勘成果在现代文学研究中尚不多见。国内成为校勘专书的仅见张桂兴《〈老舍全集〉补正》（上编部分），它是关于《老舍全集》第13卷至第19卷的校勘记，只将全集文与原刊文的相异处摘抄、并置、罗列，也用一些"按语"说明原委、疑误等。其中校出了全集本的许多误排之处，如，《希望》一诗共36句，全集竟有错误8处；《抗战以来文艺发展的情形》一文在全集中错误高达70处。因此，这是一部对《老舍全集》部分文献复原性校勘极具参考价值的成果。当然，其中有些异文是老舍自己修改的结果，如，《青年作家应有的修养》在收入《福星集》时，作者自己做了修改，全集沿用这些修改。把原刊文与这些修改异文放在一起，这又成了一种汇异性校勘。这种校勘专书，在日本还有城谷武男的《沈从文〈边城〉校勘》。该书虽录有《边城》原文，却把原文切成片段，在每段后将多种版本的异文汇校罗列出来，并标明删除、改、添加等修改类别。分段后，按数字顺序排列，实际是把原文当校勘材料处理，所以，从总体上看，应算一本非常精细的校勘专书，连标点符号这样的非实质性异文都不放过。在校勘专述中，还有一类是校勘专文，如，唐弢的《关于〈鲁迅全集〉（1938 年版）的校对》、朱金顺的《新版〈鲁迅全集〉校勘三题》、龚明德的《鲁迅〈野草〉文本勘订四例》等。章海宁的《〈呼兰河传〉校订记》也曾单独成文发表。这些论文不可能像校勘专书一样完整呈现校勘情况，多以札记的形式、选例的写法，更灵动地去叙述其中的重要校勘并阐发校勘的经验、技术、重要性等。无论是校勘专书，还是校勘专文，都是单独的或单纯的校勘专述，它们是现代文学文献校勘中数量相对较少的成果类型。

三是复合型校读记。它不是纯粹的校勘论著，它以校勘为根基，既与原书、原文复合，也与其他一些史料批判方法复合，甚至与文本学、阐释学等文学研究方法复合。它可以说是将朴学、史学与文学研究方法相结合而发展出来的一种现代文学研究新方法，是把校勘的价值充分生发、转化或拓深的一种学术成果类型。这种研究其实已溢出了校勘范畴，所以只能称为复合型校读记。这种学术写作方式目前也处于尝试之中，故我们所能见到的论著尚少。可以解志熙的《考文叙事录》为例。该书的副标题标明"中国现代文学文献校读论丛"，著者从文献史料批判方法向前推进一步，发展出他所称为的"批评性的校读法"。该书辑录了沈从文、林庚、刘梦苇、吴兴华、汪曾祺等作家的一些佚文。因佚文常无其他版本可以对校，所以多以本校与他校、理校相结合的方法对其进行复原性校勘，然后以脚注的方式呈现。而且对文中的一些外文、外典、方言、今典等也进行了简要的注释。再另外写出"校读札记"：叙述其辑佚和校勘的过程，考辨佚文的真伪，分析文本的意义，探讨作家文风的流变，等等，不一而足。著者有意识地"将文献学的'校注法'引申为批评性的'校读法'——一种广泛而又细致地运用文献语言材料进行比较参证来解读文本的批评方法或辨析问题的研究方法"①。实际上，该书成了有文献原文作为依附的"校注"与批评性的"札记"相复合的著述形式。"校注"部分对佚文进行了认

---

① 解志熙：《考文叙事录》，中华书局 2009 年版，第 18 页。

真的校勘、注释；"札记"部分也偶有校勘记，还有考证文字，更侧重对作家作品的文学批评。这种复合型的校读记，既属于文献史料批判，更进入了文学批评的视域。

四是序跋与凡例。上述几类校勘成果，如果以书的形式出现，大多都会有序跋和凡例，它们也是一种校勘成果，或是与校勘成果关系密切的文字。文学作品中的序跋可算作副文本或杂文学。校勘成果的序跋，可能就是校勘记。如章海宁校勘的《呼兰河传》前就有"校订记"。当然更多的时候，它可能涉及作者、书的主题等广泛的内容，但既然是校勘成果的序跋，大多会涉及版本和校勘问题。精校本、汇校本、校勘专书等的序跋会叙述作品版本的变迁，底本的选择、修改、校勘等，如，《〈棠棣之花〉汇校本》《〈老舍全集〉补正》等校勘成果的序跋都有这样的内容。复合型校读记的序跋，一样也会涉及这些内容。如，《考文叙事录》的第一篇文章（相当于全书的序）《老方法与新问题》在校勘方法、研究方法上就有较详细的总结。凡例则是校勘成果的体例说明，有的直接冠以"说明"字样，是校勘中的具体细则，包括底本的确定、出校的原则、校勘符号的使用、字体的规定等。有些校勘成果前面的"说明"文字往往又是序和凡例的融合。这又说明序跋和凡例之间具有密切的关系。

其实，现代文学研究中还有一种普通的校读记，如，孙用的《〈鲁迅全集〉校读记》、王得后的《〈两地书〉研究》等。这些成果既是校勘成果类型，也是版本研究的成果类型，有的更侧重文献的版本比较，所以，我们已把它们放在版本研究著述类型中讨论（参见本书第五章），在此不赘。

最后还要提及的是校勘学成果。古典文献校勘成为专门之业，在清代已开始成为专门之学，到1931年陈垣的《元典章校补释例》即《校勘学释例》的问世，校勘学的理论体系已初步建立，此后开始出现众多校勘学著作。现代文学研究中虽较早就有校勘实践，但至今并未形成校勘学，当然更无这方面的专著。对校勘学理论的研究，只被纳入现代文学史料学或文献学之中。最早是朱金顺的《新文学资料引论》设"校勘"专章，其后刘增杰在《中国现代文学史料学》对"校勘"问题略有提及，徐鹏绪等的《中国现代文学文献学研究》设有"校勘"专章。其他一些校勘成果中，也有一些涉及校勘学问题，如，解志熙的《老方法与新问题》等，这些成果都为现代文学文献校勘学的建构打下了基础，做出了贡献。

以上所有这些类型的成果都是对现代文学文献进行细部的文本批判的结晶，无疑都有益于校勘这种学术传统和学术方法的承续与创新，也有益于从校勘学视域拓展中国现代文学研究。但是，也应该对这种史料批判方法进行批判性审视，这就成了对批判的批判。首先，我们应注意到，由于校勘知识学的缺席，现代文学的一些校勘成果在校勘规范、核心问题及具体技艺等方面都可能存在某些不足。如，汇校本本应搜全一部作品的原文本和所有变本，但现有的现代文学汇校本就有遗漏现象，《〈女神〉汇校本》遗漏了诗作的初刊本等，《〈棠棣之花〉汇校本》没有汇校其成为全本以后的几个变本，《〈边城〉汇校本》也漏掉了花城出版社所出《沈从文文集》中所收的《边城》。又如，有些成果对非实质性异文关注不够，《〈老舍全集〉补正》一书说："对于文字及标点使用上的一些时代隔膜，除了个别地方顺便指出之外，一般也不计算在本次校读范围之内。"①《考文叙事录》在谈到校勘林庚诗文时也说："林先生行文常常一段话一逗到底，整理时根据文意代为点断，一般标点更动不出校，特殊情况则加注说明。"② 其他如底本选择的不当、校勘时径改不注等现象也都存在。这些都说明了现代文学文献校勘实践仍有不规范之处。而已有的一些校勘学理论也不能很好地指导现代文学文献的校勘实践，因为它们在对古典校勘学理论的吸收、对现代文学校勘特点的把握方面都有欠缺，所以关于校勘规律的总结、校勘理论的升华等都还不够。其次，由于某些知识的"越界"，一些校勘成果也有向其他学科过分扩张之嫌。如，有学者很有见地地提出了传统校勘学向现代校勘学的转型命题，但他们所说的一些现代文学校勘中的复杂情形，如"同名异文"（作品篇名相同，实际是另一篇文章），"异名同文"（作品篇名不同，实际是同一篇文章），"作者署名相同而实际上是不同作者之文"，作者"以假乱真"的作品等，其实都主要属于辨伪学的范畴。这些当然与校勘有一定的关系，但如果把它们当作现代文学"校勘学"的特点来归纳就有些"越界"了。而"作品体裁"问题更是编纂学、文体学的问题。至于《〈女神〉校释》一文

---

① 张桂兴：《〈老舍全集〉补正》，中国国际广播出版社 2001 年版，第 631 页。
② 解志熙：《考文叙事录》，中华书局 2009 年版，第 18 页。

中把"校勘"所涉及的问题最终仅归结成"修改"问题，认为《女神》"就修改的总体而论，成功是主要的，疏失为数甚少"①。这无疑又在"越界"中把校勘的意义和价值大大窄化了。总之，对现代文学文献的校勘成果必须以批判的眼光去审视，也只有在批判之中才能更好地完成校勘学的学术建构。

---

① 陈永志：《〈女神〉校释》，华东师范大学出版社 2008 年版，第 229 页。

第 七 章
目录实践批判

"目录一词最早见于《七略》中的'《尚书》有青丝编目录'。这是指《尚书》一书的目录而言；班固在《汉书·叙传》中说：'刘向司籍，九流以别，爰著目录，略序洪烈，述《艺文志》第十。'这是指群书目录而言。"① 目录就是把书名或篇名及其编次和叙说文字等汇集在一起的学术形态。古代文献的主要载体是书，所以有一书目录与群书目录之别，群书目录被认为是真正完整意义上的目录。而群书目录在历史上还有其他名称："录"（如刘向《别录》）、"略"（如刘歆《七略》）、"志"（如班固《汉书·艺文志》）、"簿"（如郑默《中经簿》）、"书目"（如尤袤《遂初堂书目》）、"书录"（如毋煚《古今书录》）、"解题"（如陈振孙《直斋书录解题》）、"考"（如朱彝尊《经义考》）、"记"（如钱曾《读书敏求记》）、"提要"（如纪昀《四库全书总目提要》）等。西语里目录有两个词：bibliography 专指书的目录，catalog 所指宽泛。中国现代文学的文献载体还有报刊，所以除了书的目录外，还有报纸目录、期刊目录。当然还应包括笔名目录、图像目录等。所以用后一英文词去指称也许更妥。目录可以说是一种著述形态，而编撰目录则是一种史料批判实践，对这种实践的理论和方法的总结即为目录学。"目录学"一词始见于清代王鸣盛的《十七史商榷》，也有人认为早至北宋。清明时期，目录学研究已成显学，但真正独立成学且有"目录学"三字命名的著作出现是 20 世纪 30 年代。余嘉锡、姚名达等使传统目录学研究达到一个高峰。中国现代文学的编制目录实践在 20 世纪 20 年代初即已开

---

① 来新夏：《古典目录学》，中华书局 2013 年版，第 1 页。

始，但至今并未独立成学。因此更需要用一种批判的眼光去进行理论建构，以便指导这种学术实践和整个现代文学史料学的研究。因为目录之学向来被推为读书、治学的门径之学，它自然也关涉中国现代文学的学术源流和知识控制问题。

一　目与录

目录是目与录的合称。从语源学角度说，"目"之原义为人眼，树节似眼，故称节目。目引申为书名或篇名，亦有逐一列举之义，于是"目"也就有了将书名或篇名逐一列举之义。"录"之原义为刻木，引申为记录或叙述，亦有次第之意，所以对一书一文依次详叙称为叙录或书录。到刘向父子时，目与录已经合称。余嘉锡根据《汉志》中"刘向校书，每一书已，辄条其篇目，撮其旨意，录而奏之。"这一段话提出三个概念，即目（即条其篇目）、叙（即撮其旨意，旨意即叙中所言一书之大意）、录（兼包目和叙），并说："目为篇目，录则合篇目及叙言之也。""有目有叙乃得谓之录。"[①] 姚名达也说："故录可包目，而目未必可包录。单举之则曰录，复称之则曰目录。"[②] 这是"目录"的原意。后来人们袭用这一名称，却窄化了其含义，于是把只有书目或篇目而没有"叙"的也称为目录，甚至把只记书名却不载其篇目的也称为目录。这都是以偏概全意义上的目录了。20世纪80年代的教科书上说："'目'的含义是指篇目而言，即一书的篇或卷的名称。'录'是指的叙录，即将一书的内容，作者的事迹，书的评价，校勘的经过等，写成简明扼要的文字。将二者合起来称为目录，即书目。"[③] 这里，"目"与"录"是分离的，而且将目录仅称为书目，对目录的理解出现了偏差。而今，人们的目录实践和对目录的理解，甚至出现了重目轻录或有书名、篇目而无叙录的现象，于是目录蜕变成书目，目录学也只剩下书目学。这已偏离了中国传统目录实践的学术宗旨。

中国传统的目录从形态上重视叙录（即题解）一类的叙述、说明文字，

---

① 余嘉锡：《目录学发微》，中国人民大学出版社 2004 年版，第 20 页。
② 姚名达：《中国目录学史》，上海古籍出版社 2011 年版，第 4 页。
③ 武汉大学、北京大学《目录学概论》编写组编著《目录学概论》，中华书局 1982 年版，第 1 页。

从功能上偏于考见学术源流。余嘉锡认为传统的"目录之书有三类：一曰部类之后有小序，书名之下有解题者；……二曰有小序而无解题者；三曰小序解题并无，只著书名者。昔人论目录之学，于此三类，各有主张，而于编目之宗旨，必求足以考见学术之源流，则无异议。"①　而其中的小序、解题（即叙录）一类叙述说明性文字，无疑更能从中见出学术源流。他又从目录的体制（体式）上说："一曰篇目，所以考一书之源流；二曰叙录，所以考一人之源流；三曰小序，所以考一家之源流。三者亦相为出入，要之皆辨章学术也。"②　他更从章学诚"辨章学术，考镜源流"二语得出结论，目录当"以能叙学术源流者为正宗""此即从来目录学之意义也"③。汪辟疆则从学者的不同身份把目录学分为四种："（一）目录学者，纲纪群籍簿属甲乙之学也。""（二）目录学者，辨章学术剖析源流之学也。""（三）目录学者，鉴别旧椠，雠校异同之学也。""（四）目录学者，提要钩元治学涉径之学也。"认为这四说代表的四种目录分别是目录家之目录、史家之目录、藏书家之目录、读书家之目录。其中，藏书家重版本，读书家重提要，"其体则出于后起，其用则生于一偏，著录虽多，要无当于目录之学"。而从一二两说，他分辨出目录与目录学："目录者，综合群籍，类居部次，取便稽考是也。目录学者，则非仅类居部次，又在确能辨别源流，详究义例，本学术条贯之旨，启后世著录之规，方足以当之。"④　刘纪泽与汪辟疆的分类和观点类似，认为："目录学者，综合群籍，类居部次，取便检录，是其粗也。辨别源流，详究义例，使载籍之存亡可稽，学术之盛衰可考，是其精也。至于记撰人、标卷第、别真伪、拾漏遗、明校勘、研版刻，是其末而已矣。"⑤在他这里有等级之分，却无目录与目录学之分。

　　在这些学者的观念里，目录学其实就是关于目录的学问和学术，"目录"与"目录学"的概念往往是混同的。有时，"目录学"仅仅是目录方法论的概括，而非作为学科的"目录学"。实际上，"目录"的形态或编撰实

---

① 余嘉锡：《目录学发微》，中国人民大学出版社2004年版，第4页。
② 余嘉锡：《目录学发微》，中国人民大学出版社2004年版，第30页。
③ 余嘉锡：《目录学发微》，中国人民大学出版社2004年版，第3页。
④ 汪辟疆：《目录学研究》，华东师范大学出版社2000年版，第10页。
⑤ 刘纪泽：《目录学概论》，中华书局1931年版，第19页。

践与"目录学"的理论总结是很难分开的。所以上述学者的谈论皆可以理解为对目录的功能和价值的阐发。他们都倾向于目录的最主要价值是关于学术源流的考辨。这就见出了传统目录（学）与现当代目录（学）的根本区别，传统目录（学）重视的是书籍之史，"是一门专科历史学"，而现当代目录（学）则"是一门综合图书馆学"①。传统目录学重解题，现代目录学则"删解题之叙录"甚至有编目而无叙录。鉴于此，姚名达早在 20 世纪 30 年代谈到目录学的前途时就指出："其分类也与其依学术而十进，不若依事物而标题。其编目也，与其详列篇目，不若精撰解题。而最重要之转变，实在插架目录（即书库目录）与寻书目录（即阅览室目录）之分家。"他提倡主题目录并精撰解题，主张把以西方十进分类法等为依托的插架目录和依主题编排的寻书目录分开来。他认为："现代目录之稍进于古目录者，惟在索书号码之便利与专科目录之分途发展耳。目录之内容，分类之纲领，究未适合书籍之需要也。""而不校异同多寡，不辨真伪是非，删解题之叙录而古录之优点尽矣。"② 事实上，丧失传统目录之优点的现代目录，由于缺少小序、解题（叙录），其学术价值已大减矣。因为与目录相关联的学术源流等问题，没有一定篇幅的叙述、说明文字，而仅靠一种简明的书目，是无法完整呈现的。

目录学对目录的分类还有许多纷繁名目，若以"辨章学术，考镜源流"为目录的最高价值标准，则更具学术含量、更有益于学术研究的目录当是专科目录、专题目录和专家目录。专科目录是与涵盖各科群书的综合目录相对而言的。据说姚名达是第一次把专科目录提出来的学者。他认为："学者欲通晓古今，洞识所学，乃不得不各自就其本科目录作彻底之研究。"这是"专科目录所以发达于现代"的首要原因。其次，历来公私藏书目录平均分配，各科皆备，不精不专，不能满足专家检索专科文献之需，这是"专科目录所以早已脱离藏书目录而独立"的原因。最后，百科竞出，群籍充栋，初学者不知从何下手，就需要学有专长的学者为他们编制专科推荐目录，这是"专科目录所以先于藏书目录而产生，迄于现代而尤盛"的原因。③ 中国

---

① 张大可、俞樟华：《中国文献学》，福建人民出版社 2005 年版，第 143 页。
② 姚名达：《中国目录学史》，上海古籍出版社 2011 年版，第 347 页。
③ 姚名达：《中国目录学史》，上海古籍出版社 2011 年版，第 268 页。

文学目录是独立于经解目录、宗教目录、历史目录等之外的专科目录，中国现代文学目录也是次一级的专科目录。专题目录则是更精到的目录，是就某一课题、某一主题而编制的研究型目录。人们所说的主题目录、特种目录都可算专题目录。可以有跨科的专题目录，如丛书目录、禁书目录等。更可以有专科之内的版本、辨伪、辑佚等问题目录。一个作者的著述目录、一本书的研究目录也可算专题目录。专科目录、专题目录如果是真正洞识所学的专家所编制，当然是更精准的专家目录了。总之，综合目录中已包含有专科目录，而只有独立的专科目录才可成为精专的目录；只有专家的介入，方可使专科目录、专题目录成为精到和精准的目录。在此基础上，如果再精撰小序、按语、提要、解题等叙录文字，就能成为具有更高学术价值层次的精细的目录。这是一个层叠的目录之塔，最终成就更完美的学术型目录，这种目录应与当下的图书馆型目录并存，更应是对重目轻录现象的纠偏。

二　编录（目）实践

中国现代文学文献的编录（目）实践从新文学诞生不久即已开始。这种编录实践有一部分包含在综合目录中，更多地体现为专科目录和专题目录的编制。对中国现代文学编录历史进行梳理的论著极少。[①] 在综合目录中，最早全面记录中国现代文学书籍的是平心编的《〈生活〉全国总书目》（生活书店1935年版），著录1912～1935年正式出版的中国现代文学作品集14种，诗歌51种，戏曲69种，小说738种，散文（含书信、游记、日记）289种，涉及中国现代文学的研究专著50种左右。1926年，杨家骆编辑的《民国以来出版新书总目提要》也收录了大量现代文学书籍，其中，创作部分，除综合文集外，则以作家姓氏笔画为序编成作家个人著述书目。1957年，重庆市图书馆编的《抗日战争时期出版图书书目》也录入小说文献1435种。[②] 新中国成立后，出版总署图书馆等单位编的《全国新书目》《全国总书目》除录入当代文学作品外，也录入了大量修订、再版、重印的现

[①]　武汉大学硕士生黄慎玮研究了20世纪20～80年代共60年期间的现代文学目录实践，写成论文《中国现代文学文献目录之研究》，这篇写于20世纪80年代的硕士论文，尽管有所遗漏，仍给本节的写作提供了重要的参考。

[②]　黄慎玮：《六十年中国现代文学文献目录工作述评》，《图书馆学刊》1983年第4期。

代文学图书。北京图书馆等编的《民国时期总书目》（1986～1997 年陆续出版）也是重要的综合目录。1979 年上海图书馆编的《中国近现代丛书目录》则包含了一些现代文学丛书的目录材料。新中国成立后的综合性报刊目录则有上海图书馆编的《全国报刊索引》，中共中央马、恩、列、斯著作编译局研究室编的《五四时期期刊介绍》（1958 年版），全国图书联合目录编辑组编的《1833～1949 全国中文期刊联合目录（增订本）》（1981 年版），丁守和主编的《辛亥革命时期期刊介绍（1—5）》（1982 年版），丁守和等编的《抗日战争时期期刊介绍》（2009 年版），国家图书馆出版社出版的《民国时期出版书目总汇》（2010 年版）、《民国时期公藏书目总汇》（2015 年版）等。这些综合目录含有现代文学目录，是现代文学目录研究乃至现代文学研究不可忽略的目录文献。另外，一些文学专科目录如《文学论文索引》《全国文学作品目录调查》等涵盖了古代文学、现代文学、当代文学等方面的目录，无疑也是现代文学文献编录实践的一部分。

现代文学文献的专科目录和专题目录的编录实践，据目前文献，当从 1921 年算起。这年 6 月，《东方杂志》第 18 卷第 11 期登载了《文学研究会丛书目录》，这是"我国第一种专门记载现代文学文献之目录"①，共著录该会出版的丛书 83 种。但此后，整个 20 年代，真正的现代文学目录编制甚少，仅许广平在 1926 年编有《鲁迅先生撰译书录》。30 年代前期，现代文学目录的编制形成第一次小高潮，出现了 20 多种目录。其中重要的目录有王哲甫的《中国新文学运动史》（1933 年版）第十章附录中所收的三个目录："新文学创作书目"著录 1921～1932 年短篇小说集、长篇小说（含中篇）、新诗集、戏剧的单行本书目；"文艺刊物调查一览"收 1915～1933 年 217 种文艺刊物的提要或叙录；"作家笔名一览"亦收入此期大量作家笔名。此期最重要的目录是阿英编选的《中国新文学大系：史料·索引》（1936 年版），是现代文学第一部单行本专科目录，除史料特辑、作家小传等之外，有创作编目、翻译编目、杂志编目等，仅创作编目中就著录论文集、作品集等 301 种（其中总集 54 种、别集 247 种）。巧合的是，一些古典目录学理论和目录史著作也在 30 年代前期纷纷问世，如刘纪泽的《目录学概论》

---

① 黄慎伟：《六十年中国现代文学文献目录工作述评》，《图书馆学刊》1983 年第 4 期。

（1931 年版）、姚名达的《目录学》（1933 年版）、汪辟疆的《目录学研究》（1934 年版）、姚名达的《中国目录学史》（1936 年版）等。虽还没有找到材料证明现代文学目录编制实践直接受到这些目录学理论的指导，但显然这些目录编制实践已融入中国古典目录实践的传统之中。

　　抗战爆发至新中国成立期间仍有不少目录发表或出版，但最值得注意的贡献有三点。第一是关于戏剧方面的目录编制最多，共发表或出版了 8 种，如阿英编《淞沪战争戏剧初录》（《抗战独幕剧选》附录）、舒畅编《现代戏剧图书目录》（1938 年版）、葛一虹编《抗战剧作编目》（收入《战时演剧论》一书）、唐绍华编《一百种抗战剧本说明》（1940 年版）、舒畅编《抗战初期内地出版戏剧目（1937～1939）》（收入《戏剧艺术讲话》一书）、田禽编《三十年来戏剧翻译书目》（收入《中国戏剧运动》一书）、钱璎、小晦合编《华中根据地戏剧书录》（1940～1944）、田进编《抗战八年来的戏剧创作》等。把这些目录合起来，抗战时期的戏剧著录就已经比较完整了。其中，目录学家舒畅（舒蔚青）的贡献尤大，他所编的《现代戏剧图书目录》列有他自己所藏 1908 年至 1938 年 6 月的戏剧书、刊目录，含剧本、剧刊、剧论等，所列剧本就有 600 多种。① 第二是两本教会内部出版的目录：法国天主教徒善秉仁编的英文版《中国现代小说戏剧一千五百种》（1948 年印刷的非正式出版物），其中第三个部分是善秉仁编的书目提要。另一本是善秉仁的《说部甄评》，原为法文，后被景明译为中文，名《文艺月旦》甲集（1947 年版），收 600 种文学书籍，其中现代文学作品519 种，主要是小说作品。这两本目录"重要但不常见"。② 第三是赵燕声编撰的《现代中国文学研究书目》，发表于《文潮月刊》第 5 卷第 6 期（1948年 10 月），是对 1947 年 1 月发表于《上海文化》第 12 期的赵景深的同名书目的校正和增补。这个目录著录 1920～1948 年 200 余种现代中国文学研究书籍并附有一些简短的叙录文字。③ 可谓现代文学第一部较完备的研究论著目录。

　　新中国成立后，各高校纷纷开设中国现代文学课程，现代文学成为专门

---

① 宫立：《舒蔚青：不应被遗忘的现代戏剧收藏家、目录学家》，《现代中文学刊》2013 年第 5 期。
② 谢泳：《中国现代文学史研究法》，广西师范大学出版社 2010 年版，第 79 页。
③ 张瑜：《赵燕声的〈现代中国文学研究书目〉》，《中国现代文学研究丛刊》2012 年第 11 期。

学科。为满足现代文学研究和教学需要，各图书馆和一些高校中文系开始编制现代文学文献目录。50 年代至 60 年代初，虽然大型目录较少，但共出现各类现代文学专科目录和专题目录达 100 多种，其中 50 年代末 60 年代初形成现代文学目录实践的第二次高潮。此期的目录实践有三个主要特点并出现了多种重要目录。一是此期许多目录以内部交流为主，公开出版发行的较少，而上海文艺出版社出版的"中国现代文学史资料（甲种）"丛书是新中国成立后第一次由出版社公开出版的重要的目录丛书，其中包括《中国现代文学期刊目录》（现代文学期刊联合调查组编，1961 年版，著录 1902～1949 年刊物 1800 种左右），《中国现代戏剧电影期刊目录》（刘华庭等编，1962 年版），《左联五烈士研究资料编目》（丁景唐、瞿光熙编，1961 年版），《鲁迅著译系年目录》（1962 年刊上海文艺出版社出版的《中国现代文艺资料丛刊》第一、二辑）。二是许多高校中文系都参与了目录编制实践，而山东师范学院中文系贡献尤多，在薛绥之先生等主持下，编写了《中国现代作家著作目录》（1962 年大众日报社印本），著录了 286 位现代作家的著作、选集和代表性作品，有简要介绍、版次介绍，甚至包括改编本和译本，是新中国成立后第一部篇幅较大且含较多作家的著作目录。还编成了《1937～1949 主要文学期刊目录索引》《鲁迅研究资料索引》《中国现代作家研究资料索引》等内部印行的目录。三是现代作家的个人著述目录、研究目录众多，以鲁迅的相关目录为最，其中较重要的目录有沈鹏年编的《鲁迅研究资料编目》（1958 年版）。该目录兼有书目索引和资料汇编，如汇集了民国政府禁止出版和删改的鲁迅作品等珍贵资料。文献分类细致，每种文献还有简明的提要。另一种重要的作家个人目录是丁景唐、文操编的《瞿秋白著译系年目录》（1959 年版）。

　　"文革"时期，大陆处于目录荒年，如，1970～1976 年大陆仅编有为数不多的鲁迅著作目录。港台则有多种重要目录，如，痖弦编《民国以来出版新诗集总目初编》（1975 年版），香港中文大学图书馆编《中国现代戏剧图书目录》（1967 年版），卫全蒙编《三十年代中国文艺杂志总目索引》（1976 年版）等。

　　"文革"之后，现代文学文献的目录编撰实践又进入繁荣期。据统计，"文革"结束后的五年中，现代文学目录就多达 120 余种，以至 80 年代又形成了现代文学目录实践的第三次高潮。黄慎玮的统计是从 1921 年至 1982 年，现代文学公开出版、发表和内部交流的中文目录有 340 多种。但从 1982 年以后至今的现代文学目录无人深入研究和细致统计。因此 80 年代的目录总数目也无法确知，但 80 年代无疑是现代文学目录编制的一个更大的高潮。此期目录实践的特点如下。一是作家个人著译目录和研究目录急剧增加，甚至开始有了很长一段时间在文学史上"失踪"的沈从文、张爱玲等作家的个人著作目录。这些作家个人著作目录集中出现在 1979 年以后中国社会科学院文学研究所主持协调出版的"中国现代作家作品研究资料丛书"中。在陆续出版的 60 多种作家研究资料单行本中，往往都附有作家个人著译目录、研究资料目录。另外，《新文学史料》《文教资料简报》甚至一些学报也发表了不少单个作家的相关目录。这些目录的出版和发表无疑为 80 年代的现代文学研究或新的文学史写作提供了资料指引。二是一些较大篇幅的单行本目录书纷纷出版，如李允经辑注《鲁迅笔名索解》（1980 年版）、上海图书馆编《郭沫若著译书目》（1980 年版）、上海鲁迅纪念馆编《鲁迅著译系年目录》（修订增补后于 1981 年出版）、丁景唐和瞿光熙编《左联五烈士研究资料编目》（1981 年重版）、北京图书馆等编《鲁迅研究资料索引》（1982 年版，续编 1986 年版）、北京图书馆编目组编《中国现代作家著译书目》（1982 年版，续编 1986 年版）、田慧贞主编《中国现当代文学研究论文索引 1949—1982》（1984 年版）、华东师范大学图书馆编《胡适著译系年编目与分类索引》（1984 年版）、书目文献出版社编《小说月报》索引（1984 年版）、王大明等编《抗战文艺报刊篇目汇编》（1984 年版，续编 1986 年版）、杨益群等编《文艺期刊索引》（1986 年版）、上海社会科学院文学所编《上海"孤岛"文学报刊编目》（1986 年版）、唐沅等编《中国现代文学期刊目录汇编》（1988 年版）、曹健戎和刘耀华编《中国现代文坛笔名录》（1986 年版）、徐迺翔和钦鸿编《中国现代文学作者笔名录》（1988 年版）、苗士心编《中国现代作家笔名索引》（1989 年版）、纪维国等编《鲁迅研究书录》（1987 年版）等。80 年代在台湾也出版了一批重要目录，如周丽丽编《中国现代散文集编目》（1980 年版）、周锦编《中国现代小说编目》（1980 年版）、林焕彰编《中国新诗集编目》（1980 年版）、周锦编《中国现代文学作家本名笔名索引》（1980 年版）等。80 年代在大陆能形成现代文学目录实践的高潮，与 1979 年中国社会科学院文学研究所开始组织的文献整理工作有直接关联。那可能是新中国历史上空前绝后的大规模的现代文学文献整理活动。当时该所组织了全国六十多所高校和研究机构的三四百名专家参与文献整理，组织了十几家出版社参与成果出版。那套丛书总名为"中国现代文学史资料汇编"，目录编制是其中的部分内容。从目录史的角度说，那是一次类似于官修目录的学术活动，它是形成 80 年代目录实践高潮的最重要动因。这个高潮的余波甚至波及 90 年代，那套丛书中的部分目录成果是延迟到 90 年代才出版的，如《中国现代文学总目》等。

到了 20 世纪 90 年代，由于市场经济的影响，一度出现学术著作出版低谷；再加上 80 年代中期以后，现当代文学界也热衷于来自西方的文学方法论；同时，"重写文学史"等学术活动也与目录实践没有关联性，所以传统的目录学方法不被重视，目录的发表和出版不再出现高潮。此期最重要的一部大型目录著作其实也属于 80 年代的目录生产计划，即贾植芳、俞元桂主编的《中国现代文学总书目》（1993 年版）。它原是 80 年代那套"中国现代文学史资料汇编（丙种）"的"中国现代文学书刊资料丛书"之一。这是目前在作品目录方面最完备的现代文学专科目录，著录 1917～1949 年中国现代小说、诗歌、戏剧、散文及翻译文学等五大类文学作品 13500 余种，每种作品的具体篇目也一一列出。此期的重要目录还有郭志刚主编的《中国现代文学书目汇要》（小说、诗歌卷）（1994 年版），孙立川、王顺洪编的《日本研究中国现当代文学论著索引》（1991 年版）等。

进入 21 世纪以后，现代文学的史料工作又受到学术机构和学者们的重视，但目录实践作为史料建设的一部分，只是学者个人或部分学者之间合作的学术行为。此期出现了几种大型书目，从这些目录篇幅巨大且所著录书刊的数量超过从前的意义上说，又出现了一次目录编制高潮。如董健主持编写了《中国现代戏剧总目提要》（2003 年版），著录 1899～1949 年剧目 4492 种，著录了剧名、体裁、作者、版本等信息，更编写了剧情提要文字。十年后，董健又主编出版了《中国当代戏剧总目提要》（2013 年版），著录 1949～2000 年 23949 种剧目，择其代表性剧目撰写了剧情提要 2343 篇。这两部戏剧目录已成为 20 世纪中国戏剧的最完备目录。刘福春则几乎以个人之力编写《中国新诗书刊总目》（其诗集、诗论卷于 2006 年出版），是目前最完备的新诗集目录。著录 1920～2006 年新诗集、诗论集 17800 余种，可惜的是只有集名、出版社、出版时间、开本、页码等，并无集里的具体篇目及其他叙录文字。期刊目录方面，刘增人贡献尤大，他主编的《中国现代文学期刊史论》（2005 年版）下编收有《中国现代文学期刊叙录》，著录 1915～1949 年期刊 3600 种，还附录了 1901～2005 年的《中国现代文学期刊研究资料目录》。十年后他主编的《1872～1949 文学期刊信息总汇》出版，著录期刊多达 10207 种，成为著录近现代文学期刊最多的目录，只是这一大型目录属解题目录，并未著录期刊中的文章篇目。吴俊等主编的《中国现代文学期刊目录新编》（2010 年版）也是大型目录，著录期刊 657 种。程光炜主编的《中国当代文学期刊目录》也即将出版。此外，张泽贤在 2008～2009 年出版了《中国现代文学小说版本闻见录》《中国现代文学戏剧版本闻见录》《中国现代文学诗歌版本闻见录》《中国现代文学散文版本闻见录》《中国现代文学翻译版本闻见录》等，也可谓是独具特色的解题目录（叙录）。他编的这套"闻见录"还录入了许多书籍的封面、版权页书影，所以也是图录。图录是现代文学目录的一种特殊形态。更典型的现代文学图录是黄开发、李今主编的《中国现代文学初版本图鉴》（2018 年版）。

综上所述，中国现代文学文献的目录编撰已成为绵延近百年的学术传统。其间有低潮，甚至有"文革"时期的几乎中断，也出现了多次高潮。虽然人们对这种学术传统关注不够，但它潜在于中国现代文学文献学或史料学的建构之中，已成为整个现代文学研究的重要组成部分。同时，在这一学术实践的最终成果即那些目录著述之间也存在一种承续关系。如阿英编《中国新文学大系：史料·索引》时，已注意到了此前出现的 8 种目录，并凭借了蒲梢 1924 年编的《最近文艺出版物编目》和虚白、蒲梢 1929 年编的《汉译东西洋作品编目》。刘增人编《中国现代文学期刊叙录》也吸收了《五四时期期刊介绍》《中国现代文学期刊目录汇编》等多种前人目录内容。董健在其主编的《中国现代戏剧总目提要》序言中也提到了现代时期的几种戏剧目录。后期目录对早期目录成果尤其是专家目录的借鉴与参考也是提高目录学术质量的重要保证。因为那些早期目录成果离书刊出版的历史距离更近，信息更准确，如阿英编《中国新文学大系：史料·索引》多依据当时的书刊原本实物。当然也有后期目录利用了早期目录却不做注明和交代的情形。

三 功用甄评

对于目录的功用，古今学者认知有异。古人重视其学术的功用，故余嘉锡说："盖吾国从来之目录学，其意义皆在'辨章学术，考镜源流'，所由与藏书之簿籍自名赏鉴、图书馆之编目仅便检查者异也。"① 因强调其学术功用，所以更看重解题目录或叙录。现代学者尤其是图书情报专业学者则认为："现代社会，目录体系是情报信息产业的一个组成部分，它与社会公众的生活、工作都息息相关，目录学的功能大大扩展，而且目录学的治学功能，从来都是只对极少数人起作用的基本功能，在整个目录学的功能中现已退居次要地位。""那种认为没有解题的书目不是目录学的观点，恰恰是只见树木不见森林的保守而迂腐的观点，已无讨论价值。"② 这又走到了另一个极端。目录其实具有多种功用。汪辟疆已认识到有目录学、史家、藏书家、读书家等不同侧重点的目录，这其实也说明了目录的不同功用。从不同学科、不同立场去看，目录的功用不一样；而综合、辩证地去看，这些不同功用其实只是目录的部分功用。在现今不同的目录学著作中，对目录的功用有不同的概括，有的认为有情报信息、图书整序、检索、治学等四大功用，有的认为只有检索、报道、导读三大功用。现代文学目录也具有这些功用，但可概括为四大方面。

第一是广告、传播功用。在现代社会，图书或期刊的目录最初可能是以商业目录的形式出现的，这是一种即时目录，是出版商、发行人、编辑等生产者编的目录。他们往往把刚生产的出版物当作商品，为了推销这种商品而撰编目录。这种目录因而成为连接书刊生产者与图书馆、读者等消费单位和消费者的桥梁，传递的是一种文化商品的信息，发挥的也就是一种情报信息的功用。从传播学的角度看，这种目录起到的就是广告、传播的功用。事实上，这种目录正是商品广告的一部分，或兼有目录和广告的品质。现代文学

---

① 余嘉锡：《目录学发微》，中国人民大学出版社 2004 年版，第 14 页。
② 张大可、俞樟华：《中国文献学》，福建人民出版社 2005 年版，第 159~160 页。

最早的目录《文学研究会丛书目录》正是 1921 年 6 月刊登于《东方杂志》第 18 卷第 11 期上的特殊广告。除在报刊上登目录外，一些单行本图书上也会附上其他图书的目录，如《胡适文存》、鲁迅的《野草》等都登有这类目录式广告。还有许多书店会出一些单行本目录书，如《新月书店书目》（1929 年）、《生活书店图书目录》（1937 年）、《中华书局图书目录》（1940 年）等都具有广告的用意，将本书店近期出版的书籍集中起来广而告之。从广告角度看这些目录，它们都可以说是广告文字；从目录角度看，这些广告文字有许多正是典型的目录写法。如，刊于《我们的七月》上的亚东图书馆发行的《新诗集十种》的广告就是只有书名、作者的纯书目式目录；而附载于《胡适文存》亚东图书馆 1925 年版封底的刊物广告，既有类似于小序的文字，又有《我们的七月》《我们的六月》两刊（书）的重要篇目。刊于 1933 年 5 月 16 日出版的《论语》第 17 期上的关于章克标的《文坛登龙术》的广告则是既有解题文字，又有全书具体篇目的目录。更多的图书广告文字则类似于解题式目录。新中国成立后，许多图书勒口、扉页上的内容提要也可以看成一种目录。这些广告式的目录或目录式广告都及时地传播了现代文学书刊的内容或信息，鲜明地体现了目录的广告、传播功用。其他回顾性目录当然也具有这种功用，只是缺乏广告式目录的时效性。所以，目录可以说属于广告之学。

第二是整序（控制）—检索功用。目录更通常的功用是对图书、期刊等的整序，即所谓"纲纪群籍，簿属甲乙"，因此，目录被称为"簿计之学"。现代的图书馆目录也主要发挥这种功用。这种目录是目录家的目录，它注重书刊的分类及归属。这种整序功能也可称为目录控制。宋代郑樵编制目录的目的是"总天下之书为一书"，据说这就是一种目录控制思想。美国学者伊根和谢拉更从控制论中得到启发，发表《目录控制引论》一文，正式提出目录控制理论。他们认为："书目控制的目的在于提供文献内容的可检索性和物理可利用性。通过目录形式扼要提取文献内容，经过科学排列将文献主要信息有序化，向人们提供索取文献的各种可能的线索。书目控制的主要内容可以概括为编目和排序，其主要控制方法则是分类法和主题法等。"① 分

---

① 吴冰等：《现代书目控制理论与实践》，知识产权出版社 2014 年版，第 58 页。

类有不同的方法，在中国古代有刘歆《七略》的六分法，梁朝阮孝绪《七录》的七分法，南宋郑樵《通志·艺文略》的十二分法等。近现代则引进美国杜威的"十进分类法"，当下的《中图法》则采用二十二大类分类法，按这些分类法进行书刊的整序。这当然是指综合性目录的分类，专科目录则有更具体的分类。如现代文学作品目录常按小说、诗歌、戏剧、散文和翻译文学等五类来整序。现代文学期刊目录常以期刊创刊时间顺序排列。主题法则是通过对文献内容属性的揭示，概括其主题并攫取主题词，通过归类、组配等技术手段以控制文献。总之，目录的控制功用被概括为"描述"（采取通用的书目格式描述文献的形式特征）、"转换"（将描述的文献数据转换为国际通用形式）、"整序"（对转换的数据有序化处理）、"开发"（开发文献内容）。① 在对文献进行整序、控制的总目标下，这类目录往往是一种馆藏目录，即对本馆藏书藏刊进行控制，国内各大图书馆往往有内部交流的馆藏目录。从书、刊管理的角度看，目录的功用主要就是整序和控制文献，但最终的目的是便于检索和寻找文献，所以，从读者角度看，目录的这种功用就是为了实现其检索功用。也因此，诞生了另一种目录类型：古代称之为"通检""备检"，也即从英文 index 英译过来的"引得"，日本人把它译为"索引"。"索引"成为现代更通用的名称。它是一种更便于检索的目录，把文献中的个别事项和内容，如篇名、词语、主题、人名、地名等按一定的方式组织编排并注明出处和页码，使读者能一索即得。如《中国现代文学总书目》有"书名笔画索引""著译编者书目索引"。《中国现代文学期刊目录汇编》有"刊名首字笔画检索表""作者索引""期刊馆藏索引"等。索引充分发挥了目录的检索功用。

第三是辅助、导读功用。目录是指导人们如何读书求知的。从这个意义上讲，目录乃读书家的目录，目录又被视为"门径之学"。许多学者都论及目录对于初学者的指点门径之功。如清代江藩在《经解入门·目录之学第三十二》中说："目录者，本以定其书之优劣，开后学之先路，使人人知其书可读，则为易学而功且速矣。吾故尝语人曰：目录之学，读书入门之学也。"清代王盛鸣在《十七史商榷》卷一中更说："目录之学，学中第一紧

---

① 吴冰等：《现代书目控制理论与实践》，知识产权出版社 2014 年版，第 62 页。

要事，必从此问途，方能得其门而入。"张之洞在《輶轩语·语学第二》中说得更具体："将《四库全书总目提要》读一过，即略知学术门径矣。"他的《书目答问》更是为应考的童生而编的"应读何书，何本为善"的导读目录。目录对文献的压缩呈现使其足以起到指点门径的功用。所以汉代王充在《论衡·案书》中说："六略之录，万三千篇，虽不尽见，指趣可知。"这也是唐代目录家毋煚所谓"览录而知旨，观目而悉词"（《旧唐书·经籍志》）。而小序、解题、提要一类目录更是指引读书的向导，其中往往含有对书、刊的一些精到的叙述、评说和判断。在现代文学目录中亦如此。阿英的《中国新文学大系：史料·索引》一书中用"按语"形式评书，如评梁纪文《南洋旅行漫记》（1923 年版）一书："此书在旅行文学中，当时算是最好、最有社会性的一部，曾发表于时事新报。"评侯曜《复活的玫瑰》（1920 年版）剧作集："就中复活的玫瑰一剧，在当时颇引起注意。"对于读者来说，这当然是很好的推荐性目录。而董健的《中国现代戏剧总目提要》中的"剧情提要"更是引导读者对剧作进行速读的文字。

第四是学术研究功用。从发生学角度看，中国传统的目录撰写其实特别看重其学术研究功用。刘向的工作"除了说明图书的整理编辑过程之外，主要是介绍作者，综述全书主旨，加以评论、分析，还指出书的作用，这便成了学术的一个片段……"[1] 尤其是有小序、解题之类的目录更能体现学术价值，也即章学诚所说的"辨章学术，考镜源流"。目录因此又被称为"流略之学"。这个意义上的目录乃史家目录、专家目录。目录的学术研究功用可从多方面去看，来新夏概括古典目录功用的几个方面，其实大都可归入学术研究功用，也适用于现代文学目录。如，从目录可以"掌握古籍总的基本情况"，有人据目录书统计中国古籍不少于 8 万种或可能有 15 万种。据中国现代文学目录，我们也可知现代文学图书总数在 13500 种以上，期刊至少在 3600 种以上。据董健的戏剧目录亦可知现代、当代戏剧的总数量。还可知各时代、各时期书刊的藏储、分类、著录等情况。这都有助于目录的后续研究，有助于文学生产研究、文化研究等。目录的其他功用是"了解图书的本身状况""粗知学术源流""考辨古籍的依据"等，这都概括了目录的

---

① 来新夏：《古典目录学（修订本）》，中华书局 2013 年版，第 45～46 页。

学术研究价值。① 古今许多学者治学都依傍目录，如胡应麟辨伪八法的前二法，梁启超辨伪书十二例的前二例都取法目录。余嘉锡也明确地说："目录之书，既重在学术之源流，后人遂利用之考辨学术。此其功用固发生于目录学之本身，而利被遂及于学者。"② 并具体总结了目录对古籍考辨的六项功用。现代文学文献目录对于现代文学史料学和文献学中的版本、校勘、辨伪、辑佚、考据等分支学科的研究及整个现代文学研究，也无疑能起到输送材料、提供指南乃至方法论的学术功用。

在对目录的功用进行甄辨之后，我们发现现代文学文献的目录不外乎出版家目录、图书馆家目录、读书家目录、学者目录四种。当我们从这些不同角色的身份意识出发，可以让这些目录把各自的意向功能发挥到极致。这在目录实践的层面是允许也是必需的，如此才能充分发挥目录的现实功用。但超越这种现实思维，从更高的层面去看，这些目录都具有现代文学研究的学术功用，它们对现代文学生产和传播的研究、现代文学书刊存量的研究、现代文学治学门径的研究、现代文学学术源流的研究及现代文学史料学和文献学的研究等都具有建构意义。

四 价值衡估

近百年的目录编撰实践已产生了大量现代文学文献目录，对这些目录的价值也应该有更深入的批判，这又可以从多种角度切入。

从总的编录情况看，到目前为止，现代文学文献目录作为一种专科目录已形成规模且著录书、刊比较完备。在书、刊目录的比较中，期刊目录又比图书目录著录更完备；在创作目录与研究论著目录之间，研究论著目录则不如创作目录完备；在几大文学文类之中，诗歌、戏剧目录更完备，而小说、散文、翻译文学等目录还有待完善；现代文学群书目录与丛书目录相比，前者更完备后者更薄弱，像倪墨炎那样深入关注某些丛书目录者少；在群体目录与个人著述目录之间，后者又做得更细致，如鲁迅等人的书刊甚至有目录专书；在一般的目录编者和专家之间，后者的目录当然更胜一筹，如阿英、

---

① 来新夏：《古典目录学（修订本）》，中华书局 2013 年版，第 40~49 页。
② 余嘉锡：《目录学发微》，中国人民大学出版社 2004 年版，第 14 页。

赵燕声编的目录更有学术价值，刘增杰编的期刊目录和刘福春编的新诗目录也有其学术质量。而某些目录虽有专家领衔但专家投入不够，而主要参与编撰者又非专家，这类目录往往会有许多错误。这些情况都说明现代文学文献目录编撰的不平衡，还有值得拓宽和完善的空间。

现代文学文献目录实践最主要的欠缺应该在专题目录。专题目录是最能体现问题意识的目录，它直接对应于某一学术主题和问题；是更见学术功力和学术价值的目录，它需要编撰者对该问题有细致和系统的考辨。而在目前的现代文学目录中，恰恰是专题目录最少。已有的专题目录中，最多最完备的是作家笔名录，已发表和出版的有十多种。现代文学查禁书刊目录也已有多种，如收入鲁迅《且介亭杂文二集》"后记"中的1934年国民党中央党部查禁的149种文艺作品目录，其中有少量不属于文学作品。《国民党反动政府查禁二百二十八种书刊目录（1931年）》，其中只有少量文学书刊。[①]《国民党反动派查禁文艺书目补遗（1929～1936年）》，著录查禁书目309种，其中少量不属于文学书刊。《"七七"事变前被国民党反动派查禁的报刊目录（1936.11～1937.6）》有少量是文学报刊。《国民党反动派查禁九百六十一种书目目录（1941年）》收1938～1940年的查禁书刊，著录虽多，但其中也只有少量属于文学书刊。[②] 此外，李默等也整理了《国民党反动派查禁报刊目录（1929～1931年）》《国民党反动派查禁书刊补遗（1929～1931年）》《一九三六年国民党反动派查禁刊物目录及调查表（1936年1月至3月）》。[③] 这三个目录也著录了部分文学书刊。张静庐辑注的《中国近现代出版史料》收录了以上目录。而张克明则下了更大的功夫，他通过查找国民政府内政部、上海市政府、重庆市政府档案，编写了《北洋政府查禁书刊目录》《第二次国内革命战争时期国民党政府查禁书刊编目》《抗日战争时期国民党政府查禁书刊目录》《第三次国内革命战争时期国民党政府查禁书刊编目》等，总名为《民国时期查禁书目》。这是著录现代时期查禁书刊最完备的目录，其中有许多是文学书刊。唐弢的《晦庵书话》里《关于禁书之三》一文中还提到在沦陷区，日本侵略者通过汉奸之手弄出的查禁

---

① 张静庐辑注《中国近现代出版史料》，中华书局1955年版，第190、173页。
② 张静庐辑注《中国近现代出版史料》，中华书局1955年版，第144、164、173页。
③ 张静庐辑注《中国近现代出版史料》，中华书局1955年版，第153、161、177页。

书刊目录。所有这些查禁书刊目录都是混合型的专题目录，还没有单纯的现代文学书刊查禁目录，完备性更谈不上。其他如伪书目录、版本目录等专题目录亦不多见。没有这些专题目录，我们就不可能深透地研究这些学术问题，也会影响整个现代文学研究的严谨性和精确性。反过来，这种缺失也会有损目录及目录学的学术价值，甚至会造成目录编撰的错误。如，因为没有完整的伪书目录做参考，一些现代文学目录著作可能收入伪书；因为没有作品版本谱系目录，一些现代文学目录著作在著录图书时也可能会版本错乱。所以，现代文学文献的专题目录是一个可以提升目录价值且有待深入开发的领域。

从目录体式角度，我们也可以对现代文学目录做一些基本的价值评判。如果做一个最简单的划分，目录可二分为目与录。纯粹的目（只有书目、篇目）是一种体式，其余的皆可谓录，录含有小序、叙录、解题、提要、按语、附注等体式。现代文学文献目录已出现了一种有目无录或重目轻录的趋势，渐渐地，人们只知目而不知录，对录往往缺乏知识学的自觉，遑论认识录的学术价值。一般而言，目，只需要做合理的排列；录，则必须在梳理、考辨之后，才能去说明和叙述，甚至还要求概括和评价，因而录更有学术质量和学术价值。如果目"出于通人之手，则其分门别类，秩然不紊，亦足考镜源流，示初学以读书之门径，郑樵所谓'类例既分，学术自明'，不可忽也"。[①] 余嘉锡认为"篇目，所以考一书之源流"，是说一书的篇目齐全则这本书的内容源流就清楚了；又说"叙录，所以考一人之源流"，是说叙录会叙述作者所有的著述及这些著述之间的关系等；还说"小序，所以考一家之源流"，是说小序会述及作者或著述在"家学"乃至流派中的承传、地位等；并说这"三者不备，则其功用不全"。[②] 功用不全则其学术价值不能完全彰显。所以，理想的目录体式是这三者皆备，至少应该篇目与叙录或篇目与小序两者皆备。书目、篇目与叙录的"学术片段"文字，互相印证，更能凸显其学术内涵和价值。如阿英的《中国新文学大系：史料·索引》既录书名等信息，又列具体篇目，有的还附加按语以揭示书的价值、

---

①　余嘉锡：《目录学发微》，中国人民大学出版社 2004 年版，第 11 页。

②　余嘉锡：《目录学发微》，中国人民大学出版社 2004 年版，第 30 页。

地位、版本等，使目录具有更丰富的史料内涵。赵燕声编的目录也因有书目加叙录而更有学术性，唐沅等编的期刊目录在每一刊物前有类似于小序的文字，对该刊起始时间、办刊宗旨、特色等进行"简介"，再著录每期具体篇目，也是较理想的期刊目录组合体式。单一的目或单一的录，当然有学术价值，而组合式的目录，更具形式上的层次感和内涵的丰富性。专题目录更需要这种组合体式。总体上说，目前，在现代文学文献目录中，理想的目录体式不多。

如果视野够开阔，我们还会发现现代文学文献的目录体式可以更丰富多样。一些文学广告、序跋、读书记或书话都可视为广义的目录体式，至少可以看成一种准"录"的体式。大量的现代文学广告尤其是叙录体的广告都已在行目录之实。序跋入目录书是古已有之，近人谢国桢的《晚明史籍考》也多录序跋。现代文学中的许多序跋在序书、序作者等时，已具有了目录的学术价值。读书记本来是古典目录的一种形态，如李慈铭的《越缦堂读书记》可视为目录著作。在现代文学研究中，多以"书话"之名取代读书记，以唐弢的《晦庵书话》为代表的大量现代文学书话都在散文的外衣中包藏了丰富的书刊目录信息。对这些准"目录"加以利用和改造，就能成为标准的目录。或者至少我们不能忽视这些文类的目录价值。所以，张静庐编《中国近现代出版史料》时，就收入了鲁迅《且介亭杂文二集》"后记"中的部分文字，鲁迅的这些文字类似于书目加叙录的目录体式。张泽贤的《中国现代文学诗歌版本闻见录》等系列著述，并不是典型的版本专题目录，而且也并非有意编成目录，侧重的是藏书家的"闻见"，但实际上却是组合式目录体式。有书的篇目、装帧等信息，还录入书影、版权页，并节录或全录书的序跋文字，再加上一些叙、评文字。如果这些"闻见录"著录的现代文学作品数量更多且更系统，并剔除那些藏书家式的炫耀文字，也可谓充分彰显目录价值的理想目录体式。

从目录功用上去进行价值批判也是一个重要视角。前文所谓目录的四种功用，其实也可以说是四种价值。这四种价值都体现出实用价值和学术价值的矛盾性。若过度追求其实用价值，就会有损其学术价值。如，出版家的目录往往是一种即时性目录，能及时地著录和报道现代文学文献出版时的状态和信息，一般来说，其信息准确度较高，所以具有学术价值。如

"良友文学丛书"第 15 种即靳以的《虫蚀》一书，附有该丛书前 14 种的目录广告，有每种书的页码、装帧、价格信息和类似于叙录的广告词。出到该丛书第 34 种即王统照的《春花》时，又附上了前 33 种作品的目录广告。这种及时更新的目录，为现代文学丛书目录的研究、现代文学生产研究等提供了第一手史料。但出版家的目录追求的是广告效应和商业价值的最大化，所以那些叙录式文字往往成了溢美、夸张的广告词。还有那些为了吸引眼球、增加预订量的预告式广告往往也不可信。这在"良友文学丛书"的目录广告中都有体现。如，该丛书出到第 20 种时，曾在《良友画报》登载后 20 种书目的预告，其中，郭新源的《子履先生及其门徒们》、郁达夫的《陌巷春秋》、施蛰存的《销金窟》、穆时英的《中国行进》等四部长篇小说后来并未真正出版。"良友文学丛书"的目录广告典型地体现了出版家目录的价值二重性和矛盾性。图书馆家的馆藏目录，也存在这种实用价值与学术价值的悖反。依据馆藏目录可以便利地检索馆藏书刊，但这种目录在实用的同时，学术性较差，它往往缺少对书刊版本谱系的梳理及真伪的甄辨。如北京图书馆编辑的《中国现代作家著译书目》就存在这种问题。一些藏书家、贩书家的目录甚至标上书刊品相、拍卖价格等实用信息，一些学者开出的推荐目录当然具有指导性，但忽视学术性往往是它们的通病。

以上诸方面其实都涉及目录的学术价值问题，以纯粹的学术价值尺度去批判目录编撰实践，我们还会看到其他非学术观念对目录编撰的制约。如善秉仁《中国现代小说戏剧一千五百种》《说部甄评》两书秉持的是宗教家的道德伦理观，于目录之中，对作家作品进行道德指引，影响对作品的艺术评判。在其目录中，有"适合于成年人""不适合任何人"等断语，或干脆下该书是坏书的结论。如对张爱玲的作品："认为《流言》适于所有人阅读，而对《红玫瑰》（笔者按：原名应为《红玫瑰与白玫瑰》）是否定的，建议不要推荐给任何人。对《传奇》则认为虽然爱情故事比较危险和灰色，不合适推荐给任何人阅读，但同时认为，小说叙述非常自由和具有现代风格，优美的叙述引人入胜且非常有趣。"[1] 这种道德评价和艺术评价的混合，显

---

[1]　谢泳：《中国现代文学史研究法》，广西师范大学出版社 2010 年版，第 80 页。

然削弱了目录的学术价值。将国家意识形态观念融入目录，当然也是一种非学术价值尺度。如 1934 年国民党上海市党部执行委员会有关于 149 种查禁书刊的目录（披露于《大美晚报》1934 年 3 月 14 日）。后经出版业呈文交涉，该委员会又弄出一个分成五档的目录。在"应禁止发售之书目""应删改之书目"中，都有附注文字。这些文字中，充满"诋毁当局""阶级意味浓厚""羼入反动术语""宣传普罗文学之作品"等词句。这是典型的意识形态介入目录的例子。新中国成立后，有些目录成果的名称上有"国民党反动派""国民党反动政府"等意识形态印痕的表述，影响了我们对目录学术价值的客观评判。

　　总之，现代文学文献的目录编撰实践，不仅仅是出版者和图书工作者的职业行为，而更应该是现代文学研究者的一种学术行为。而对那些目录著述的认知，也应该持一种学术价值的尺度和标高。这样，目录就不只是一种工具书。鲁迅曾说"目录亦史之支流"①。余嘉锡也说："目录者学术之史也。"② 现代文学文献目录也应该被视为一种特殊的现代文学史和学术史。阿英认为："要考察作品在史的时间意义上，编目是非常重要……"目录"也可见当时文运是在如何的向前发展，好像是在读一部有系统的文学史书"③。贾植芳也在《中国现代文学总书目》的"序"中说，此书"是用目录形式编写的一部中国现代文学全史。我之所以称其为'全史'，是因为它是以早年郑振铎先生所倡导的'统一的文学史观'来搜集、整理、鉴别和著录中国现代文学全部成果的"④。现代文学的作品目录、报刊文目录、研究论文（含论争文章）目录及其他专题目录，都可以视为相应的文学史或学术史，是以编目（录）的形式呈现的且多含有编年成分的文学史或学术史。目录更应该是现代文学研究中的一种重要著述类型。由于目录的有目无录的趋势，由于图书馆目录的重目轻录倾向，也由于对传统学术的知识学缺失，现代文学研究界在观念上对目录的价值、功用缺乏正确的认知，在实践上也不重视这种著述类型。这样，目录往往只被视为一种工具书，对其所具

①　《鲁迅全集》第 9 卷，人民文学出版社 1981 年版，第 10 页。

②　余嘉锡：《目录学发微》，中国人民大学出版社 2004 年版，第 30 页。

③　阿英：《中国新文学大系：史料·索引》（影印本），上海文艺出版社 2003 年版，第 5 页。

④　贾植芳、俞元桂编《中国现代文学总书目》，福建教育出版社 1993 年版，第 1~2 页。

有的"辨章学术，考镜源流"的价值重视不够。实际上，"辨章学术，考镜源流"是目录功用和价值的最高层级。因此，目录是现代文学研究中尚待开掘和启用的领域，现代文学研究应该丰富目录的体式，将目录当作一种重要的学术著述类型并将其学术价值充分揭示出来，因为目录尤其是解题目录或叙录具有"揭示内容，订正讹误、考察存佚、研究版本、批判是非、叙述源流"[①] 等丰富的学术内涵。

---

① 　姚名达：《中国目录学史》，上海古籍出版社 2011 年版，第 13 页。

第 八 章
考证方法批判

　　考证，又称考据、考核等，是古典学术研究中鉴别史料、解决具体学术问题的一种方法和学问。其基本内涵是在广搜材料的基础上，对史料或史实的本源、流变、时地、真伪、是非、异同等进行溯源、疏通、探隐、纠谬、考辨，从而为学术研究提供更可靠的史料或解决具体的学术问题。当人们把这种方法提升为一种"方法论"或"学问"的时候，就被称为考证学或考据学。因此导致了考证（学）的广义与狭义之分、之混。考证学可包含古典文献学的所有领域和治学方法，如人们常把"考据之学"与"义理之学""辞章之学"并举，这种意义上的考证学是广义的，所以可以说朴学或汉学即考证学。狭义的考证学是指古典文献学或朴学的一个分支，如江藩《经解入门》中把考据与目录、校勘、训诂等并举。笔者则以为狭义的考证学主要是指这种方法的运用，由于目录、校勘、训诂等都需要用到考证方法。因此，考证学更宜称为考证术或考证法。考证学在中国据说萌芽于先秦，经汉代以后的发展至清代乾嘉时期已趋成熟，到 20 世纪又有新的发展。因此，从考证学的历史来看，又可分为传统考据学与现代考证学。传统考据学据说主要是以文献证文献，现代考证学则有文献之外的其他材料（如地下文物），更有经过科学主义洗礼并借鉴西方实证主义史学等形成的新方法。中国现代文学史料学或文献学的研究当然也离不开考证（学）。它的考证（学）当然主要是狭义的和现代的，因此，本章着重讨论的是作为方法的"考证"，并认为需要以一种批判意识去看待这种"考证"。

一　兴衰历程

继宋明理学之后，传统考据学在清代乾嘉时期走向全盛，道咸时期则开始趋向衰落。进入 20 世纪后，在传统考据学向现代考证学转型的过程中经历了又一次盛与衰的轮回。虽有新文化运动的冲击，但二三十年代，考证学却呈现一派兴盛气象。此期整理国故运动的展开、西北边疆民族史的研究都是考证学走向兴盛的原因和证明；更有王国维、陈寅恪、胡适、陈垣、顾颉刚、钱穆等一大批大师及其考证性研究成果的出现；还有大学国文系的课程设置都偏重于考证学，甚至出现具有考证学风的刊物（《努力周报》的附刊《读书杂志》之名源于乾嘉考据大师王念孙的《读书杂志》）和出版社（朴社即源于朴学）。① 这些莫不显示民国时期考证学的一时之盛。所以，早在 20 世纪 20 年代初，抗父（樊少泉）就称赞："所谓考证之学，则于最近二十年中，为从古未有之进步。"② 其实，此期考证学的兴盛更重要的表征是实现了其现代化的转换，使传统考据学发展成为现代考证学。胡适早年有一则《"证"与"据"之别》的日记，认为："吾国旧论理，但有据无证。证者，乃科学的方法，虽在欧美，亦为近代新产儿。"③ 据此可以说，所谓转换就是从重"据"的考据学向重"证"的考证学的转换，或者说是变成了一种新朴学。考证学的新变当然有研究领域或取材范围的拓展，如，由经部到子、史、集等，从地上文献到地下文物并转向边疆和少数民族研究，还有甲骨文、汉晋简牍、内阁大库档案、敦煌文书四大新史料的发现，等等。更为重要的是，在西方哲学、史学、逻辑学、科学观念的冲击下，在中外学术思想的融汇中，现代考证学完成了理论和方法的创新。如王国维提出了"二重证据法"，陈寅恪将其总结为"三互证法"以及他自己发明的"诗史互证法"，胡适总结的"大胆的假设，小心的求证"法，顾颉刚独创的"层累式考证法"，傅斯年总结的"史料比较法"，等等。此外，在西方学术思想的烛照下，梁启超、胡适、陈垣等还发现朴学其实已具备"科学"的精

---

① 王惠荣：《民国时期的考据学风与其兴盛之原因》，《江汉大学学报》（人文科学版）2006 年第 5 期。

② 抗父：《最近二十年间中国旧学之进步》，《东方杂志》1922 年第 19 卷第 3 号。

③ 《胡适全集》第 28 卷，安徽教育出版社 2003 年版，第 239 页。

神，给予传统考据学以新的阐发。理论和方法的新发明、新阐发反过来又推动了现代考证学的发展。古典文献学的学科分支如目录学、版本学、辨伪学等在 30 年代的成就和独立成"学"也从侧面印证了现代考证学的鼎盛和辉煌。到 40 年代，考证学的独尊之势甚至招来了学界的非议，如蒙思明 1941 年撰文认为考据"在科学方法整理国故的金字招牌之下，……竟变成了学术界唯一的支配势力。……使人除考据外不敢谈史学，评文章的以考据文章为优，倡学风的以考据风气为贵……竟使史学的正宗，反而变成了外道邪门"①。程千帆也指出当时"多数大学中文系之教学，皆类偏重考据，此自近代学风使然，而其结果，不能无弊……师生授受，无非作者之生平，作品之真伪，字句之校笺，时代之背景诸点，涉猎古今，不能自休。不知考据重知，词章重能，其事各异"②。

50 年代以后，为考证学做出贡献的主要是一批三四十年代即受过严密考证方法训练的学者。在港台，出现了严耕望、饶宗颐等考证大家，使现代考证学的传统在海外得以延续和发展。而大陆此期考证学则在挫折中有所发展。俞平伯、周汝昌等的《红楼梦》研究本应是考证学的重要成果，但 50 年代中期由《红楼梦》研究而引发的对胡适学术思想的批判，几乎否定了现代考证学。1954～1955 年，郭绍虞、吴小如、童书业等一大批学者都发表了相关批判文章。陈炜谟则写有长文对这些文章的观点有较完整的综述并突出了胡适考证学的毒害性。认为胡适"歪曲了清代学者的治学方法"，成就了"资产阶级唯心主义考据学"，其危害性在"主观武断"，其特征是"考据的烦琐拉杂，支离破碎"，其方法是"穿凿附会，钻牛角尖"；最后总结说，考据学面临的新课题"这主要是一个立场和观点问题，也就是党性问题；还有就是思想方法问题。此外就是如何在传统的基础上创造革新问题"，认为应按照"今天国家总路线对学术文化的要求""在我们的考据学或考证工作中反映出党性，反映出辩证唯物主义的世界观和思想方法"。③这类文章所进行的几乎是一种政治意识形态化的批判，把考证学看作与阶级

---

① 蒙思明：《考据在史学上的地位》，《责善半月刊》1941 年第 2 期。
② 程会昌：《论今日大学中文系教学之弊》，《国文月刊》1942 年第 16 期。
③ 陈炜谟：《论考据学在文学研究中的作用——兼评胡适的资产阶级唯心主义考据学及其毒害》，《四川大学学报》1955 年第 2 期。

性、世界观、党性甚至与反马列主义、反党相关联的活动。当考证成为政治禁忌，这种学术活动的发展必将蒙受重大挫折。但是另一方面，新中国成立之后，学术界强调马列主义理论的学习，唯物史观和辩证思维又使大陆文史学者有更开阔的视野，使现代考证学的发展又进入了一种"新境界"和"新阶段"。① 如五六十年代，谭其骧的历史地理学考证、唐长孺的魏晋南北朝史考证等都为现代考证学的发展提供了具体成果，其他如陈梦家、徐中舒等亦有重要贡献。"文革"期间，大陆考证学与其他学术研究一样受到严重摧残，只有少数学者在此期以"潜在写作"的方式从事考证研究，其成果直到"文革"结束后才正始出版，如陈直的《史记新证》等。总之，从20世纪50年代至70年代末，考证学在大陆虽有所发展，但整体上看，进入了衰退期。

80年代以后，考证学在文史研究中又得到重视，有人甚至提出"回到乾嘉去"的口号。傅杰编《二十世纪中国文史考据文录》、王子今编《趣味考据》之类现当代考证名篇选集的出版，显示了学界对考证的学术传统的回归意向。学界也出现了李零的《中国方术考》等新的考证学代表作和现代考证史研究著作，如陈其泰主编的《20世纪中国历史考证学研究》。在方法上，也有人总结了"四重证据法""时空四维考辨法"等新的考证法。这些都体现了近几十年考证学的新发展，但似乎难以再现现代考证学的辉煌了。因为有更新的西方史学理论、文学理论的引入，中国当下的文史研究带有更多的融汇性甚至西化特征，考证学风似乎也不再可能在学界形成独尊之势了。尽管如此，考证的方法仍然是文史研究中的重要方法之一。

通常用于古典文献研究的考证方法对中国现代文学的研究也具有重要影响。较早的现代文学研究因与现代文学的发生具有同步性，因而多是即时性的批评，虽然在20世纪20~40年代，已有人从事现代文学的目录、校勘、辑佚、辨伪等研究，也出现了有代表性的考证学著作，如林辰的《鲁迅事迹考》（1949年版），但当时几乎没有明确地提倡考证学方法。50年代对考证学的批判，使现代文学研究领域更不敢大胆提倡考证。最早明确提倡现代文学研究使用考证方法的是60年代初周天发表的论文。他在总结新中国成

---

① 陈其泰主编《20世纪中国历史考证学研究》，北京师范大学出版社2005年版，第475~478页。

立十二年来的现代文学资料整理问题时说："一动手整理资料，考证的问题就会马上跟踪而来。"有"作家的生平、生活历史、作品原型进行必要的考证""作家笔名的考证""现代文艺书刊的考证"等。并说"现在考证的文章不多"，可能与人们"划不清繁琐的考证和必要的资料考证之间的界限有一定的关系。不能为正确的研究工作服务的繁琐考证永远是我们所应该反对的，因为这会把研究工作和资料工作引到狭窄的死胡同中去；但是，却不能由此向前多走一步，连必要的资料考证也一起反对掉"。① 这里有对 50 年代中期批判胡适考证学思想的回应，也反映出现代文学研究界对考证方法的顾忌和这类研究的缺乏。尽管如此，50 年代至 60 年代初期仍有少数现代文学目录著作和资料整理集与考证有关，也有少数考证文章发表，如仲乐（陈涌洛）的《鲁迅日记一部分的考证》（《光明日报》1951 年 11 月 24 日、12月 8 日）。从 70 年代末开始，随着现代文学史料研究新高潮的到来，《新文学史料》《文教资料》等杂志的创刊，考证方法在现代文学研究中得到了较好的应用，尤其在鲁迅研究、现代作家笔名研究等方面出现了许多以考证见长的代表性论著，如朱正的《鲁迅回忆录正误》（1979 年版）、陈漱渝的《鲁迅史实新探》（1980 年版）、王景山的《鲁迅书信考释》（1982 年版）、李允经的《鲁迅笔名索解》（1980 年版）等，还有关于"杜荃"是郭沫若笔名等考证性论文。此期极力倡导考证学方法的是朱金顺，他在其论著《新文学资料引论》中专设"考证篇"，在此章节中总结了现代文学考证的方法、特点及失误。在 80 年代后期，他还发表了《试说新文学研究与朴学之关系》的论文，首先在现代文学研究界提出对朴学方法的继承问题。樊骏于 1989 年分三期发表《这是一项宏大的系统工程——关于中国现代文学史料工作的总体考察》的长篇论文，也谈到了考证的作用和价值问题。然而，此期的考证成绩和对考证方法的倡导，并未引起年轻学者的重视和响应，他们的目光已被来自西方的"老三论""新三论"和其他文论方法热所吸引，即便是所谓"重写文学史"这样的与写"史"有关的学术浪潮也并未给考证方法留点空间，这种情形一直延续到 90 年代。90 年代的现代文学

---

① 周天：《关于现代文艺资料整理、出版工作的一些看法》，《中国现代文艺资料丛刊（第一辑）》，上海文艺出版社 1962 年版，第 276～277 页。

考证论著代表作有朱金顺的《新文学考据举隅》（1990 年版），但这其实还是他 70 年代末至 80 年代的系列考证短文的结集。陈福康则出版有《民国文坛探隐》（1999 年版）收录他多年积下的"文坛掌故杂考"文字。在 90 年代读书界的书话写作热中，姜德明、倪墨炎、陈子善、龚明德等人的书话著作中也有不少现代文学的考证文字。

　　进入 21 世纪之后，现代文学的文献史料研究又被学界重视，解志熙等提出了现代文学研究的"古典化"命题。当代文学研究界也开始关注史料整理，程光炜等鉴于此前流行的"批评化"学风而倡导文学研究的"历史化"或"史学化"转向。学院派的刊物《中国现代文学研究丛刊》《现代中文学刊》等也开设史料研究专栏。更重要的是不仅有许多老年学者关心史料建设，一批中青年学者也身体力行。于是现当代文学界重"考"的研究与重"论"的研究几乎可以平分秋色。尽管重"论"的学者对重"考"的学风以"技术化""学术化"等加以矮化，但重"考"的学术著作在现当代文学研究的学术史上将会有更多的沉积。此期董健等的现当代戏剧目录研究，陈子善的现代文学辑佚研究，金宏宇的现当代文学名著版本研究，解志熙的现代文学文献校读研究，张均的"十七年"文学名著"本事"研究，其他学者的辨伪、校勘研究等都是具体的考证成果。出现"考""证"字样的研究著作就有孙郁、黄乔生主编的《鲁迅史料考证》（2001 年版）、解志熙的《考文叙事录》（2009 年版）、叶锦的《还艾青一个清白——艾青研究史料考证》（2010 年版）、吴永平的《〈胡风家书〉疏证》（2012 年版）、刘涛的《现代作家佚文考信录》（2012 年版）、付祥喜的《新月派考论》（2015 年版）等。但这些著作多半不完全是狭义的考证，往往更多地带有"考""论"结合的特点。反而是大量单篇论文更能体现狭义考证方法的应用，如陈学勇的《林徽因徐志摩"恋情"考辨》等。可以说 21 世纪以来，现当代文学的考证性研究取得了较大的成就。综上所述，中国现当代文学的考证研究也体现出自身的发展周期和节律。

二　有据且证

　　关于现代文学的考证问题，我们还得辨别"据"与"证"这两个概念及其关系。胡适 1915 年日记中曾谈"据"与"证"之别，说"据"是"据经典之言明其说也"。"证者根据事实、根据法理，或由前提而得结论（演绎），或由果溯因，由因推果（归纳）：是证也。"① 认为传统考据学重"据"，现代考证学重"证"。后来他又说："在外国有这个区别，证据叫evidence，证实是 prove。证实是证据的结果……证实是个结果，证据是个材料。"② 他的观点给我们以启示，可在此基础上做进一步的界定。即现代考证学（也包括现代文学考证学）有两个核心概念或范畴："据"和"证"，它们既有区别又有关联。"据"即证据（evidence），是名词，是指用来证明某一命题的材料，是人、物、事或文献等。"证"即证明或证实（prove），是动词，是指考证的实行和过程。证据（evidence）的形容词是 evident（明显）。所以，"证据必为明显之物"③，证据就是使某一命题"明显"的材料，证明和证实就是使用证据让不明显的命题变得"明显"，成为相对正确的事实。证据与证明（证实）二者相辅相成，证据的辨别、选择、放置等其实就是证明，证明的过程中要使用证据。当然，有时可以证据自证从而不证自明。总之，现代考证学的核心是有据且证，据证合一。

先从"据"的角度看。从事现代文学考证需要利用证据，这就要明了证据的种类。我们可综合传统考据学和现代证据法学的划分法，把证据分为书证、物证、人证、证词等。书证当然是指现代文学的各种书刊文献材料，也包括一些档案文献材料，书证是最常见的证据。物证包括现代文学作品和刊物的版本实物、作家故居、社团旧址及各种照片、图像等。如考证作品的版本变迁自然需要经眼目验版本实物或书影。又如，图像可视为物证，所谓以图证史是也。要考证《论语》八仙是哪些人，《逸经》第 28 期（1937年 4 月 20 日）上汪子美所作的"新八仙过海图"当然是重要的物证。人证是指现代文学史上的当事人、见证人等。20 世纪 90 年代以前，许多现代文学时期的作家、批评家、出版家、编辑等都健在，所以当时的现代文学考证，可以找到许多人证。如鲁迅与陈赓将军见面问题的考证就有陈赓本人、陪同者楼适夷等人证。证词既可指当事人、见证人的证言，也特指权威性的公论，如柯林武德谈到"历史的证据"时所说："一个权威所做出的并为历

---

① 胡适：《"证"与"据"之别》，《胡适全集》第 28 卷，安徽教育出版社 2003 年版，第 239 页。

② 胡适：《史学与证据》，《胡适全集》第 13 卷，安徽教育出版社 2003 年版，第 780 页。

③ 〔英〕迈克尔·斯坦福：《历史研究导论》，刘世安译，世界图书出版公司 2012 年版，第 134 页。

史学家所接受的陈述，就被称为‘证词’。"① 一些现代作家的自述和对其他作家、事件的评说皆是证词。但证词不是主体的证据，只能是一种辅助的证据。

我们还必须对证据的性质、价值等有所评估和判断，而最基本的做法莫过于证据的"二分论"，如一位英国历史学家把证据分为一手证据与二手证据、硬性证据与软性证据、刻意证据与非刻意证据等。证据来自材料或史料。一手证据来自一手材料，"一手资料有两个特征，一是属于问题所涉及的时代遗存下来，一是未经整理"②。据此，现代作家的手稿、书信、日记、自传等，作品的初刊或初版本，原始档案、文学广告等，这类同时符合以上两个特征的原始文献都可以成为一手证据。而作品在另一个时代的修改本，作家后来的回忆录，另一个时代的整理文献和研究文字等则只能提供二手证据。具有第一个特征也未必是一手证据，如当时的新闻报道，可能是带有记者偏见的转述；同时代的文学史、批评文字等也是研究一手材料之后的二手证据。硬性证据指的是"数字及符号"，包括统计数据，它们可以计量，模糊性较小。现代文学书籍的价格、版次、发行量，作家的写作量、收入、稿费、版税、生活开销，刊物生存的时间等都是精确的数字或可以量化，是无争议的硬性证据。"至于'软性证据'（soft evidence）则可见于传统性历史文献中，是用文字而非用符号来表达的，且所表述的多为理念而非计量。""采用'软性'一词，就表示它具有争议性、修饰性、变易性。它也可拥有一种以上的诠释，让人无休止的争论它的真义何在。""因为软性证据是在字词之中而非在数字之中，就产生了所有与语言相关的问题。"③ 依据这种界定，所有的现代文学的文字文献都有可能只是软性证据。"最后一个区别则是证据是刻意营造以备未来诘问的人观察的，还是非刻意而为之。"④ 现代作家有意要传之后世或经过修改的日记，还有自传、回忆录等提供的可能是刻意证据。一般的日记、书信、广告、版权页等可能有更多的非刻意证据。以上对证据的二元划分，使我们可以较快地判断证据的真实程度和价值

---

① 〔英〕柯林武德：《历史的观念》，何兆武等译，商务印书馆2007年版，第356页。
② 〔英〕迈克尔·斯坦福：《历史研究导论》，刘世安译，世界图书出版社2012年版，第126～127页。
③ 〔英〕迈克尔·斯坦福：《历史研究导论》，刘世安译，世界图书出版社2012年版，第129～130页。
④ 〔英〕迈克尔·斯坦福：《历史研究导论》，刘世安译，世界图书出版社2012年版，第130页。

层级。显然，一手证据比二手证据可靠，硬性证据比软性证据更有说服力，非刻意证据比刻意证据更真实，所以前者都比后者具有更高的证据价值和可靠性。其中非刻意证据与刻意证据的区别要更复杂一些，因为较难对这"意"进行判断，有时刻意和非刻意混在一起。如《新月》第 1 卷第 8 号刊登的《志摩的诗》的再版广告，广告者为推销此版诗集，有意说此版经作者修改，"内容"已焕然一新，却又在不经意中留下了此诗集的修改和版本变迁的证据。

我们了解证据的种类、性质、价值等，其实都是为了在考证时能选用合适的证据。并不是所有的证据都可以成为合适的证据。合适的证据，按照证据法学所说应具备三种属性：相关性、可采性和证明力。文史考证的合适证据也应如此。胡适早就提到这个问题："凡是证据，不一定都可靠、都可用，所以就有所谓证据法（Law of Evidence），……我以为历史学家用证据，最好也学一学证据法。"并设有四条原理："一、不关本案的事实不成证据。譬如，打老婆的人，你说他偷东西，这不能成为证据。二、不可靠之事实，不算证据。……三、传闻（hearsay）之词不能成立。……四、个人之意见不能成立。"[1] 违反第一条原理，采用不具相关性的证据，如说《阿 Q 正传》写于共产党成立的那年冬天之类，在现代文学考证中尚不多见，但采用后几种不合适证据的还是比较常见，如朱金顺曾举阿英的考证失误一例：阿英说瞿秋白翻译过苏联别德纳依骂托洛茨基的长诗《没工夫唾骂》，而署名"芸生"的长诗《汉奸的供状》明显模仿此诗，因此《汉奸的供状》为瞿秋白所作。[2] 这里的证据不可靠，甚至不相关。这是阿英个人的看法，如果其他考证者又以阿英的说法去证明"芸生"即瞿秋白，那又违反了第四条原理。因此，不相关的证据明显不合适。不可靠的证据也不具有可采性或可用性。证词、二手证据、刻意证据虽然具有可采性，但证明力却不够强。也不能算是最合适的证据。总之，对证据的辨别就是为了寻求合适的证据，有了这种证据，现代文学的考证工作已完成泰半。

再从"证"的角度说。考证学中带"证"字的概念很多。前面从

---

① 胡适：《史学与证据》，《胡适全集》第 13 卷，安徽教育出版社 2003 年版，第 782 页
② 朱金顺：《新文学资料引论》，北京语言学院出版社 1986 年版，第 66 页。

"据"的角度看，书证、物证、人证等皆是"证据"，若从"证"的角度说，其实这些概念也可说是以书证之、以物证之、以人证之等。这里着重提及的一组概念是本证、旁证、反证，它们既可以从"据"的角度看，但似乎更可以看成"证"。这一组概念在文史考证中与法学中的含义有所不同。本证或叫内证是应用本书、本人、本事的相关证据以证明、鉴别史料和史实的真伪、是非等。最典型的莫过于文献校勘中的本校法。旁证在法律中是指主要证据之外的次要证据或间接证据，文史研究中可指采用他人、他书、他事所提供的间接证据来进行考证。如考证林徽因是否爱徐志摩的问题，本证应该是林徽因本人的诗作、书信等，她的亲友等的证词只能是旁证。反证是与本证、旁证刚好相反的证据，也可以说举反证以证之。梁启超说："鉴别史料之误者或伪者，其最直截之法，则为举出一极有力之反证。"如有证明力强的反证，"但得一而已足"。① 如为了证明"徐志摩与林徽因之间这段令双方都刻骨铭心的爱情的断言"并非属实，有学者举了林徽因1932年1月1日致胡适的一封信作为反证，信中有"也许那就是我不够爱他的缘故，也就是我爱我现在的家在一切之上的确证"之类的话。驳倒他人考证的撒手锏就是用反证。还有一个概念是"理证"。陈垣把理证与书证、物证并提。这个"理"既指情理、事理、学理、道理，也指运用推理，所以，理证既是证据更是证明。理证就是根据常识常理，结合逻辑推理去完成考证。文献校勘中的理校法就是一种典型的理证。理证是在找不到确凿证据和有说服力的证据的情况下才可动用的。以上这组概念其实建构了现代文学考证学如何去"证"的基本原则：主用本证，辅用旁证，贵在反证，慎用理证。或者说这就是如何正确使用证据的原则。

拿出合适的证据，正确地使用证据都是在完成"证"的过程，但如何去"证"还涉及方法问题。考证方法更具体地展现了"证"的步骤和过程。综合古今学者的观点，考证的方法主要有以下几个类型。首先是逻辑思维法。以前考据学者所使用的方法主要是形式逻辑的方法，包括归纳法、演绎法、类推法、比较法等。其中归纳法被严复认为是一切法之法。这种"方法中的方法"或元方法是在考证中用得最普遍的。所以梁启超在《清代学

---

① 梁启超：《中国历史研究法》，中华书局2009年版，第90页。

术概论》中总结说："清儒之治学，纯用归纳法，纯用科学精神。"① 而胡适则认为他们是归纳法、演绎法、类推法等并用。他在《清代学者的治学方法》一文中说："（1）……每立一种新见解，必须有物观的证据。（2）汉学家的'证据'完全是'例证'，例证就是举例为证。……（3）举例作证是归纳的方法。举的例不多，便是类推（Analogy）的证法。举的例多了，便是正当的归纳法（Induction）了。类推与归纳，不过是程度的区别，其实他们的性质是根本相同的。（4）汉学家的归纳手续不是完全被动的。是很能用'假设'的。……他们所以能举例作证，正因为他们观察了一些个体的例之后，脑中先已有了一种假设的通则，然后用这通则所包涵的例来证同类的例。他们实际上是用个体的例来证个体的例，精神上实在是把这些个体的例所代表的通则，演绎出来。故他们的方法是归纳和演绎同时并用的科学方法。"② 戴震等的义例法大概也是这种归纳、演绎并用的考证法。比较法也是考证中最基本、最重要的方法之一，往往是通过对史料或事件、现象的纵横比较找出其异同处，从而考证真相。包括同源史料的比较、异源史料的比较、二手史料与一手史料的比较等。③ 如王国维的"二重证据法"就属于异源史料的比较。这些方法及其他逻辑方法都是学术考证中常用的，或多种方法综合运用，或侧重运用其中一两种。

在现代文学文献和史实的考证中，归纳法和比较法用得更普遍。如考证《创业史》对"爱情"的删改问题就完全是用归纳法。笔者通过校勘，发现其定本几乎删改了其初版本中所有与"爱情"有关的字眼："爱情"改为"感情"，"谈恋爱"改为"谈亲事"，"恋人"改为"他们"或"人"，等等。还有关于梁生宝和徐改霞之间爱情的叙述、描写文字以及由此引发关于爱情的议论文字等都被大量修改和删削。因此可以归纳说，《创业史》（第一卷）的定本是一个几乎将爱情淡化到没有的文本。而孙玉石、方锡德对鲁迅佚文《自言自语》的考定则是归纳法和比较法相结合，总体上是归纳法，拿出三方面的确切证据，最终确定为鲁迅佚文。其中第三个证据又有比较，具体比较了《自言自语》中的篇章与鲁迅其他相关文章之间的相似、

---

① 梁启超：《清代学术概论》，东方出版社 1996 年版，第 56 页。
② 《胡适全集》第 1 卷，安徽教育出版社 2003 年版，第 373 页。
③ 杜维运：《史学方法论》，北京大学出版社 2006 年版，第 65 页。

变异等关系；从这种具体的比较中得出结论，又是一次小归纳。所以其总的考证方法是归纳法中含比较法，比较法中又含归纳法。现代文学的考证当然还会混合其他逻辑方法。如商金林在对所谓朱光潜的《给青年二十四封信》辨伪时，除了使用归纳法、比较法，还使用了类推法。朱光潜出版过《给青年的十二封信》，已证明《给青年的十三封信》是伪作（朱光潜自己已证明），其封面图案仿其真作《给青年的十二封信》。《给青年二十四封信》封面亦仿《给青年的十二封信》图案（只把"的十二"改为"二十四"），与《给青年的十三封信》手法大致同，故亦伪作。① 总之，现代文学研究中的考证类文章在发掘证据、组织证据和证明过程中主要使用的是这些逻辑思维的方法。

其次是调查观察法。清代的考据学者除了使用逻辑思维的方法完成从文献到文献的研究工作之外，还使用调查观察法。"特别是研究与自然界、器物等相关课题的学者，很注重用调查、观察的方法来获取资料，证成其说，'得之目验，斯为不谬'。"② 这主要是一种实地考察、实物目验的方法。目验或经眼主要是观察法。现代文学版本的考证常使用这种方法。目验或经眼了版本实物即能直接证明或否定某些考证，有时只要凭借版本封面、版权页等书影即可。目验现代文学作品的初刊实物也常有意外的收获。如，要考证冰心的小说《我们太太的客厅》是影射林徽因的，我们去查看发表该作的《大公报·文艺副刊》，发现知情人沈从文有意在该作文字的中间另辟一块版面发表了林徽因的诗作《微光》，这种用冰心小说包裹林徽因诗作的版面安排，是坐实冰心影射林徽因的证据之一。实地考察有点类似于社会学家的田野调查，常常能解决考证中的某些问题。如，鲁迅兄弟失和，据某些鲁迅研究者的推测，是鲁迅偷看弟妇沐浴。周海婴撰文说："据当时住在八道湾客房的章川岛先生说，八道湾后院的房屋，窗户外有土沟，还种着花卉，人是无法靠近的。"③ 如果按章川岛的说法去做一番实地勘察，即可证某些研究者的推测不成立。只是八道湾后院的布置现在已不存在，这时，如果有当

① 商金林：《〈给青年二十四封信〉非朱光潜所作——评章启群先生对该书作者的"考证"》，《北京大学学报》（哲学社会科学版）2001 年第 2 期。

② 郭康松：《清代考据学研究》，崇文书局 2001 年版，第 171 页。

③ 周海婴：《鲁迅与我七十年》，南海出版公司 2001 年版，第 73 页。

年照片，也可返回当年的现场。所以，以历史照片代替实地勘察也就成为现代文学考证中的一种特殊做法。如，韩石山为了考证冰心的小说《我们太太的客厅》确实是影射林徽因的，将小说中对客厅内外的描写与当年梁家客厅、院子的照片一一比对。① 又如，鲁迅身高多少，说法不一。鲁迅的孙子周令飞找到一张鲁迅1936年1月9日与日本记者浅野要在上海大陆新村寓所门口的合影，据此照片，在该寓所门口测量出鲁迅的真实身高是1.6米。照片中鲁迅刚好是门边从地面往上至第19层砖的高度（加上墙脚部分），实地测量这个高度，刚好1.6米。这则是历史图像与实地考察相结合的方法。因此，现代的摄影、电影等技术为现代文学考证的重返历史现场、目验当年实物等提供了可能。使图像证史成为现代文学考证的新方法或一种特殊的调查观察法。

由于现代文学、当代文学与我们的时代距离较近，我们还可以通过与作家或当事人往来书信、采访或访问等调查方式获得历史证据。金介甫写《沈从文传》，关于沈从文及其创作中许多需要考证的问题就是通过以上调查方式解决的，如得知湘西掌管码头的哥老会龙头都相当正派，《边城》中的船总顺顺即如此。其原型是《往事》中那位码头工人头子长子四叔。② 李光荣对南荒文学社等西南联大文学社团的研究，也访问了数十位当事人、见证人，或与他们长期通信，以搜集证词，来补文献证据的不足。李辉的《胡风集团冤案始末》一书以同样的方式查证这一重大文学和政治事件。这些调查所获取的"口述"史料，有助于考证，是还原历史真相的重要方法之一。即便无助于问题的最终解决，亦可以以"口述史"方式存在，以备待考，如傅光明的《老舍之死采访实录》等。总之，现代文学考证中的调查观察法可以有比古代更多的具体手段去获取人证、物证，更快捷、更直接地完成考证。

此外，还有一些辅助性的考证方法，如数学考证法、e考证法等。已有学者总结过清代"考据学者将数学作为一种方法，直接用于非数学问题的

---

① 韩石山：《民国文人风骨》，陕西人民出版社2009年版，第161～165页。
② 〔美〕金介甫：《沈从文传》，符家钦译，国际文化出版公司2000年版，第232页。

文史研究的事实"，主要是指"概算法""量化统计法"等。① 现代文学研究中也常有用数学方法辅助考证的例子。如朱金顺据稿纸行数、诗的行数推算柔石的《秋风从西方来了》一诗散佚 8 行并最终找到全诗。② 王彬彬从鲁迅日记推算 1936 年他病重期间的 6 月 6 日至 6 月 9 日是"颇虞奄忽"的几日，从而证明《答托洛斯基派的信》不可能是鲁迅原话的"笔录"。③ 现代文学中有许多时间或日期的考定都可能会用到简单的数学运算，如秦贤次的《民国时期文人出国回国日期考》一文即如此。而如要证明作品的修改程度、畅销与否等问题都需要对修改次数、作品版次和发行量等进行量化统计。现代作家收入的统计也是数学考证法的好案例。如陈明远从鲁迅的日记等材料弄清了鲁迅从 1912 年 5 月抵达北京到 1936 年 10 月病逝于上海这 24 年间的收入：平均每年相当于今 17 万元人民币、每月 9000～20000 元人民币。从而证明这样的收入保证了鲁迅能在北京的四合院、上海的石库门楼房中写作，能在法西斯文化围剿中自食其力、自行其是，能保持他的自由思考和独立人格。④ 这类计量统计数据乃"硬性证据"，在考证中有较强的"证明力"。而所谓 e 考证法是当下互联网媒体时代新兴的考证法，主要是指利用网络电子数据库、网上图书馆、学术网站等来搜索证据，进行考证的方法。如《〈郭沫若论〉编者"黄人影"考》一文就使用了 e 考证法。⑤ 鲁迅的《且介亭杂文二集》"后记"中有 1934 年国民党中央党部查禁 149 种文艺作品的书目，其中《郭沫若论》的编著者署名为"顾凤城"。这个书目很多学者都知道，但这部书的编者就不见得人人清楚。通过 e 考证即可知这个"黄人影"其实就是"顾凤城"，而非许多资料显示的"阿英"。目前 e 考证在现代文学考证中应用得还不太多。但其简单、快捷的特点是显见的。随着电脑技术的发展和现代文学文献数字化的完备，e 考证将成为非常重要的辅助考证法。

---

① 郭康松：《清代考据学研究》，崇文书局 2001 年版，第 157～167 页。
② 朱金顺：《新文学资料引论》，北京语言学院出版社 1986 年版，第 52～53 页。
③ 王彬彬：《鲁迅与中国托派的恩怨》，《南方文坛》2008 年第 5 期。
④ 陈明远：《何以为生：文化名人的经济背景》，新华出版社 2007 年版，第 2～8 页。
⑤ 贺宏亮：《〈郭沫若论〉编者"黄人影"考》，《博览群书》2012 年第 1 期。

史学家严耕望论及陈垣、陈寅恪二位考证学巨擘的成就时，对考证方法做了独特的分类："考证之术有述证与辩证两类别、两层次。述证的论著只要列举具体史料，加以贯串，使史事真相适当的显露出来。此法最重史料搜集之详赡，与史料比次之缜密，再加以精心组织。能于纷繁中见其条理，得出前所未知的新结论。辩证的论著，重在运用史料，作曲折委蛇的辨析，以达成自己所透视所理解的新结论。此种论文较深刻，亦较难写。"① 认为在考证过程中通常是述证、辩证两者兼备，也可各有侧重，如陈垣、陈寅恪就分别擅长这两种考证之术，陈垣擅长述证，陈寅恪则擅长辩证。依据严耕望对考证之术的二分法，既可知古今考证术的区别，即重"据"的考证乃述证，重"证"的考证乃辩证；又可知诸多考证方法的侧重点不同，即逻辑思维法侧重辩证，而调查观察法、数学考证法、e考证法等侧重述证。其实，对中国现代文学考证而言，是述证或是辩证似乎都无关紧要。紧要的是把一定数量的"据"，通过众多"证"的方法联系起来，形成完整的证据链，更可靠地去呈现现代文学史的真相。而述证与辩证都是为了完美地达成证据链之间事实及逻辑的环环相扣。

三　广涉之术

考证学的研究虽然也涉及史料或史实的深入追问，但主要还不是求一种思想深度，而是关乎知识的广度。从这个意义上说，考证其实是一种广涉性的学术。大体说来，古典文献学的考证，广涉古书和史实。而现代文学的史料考证，则广涉现代书刊等文献和文学史实。史学界一般都沿用德国史学家伯恩海姆的分类法，把考证分为外部考证和内部考证。有学者认为外部考证是低级考证，内部考证是高级考证，外部考证为内部考证作铺垫，内部考证则是外部考证的继续和深入。也有人认为一般顺序应该是先外部考证，后内部考证。实际上，这种对考证价值高低的评估和次序先后的安排并无绝对意义，但外部考证和内部考证之分却有助于我们认知考证的广涉内容及其性质。

史学家杜维运说："所谓外部考证，系从外表衡量史料以决定其真伪及

---

① 严耕望：《治史三书》，上海人民出版社 2008 年版，第 174 页。

其产生的时间、空间等问题。"① 他对外部考证所涉内容的划定大多适用于现代文学考证。一是对文献及遗物、图像等真伪的考辨。如对所谓朱光潜的《给青年二十四封信》一书的辨伪，章启群考证为真，商金林考证为伪。若真，则为朱光潜增一作品，若伪，则于丰富朱光潜研究无价值。二是对史料产生时代的考证。在现代或当代，时代既已明确，需要考证的重在一些时间点，考定了时间点，才可对文学史料内容做精确的评估。如艾青的《黎明的通知》一诗的写作时间被考证为 1942 年春天。② 这个时间点前有皖南事变，后有延安文艺整风运动，能凸显此诗的历史意义。"文革"时"遗留"的一些"地下诗歌"因为写作时间的修改或无法考定，从而影响我们对这批作品的真实性和价值的认定。三是对史料产生地点的考证。环境无疑也决定着写作者的文本面貌和史料的传播特点，尤其是中国现代文学史料产生于苏区、解放区、国统区、沦陷区、租界等不同的政治文化和地理环境之中，往往差异甚大。如，鲁迅到了上海就很少写小说（仅 1934 年、1935 年写了几篇历史小说），写的杂文也不及前期境界博大。所以，文学史料的产生地点也有考辨的必要。如，确定了艾青《黎明的通知》一诗写于延安，有助于对诗作光明内涵的理解。确知老舍的作品出版在伪满洲国，当定为盗版。四是对史料著作人的考证。杜维运认为："影响史料最大者，为史料著作人。不知某史料出于某人，即难详知该史料的可信程度。"③ 这里主要是"不知某史料出于某人"的问题，即主要应该是现代文学辑佚、辨伪及笔名考证等涉及的问题。如《自言自语》是否是鲁迅的作品，《文艺战线上的封建余孽》的作者"杜荃"是否就是郭沫若，《京话》的所有权是归于姚颖还是其夫王漱芳，等等。另外还需要确认史料著作人的身份，是历史参与者、见证人，还是转述者。

按波兰史学家托波尔斯基所说：外部考证主要涉及的是史料的可信性（authenticity）问题，而内部考证则是对史料可靠性（reliability）的研究，关注的是史料"与事实的相符合的程度"，④ 即在确证为可信的史料的基础

---

① 杜维运：《史学方法论》，北京大学出版社 2006 年版，第 121 页。

② 朱金顺：《新文学考据举隅》，中国文史出版社 1990 年版，第 73 页。

③ 杜维运：《史学方法论》，北京大学出版社 2006 年版，第 126 页。

④ 〔波〕托波尔斯基：《历史学方法论》，张家哲等译，华夏出版社 1990 年版，第 87 页。

上再考证其可靠的程度。正如杜维运所说："所谓内部考证，系考证史料内容，从内容衡量其是否与客观的事实相符合，或它们间相符合的程度。"① 这首先是从史料著作人的信用、能力方面确定史料的可靠程度，或"确定他所记录的事件的'人格差律'（personal equation）"②。如阿英、唐弢等信用度高，则提供的文学史料可靠性高；史济行、张紫葛等信用度较低，所述史料的可靠性便较低。同时，知识素养较低者所述史料精确性较低，专家、见证人所供史料则可靠性较高。其次是对史料内容真实程度的确定。杜维运认为这方面中外史学家有许多通例，如："（1）凡是两种记载，不相抄袭，即是毫不相干的两种记载，而所记某事相同，则某事可信。""（2）凡是有客观的证据，如日蚀、干支纪年、民族习惯（如避讳）等可资佐证者，则这一类的记载，确实可信。""（3）比较正反两方面的记载，代表反对方面者，保持缄默，不加辩护，则代表反对方面者的记载为可信（在近代盛行宣传的情势下，此项通例，须谨慎应用。积非成是，由于宣传的关系）。""（4）两种或两种以上的记载互相歧义，较古的记载，较为可信。""（5）文献记载得到实物的印证，则亲切可信。"③ 除此之外，可能还有其他通例。伏尔泰所说："两个互相仇恨的同时代人的回忆录都肯定同一事实，这一事实便无可置疑。"④ 这就是一个特例。这些历史学方法同样适用于现代文学史料的内部考证。

实际上，对外部考证和内部考证有时很难做截然的区分。杜维运把对史料原形的考证划定为外部考证，认为主要有校勘的方法。但从四校法看，只有他校法即以他书校本书时才是外部考证，而对校法、本校法多与史料内部相关。又如辨伪书是外部考证，但辨别书中的内容真伪时又是内部考证。很多时候是既要辨伪书，又要辨伪事、伪说（即书中的内容）。如对瞿秋白《多余的话》的考证即是如此。在具体的考证研究中，当然有侧重外部考证或内部考证的情形，但普遍的情况是现代文学的考证往往既有外部考证又有内部考证。这说明考证之术广涉史料的内部和外部，涵盖了整个现代文学的

---

① 杜维运：《史学方法论》，北京大学出版社 2006 年版，第 121 页。
② 朱本源：《历史学理论与方法》，人民出版社 2012 年版，第 441 页。
③ 杜维运：《史学方法论》，北京大学出版社 2006 年版，第 131~134 页。
④ 朱本源：《历史学理论与方法》，人民出版社 2012 年版，第 327 页。

史料研究。

从考证与史料学学科分支的关系角度也能很好地说明现代文学考证所具有的广涉性。白寿彝说："考证之学跟目录、版本、校勘、辨伪、辑佚、注释之学有密切的关联。它们离不开考证的方法，但不通过这些学问，也难以做到取材博、用材精、训释正、类例明，从而有正确的考据。可以说，考据之学在一定程度上就是目录、版本等文献之学的综合运用，而考据的方法又是文献研究进行到一定程度时所不可少的。"① 这段话大致有两层意思，一是说考证之学的应用之广，即文献学的学科分支：目录学、版本学、校勘学、辨伪学、辑佚学、注释学等都离不开考证的方法；二是说考证之学需要运用的知识之广，即考证是文献学学科分支——目录学、版本学、校勘学、辨伪学、辑佚学、注释学——等方法的综合运用。所以，如果把考证看成一种科学方法，文献学或史料学的各学科分支都需要这种方法，同时这种方法又离不开各学科分支的具体方法。我们可以侧重从现代文学文献学的学科分支角度看考证方法的应用程度。

现代文学史料学或文献学的每个学科分支在文学史料的搜集、鉴别或整理中都有自身的方法，但都需要用到考证的方法。如辑佚中的线索追踪方法就需要述证，叙述追踪的过程。由笔名而发现佚文就需要对笔名进行细致的考证。辑佚中的"陋""误"等现象的出现也是缺乏考证所致。避免这些现象，就须在辑佚时不凭猜测、感觉或孤证等定谳，而要进行周密的考证。如方锡德对冰心佚作《惆怅》的考证就提供了本证、旁证、书证、人证等七八条证据，运用了比较法等考证方法。而辨伪之学整个就是考证之学，辨伪的"辨"就是考辨、辨析。辨伪侧重施展辩证这类"曲折委蛇"的考证之术。而辨伪更符合考证应遵循的大法——辩证法。在现代文学的辨伪实践中，就有一些精彩的考证文章。如商金林《〈给青年二十四封信〉非朱光潜所作——评章启群先生对该书作者的"考证"》一文的考证：先从该书封面的笔迹、篇名、信的格式、写作时间、出版书店等方面考证该书为伪作，侧重的是外部考证。又对章启群《新发现朱光潜〈给青年二十四封信〉的考证》一文进行辩驳。章氏的文章从书的内容应为一流学

---

① 白寿彝：《史学概论》，中国友谊出版公司 2012 年版，第 71 页。

者所作,从书中的政治思想和观点、哲学和美学观点、风格和文字、出版时间等各个方面证明该书为朱光潜所作。商金林对章氏的五点考证逐一提出反证。涉及外部考证,但重在内部考证。这是一篇既周密又有说服力的考证文章。其他如孟庆澍的《〈绿波传〉非章士钊所作》一文也在辨伪中显考证功力。校勘则是侧重文献字句等细部的考证之术。如从基本的校勘法来说,对校法、本校法就是内部考证,而他校法、理校法偏于外部考证。从一般方法来说,"对校法实则是比较异同""本校法实则是分析和考证""他校法实则是考证""理校法实则是分析和考证"。① 这实际上是说,校勘其实就是一种正误汇异的考证。不过当校勘成果仅仅借身于一种版本如精校本、汇校本等时,我们无法呈现其考证的功夫。只有在校读记这类校勘研究著述中才能更好地体现考证的过程和方法。校勘一类的考证一般偏于述证,其中理校法的考证可能偏于辩证,校勘价值的阐发、校勘理论的研究等也自然偏于辩证。在现代文学校勘研究中,也有许多有考证特色的著述,如解志熙《考文叙事录》一书中的某些片段,王得后《〈两地书〉研究》一书的校读记部分等。版本研究与考证的关系也十分密切。需要寻找诸种文献材料和版本实物这"二重证据",必须有正文本和副文本因素的相互参证。版本源流和文本谱系的梳理往往采用述证,版本演进带来的文本蜕变则需要辩证。异文可作量化统计,修改内容和特点的总结则要通过归纳。因此,现代文学版本研究的著述形态如校读记、汇校本、书话等都离不开考证。依托版本研究而进行的文本发生学、版本批评或其他学科的研究,同样需要有考证的基础。如龚明德、袁洪权等学者的版本研究或版本批评莫不基于扎实的考证之术。目录编撰亦与考证相伴,目录为辑佚、辨伪、校勘、版本研究的考证提供线索,而目录的最高境界——"辨章学术,考镜源流"体现的也是考证的功力。总之,整个现代文学史料学或文献学的研究都要广用考证之术。其他研究方法如索隐研究、本事研究、传记批评等离开考证也无法深入。同时,考证之术也要广借史料学或文献学分支的具体技术。

最后,跳出史料学或文献学的视域,我们仍能看到考证之学的广泛性。所以,白寿彝又说:"要从事历史的考证,仅有文献学的知识是不够的,还

---

① 倪其心:《校勘学大纲》,北京大学出版社 2004 年版,第 104~105 页。

需要有逻辑的素养和有关的专业知识，如历法、地理等等……"① 对现代文学进行考证也是如此，仅有文献学的知识是不可能圆满地完成考证工作的。逻辑学素养的重要，前文已提及，自不必说。因为研究对象是文学，涉及历法的问题不会太多，但我们应该知道延安的《解放日报》用的还是民国纪年等知识。地理学的知识当然必不可少，如须知晓苏区、边区、伪满洲国、租界等政治地理区隔，明了游记文学里国界的模糊，注意南渡和西迁与现代文学的关系、留学作家的出游路线，甚至上海的望平街、福州路（四马路）、武康路等重要文化地址，等等。这些都是现代文学考证中必要的文学地理或"地方"知识。如吴福辉《插图本中国现代文学史》对出版业、报刊与现代文学生产的关系的叙述，李永东《租界文化与30年代文学》对书名主题的分析都涉及文学地理的考证。考证中涉及政治内容的更多，如解志熙《"穆时英的最后"——关于他的附逆或牺牲问题之考辨》一文关于穆时英汉奸身份的考证就涉及汪伪政权、中统、军统等，王彬彬的《鲁迅与中国托派的恩怨》一文涉及苏联托派、中国托派等问题。这类论著如果没有政治背景、政治内幕等知识，是无法推进考证的。而且许多文学问题本身就是政治问题，如古远清的考证文章《国民党为什么不认为〈秧歌〉是"反共小说"》。当年的政治问题而今都是历史问题。现代文学的考证几乎就是历史和文学史的复原问题，就是历史考证，所以各类历史知识和史学理论知识，自然又是考证学的应有构成。考证之学与法学也有天然的关系。胡适甚至从发生学角度推想法学是考证学的重要来源："我常推想，西汉以下文人出身做亲民之官，必须料理民间诉讼，这种听讼折狱的经验是养成考证方法的最好训练。试看考证学者常用的名词，如'证据'、'左证'、'左验'、'勘验'、'比勘'、'质证'、'断案'、'案验'，都是法官听讼常用的名词，都可以指示考证学与刑名讼狱的历史关系。所以我相信文人审判狱讼的经验大概是考证学的一个比较最重要的来源。"② 叶舒宪的《国学考据学的证据法学研究及展望》一文也有考据学与证据法学的简单比照。这都说明了法学知识对考证学的帮助。现代文学的考证也当学习法学的严谨，每一次文学

---

① 白寿彝：《史学概论》，中国友谊出版公司2012年版，第71页。
② 胡适：《考据学的责任与方法》，《胡适全集》第13卷，安徽教育出版社2003年版，第576页。

史实的考证都应该被看作一次责任重大的文学断案。考证之学当然还需要其他相关的知识，学者要于学无所不窥，知识域越宽广，就越能有更多的"支援意识"，越能达成科学的考证。从应用之广的角度说，史料学、文献学之外的许多研究方法或学科也都需要考证之术。如文学研究中的索隐研究、本事研究、传记批评等。其他历史、哲学、人类学等研究都用得上考证。总之，考证之术所需要的知识没有边界与限度，考证之术的应用也是这样。可以说，考证之术是广涉或无界之术。

四　较高级批判

胡适认为考证学可译成西方的 higher criticism。在西方，"'校勘'（textual criticism）又叫'初级考据'（lower criticism），与此相对应的'高级考据'（higher criticism），是对文本作者、撰写时代、地点等问题的考证。之所以叫'高级考据'，只是因为它要以'初级考据'作为基础和前提"①。韦勒克和沃伦的《文学理论》一书也谈到了两个层次的考证问题，但它的中译本又把 higher criticism 翻译成"高级校勘"。如果我们要突出"批判"的意义，higher criticism 其实可直译为"高级批判"，严格意义上说，应译为"较高级批判"。考证实质上也是一种包含或基于初级批判的较高级批判。

考证之所以可以称为较高级批判，是因为它体现了一种较高的治学精神或境界，即一种"实事求是"的理性精神。清代的许多学者如钱大昕、汪中、阮元等都用"实事求是"一词评价朴学或考据学。"实事"用今天的话说就是客观事物、事实或证据。"是"指的是真义、真相、正确性、最大值等，毛泽东把它解释为"规律性"。"实事求是"自然有其史学、哲学的内涵，但它也应是考证学的理论总纲。梁启超谈辨伪正误时，曾把乾嘉学者的"实事求是"概括为"求真"二字。② 考证中的实事求是精神应该具有多重内涵。③ 其一是具有怀疑精神。梁启超评戴震，认为怀疑和追问是"戴氏学术之出发点，实可以代表清学派时代精神之全部。盖无论何人之言，绝不肯

---

① 苏杰编译《西方校勘学论著选》，上海人民出版社 2009 年版，"编译前言"第 13 页。
② 梁启超：《中国历史研究法》，中华书局 2009 年版，第 119 页。
③ 郭康松：《清代考据学研究》，崇文书局 2003 年版，第 118～129 页。

漫然置信，必求其所以然之故；常从众人所不注意之处觅得间隙，既得间，则层层逼拶，直到尽头处；苟终无足以起其信者，虽圣哲父师之言不信也。"① 陈垣也说："考证贵能疑，疑而后能致其思，思而后能得其理。"② 因此，实事求是的第一步是怀疑，怀疑才能读书得间，进而从间隙中进入。其二是具有批判意识。怀疑而能追问、审思，这已进入批判过程，然后是去蔽、揭露、臧否、重估或否定等进一步的批判。清代考据学的发展正是建立在对宋明理学末流的空疏学风及其妄改古书、望文生义等错误做法进行批判的基础上，也批判当时考据成果中非实事求是倾向。其批判锋芒所向，虽师友都不规避，甚至进行自我批判。如戴震在《答郑丈用牧书》中提倡"不以人蔽己，不以己自蔽"③。这种既去"人蔽"亦除"己蔽"的主张体现的正是一种强烈的批判意识，唯此，才能达成实事求是，求得"真是"。其三是阙疑存异原则。钱大昕在《卢氏群书拾补序》中说："儒者之学，贵乎阙疑存异，不可专己守残。"（《潜研堂文集》卷二五）崔述在《考信录·释例》中的说法是："凡无从考证者，辄以不知置之，宁缺所疑，不敢妄言以惑世也。"邵晋涵《尔雅正义·序》也说："其迹涉疑，以仍阙而不论，确有据者，补所未备。"简言之，阙疑存异就是涉疑处，不妄下断语，阙而不论以待查考；岐异处，不自逞臆见，并存加注以便省阅。这也正是一种实事求是的态度。总之，实事求是的精神用现代的观念说就是一种治学的理性精神。治学能否体现实事求是的精神，其学术效果将大不相同，正如凌廷堪在《戴东原先生事略状》中所言："昔河间献王实事求是。夫实事在前，吾所谓是者，人不能强辞而非之，吾所谓非者，人不能强辞而是之也，如六书九数及典章制度之学是也。虚理在前，吾所谓是者，人既可别持一说以为非，吾所谓非者，人亦可别持一说以为是也，如理义之学是也。"（《校礼堂文集》卷三五）传统的历史考证因具有了这种实事求是的精神，其治学水平已达到了一种较高的境界。

实事求是的理念往往具体化为考证的方法。进入 20 世纪以后，学者们则从这些方法中提炼出"科学"精神。如梁启超在《清代学术概论》中说：

① 梁启超：《清代学术概论》，东方出版社 1996 年版，第 31~32 页。
② 陈垣：《通鉴胡注表微》，辽宁教育出版社 1997 年版，第 76 页。
③ （清）戴震撰，杨应芹、诸伟奇主编《戴震全书》，黄山书社 2010 年版，第 371 页。

"清儒之治学，纯用归纳法，纯用科学精神。"① 他又在《论中国学术思想变迁之大势》中说："本朝学者以实事求是为学鹄，颇饶有科学的精神，……所谓科学的精神何也？善怀疑，善寻间，不肯妄徇古人之成说，一己之臆见，而必力求真是真非之所存，一也。既治一科，则原始要终，纵说横说，务尽其条理，而备其左证，二也。其学之发达，如一有机体，善能增高继长，前人之发明者，启其端绪，虽或有未尽，而能使后人因其所启者而竟其业，三也。善用比较法，胪举多数之异说，而下正确之折衷，四也。凡此诸端，皆近世各种科学所以成立之由，而本朝之汉学家皆备之，故曰'其精神近于科学'。"② 在梁启超那里，实事求是、考据方法和科学精神之间几乎可以画等号。胡适在《清代学者的治学方法》一文中也总结："他们的方法是归纳和演绎同时并用的科学方法。""无论如何琐碎，却有一点不琐碎的元素，就是那一点科学的精神。"③ 胡适直接肯定汉学家的方法具有科学精神。20 世纪的这些文史学者一方面从传统考据学中阐发科学精神，另一方面又借鉴西方学术思想和科学方法，更自觉地发明和应用新的考证方法。经历科学主义的洗礼，现代考证方法更富有科学精神。既有实事求是的传统积淀，又有现代科学精神的灌注，现代的文史考证包括现代文学的考证，无疑是一种较高级的学术批判。

但是，对这种"较高级批判"的批判从来没有停止过。对于考据学，清代的学者如王引之、姚莹等就有批判，谓考据学有复古、门户之见，甚至败坏风俗、人才等倾向。进入 20 世纪以后，梁启超、刘师培等也批判考据学有烦琐、视野局限等弊端。何炳松则谓："习于考证之业，每害学者心灵。……论其流弊，大抵有三：即好尚（笔者按：大约指癖好）、过疑及著述能力之丧失，是也。"④ 1950 年，王瑶撰文《考据学的再评估》（后改题为《论考据学》），同时批判旧考据学和新考证学。认为考据学首先是有治学方法的局限性："考据学所用的方法完全是形式逻辑考察事物和现象的方法，是常识的思维方法；从乾嘉学者到胡适们，三百年来在方法上并没有什

---

① 梁启超：《清代学术概论》，东方出版社 1996 年版，第 56 页。
② 梁启超：《饮冰室合集》文集之七，中华书局 1989 年版，第 87 页。
③ 《胡适全集》第 1 卷，安徽教育出版社 2003 年版，第 373 页、第 387 页。
④ 何炳松：《历史研究法》，商务印书馆 1927 年版，第 37 页。

么进步……"新考证学的"贡献只是基于研究对象的转换和新材料的获得，而并不是处理方法的提高"。因此，其次，考据学还受材料的限制，"有些问题是永远不可能用考据学来证明的，如果没有新材料"。最后是逃避现实且持单纯的技术观点，认为清代学者的逃避现实带来了考证学的兴盛。"五四"以后，知识分子"不敢正视接触现实社会了，就又唱出了整理国故的口号，向故纸堆中去逃避。正像学技术科学的人以为他可以不受政治的影响一样，研究文史的也把单纯的技术观点建立在他们的考据学上了"。① 在20世纪50年代中期的《红楼梦》批判运动中，陈炜谟的长文既批判旧考据学又批判胡适派的考证方法。认为旧考据学有脱离现实和政治、主观臆断、烦琐拉杂、材料局限、绝少研究文学等缺点；胡适派的考证也有主观武断、烦琐拉杂、穿凿附会等特点，且"歪曲了清代学者的治学方法"，成了有"毒害"的"资产阶级唯心主义的考据学"。② 在这些批判中，有的过于极端，如败坏风俗、败坏人才之说，是对考据学做道德化、污名化的批判，缺乏事实依据；有的失之于牵强，如资产阶级唯心主义方法之说，对考据学做了政治化、意识形态化的论断，也缺少学理依据。这些批判有的的确道出了考据学的症结，但可能大多指的是一些枝节问题。而且考证的方法在不断增加，考证的材料也越来越丰富，考证性研究在古代文学和现代文学的研究中也多有展开。因此，有必要对这些批判进行再批判，尤其是不能简单地沿袭旧的批判并挪用于新的批判。要给考证以恰当的价值批判，应该注意几个重要方面。

第一，考证可定位于"述学"。从广义的角度论考证（学），它与哲学、文学的写作有别。正如章学诚所谓："义理存乎识，辞章存乎才，徵实存乎学，刘子元所以有三长难兼之论也。"③ 即徵实的考证学不逊于哲学的思辨和文学创作的才情，而重在以丰富的学识对史实与真相进行叙述、陈述，是为"述学"。袁枚在《与程蕺园书》中说得更具体："古文之道形而上，纯以神行，虽多读书，不得妄有撝拾，韩柳所言功苦尽之矣。考据之学形而

---

① 王瑶：《王瑶文论选》，人民文学出版社2009年版，第78、75、81、84页。
② 陈炜谟：《论考据学在文学研究中的作用——兼评胡适的资产阶级唯心主义考据学及其毒害》，《四川大学学报》（社会科学版）1955年第2期。
③ （清）章学诚：《文史通义》第4卷，上海书店1988年版，第5页。

下，专引载籍，非博不详，非杂不备，词达而已，无所为文，更无所为古也。""六经三传，古文之祖也，皆作者也。郑笺孔疏，考据之祖也，皆述者也。"① 即考证不仅是"述学"，要旁征博引地去"述"，而且还无需文采地去"述"，所谓"朴学"是也。从狭义的角度看考证（学），它与版本、目录、校勘、辑佚、辨伪等都是"述学"，或者说融入了这诸多史料批判方法的考证学就是"述学"，都是"述而不作"。考证本身无论是述证还是辩证，主要也是采取"述"的方式。对考证这种"述学"，自古以来一直有不同的价值评判。章学诚说义理、辞章、考据三者常"交讥而未有已也"。袁枚更以形而上、形而下来做区分。在现代文学研究中，人们往往重视理论轻看考证。实际上，如果依据"论"（笔者按：这是现代引申意义上的"论"，不是第十章中那个本义的"论"）和"述"两种不同的学术言说方式，可把现代文学的研究成果分成论著和述著两种。借用章学诚的"高明者，多独断之学。沉潜者，尚考索之功。天下之学术，不能不具此二途"（《文史通义·答客问中》）这一说法，这两种学术言说方式及其著作形态并无价值高低之分，而是相互借助、相辅相成。考证所"述"，正是"论"的基础。如朱光潜说："考据所得的是历史的知识。""考据就是一种批评。""考据不是欣赏，批评也不是欣赏，但是欣赏却不可无考据与批评。"② 这是说考证所得的历史知识有助于审美实践。其实，又何尝不有助于接受美学理论的研究呢？又如文本阐释及阐释学理论的深入等往往也离不开考证。当下，有些学术成果凸显"考论"二字，如，付祥喜的《新月派考论》试图在考证中加入"论"的成分，解志熙的《考文叙事录》则真正加入了很多"论"的内容。这都是想通过"论"的展开而提升考证的学术价值，其实都是对考证的"述学"价值不自信的表现。当我们改变近几十年来形成的重"论"的价值观念和学术评价机制时，或当我们重续朴学的学术传统时，我们会发现纯考证的学术成果，如，朱正的《鲁迅回忆录正误》、吴永平的《〈胡风家书〉疏证》、郑子瑜的《〈阿Q正传〉郑笺》、陈永志的《〈女神〉校释》、刘增人的《1872～1949文学期刊信息总汇》等"述著"也是值得提倡的著

---

① （清）袁枚：《小仓山房诗文集》第19卷，上海古籍出版社1988年版，第1800页。
② 《朱光潜全集》第2卷，安徽教育出版社1987年版，第38～41页。

述类型并具有重要的学术价值，其学术价值的恒久性甚至超过许多现代文学"论著"。要言之，现代文学考证的本体性特征就是"述学"，是真实地呈现和叙述现代文学背景的、历史的、隐藏的各种真相。

第二，考证有别于索隐。朱光潜认为考证学者的错误之一是："穿凿附会。他们认为作者一字一画都有来历，于是拉史实来附会它。……《红楼梦》一部书有多少'考证'和'索隐'?"① 这是把考证和索隐混谈，且认为穿凿附会是考证之弊。实际上，穿凿附会之弊应归于索隐而非考证。索隐法是古代形成的一种文本解读方法，即通过文本的表面意义索解其隐指的意义。考证在诸多方面都有别于索隐。其一，索隐法主要用于文学文本，考证则适用于各类文本，且考证不限于文本。其二，索隐主要是追索文学文本里面隐藏的政治内涵或历史真相，所以有"政治索隐派"的说法。考证所考的内涵更宽泛。如在红学研究中，旧红学派即索隐派，认为"红楼梦"写的是清世祖与董鄂妃的故事。新红学派则考证为曹雪芹的自叙传，与作者及其家族有关。更为主要的区别是研究方法的不同。索隐常采用类比法、拆字法、谐音法、转义法甚至射覆法等去解读文本，往往会断章取义、望文生义、穿凿附会。所以胡适讥笑索隐派是"猜笨谜"的方法。中国古代的许多文字狱，如"清风不识字"案、"维民所止"案都是用索隐法解读诗文的结果。"文革"中对吴晗的历史剧《海瑞罢官》的解读也采用了索隐法，认为其中的"退田"隐指对合作化运动中收田的不满，海瑞即指彭德怀，最终把《海瑞罢官》解读为对"庐山会议"的影射。所以索隐法充满主观随意性，往往会导致语言暴力。而考证则追求客观性和科学性："凡立一义，必凭证据。无证据而以臆度者，在所必摈。"② 需要本证、旁证俱全，内部考证和外部考证兼备，且使用归纳法等多种科学方法，更有说服力地呈现史料与史实真相。但是，考证与索隐也有相通之处。如果是证据不足、述辩不周的考证，也容易像索隐一样具有穿凿附会之弊。索隐中的谐音法、拆字法等也可借用于考证，尤其是研究有影射倾向的文学作品。如对章克标的《银蛇》、徐志摩和邵洵美合写的《珰女士》的考证可以辅用谐音法和拆字

① 《朱光潜全集》第 2 卷，安徽教育出版社 1987 年版，第 38 页。
② 梁启超：《清代学术概论》，东方出版社 1996 年版，第 44 页。

法等解码方式。而现在的索隐研究也已开始吸收考证的方法而成为趋同于考证的"考索"。总之，简陋的考证可能形同索隐，而科学的考证当无穿凿附会之弊。

第三，考证不等于烦琐。考证之学常被批判为烦琐。如，历史上的宋学派指责考据学"驳杂援据群籍，证佐数千百条"（方东树《汉学商兑》卷中之上）。"辨物析名，梳文栉字，刺经典一二字，解说或至数千万言，繁称杂引，游衍而不得所归。"（《曾文正公文集》卷一《朱慎甫遗书序》）学术史上的确存在一些末流考据成果的无意义"烦琐"之弊。但宋学家对汉学家的指责常有门派偏见、治学理念不同等原因。如有学者说："如果撇开宋学派别有用心的攻击这方面的原因不论，这种考据方法，与宋学言心言性不需要大量的文献材料作为依据的阐释方式的差异，是导致宋学派认为考据繁杂的原因。"① 而当代学者对考据烦琐的批判则主要是与对这种治学方法的不理解、不认同及这类文章的阅读障碍等有关。考证学有一条定理，即"孤证不为定说"。证据越多越好，所以博征繁引、参伍错综、论证缜密是考证学的内在要求。同时，考证最常用的方法是归纳法，而唯有最大限度的穷尽式归纳才能得出相对真确的结论。相反，如果"用少数几个例子论证一个观点，尽管这是一种很有力的修辞手段，但从逻辑上来说是行不通的……如果引用少数几个例子作为一个论点的话，那么任何东西都可以得到证实"②。这样做，显然不能达成科学的考证。现代文学虽然不可能达到传统经典考证那样举证上百条的烦琐地步，但恪守"孤证不为定说"，追求博证的原则总是应该坚持的。至于解决烦琐考证带来的阅读障碍问题，古人已做过尝试，如制成图表。这就使烦琐的考证变得简洁、一目了然。现代文学考证也可继承此法。如作家踪迹的考证可画成行旅路线图，作品版本的考证可制作出版本"谱系树"，其他有许多归纳性的考证，如作品修改内容、丛书出版等皆可列为表格。此外，还有转成注释之法，即把次要的枝节材料、证据放进脚注或尾注里。这样，正文就更容易阅读，丰富的证据材料也得以保存。这类化繁为简之法有助于解决考证文章的阅读障碍问题。此外，对烦

---

① 郭康松：《清代考据学研究》，崇文书局 2001 年版，第 253 页。
② 〔美〕威廉·埃迪洛特：《历史学中的计量方法》，转引自葛懋春主编《历史科学概论》，山东教育出版社 1983 年版，第 465 页。

琐考证的问题应该辩证地去看待。这正如考据家顾颉刚所说："我们不能一看到考证史料的文章，就说这是搞'繁琐哲学'。繁琐不繁琐，不在于考证问题时所引用的材料的多少，而在于所引用的材料是不是为了解决考证的问题时所必需的，是不是都有内在联系的。如果是必需引用的，各项材料都是有联系的外证和内证，那么虽多到数十百条，也不该说是繁琐；如果不是必需的，即使少到一二条，也该说是繁琐。"[1] 因此，现代文学的考证应是不追求无意义的烦琐，不避有意义的烦琐，但为了阅读的便利，也应尽量化约烦琐。

第四，不提倡有争议的考证。通常情况下，孤证难鸣，索隐式考证也有穿凿附会之弊。这类考证明显有违考证学的规范，无须争议。而有些考证则会引起争议。在此主要谈及两类。一是默证。默证被指为消极的推断。"推理方法有二：其一为积极推理，即据已有推断实有，并判断实无；其二为消极推理，即据无有推断实无，并判断实有。此即史学家向来惯用之默证法。"[2] 顾颉刚被认为是滥用默证最厉害的史学家，受到张荫麟、徐旭生等学者的责难。张氏说："凡欲证明某时代无某某历史观念，贵能指出其时代中有与此历史观念相反之证据。若因某书或今存某时代之书无某史事之称述，遂断定某时代无此观念，此种方法谓之'默证'（Argument from Silence）。默证之应用及其适用之限度，西方史家早有定论。吾观顾氏之论证法几尽用默证，而什九皆违反其适用之限度。"[3] 张氏举顾氏默证一例：《诗经》《尚书》中皆有若干禹，但尧舜不曾一见，故尧舜禹的传说，禹先起，尧舜后起。我们亦可举一例：英国学者弗朗西斯·伍德的《马可·波罗到过中国吗？》一书认为马可·波罗《行记》中没有提到长城，证明他没有到过中国。这也是滥用默证。现代文学研究中也有此种案例，有学者考证：在五四时期名人的文献中未见"反帝"一词，故五四运动中无"反帝"主题。这种考证也有滥用默证之嫌。这种考证法及其结论皆值得质疑。如，

---

① 顾颉刚：《彻底批判"帮史学"，努力作出新贡献》，《中华文史论丛》第7辑，上海古籍出版社1978年版，第54页。

② 王尔敏：《史学方法》，广西师范大学出版社2005年版，第130~131页。

③ 张荫麟：《评近人对于中国古史之讨论》，《张荫麟文集》，台北中华丛书委员会1956年排印本，第298页。

是否阅尽当时名人的文献？是否该概念不存在于其他文献？即便不存在于文献，是否五四时期就不存在反帝主题？故默证法在现代文学考证中亦不可滥用。不过也有学者为默证法辩护，认为研究古史无文献可证时可用默证法，认为郭沫若、胡适等皆使用过此法。二是"过限"考证。这不是指烦琐一类过量、过度的考证，而是指超过了考证应有的界限而进行的无关宏旨、意义屑小的考证，或如俞平伯所自称的那种"逢场作戏"的趣味考证。如对宝玉为什么爱吃稀的的考证。现代文学研究中也有这类考证，如有学者考证现代某作家私生活中越过男女之大防的"第一夜"具体时间等。这类没有多少学术价值、历史价值和现实价值的考证就可称之为"过限"考证，往往会带来学术争议。当然，有些趣味考证，如龚明德的《"海与先生争花"考述》、萧振鸣的《鲁迅牙事考》于趣味中含较重要意义，与陈寅恪做的"狐臭"考相类，可不在此列。

现代文学研究中的考证之所以只能称为"较高级批判"，是因为它还较少达到更高级的境界。正如王瑶的批判及其所引恩格斯的批判所说，考证家往往"孤立地考察一个问题或历史现象，在静止不动的平面上去考察这个问题或历史现象，排除了历史发展过程中的矛盾和史实间的联系，因而他们的结论或判断的正确性，就不可能超越了常识的范围，去全面地或概括地了解历史发展的规律性和它的丰富内容……恩格斯说：'人的常识，在四壁之内的家庭生活范围中，虽是极可尊敬的伴侣，但只要一踏上广大的研究时，它立刻就会经历最可惊的变故。形而上学的思维方法，虽然在某一多少宽广的领域中，是合用的甚至必要的，可是迟早它总要遇到一定的界限，在这界限之外，它就变成片面的、局限的、抽象的，而陷于不能解决的矛盾之中；因为它只看到个别的事物，而看不到它们的互相联系；只看到它们的存在，而看不到它们的产生与消灭；只看到它们的静止状态，而忘记了它们的运动；只见树木，而不见森林。'这段话对于我们批判旧日考据学的治学方法的局限性和片面性，是完全的吻合的"[①]。因此，现代文学研究中的考证要成为更高级的批判，当多运用辩证思维和批判性思维，如此才能真正达到实事求是，成为科学的考证术。

---

① 王瑶：《王瑶文论选》，人民文学出版社 2009 年版，第 78 页。

第 九 章

注释批判

　　注释在中国是一种源于注经而普及于注子、史、集部的悠久学术传统，是一种深入文献的语词细部而全方位"著明"（注明）文献内涵且扩展文献容量的史料批判方法。中国古籍的注释实践，据说在先秦时期就已开始，两汉已走向兴盛。在中国漫长的注释史中，形成了众多不同的注释名目和样式，现在都通称之为注释或注解。"注释""注解"成为一个词，始见于南北朝时期。如，南朝梁刘勰《文心雕龙·论说》有"若夫注释为词"句，北朝北周颜之推《颜氏家训·书证》中有"刘芳具有注释"句，南朝宋范晔《后汉书·杨伦传》中有"郑玄注解"句。在这些文献中，这两个词或指对于典籍原文的解释活动，或指这种解释的文字成果。在古籍注释实践中，已形成了更为专一的以研究语义为主要内容的训诂学。20 世纪 70 年代以后，朱星、许嘉璐等学者开始倡导建立比训诂学范围更广的注释学。目前已出版了汪耀楠的《注释学纲要》（1997 年版）等专著。中国现代文学的注释实践尚不能形成所谓注释学，更不宜成为单一的语义学，因此，本书主要是把注释视为现代文学文献史料整理中的一种史料批判方法并对其进行重估和批判。

一　旧注、新注与今注

　　注释，单称为注，有新旧、古今之分。大体说来，古代学者对古籍的注释都属于旧注。而新注与今注，严格说是有语义交叉的，但我们可在此做一大致限定，即现代学者用文言注古籍的，属于新注的范畴，如杨伯峻的《春秋左传注》等。而现代学者用白话文注释古籍则是今注，用白话文注释白话著作更是今注。中国现代文学文献的注释也都可以称为今注。除了语言上的文言、白话之分，旧注、新注与今注在名称、范围、类型等方面也有所不同。

旧注有悠久的历史，各朝各代也有不同的注释名称和样式。旧注肇始于先秦，当时称传、说、训、诂。两汉则有注、解、释、笺、章句、解诂、解谊等。魏晋出现了音义、集解。南北朝时"义疏"大兴。唐代的义疏官修者称"正义"，私撰者仍称"疏"。后世注释还有其他名称，但"注疏体例，汉唐已大备。唐宋以后注疏基本是沿袭，清疏只是更加细密，基本没有创新"[①]。

旧注的各种名称和样式都有其特定的内涵且注释的内容也各有侧重。为了给现代文学文献的注释实践提供借鉴和启示，我们参考、整合几部专著的总结，[②] 择主要的旧注名目简释如下。

诂、故、训　诂，亦作故，《尔雅·释诂》郝懿行义疏曰："诂之为言故也，故之为言古也，诂通作故，亦通作古。"邢昺疏曰："诂，古也，古今异言，解之使人知也。"诂（故）即是用今语释古语。训，孔颖达《诗经·周南·关雎》疏曰："训者，道也。道物之形貌以告人也。"《说文》："训，说教也。"段玉裁注："说教者，说释而教之，必顺其理，引伸之凡顺皆曰训。"《汉书·扬雄传》注："训者，释所言之理。"所以，训就是用较多的文字解释语言的具体含义或疏通义理。诂、训或故、训连言即为诂训、训诂、故训。其中，作"故训"者仅《毛诗》，郑玄笺："故训，先王之遗典也。"是古昔教训之意，不可解为训诂。不过，后人仍有用故训指训诂的。而训诂则已成为最通用的术语。其任务包括以今语释古语，以雅言或通语释方言，以解说释难语。近代学者黄侃则说："诂者故也，即本来之谓；训者顺也，即引伸之谓。……真正之训诂学，即以语言解释语言，初无时地之界限，且论其法式，明其义例，以求语言文字之系统与根源是也。"（黄焯《训诂丛说》）要求训诂对语言文字的本义和引申义做系统的注释。

---

① 张大可、俞樟华：《中国文献学》，福建人民出版社 2005 年版，第 239 页。
② 汪耀楠：《注释学纲要》，语文出版社 1997 年版，第 32 ~ 45 页；张君炎：《中国文献学》，上海大学文学院 1985 年自印，第 164 ~ 170 页；张大可、俞樟华：《中国文献学》，福建人民出版社 2005 年版，第 235 ~ 238 页。

传、说 传，《释文》："谓传述。"即传述解释的意思。左丘明传述解释《春秋》即《春秋左氏传》（简称《左传》）。有阐发作品微言大义者，如《春秋公羊传》，有按照文字逐句解释者，如刘安的《离骚传》，有另立新说者，如伏生的《尚书大传》，还有"采杂说，非本义"的著述，如《汉书·艺文志》著录的《韩诗外传》等。刘知几《史通·补注》释"传"："盖传者，转也，转授于无穷。"说明"传"的重点是在传授，而不专于注释。说，《说文》："说，释也。"郑玄注《礼记·檀弓下》："犹解也。"意思是解释义理而以己意述说之。"古代学术的学术传承与学术研究靠的是师承和家学的口授承传，形诸文字就是'传'、'说'，成为注疏的内容。"① 大致可以这样说，训、诂重字义、词语的解释，而传、说重篇章、义理的阐发和补充。

注 《说文》："注，灌也。"引申为疏通、贯通。孔颖达《毛诗正义》谓："注者，著也，言为之解说，使其著明也。"贾公彦《仪礼疏》说："注者，注义于经下，若水之注物也。"注，后来又作"註"，《广雅·释言》："註，疏也。"意义与注同，今人多用注。与注相连的有补注、译注、校注、选注、集注等。

解 《说文》："解，判也。""判，分也。"本义是分解剖析，用于典籍时，则是解释、分析词语章句义理，与其他注释词连用，有注解、解注、解诂、解故、解谊、解说、解义、解释、集解等。

笺 《说文》："笺，表识书也。"本义指插入简策中表识疑难的补充文字，引申为注疏。以笺为注，始于东汉郑玄。郑玄于群经皆谓之注，唯独《诗》注称笺，因郑笺是对《毛诗诂训传》的发微、订误、补充，并兼下己意，自谦称为笺。即笺是引申前人说法和加入自己识见的那种注释。也有人认为批注也是笺。《说文笺识四种》，即为黄焯编次，黄侃笺识。批注于其书上以为识，即是笺注、笺释。

诠、释 诠，《晋书音义》引《字林》云："诠，具也，谓具说事理。"释，《说文》："解也。"即解释的意思。现代往往连言为"诠释"，即解释、具说和阐发文中或书中事理。

---

① 张大可、俞樟华：《中国文献学》，福建人民出版社 2005 年版，第 236～237 页。

义疏、正义　义，《荀子·大略》："义，理也。"所释书的意旨亦称义，探求这些意旨即义注、义疏。疏，《说文》："疏，通也。"疏是对注而言的，注而未畅通，就必须再疏通。义疏源于佛家讲论经典。南北朝后期，由于对魏晋笺注感到古奥难懂，就出现了佛经讲义式的义疏。特点是逐字、逐句、逐章讲解古代文献，往往依据一家之说，一般是疏不破注。如皇侃的《论语义疏》。正义，即前人的或官修的义疏，始于唐孔颖达《五经正义》，强调学有宗主，对旧经有所引申发挥，但亦不能另立新说。义疏异名极多，除正义外，还有义注、义章、义赞、章疏、注疏、讲疏、讲义、述义、别义等。

音、音义　注释中仅仅辩读标注其音者，谓之音，如隋释道骞的《楚辞音》。而辨音、注音又加释义就叫音义，如唐陆德明的《毛诗音义》等。音义之外又有音训、音诂、音注、音证、音解等诸名。

章句　《后汉书·桓谭传》中所谓"离章辨句"即章句。是一种以分章析句方式来串讲文献的注释方式，包含明句读和篇章结构，明句意、段意和全篇大意。这是汉代训诂注释的一大特色。刘师培《国学发微》中说："故传二体，乃疏通经文之字句者也；章句之体，乃分析经文之章句者也。"其实分析章句时也可包含对字句的训诂，如王逸的《楚辞章句》。

微、隐　微，藏匿谓之微，幽深不明谓之微，细小谓之微，微妙、精妙亦谓之微。颜师古注《左氏微》曰："微谓释其微旨。"指做注释时，旨在探求书中的微言大义、深藏精蕴、精微义理。常与其他动词连用，有发微、阐微、明微、见微、解微、穷微、参微、指微等。微的含义是隐，所以隐可训微。不易发现、不被注意的意义即隐，所以注释中又有表隐、发隐、索隐等。

仅举以上注释的称谓，即可见旧注名目众多，其他还有将记、订、校、证、考、述、学等纳入注释之名者，或将注释的不同名称组合连用者。这些注释样式在内容上各有侧重，但总合起来看，旧注涉及了古文献的内部和外部内容，包括了训字词、校文字、释音义、析句读、明章句、说典制、订史实、推义理、解官职，还有注地理、注人物、注出处，等等。可见旧注的内容广泛，不过皆是"述"，是"述而不作"。旧注一般都遵从文献的文理、义理和事理而释文，但也有过度注释的情形，如做政治化、道德化的比附。

进入现代以后，既有现代学者继续使用文言注释古籍，即所谓新注，如余嘉锡的《世说新语笺疏》、钱钟书的《管锥编》等；也有现代学者用白话注古籍，即所谓今注，如杨伯峻的《论语释注》、钱钟书的《宋诗选注》等。从另一个角度说，这些新注多是专深的注释，而今注则往往是古籍普及版的注释。① 新注仍然有沿着旧注继续向前拓展的学术动力和学术价值，或更多出现综合性的注释，即胡适所谓"总账式"的注释，如"集注""集释""汇注"等；或是对前人已有注释的"补注"；或如钟泰《庄子发微》式的独到；或如钱钟书《管锥编》式的集锦。不过，带普及古籍目的的今注，更应是现代社会的注释主流。因为随着白话文的推广、汉字的简化、文言教育的减少，古籍原文甚至其旧注和新注都已成难懂的古文。对古籍的学习，首先要扫除的是语言的障碍，所以，今注，即用现代汉语注释古籍，就成为主要任务。这也带来今注的一个重要特点：注释内容减负，或者说是注释重点的转移，即语言转换和学科基础知识是今注的主要内容，而排比资料、引证甲说乙云、阐释义理等均为辅助内容。所以有学者总结说："今注是宜简不宜繁，紧紧扣释原文，帮助读者读懂古书即可。"② 被减去的其他内容可以交给古籍注释专著、古籍研究论文和论著，甚至一些工具书，如人物、地理、典故等辞典。中国现代文学文献主要是白话文，其注释自然也属于今注，但不像已经"减负"的古籍今注那样范围小，也不像古籍旧注那样范围广。

二 全而细的"灌注"

"注"，从其本义说，就是"灌注"，文献的注释也就是对文献文本的文字"灌注"和意义"灌注"。从古籍旧注的范围和内容看，最主要的特点是全面的细部"灌注"，它扩散到文献的语言文字细部，仿佛是对文献的"精雕细镂"；同时全面覆盖文献的诸多内容，可谓是关于文献的"百科全书"。对现代文学文献的注释也基本上具有这样的特点，只是范围略有伸缩。如，关于作品结构、技巧、章法等的评注已经交给了文学批评，不必进入注释范

---

① 徐有富主编《中国古典文学史料学》，北京大学出版社 2008 年版，第 315～316 页。

② 张大可、俞樟华：《中国文献学》，福建人民出版社 2005 年版，第 240 页。

围。又如，作为白话文献，不必进行语言的直译式注释，但白话文献中的古籍引语等又可仿旧注处理。另外，可能会增加文学流派、社团、作品的本事等方面的注释。所以，总体上说，现代文学文献的注释也必然是全面的细部"灌注"。

如果从现代文学文献的文本构成角度说，注释应该包括题注、本文注和引语注。

题注是对文献的书名、篇名、章名等的注释。一般会注明文献的初刊名称、时间，初版时地、出版社名，作者笔名、文章数量、文本演变情况等。有的甚至注明文献的写作背景、动机及其效果等。如《鲁迅全集》（1981 年版）对《"醉眼"中的朦胧》一文的题注就说明此文是针对创造社、太阳社的批评而写，并述及革命文学论争及其结果等。王风主编的《废名集》（2009 年版），每文的题注还说明了所据底本、校勘原则等。引语注包括正文中的引语和题下、文前引语或扉页引语的注释。引语注一般会说明引语的出处。如果是古文，就会涉及如同古籍旧注一样要进行的训诂问题。如鲁迅的《流氓的变迁》一文中引语"儒者，柔也"的注释，见许慎《说文解字》："儒者，柔也，术士之称。"有时对古文引语还可以进行新训诂，即将引语放在新的语境中解释其新义。如《"醉眼"中的朦胧》注释"杀人如草不闻声"：

> 语见明代沈明臣作《铙歌十章·凯歌》："狭巷短兵相接处，杀人如草不闻声。"原是歌颂战功的，这里用以指国民党反动派屠杀共产党人和革命群众的血腥罪行。[①]

本文注则是注释的主体部分，涉及的注释内容自然更细更广。

而就现代文学文献注释的具体内容说，既有古代旧注的许多内容，也有现代社会的特有事实；既有一般文献注释的共同对象，也有文学文献注释的专门史料。涉及文化、历史、政治、地理、语言、文学等广泛领域的知识和史料，涉及不同文类写作的基本内容，是各类研究和多种文类写作的浓缩或

---

① 《鲁迅全集》第 4 卷，人民文学出版社 1981 年版，第 67 页。

简缩。如果按照韦勒克和沃伦的说法，这些注释既涉及文学的外部研究，也事关文学的内部研究。在现代文学作品的普通注释本中，注释最全面且注释文字内容最多的莫过于《鲁迅全集》注释本。我们可以参考《鲁迅全集》的注释索引并稍加归并，以此概括现代文学文献的注释内容。它们大约包括以下种类。

一是人物类注释。以《鲁迅全集》中的注释为例，包括神话传说人物，如葛天氏、普罗米修斯等；历史人物，如王莽、王世贞等；现实人物，如王金发、王映霞等；作品中人物形象，如浮士德、堂吉诃德等。这些注释简直就是人物形象小记、人物小传。其中，涉及古今中外许多作家的注释，就如同作家小传，尤其是这些作家在鲁迅不同文章的注释中不断出现，把这些相关注释合起来，更能完整了解作家一生。如，田汉在注释中多次出现，涉及其简要生平介绍、作为"四条汉子"、翻译莎士比亚戏剧、与鲁迅通信、被逮捕等信息。

二是书刊、作品类注释。这往往是最多的一类注释。在《鲁迅全集》中，这类注释包括中外古今各类单行本书籍、丛书、选集、单篇作品、影片作品等，包括中外各类报纸、期刊等。这类注释简直就是书刊和作品的目录或叙录，一般会著录其著者、编者、出版社、出版或出刊时间、所属文类、文章篇数、刊物性质等基本信息。有的注释不仅是书、刊目录，而且像微型书话。如，《热风·三十三》中注《避斋闲览》一书：

> 宋代陈正敏撰，原本十四卷，今佚。《说郛》第三十二卷中，收入四十余条。《应声虫》条中说："淮西士人杨勔自言中年得异疾。每发言应答，腹中辄有小声效之；数年间其声浸大。有道士见之，惊曰：'此应声虫也，久不治延及妻子，宜读《本草》，遇虫所不应者，当取服之。'勔如言读至雷丸，虫忽无应声，乃顿饵数粒遂愈。"①

又如，在《题未定草（六至九）》文后注《青光》及所引林语堂的话：

---

① 《鲁迅全集》第1卷，人民文学出版社1981年版，第304页。

　　上海《时事新报》的副刊。林语堂的话原见刊于《宇宙风》第六期（一九三五年十二月）他所作的《烟屑》，原文为："吾好读极上流书或极下流书，中流书读极少。上流如佛老孔孟庄生，下流如小调童谣民歌盲词，泼妇骂街，船婆毒咒等。世界作品百分之九十五居中流，居中流者偷下袭上，但皆偷的不好。"①

　　以上两文中，鲁迅只对原文节录性引用，注释中完整引出全文，两相对读，更成互动性的书话。

　　三是团体、流派、机构类注释。这类注释包含中国公学、广东大学、立达学园、北京女子高等师范学校附中等学校；丸善书店、文化生活出版社、北新书局等出版机构；中苏文化协会、图书杂志审查委员会、中文拉丁化研究会等协会和学会组织；共和党、布尔什维克、改组派、研究系、交通系等党派；东正教、大乘教、反正教仪式派等教派；文学研究会、太阳社、创造社、狂飙社等文学社团；白桦派、印象派、桐城派、现代评论派等文学流派；甚至包括与派相关的更抽象的"主义"，如实验主义、变态性欲主义、安那其主义、达达主义、自然主义、浪漫主义等。这类注释如同辞典工具书中的名词解释，会全面而简洁地概括该类名词的基本信息，如注"未名社"：

　　　　文学团体，一九二五年成立于北京，主要成员有鲁迅、韦素园、曹靖华、李霁野、台静农、韦丛芜等。一九三一年解散。该社注重介绍国外文学，特别是俄国和苏联文学，并编印《未名》半月刊和《未名丛刊》、《未名新集》等。②

　　这类注释中与现代文学最密切相关者当然是出版机构和文学社团、流派及其主义等知识。

　　四是国家、民族、地名类注释。这类注释提供有关国家、民族的地理、

---

① 《鲁迅全集》第 6 卷，人民文学出版社 1981 年版，第 436 页。
② 《鲁迅全集》第 2 卷，人民文学出版社 1981 年版，第 343～344 页。

历史知识，尤其突出与注释文章相关联的国族知识。如注"斯拉夫民族"：

> 欧洲最大的民族共同体，分为东斯拉夫人、西斯拉夫人、南斯拉夫人。捷克人和斯洛伐克人都属于西斯拉夫人。①

因这个注释与鲁迅翻译的《近代捷克文学概观》有关，所以注释突出了捷克人所属的斯拉夫民族。又如注"琅邪国"：琅邪亦作琅琊。西晋时，琅邪王封地今山东临沂地区；东晋时，侨置于今江苏句容地区。太兴二年（319）虞预任琅邪国常侍，当时琅邪王为元帝子司马裒。② 因为此注与《晋书》作者虞预相关，故突出其时的琅邪王。地名注释有一些是一般人不太了解的地名，如"禾"指浙江嘉兴。"牛入"即牛込，弘文学院所在的地名。③ 更多的是文章涉及的一般地名或历史地名，如首阳山、神户、函谷关等。也有关于地名的更深入的历史地理信息或典故关联、特殊意义等的注释。如注《好的故事》中的"山阴道"：

> 指绍兴县城西南一带风景优美的地方。《世说新语·言语》里说："王子敬云：从山阴道上行，山川自相映发，使人应接不暇。"④

又如注《〈月界旅行〉辨言》中的"雷池"：

> 在安徽望江县南，池水东入长江。《晋书·庾亮传》报温峤书："足下无过雷池一步也。"意思是叫温峤不要越过雷池到京城（今南京）去。后来转用为界限之意。⑤

五是历史事件及其他事项类的注释。这在《鲁迅全集》注释中既包括古

---

① 《鲁迅全集》第 10 卷，人民文学出版社 1981 年版，第 419 页。
② 《鲁迅全集》第 10 卷，人民文学出版社 1981 年版，第 15 页。
③ 《鲁迅全集》第 11 卷，人民文学出版社 1981 年版，第 518、330 页。
④ 《鲁迅全集》第 2 卷，人民文学出版社 1981 年版，第 187 页。
⑤ 《鲁迅全集》第 10 卷，人民文学出版社 1981 年版，第 153 页。

代的历史事件，如王莽篡汉、王安石变法等，也包括现代的一些历史事件，如苏联国内战争、五四运动、女师大事件、国民党查禁书籍等。还包括一些文学事件、文学运动、文学论争等。如文学革命、狂飙运动、革命文学论争、京派与海派的论争、未名社被封、《莽原》稿件纠纷、姚蓬子被捕案、少女多丰臀等。这些注释已涉及中国史、世界史、文学史、新闻史等的简要内容，类似于大事记、轶事记之类。而与现代文学作品相关联的事件注释更是事关"本事"的简要研究。文学作品的本事应该包括三方面："一是指写作的缘起和背景（包括有关的人物、事件），也就是今典；二是指赖以塑造艺术形象的原型（真人真事）；三是指赖以构思成新作的历史上他人已写过的故事。"①这里的"本事"其实已包含了事中之人或与事相关之人。本事一般可在题注中注释，亦可置于本文注。《鲁迅全集》在本文注中包含了这三方面的本事。《魏晋风度及文章与药及酒之关系》文后注"广州夏期学术演讲会"，交代了这篇演讲文的缘起和背景，甚至引作者语："在广州之谈魏晋事，盖实有慨而言。"说明其影射之意。②《理水》文后注"文化山上"，指明小说所写文化山上学者们的活动，还注明"一个拿拄杖的学者"暗指优生学家潘光旦，"鸟头先生"暗指考据学家顾颉刚，交代人物原型及其学术活动。③《铸剑》文后注"眉间尺"则交代了小说所据曹丕《列异传》中的故事。

六是名物、典制、风俗、典故、引语类注释。名物包括建筑物、动植物、器物、自然天象等。有过去存在而今不存的名物，也有其物虽在而名称已变的名物，还有含特殊意义的名物，都需要注释。如《鲁迅全集》中的三味书屋、太极图、万生园、隐鼠、福橘、子规、塘报、毛边、大圜、孺子牛、象牙塔等。尤其是有典实传说、象征意义等影响文义语意理解的名物，更常有注释。历代的典章制度，包括官职、礼制、体制等；各地的风俗习惯，包括礼节、节日、习惯等，如孝廉、孝悌、力田、舆台、道尹、巫蛊、额黄和眉绿、文字狱、迎神赛会、三恭六礼等也须注释。这些也都是文献的背景性、历史性知识。而对典故的注释则是更有文化内涵的溯源性注释。一般认为典故包括事典和语典两个方面，事典是指古事，可列入以上已经论及

---

① 徐有富主编《中国古典文学史料学》，北京大学出版社 2008 年版，第 331 页。
② 《鲁迅全集》第 3 卷，人民文学出版社 1981 年版，第 517 页。
③ 《鲁迅全集》第 2 卷，人民文学出版社 1981 年版，第 387～388 页。

的第五项注释。语典是指所引用的前人文献中的古语。典故的注释一般会说明其出处或来源、内容或原意以及在当前文献中的新意等。如，《鲁迅全集》中对"下里巴人""偃武修文""牛马走""识荆""二桃杀三士"等都做了注释。《从胡须说到牙齿》文后注"每况愈下"：

> 原作"每下愈况"，见《庄子·知北游》。章太炎《新方言·释词》："愈况，犹愈甚也。"今人引用常误作"每况愈下"，章士钊在《甲寅》周刊第一卷第三号《孤桐杂记》中也同样用错："尝论明清相嬗。士气骤衰。……民国承清。每况愈下。"[①]

此注虽未指出典故在《庄子》中的原意，却指出了此典故的出处、误用及对章士钊的嘲弄之意。很多典故都已变成成语，已收入成语辞典，而注释典故不同于成语辞典的解说之处是：有时会说明此成语在此处文本中的特殊用意。引语与典故也有交叉之处，一部分引语引用的正是古语或典故，一部分引语则是今人之语或外国人之语。如，鲁迅的《不是信》一文引李四光之语"十年读书十年养气的功夫"，《文艺与革命》一文引辛克莱"一切的艺术是宣传"一句，这些引语也都是要注释的内容。

七是语词类注释。以上注释中有许多其实也是语词，这里侧重指语言文字本身的注释。包括古语、方言、外语、术语、隐语甚至异文等都需要用今语、通语等进行语言转换式的注释。现代文学文献中的古语主要在引语类注释中，并不是语词类注释的主体。同是用白话写作，但作家常用方言，这就需要用普通话进行注释以助理解，如，鲁迅在小说《离婚》中对"对对""逃生子"等方言做了原注。沈从文甚至专门写过《〈长河〉自注》来注释书中的湘西方言。现代文学文献中常常有中外文混杂的情况，所以外文常要注释，《鲁迅全集》注释中单列了"外文词语类"，注释日文及多种西文。钱钟书也为《围城》中的许多外语做了自注。一些特殊的术语也在注释之列，如《鲁迅全集》中的"人权论""元和体""手民""朴学"等。一些行话隐语也需要注释才能被一般人理解，如，在鲁迅书信中，一般人难懂的

---

① 《鲁迅全集》第1卷，人民文学出版社1981年版，第252页。

"爬翁""禽男"之类的人物代号、绰号等。其他现代作家的文献中，如胡风书信中也常有一些其小圈子中人才懂的"昆乙""师爷"之类隐语也需要注释。语词类注释可能还有更特别的，如《废名集》的编者甚至对作品修改、刊发中形成的文献异文（语词）也做了注释。

除了以上注释类别之外，《鲁迅全集》的注释还单列鲁迅生平活动类、笔名类注释，但只注明其出处，并未进行深入注释。作家生平活动类注释本是传记批评、年谱研究的内容，笔名也可成为专门研究或收入笔名辞典。有这两类注释，当然可以加深读者对文献的理解，而一般的现代文学文献注释，往往没有这两类，它们一般被认为是文献文本之外的研究内容。

同样是对文献全面的细部灌注，但详略程度有异。现代文学的文献注释一般可分为两种类型：一种是普及型的注释本，一种是研究型的注释专著；前者的注释内容即便全面但都比较简略，后者的注释不但全面而且更为细致。普及型的注释本是现代文学文献注释的主要形式。新中国成立后出版的现代作家文集或全集、现代文学单行本名著有很多是注释本。它们虽未标明"注释本"，但一般都有编者或作者以尾注或脚注方式加上的注释。不过，这些注释的主要目的是解决一般读者在阅读上的语言和内容理解障碍问题，一般都是简注。这些注释本的注释视整理者的功底和投入程度而有所不同。最简单的只做题注，最完备的莫过于《鲁迅全集》，不仅有题注，更有全面的内容注，但依然属于简注，其注释只是点到为止，不做深入地考注。注释专著则往往在名称上就有标示，如《〈阿Q正传〉郑笺》《鲁迅书信考释》《〈胡风家书〉疏证》等。注释专著在注释内容上可能有所扩展，如《〈阿Q正传〉郑笺》，还涉及文本旨意、创作技巧、修辞方法等的注释。注释专著以研究、考证为目的，其注释内容更专深，论证更周密，常常引证其他文本，更接近某些古籍的旧注。如，郑子瑜谓其《〈阿Q正传〉郑笺》："'笺'乃一种表识书，其方法在表明著者的初旨，并断以笺注者的意见，使读者易于识别，其与普通之仅据字典辞书，以解难字难句之'注释'有别……"[1] 其注释常引证鲁迅其他文章及历史上的其他经典和诗文。此外，

---

① 郑子瑜：《〈阿Q正传〉郑笺》，中国社会出版社1998年版，第3页。

注释专著往往注释内容更多、注释量更大，有的甚至就是小论文，如唐德刚注《胡适口述自传》，钱定平注释《围城》的《破围》，洪子诚的《材料与注释》等。因此，不同于普及型的注释本，注释专著是更全面、详密而深入的细部"灌注"。注释专著甚至可以是现代文学研究中一种有待起用和开发的著述形态。

三 文本扩容和"著明"

我们可以用"白文本"的概念来描述现代文学文献未经注释的原初状态。① 现代文学文献在其初刊、初版时多是白文本状态，只有少数文献附有作者的少量注释。随着时间的推移和文献的重印，作者开始在文献上添加自注，更多的情况则是他人（编辑、亲属、研究者等）叠加新的他注。于是，多数文献渐失其白文本面目而被改造成了注释本，而且导致了其文本篇幅上的扩容。

从总体情况来看，现代文学文献被大规模注释是在 20 世纪 50 年代以后。在 50 年代之前，也有一些为新文学作品加注释的情况，如郭沫若的小说《牧羊哀话》收入《星空》集时，作者加了自注；《甲申三百年祭》1945年由野草出版社再版时，编者加了注释。其他如 1946 年出版的《鲁迅书简》有许广平的注释，鲁迅艺术文学院 1945 年编选的《陕北民歌选》有何其芳的注释。但此期还未出现大规模的注释现象。50 年代以来，在现代文学文献整理出版过程中，则出现了三次较大的注释高潮。② 第一次注释高潮在 50 年代，当时人民文学出版社和作家出版社所出的后来被称作"白皮书""绿皮书"的作家选集或单行本名著有许多是加了少量注释的，如《骆驼祥子》《死水微澜》《许钦文小说选集》《冯至诗文选》等。1958 年版的10 卷本《鲁迅全集》第一次系统地加了注释。同期出版的《沫若文集》《茅盾文集》《巴金文集》也加了一些注释。周遐寿（周作人）著《鲁迅小说里的人物》（1956 年版）则是一部特殊的注释专著，包括《呐喊衍义》《彷徨衍义》等部分。"文革"时期则只有鲁迅作品独自形成注释热，如武

---

① 韩石山：《这样的〈鲁迅全集〉我不买》，《文汇报》2005 年 12 月 13 日。
② 金宏宇：《文本周边》，武汉大学出版社 2014 年版，第 205～213 页。

汉大学中文系编注的《鲁迅旧诗注释》（1968 年版）、吉林师范大学中文系编注的《〈鲁迅杂文选〉、〈鲁迅小说诗歌选〉注释》（1972 年版）、南京大学中文系编注的 4 卷本《鲁迅选集》（1974 年版）、复旦大学中文系编注的《鲁迅杂文选集》（1976 年版）等。第二次注释高潮出现在 70 年代末 80 年代前期。此期的注释范本当然是 1981 年版 16 卷本的《鲁迅全集》。1985 年开始出版的《郭沫若全集》文学编，1984 年开始出版的《茅盾全集》，注释都有增加和丰富。其他如《郭沫若诗词选》（1977 年版）、《志摩的诗》（1983 年版）、《雕虫纪历》（1984 年版）等都是新出的注释本。一批汇校本如《〈女神〉汇校本》（1983 年版）、《〈文艺论集〉汇校本》（1984 年版）、《〈棠棣之花〉汇校本》（1985 年版）等也是特殊的注释本。此期还出版了毛泽东、周恩来等一批领袖人物的诗词注释本。作家书信注释本的出版也汇入此次注释高潮，如《鲁迅致许广平书简》（1979 年版）、《鲁迅给萧军萧红信简注释录》《萧红书简辑存注释录》（1981 年版）、《雪泥集：巴金书简》（1987 年版）、《郭沫若书简——致容庚》（1991 年版）等。第三次注释高潮出现在世纪之交尤其是 21 世纪头十年。2005 年出版的 18 卷本《鲁迅全集》又修改和新增了注释，依然是这次注释高潮中的潮头和典范。其他如《冯至全集》（1999 年版）、《丁玲全集》（2001 年版）、《沈从文全集》（2002 年版）、《师陀全集》（2004 年版）、《废名集》（2009 年版）、《雪泥集——巴金致杨苡书简劫余全编》（2010 年版）等都是较好的注释本。此期还出版了一批较高质量的注释专著，如郑子瑜的《〈阿 Q 正传〉郑笺》（1998 年版）、钱定平的《破围》（2002 年版）、陈永志的《〈女神〉校释》（2008 年版）等。经过不同时期的注释尤其是这几次注释高潮之后，现代文学文献已经较少存在白文本了。

　　白文本加上注释之后，最直观的结果就是文本篇幅上的扩容。典型的例子是《鲁迅全集》。其 10 卷本第一次在白文本的基础上增加了 5800 余条注释，共 50 多万字；其 16 卷本的注释则"从原有的 5800 条，扩充为 23000 余条，总字数约 200 多万字"[①]。18 卷本又新增注释 900 余条，修改了 1000 多条原注，注释部分净增字数达 20 万（一说 16 卷本注释文字 190 万，18 卷

---

　　①　张小鼎：《〈鲁迅全集〉三个里程碑式版本》，《中华读书报》2005 年 2 月 25 日。

本新增注释 20 万字，注释总字数为 210 万字）。① 其中，最新的 18 卷本《鲁迅全集》总字数据说是 700 万字，注释就占了 210 万字或 220 万字，可见注释文字在其文本扩容中的分量。其他作家全集的注释当然比不上《鲁迅全集》的扩容规模，但只要加了注释，扩容也是必然的。至于一些注释专著，注释文字多于原文本文字则更是常见的现象。文本扩容的结果是使文献成为一种重叠构成，即原初文献之外，又加上了新的注释文献，而且这些注释文献也可以一层层或一次次地叠加上去。如，周良沛编汇的《中国新诗库》保留了一些诗歌的原注，又加上编者自己的新注。吴永平的《〈胡风家书〉疏证》保留了胡风之女晓风编《胡风家书》时的注释，又加上一层新的注疏。从时间的角度看，注释又是在历史过程中叠加的。萧军详细叙述了《鲁迅给萧军萧红信简注释录》40 多年间的历史叠加过程："第一次注释：是在一九三六年先生逝世以后。《作家》要出'纪念特辑'，我因为一时写不出适当的纪念文章来，就从先生给我们的书简中选出了几封，每一封加了一些简要的'注释'，以《让他自己……》为题名刊载了。""第二次注释：一九四七、八年间，我在哈尔滨主编《文化报》，当时应读者的要求，我把这批书简加了扼要的注释，在报上连续刊载了。""第三次注释：是前几年应北京鲁迅博物馆工作同志们的要求，把他们在《书简》中认为有些问题不明白的地方，用铅笔划了出来，而后根据我所知道的作了约两万字的回答。"②《鲁迅全集》的注释更典型地体现了这种历史叠加过程。单看最新版的《鲁迅全集》的注释，其在历史演进过程中掩埋、调整与移动等情形尚无法呈现，但当我们把它与以前的两次注释进行"历史考古"式的比照，就更能强烈地感知其文献历史土层的明显叠加。

　　文献被加入注释后的重叠构成，其实就是文献文本的再建构。注释是作为一种重要的副文本加入文献文本再建构的，尤其是在"文集""全集"这类"定型"性的文献形态中，注释作为副文本，客观地与文献原文本构成有机的文献整体。当然，这种副文本也会在常注常新中生生不息。在中国古代的注经传统中，不断有新生的注疏，中国现代文学文献的注释也会如此。

---

① 张业松：《文学课堂与文学研究》，复旦大学出版社 2008 年版，第 44 页。
② 萧军：《鲁迅给萧军萧红信简注释录》，黑龙江人民出版社 1981 年版，第 5～6 页。

与其他副文本因素相比，注释也许就是现代文学文献构成中最具有再生性的副文本，不断地参与主体文献文本的历史建构之中。有了这种副文本的加入，文献文本的结构更为丰满，内涵更为丰富。如在叙事性文献中，注释有助于叙事。借用史学研究者的话说："一旦历史学家在著作中加上了脚注，那么对历史所做的叙述就是一段现代独有的双重叙事。""脚注构成了次级叙事，它随一级叙事而动，但又与之泾渭分明。"① 在《胡适口述自传》中，唐德刚所添加的注释就很好地体现了这种文本建构的功能，以至于史学界有学者声称要"先看德刚，后看胡适"②。有时候，注释形成的副文本由于注入了注释者更强的主体性，从而使文献文本的文体性有所改变。如，萧军的《鲁迅给萧军萧红信简注释录》的注释部分有太多萧军的个人表述，使这本注释录几乎成为回忆录。杨苡编注的《雪泥集——巴金致杨苡书简劫余全编》也有类似的倾向。大多数情况下，注释只是关于文献正文本甚至包括序跋、扉页引语等副文本的解说性、说明性、评论性的副文本，是比正文本更客观更学术化的副文本。也可以说是关于文本的文本，即所谓"元文本"。还可以说是文献文本的互文本，在与文献正文本和其他副文本的互文中，还指向时空上更久更远的互文本，把它们拢合进文献文本的建构之中。

在文献文本的扩容及再建构中，注释所要实现的基本目标其实是使文献所含有的信息、知识、内涵、背景等得以"著明"。一般认为古籍旧注多为语句的训诂、疏通。而为现代文学的白话文文献做注释，除了有方言土语等的疏通之外，更多的是孔颖达所谓的"著明"："注者，著也，言为之解说，使其著明也。"（《毛诗正义》）即要用注入的文字使原文献的字义、语义、信息等更为显著、昭著或者明晰、明确。也就是说，现代文学文献注释的重心其实又不是语言转换问题，而是使文献文本"著明"。久远的典故，其原意幽深，在新文献文本中的新意亦复隐晦，自然都需要使其"著明"。文本写作的历史背景和原型本事在时过境迁以后，已经暗下去，也需要使其复明。如，冯雪峰有一首诗《哦，我梦见的是怎样的眼睛》，他自己加了一个注释，为的是"用注来叙明"诗的写作过程，那是他在狱中黑夜里梦到的

---

① 〔美〕安东尼·格拉夫敦：《脚注趣史》，张弢、王春华译，北京大学出版社 2014 年版，第 23 页。
② 胡适口述，唐德刚译注《胡适口述自传》，广西师范大学出版社 2005 年版，第 2 页。

一双"很大很深邃，黑白分明，很智慧又很慈和的极美丽的眼睛"，他请狱中难友赖少其画出过这双眼睛，本诗写的就是这双眼睛。但这是谁的眼睛，原注并未真正"叙明"。收入《中国新诗库》时，编者周良沛根据画家赖少其的文章，又加注释，注明这写的是丁玲的眼睛。[①] 于是，一首"情诗"的背景和本事最后被叙明。现代作家常用笔名发表作品，其真实身份隐藏在笔名的面具背后，这也常常要用注释给以揭明。鲁迅的众多笔名中有一"封余"，源自"封建余孽"。"封建余孽"是署名"杜荃"者在一篇文章中对鲁迅的评价。鲁迅在《三闲集》《二心集》中多次提到此人此文，但"杜荃"是谁，1958 年版《鲁迅全集》并未加注。1981 年版《鲁迅全集》出版前，陈早春考证出"杜荃"即郭沫若，并上书鲁迅全集注释定稿小组。最终在此版《鲁迅全集》中得以加注揭明，谓"封建余孽""见《创造月刊》第二卷第一期（一九二八年八月）杜荃（郭沫若）的《文艺战线上的封建余孽》"。[②] 此注释虽然用的还是比较含蓄的括号形式，但毕竟已将 1928 年革命文学论争中，鲁、郭二人的论争及历史真相呈现出来。后来《郭沫若全集》亦将署名"杜荃"的此文和另一文《读〈中国封建史〉》都收入集中，[③] 又成为由笔名考证来进行辑佚的案例。这些都说明了注释活动及注释文字本身对叙明文学史真相的史料价值。有时候，文献本身就很浅白，不加注释亦无妨阅读和理解，而加上注释则使其内涵更为明晰或有所延伸。如《孔乙己》中孔乙己问"我"茴香豆的茴字怎么写时，"我"懒懒地答说草字头底下一个来回的回字。孔乙己又问回字的四样写法，并想教"我"，"我"毫不热心，他叹口气，显出极惋惜的样子。这一细节已明白显示出了孔乙己的天真、热心、书呆子气或迂腐。而《鲁迅全集》则对"回"字有四样写法做了注释："回字通常只有三种写法：回、囘、囬。第四种写作囘（见《康熙字典·备考》），极少见。"[④] 回字的后三种写法是怎样，对于今天一般读者来说恐怕也不容易回答，多半只有书法家和文字学者才知道。这个注释告诉读者更明晰的文字知识，也可能使读者增加一份对读书人孔乙己

---

① 周良沛编序《中国新诗库》，长江文艺出版社 1993 年版，第 332 页。

② 《鲁迅全集》第 4 卷，人民文学出版社 1981 年版，第 8 页。

③ 徐庆全：《名家书札与文坛风云》，中国文史出版社 2009 年版，第 333 页。

④ 《鲁迅全集》第 1 卷，人民文学出版社 1981 年版，第 439 页。

的敬意。

有些注释则使文献的信息更为明确，包括辨伪正误一类的注释。如《鲁迅全集》对《魏晋风度及文章与药及酒之关系》的注释中有几条就是这类注释。作者在这篇文章的副标题中说这篇演讲的时间是"九月间"，注释明确为："作者这篇演讲是在七月二十三日、二十六日的会上所作的（题下注'九月间'有误）。"① 文中提到夏侯玄为司马懿所杀，注释明确为"夏侯玄是被司马师所杀，作者误记为司马懿"②。文中提到司马懿因嵇康写了《与山巨源绝交书》就把他杀了。注释明确为："杀嵇康的是司马昭，鲁迅误记为司马懿。"③ 文中写："季札说：'中国之君子，明于礼仪而陋于知人心。'"注释明确为：见《庄子·田子方》："温伯雪子适齐，舍于鲁，鲁人有请见之者，温伯雪子曰：'不可，吾闻中国之君子，明乎礼义而陋于知人心，吾不欲见也。'"据唐代成玄英注"温伯，字雪子"，春秋时期楚国人，鲁迅误记为季札。④ 文献中的这些错误，如果没有注释，一般读者很难发现，且将会以讹传讹。其他如异文注、勘误注等同样是使文献内容明确化。如，鲁迅《辱骂和恐吓绝不是战斗》一文中"喜笑怒骂，皆成文章"的注释说此语见宋代黄庭坚《东坡先生真赞》，但"喜，原作嬉"。至于注释专著则更带有研究或考证性质，更会追求注释的明确功效。《围城》的定本对书中的一些外文做了注释，如李梅亭的名片背面英文：Professor May Din Lee 被注为："李梅亭教授。那三个拼音字在英语里都自有意义：五月、吵闹、草地。"⑤ 把李梅亭的名字与性情联系起来。而方鸿渐则想着："Mating"跟"梅亭"也是同音而更有意义。定本又对这个英文词做注为"交配"。⑥ 把李梅亭与性联系起来。这两处注释让外文的中文意义明确化。而《破围》一书对此处又做了进一步的笺注，不仅对名片、姓氏的中外历史做了考证与讨论，而且细致解说了 mating："意思是'让动物交配'，正是《左传》里

---

① 《鲁迅全集》第 3 卷，人民文学出版社 1981 年版，第 517 页。
② 《鲁迅全集》第 3 卷，人民文学出版社 1981 年版，第 524 页。
③ 《鲁迅全集》第 3 卷，人民文学出版社 1981 年版，第 526 页。
④ 《鲁迅全集》第 3 卷，人民文学出版社 1981 年版，第 527 页。
⑤ 钱钟书：《围城》，人民文学出版社 1991 年版，第 143 页。
⑥ 钱钟书：《围城》，人民文学出版社 1991 年版，第 144 页。

'唯是风马牛不相及也'的那个'风'字。Mating 对于人可不能用，除非自动降格。用这个词儿来寒碜有点好色的李梅亭，也算是够挖苦的。"① 把原文中将李梅亭降格为动物的本义和性戏说的喜剧效果凸显出来。《破围》一书还对《围城》中的许多土洋典故进行了深入解说，也都使原文献文本的字义、语义更加明确。

要言之，注释的根本目的不在文本"扩容"而在使文献内容"著明"，就是使文献的某些晦暗、淤塞的细部得以澄明、敞亮和洞开。当然，在"著明"过程中其实也使文献完成了"增义"。不过，值得指出的是，注释作为史料批判的学术方法，一般只涉及字意、语义，或事关史料、史实。它们虽都与语义学、史料学、阐释学等研究相关，但又只能是一种最基础的研究工作。更准确地说，注释活动只是关于中国现代文学文献的知识层面的语义研究、史料研究及文本阐释工作，主要是在"基本知识"上"著明"（注明）文献局部即可，更深入更系统更完整的阐发则有待于真正的史料学、语义学和阐释学著述。

加入注释，必定带来现代文学文献文本篇幅的扩容和内涵的"著明"，但就具体的文类和不同写作风格的文本来说又有差异。② 就所谓四大文类来说，散文、诗歌会比小说、戏剧需要更多的注释。散文之中，杂文又需要更多的注释，它是最富有知识性和时代性（也即历史性）的文类。它语涉古今中外，内融大千世界，有更多的知识积淀，也需要以更多的注释去化解。如，鲁迅的《魏晋风度及文章与药及酒之关系》有 70 个注释，其篇幅几乎赶上了正文。《病后杂谈》一文有 39 个注释，篇幅也差不多是正文的二分之一。新诗之中的现代主义诗歌或"朦胧诗"又往往需要更多的注释，卞之琳的《距离的组织》《鱼化石》二诗几乎每一行都加了自注，这些文字超过诗歌本身。孙玉石倡导的解诗学其实也基于注释，一些诗歌导读文字也类似于古籍旧注中的章句类注释。叙事性文学文本中，学界小说、历史剧也需要更多的注释，如钱钟书的《围城》、阿英的《杨娥传》等。就不同写作风格来说，学者的散文、小说等写作比一般作家的写作更充满学问的光泽，自

① 钱定平：《破围》，百花文艺出版社 2002 年版，第 235 页。
② 金宏宇等：《文本周边》，武汉大学出版社 2014 年版，第 219～222 页。

然更需要加以注释。同一类写作中，作家的创作理念和处理方式不一样也决定着注释的多寡。如，同是写乡土小说，赵树理追求通俗易懂且使用具有可说性的评书体，可不用注释。"他的小说叙述语言尤其是人物语言很少使用特定地域的方言或日常土语。而丁玲、周立波、柳青等人的小说，则通常用方言土语来表明人物的'农民'身份或地域性，方言土语几乎成为人物身份的一种特定的'符码'，以至于需要特别的注释，来说明这些词语相应的'普通话'含义。"① 总之，进入文献文本的无论是久远的典故，还是地方性语词，在日后的文献整理中都可能被注释加以"著明"，而注释的多少、深浅，自然会视文献中"知识"的浓度和密度而定。

四　注释之蔽

注释作为一种史料批判方法，其价值体现在能为文献史料的解读提供真确的知识，但也可能产生注释之蔽。这是指由注释所带来的对文献面目、内涵、信息等的屏蔽、遮蔽。原文献被注释后，多半会被"著明"，这可视为揭蔽或祛蔽工作，然而一经注释也可能出现失注、偏注、错注、误注、臆注、妄注、伪注、讳注等现象，由此就产生了注释之蔽。如果有太多的注释之蔽，反而不如无注。因为无注释，读者顶多是看不懂或看不透文献；有注而又蔽，则更可能将读者对文献的解读指向一个错误的方向或导向文献的错误利用。现代文学文献中也出现过很多注释之蔽，因此，才有学者呼吁回到"白文本"。②

注释之蔽，首先缘于注释的文字特性。注释其实可称为附注，无论是简注还是详注，注释一般都附属于原文献文本之后，故注释整体上可称为一种副文本。但每条单一的注释往往只能是文本片段，可能是一个短语、一句话或一个段落。当然也有《胡适口述自传》中多段文字组成的"唐德刚注"，还有《鲁迅给萧军萧红信简注释录》中"萧军注"这类的长注，但它们仍然是片段性的文本。所以从篇幅上说，注释的简短性或文本片段性，使它常常不会完整地叙述历史的较长过程、人物的完整生平、词语及概念的演变

---

① 贺桂梅：《赵树理文学的现代性问题》，唐小兵编《再解读：大众文艺与意识形态》，北京大学出版社 2007 年版，第 96 页。

② 张业松：《文学课堂与文学研究》，复旦大学出版社 2008 年版，第 42、44 页。

等。注释有别于辨伪、考证等史料批判方法之处也正在于它不需要展开论证。注释文字一般都是结论性的说明。如《胡风家书》注 1952 年 7 月 24 日信中"昆乙"二字："昆乙，即周扬。"《〈胡风家书〉疏证》说此注过略，补充说："'昆乙'是拆'混乱'二字右半合成，胡风家书中首次使用该隐语指代周扬。"[①] 但仍未说明为何用"混乱"指周扬，这需要做专门的考证文章。同时，注释还有语境选择性，即它常常只须选择与某一文本语境相关的内容加以注释，无暇顾及其他。如，1981 年版《鲁迅全集》关于杨荫榆的注释出现在不同的卷册和文章中，第 1 卷《论"费厄泼赖"应该缓行》一文注杨荫榆简要生平；第 3 卷《"碰壁"之后》一文注她发表的《致全体学生公启》和《对于暴烈学生之感言》等；第 8 卷《为北京女师大学生拟呈教育部文二件》注她任女师大校长期间的作为；第 11 卷《两地书》中注"驱羊运动"；第 7 卷《女校长的男女的梦》一文专门写"杨校长"，文后 9 条注释都与杨荫榆有关。这些注释都是根据各篇文章内容的需要或语境来选择的，以解说文本为目标。这也导致注释的片面性。即便把《鲁迅全集》中有关杨荫榆的所有注释合拢阅读，也仍是片面性的信息。因为整个《鲁迅全集》中对杨的形象描述仅限于她任女师大校长期间，而且都是负面的，注释也全部都是负面性的。2005 年版的《鲁迅全集》对杨荫榆的生平注释较全，提到她"1926 年后任教于苏州女子师范学校、东吴大学。1938 年被侵华日军杀害"[②]。但为何被杀害，并未注明。据杨绛《回忆我的姑母》所述，杨荫榆不止一次去找日军军官抗议日军士兵抢掠；为四邻要回被抢财物，常常保护妇女，后被日军骗到一座桥顶，枪杀后抛尸河里。后人称她："慷慨孤怀，颠危不惑；遑恤身家，惟念邦国。"这叙述出杨荫榆形象的另一面。所以，仅靠注释，还是无法对杨荫榆进行"知人论世"的。总之，因为文本的简短性或片段性、语境选择性，注释不免会出现失注、偏注，从而产生注释之蔽。

注释之蔽，还可以源自注释主体即注释者。首先是注释者的知识、学养不够，会造成注释之蔽。注释其实就是注释者以自己的知识和学养去处理文

①　吴永平：《〈胡风家书〉疏证》，中国社会科学出版社 2012 年版，第 300 页。
②　《鲁迅全集》第 1 卷，人民文学出版社 2005 年版，第 296 页。

献，以一己之知识储备往往很难应对文献注释百科全书式的知识需求，所以往往会出现错注、误注，从而造成注释之蔽。如《胡风家书》注 1952 年 12月 12 日胡风信中的"师爷"即胡乔木，就是错注。有专家更正为"师爷"是指阳翰笙，"军师"才是指胡乔木。[①] 在文献注释中，相关的专家才是最合适的注释者，也正因为他们具备这方面的学识和专门研究，能较为从容地解说文献。但即便如此，也难免出错。《鲁迅全集》的编辑出版，作为国家工程，集众多鲁迅研究专家之力，多次注释，成为现代文学文献注释的典范，却仍然被不断质疑。如 1981 年版《鲁迅全集》对《论"费厄泼赖"应该缓行》一文的注释就引起争议，有学者认为其中对"林语堂"的注释（即第 2 条注释）"给读者留下三点印象：一，林语堂是'费厄泼赖'的倡导者；二，鲁迅写作此文是专门批判林语堂的；三，二三十年代林语堂始终站在进步文学的对立面……"[②] 对"打死老虎"与"打落水狗"的注释（即第 5 条注释）又提到吴稚晖、周作人、林语堂三人。这两条注释都遮蔽了真相，真相应该是"费厄泼赖"之说出自周作人的《答伏园论"语丝的文体"》，而林语堂文《插论语丝的文体——稳健、骂人、及费厄泼赖》不过是附和周作人。鲁迅文章里反复提到的"打落水狗""打死老虎"二词主要出现于吴稚晖文《官欤——共产党欤——吴稚晖欤》，该文认为现在批评章士钊"似乎是打死老虎"。周作人《失题》一文也说："打'落水狗'（吾乡方言，即'打死老虎'之意）也是不大好的事。"林语堂文虽出现"不'打落水狗'"一词，却是转引周作人文的。这两条误注的结果：一是使"林语堂代人受过"，其实林语堂在一度附和周作人之后仍跟随鲁迅；二是使读者误读鲁迅此文，不能真正了解"失和"后的周氏兄弟之间特殊的文事交往方式。其实，鲁迅不过是以林语堂为幌子来批评周作人。[③] 这两条注释在 2005 年版《鲁迅全集》中文字有所修改，但仍未吸收已有成果将真相解说清楚。此文的注释之蔽还继续存在。2005 年版的《鲁迅全集》还有一些 1981 年版就存在的注释之蔽。如注《新青年》迁至北京的时间为

---

①　吴永平：《〈胡风家书〉疏证》，中国社会科学出版社 2012 年版，第 386 页。

②　杜运通：《林语堂代人受过——从鲁迅〈论"费厄泼赖"应该缓行〉的一条注释谈起》，《山西大学学报》（哲学社会科学版）1996 年第 1 期。

③　张业松：《文学课堂与文学研究》，复旦大学出版社 2008 年版，第 39 页。

"1916 年底"，确切的时间应为 1917 年 1 月。又如，注关于诗持人性情之说，引刘勰《文心雕龙·明诗》语："诗者，持也，持人性情。"其中"性情"，刘勰原文应为"情性"。这些注释之蔽仍等待后来的注释者不断地祛除。另外，注释者的成见甚至臆见，也是造成注释之蔽的重要原因。前文例子中，当注释者对杨荫榆、林语堂等存了成见，就难有真确的注释。而注释者的知识和学养欠缺更容易造成臆注。如《苏曼殊诗笺注》（刘斯奋注，广东人民出版社 1981 年版）为《代柯子简少侯》一诗做题注，认为"柯子"似是一日本女子，"简"作动词用，意为寄信，"少侯"是同盟会成员孙毓筠，是苏曼殊在东京的朋友。诗题的意思就是：代一个日本女子寄信给少侯。这显然是臆注。实际上"柯子"是章士钊的号，章是苏曼殊的密友。《燕子龛诗笺注》（马以君注，四川人民出版社 1983 年版）对该诗做了正确的注释，祛除了这一注释之蔽。[1]

　　注释之蔽，又可归因于某种意识形态的干预。当人们依持某种意识形态的表意方式去注释文献时，也必然会导致偏注、妄注，甚至伪注。这在"文革"时期对鲁迅著作的注释中体现得尤为突出。当时常"以阶级斗争、路线斗争为纲，用'文化大革命'大批判的精神，把注释写成批判稿……"[2]　如《辱骂和恐吓绝不是战斗》一文的注释就成为一条"辱骂和恐吓"的注释："《文学月报》，周起应（即周扬）主编。当时周扬一伙篡夺了'左联'的领导权，疯狂推行王明的左倾机会主义路线，在他主办的刊物上，充满貌似很左，装腔作势，借以吓人的文章。该刊第四期发表的芸生写的一首长诗《汉奸的供状》，即充满了'辱骂'和'恐吓'。鲁迅在给周扬的这封公开信中，针对这首长诗，严正地批判了周扬一伙破坏无产阶级战斗原则，形左实右的恶劣倾向，一针见血地指出：这种'诬陷，造谣，恐吓，辱骂'的行径，与'叭儿狗文艺家'是一丘之貉，从而捍卫了毛主席的革命路线。"这条注释见于 1972 年版吉林师范大学中文系编注的《〈鲁迅杂文选〉〈鲁迅小说诗歌选〉注释》一书。当时关于鲁迅著作的注释中，充斥着胡风是"反革命"，萧军是"反党分子"，巴金有"反动思想"，新月派是"买办资

---

① 　章宗鋆：《中国新文学中的注释研究》，武汉大学出版社 2016 年版，第 37 页。
② 　黎之：《文坛风云录》（增订本），人民文学出版社 2015 年版，第 496～497 页。

产阶级政治文化派别"之类的政治话语，也缀满"疯狂""攻击""篡夺"
"破坏""丑恶面目"等偏激化、情绪化的修辞和议论性、批判性的表述。
这类按意识形态观念来进行的注释当然会遮蔽历史和文学史真相。"文革"
中这种注释之蔽，当然与其注释者"主体"构成有关。在鲁迅著作的"单
行本的注释说明中说："为了适应广大读者的需要，我们准备陆续出版鲁迅
著作单行本，由各地工农兵理论队伍和大学革命师生担任各书的注释工
作.'……这是一个可观的注释大军。专家们也只能在注释中充当被改造的
'小学生'角色了。"① 这支本身就是按照意识形态需要组构而专家在其中只
能俯首听命的注释大军，也只能弄出一些意识形态化的注释。这种遗风甚至
还残留在 1981 年版的《鲁迅全集》《鲁迅给萧军萧红信简注释录》等出版
物中。20 世纪 80 年代以后，这种注释中的意识形态之蔽日渐消歇。

最后，注释之蔽也与一种避讳的成规有关。在中国的历史叙事中，存在
为尊者讳、为亲者讳、为贤者讳的成规。对现代文学文献的注释，也有因袭
这种成规从而造成注释之蔽的现象，这就是讳注。如前文提到的有关《文
艺战线上的封建余孽》作者"杜荃"的注释。多年来知道"杜荃"即郭沫
若，却不做注，考证确凿后又被郭沫若的秘书反对加注，最后只以括号形式
去注，等等，皆是为贤者讳。冯雪峰为自己的诗作《哦，我梦见的是怎样
的眼睛》做注，欲注还休，是为亲者讳。1973 年上海人民出版社出版的
《鲁迅书信选》将鲁迅给萧军、萧红信中提到的"蓬子转向"的原文删去，
代以"……"，更不做注，也是为姚文元这"尊者"讳。② 这些讳注，不仅
不会"注明"真相，反而有意加以遮蔽。

总之，对于现代文学文献的注释文字，我们既要看到其"著明"文献
内涵的功用，同时也应该警惕它可能造成注释之蔽这种负面的效用。也就是
要用一种批判的眼光看待注释。传统典籍中之所以会出现"疏"这种注释
形态，或反复注释的情况，其实也包含有对前注的不断批判。现代文学研究
中也会出现这种关于注释的注释，如吴永平的《〈胡风家书〉疏证》；更可
以使注释不断地改进，如《鲁迅全集》的多次注释，其目的都是给文献以

---

① 黎之：《文坛风云录》，人民文学出版社 2015 年版，第 496 页。
② 萧军：《鲁迅给萧军萧红信简注释录》，黑龙江人民出版社 1981 年版，第 41 页、第 43 页。

正确的知识解说。注释之蔽的出现，其结果是使关于文献的解说出现错误，这其实是在倒逼我们去思考注释这种史料批判方法的本质特性。即现代文学文献的注释只是一种知识学层面的史料批判，它应具有客观性、稳定性和历史性；注释虽然有阐释的功能，但到底不是真正的阐释，它应该避免主观的阐发，也无须情感移入、价值判断和修辞装饰，更应力戒过度注释。

第　十　章

汇编批判

　　汇编，要言之，也是一种文献知识控制，是指用具体形式（体）对文献史料的整序化、专题化或完备化的辑录、集合或重组活动，是史料批判的最基始的工序。文献学史上曾有论纂、纂辑、抄纂、类纂、编纂、编辑等概念，这些概念本来都有"编""集"的意思，但由于歧解或古今语义的演变，它们不如"汇编"一词意义明确。如，"论纂"的"论"并不是今天的论，"编辑"一词在今天既是动词，更是名词。而"编纂"的概念在历史编纂学和文献编纂学论著中的内涵也比较宽泛。因此，我们采用不会引发歧解的"汇编"概念，用来专指辑录、集合文献或史料原文这样一种学术活动及其成果。即是说，汇编只是一种狭义的编纂，它排除了中义的史料编纂，如年谱、目录等的编纂；也不包含广义的史料编纂，如文学史、历史等著作的编纂。这就使得"汇编"有了清晰的所指从而避免了"编纂"一词的笼统意涵及其相关概念的混淆。汇编在中国文献史上有着悠久的传统，当人们笼统地谈论文献编纂时，一般认为有史可考的文献编纂始于春秋战国之际，如孔子编纂的"六经"。而中国现代文学文献史料的汇编，宽泛地说，应当从文学作品或文献的结集甚至报刊的编辑算起。对这一类学术活动，我们也须批判地审视。

一　"作""述""论"

　　关于文献史料，如果从其内容的来源或内容性的体裁角度说，大约可划分为三种：著作、编述和汇编。尽管在实践中，它们之间很难做截然划分，在具体的文献文本中也可能有交叉混合的形态，但在理论上做清晰的界定还是有必要的。为了获得对这三个概念的明确认知，我们首先可以对相关概念史做一番简要的梳理。

在中国古代文献史上，最早有"作"与"述"之分，如《礼记·乐记篇》说："故知礼乐之情者能作，识礼乐之文者能述。作者之谓圣，述者之谓明。"孔子也说自己的文献整理工作只是"述而不作"（《论语·述而》）。关于"作"与"述"的高下之分，历代学者都有论述。汉代王充说："《五经》之兴，可谓作矣。《太史公书》，刘子政《序》，班叔皮《传》，可谓述矣。"又说："造端更为，前始未有，若仓颉作书，奚仲作车，是也。《易》言伏羲作八卦，前是未有八卦，伏羲造之，故曰作也。"（《论衡·对作》）唐代孔颖达疏《礼记·乐记》："述为训说义理，既知文章升降，辨定是非，故能训说礼乐义理。不能制作礼乐也。""圣者通达物理，故作者之为圣，则尧、舜、禹、汤是也。""明者辩说是非，故修（'修'疑为衍字）述者之谓明，则子游、子夏之属是也。"现代学者钱穆的解释也接近古意："述，传述旧闻。作，创始义，亦制作义。如周公制礼作乐，兼此二义。孔子有德无位，故但述而不作。"① 可见古代较早时对"作"的理解是特指的、神圣化的。制作礼乐，创始文字或器物，或创造文化元典者才能称为"作"；而训说、传述、整理这些内容的文字都只能称为"述"。所以，孔子编纂"六经"，司马迁撰《史记》，班固著《汉书》都只敢称"述"。后来，对"作"与"述"的解释开始泛化，如宋代朱熹注"述而不作"曰："述，传旧而已，作则创始也。"（《四书集注》）清代焦循则说："人未知而己先知，人未觉而己先觉，因以所先知先觉者教人，俾人皆知之觉之，而天下之知觉自我始，是为'作'。已有知之觉之者，自我而损益之；或其意久而不明，有明之者，用以教人，而作者之意复明，是之谓'述'。"（《雕菰集》卷七《述难》）至于将"作"解释为"著作"，"述"解为"编述"则是一种引申和窄化。于此，便有了文献史料的两种内容性体裁了。

王充著《论衡》时连"述"都不敢称，说："非曰作也，亦非述也，论也。论者，述之次也。……桓君山《新论》、邹伯奇《检论》可谓论矣。"（《论衡·对作》）且不论《论衡》归于哪一类（按后世的标准，它也属于

---

① 钱穆：《论语新解》，生活·读书·新知三联书店 2012 年版，第 151 页。

"著作"），这就提到了另一种文献史料的内容性体裁概念："论"。谈到《论语》一书的命名，《汉书·艺文志》说："论语者，孔子应答弟子、时人及弟子相与言而接闻于夫子之语也。当时弟子各有所记，夫子既卒，门人相与辑而论纂，故谓之论语。"这里又提出了"论纂"的概念。现代文献学家张舜徽认为："'论'的本字当作'仑'，从亼册（亼即集字），是集合很多简册加以排比辑录的意思。"《论语》这一书名正得义于论纂，论纂即抄纂。"抄纂的工作，以此为最早了。"① 至此，古代文献史料从内容上划分的三个范畴齐备了，那就是"作""述""论"。张舜徽把它们解为"著作""编述""抄纂"。

但是又有许多别的概念的提出，把这三个基本范畴之间的关系弄得混乱和复杂了。如清代章学诚在《文史通义·内篇二·博约》中提出"著述"与"纂辑"的区别；在《方志略例一·报广济黄大尹论修志书》中又把史籍分为"著作"与"纂辑"两类；在《文史通义·外篇三·报黄大俞先生书》中又提出"著述"与"比类"之分；在《文史通义·书教上》还提出"撰述"与"记注"的不同。有时候，他又把"比类"称为"比次"，认为："天下有比次之书，有独断之学，有考索之功。"（《文史通义·答客问中》）在这些概念中，后两组概念更容易引起歧解。如白寿彝认为"记注"和"撰述"相当于"编"和"著"。② 有人认为它们就是"比类"和"著述"。③ 王尔敏则认为："比次似指史家撰述之总称，……实不及记注之含义单纯……"④ 金毓黻又认为"记注"相当于刘知几所谓的"当时之简"、郑樵所说的"史"，"撰述"相当于刘氏的"后来之笔"、郑氏的"书"。⑤ 即"记注"是当时所记录的"史料"，"撰述"是后来所著的"史书"。章学诚的这些概念用于不同的语境，又因不同的比照而言之，后人不免有歧解。如他既说："撰述欲其圆而神，记注欲其方以智也。"（《文史通义·书教下》）

---

① 张舜徽：《中国文献学》，上海古籍出版社 2011 年版，第 28 页。
② 白寿彝：《史学概论》，中国友谊出版公司 2012 年版，第 91 页。
③ 吴怀祺主编，白云著《中国史学思想通论·历史编纂学思想卷》，福建人民出版社 2011 年版，第 62 页。
④ 王尔敏：《史学方法》，广西师范大学出版社 2005 年版，第 149 页。
⑤ 王尔敏：《史学方法》，广西师范大学出版社 2005 年版，第 149 页。

又说："然独断之学，考索之功欲其智，而比次之书欲其愚。"（《文史通义·答客问中》）他既说考索的著述为"智"，又说"愚"的比次之书（相当于"纂辑"）也需要"辨同考异"（《文史通义·答客问下》）。所以，这些概念既不能完全按传统的"作""述""论"的范畴去对应，也不能囿于现代的"编""著"概念去解释。白寿彝谈"编"与"著"侧重于章学诚的"记注"与"撰述"，更欠完整。

就中国古典文献史料而言，张舜徽关于三种内容性体裁的划分是明确的。他既从时代顺序对三类文献做了划分，认为："汉以前的书籍，著作为多。""由汉到隋八百年中，编述的书籍比较兴盛。""唐以后通用了雕版印刷技术，文字传播的方法更广，……抄纂的书籍，便风起云涌，一天天增多了。"[①] 更对这三类文献的内涵和外延做了界定："将一切从感性认识所取得的经验教训，提高到理性认识以后，抽象最基本最精要的结论，而成为一种富于创造性的理论，这才是'著作'。""将过去已有的书籍，重新用新的体例，加以改造、组织的工夫，编为适应于客观需要的本子，这叫做'编述'。""将过去繁多复杂的材料，加以排比、撮录，分门别类地用一种新的体式出现，这成为'抄纂'。"[②] 关于"著作"，张氏并未举具体的"著作"为例。关于"编述"，张氏认为"包括两汉传注、六朝义疏以及史部群书"，如《吕氏春秋》《史记》《资治通鉴》等。关于"抄纂"，张氏认为是由《论语》这种写作方式发展而来，后世"语录"一类的书是它的嫡传，更包括所有的类书，如《艺文类聚》《太平御览》《永乐大典》等，甚至包括马端临的《文献通考》等。张氏的分类界定虽然明确，但也有可商榷处，如"著作"仅限于上升到"理性认识"以后的"创造性的理论"，未能包括以"感性"取胜的创作性的作品，如《红楼梦》等。《史记》这样的有创见且开创了纪传体形式的名著似乎也不应划入"编述"之中。"长编"一类的文字是属于"编述"还是"抄纂"也不太明确。"抄纂"仅含类书也未免有些狭窄。因此，我们不能过于拘泥这种分类，而应以发展的和批判的眼光审思这种分类尤其是具体的书籍。

---

① 张舜徽：《中国文献学》，上海古籍出版社 2011 年版，第 28～29 页。

② 张舜徽：《中国文献学》，上海古籍出版社 2011 年版，第 27 页。

中国现代文学文献史料当然可以借鉴张舜徽的这种分类，但我们需要对这几个概念做些微调和新的界定。首先，可以继续使用"著作""编述"的概念，但需要扩展它们的外延和内含。著作既包括具有创造性的理论文本和学术写作，也包括具有创意的文学作品。编述则包括具有更多转述性和引文率的学术写作、评论写作、历史写作及大部分杂文学写作和一部分工具书类写作。我们甚至可以用"著述"或"撰述"的概念统合"著作"与"编述"，因为对它们之间的区分其实不是史料批判或文献学的主要任务。其次，是以"汇编"的概念替换"抄纂"。因为现代文学文献的辑录手段更多的是"剪刀加糨糊"等方式而非抄纂；同时，"汇编"的概念也可避免张舜徽的"抄纂"限于类书的狭窄。更重要的是，汇编只限于对文献史料原文的辑录、集合、编排等，文献史料的处理者仅仅是编者或选者。而著作和编述则都出自某位或某些作者。著作和编述都是作者的写作，汇编只是编选者对这些写作的编辑。著作和编述主要是文学写作、历史写作、学术写作等各类写作学要讨论的对象，所以文献学和史料学只需要汇用这些成果而不必花大篇幅去谈论如何进行这些写作。这也是本书不泛用"编纂"概念而只用"汇编"概念的原因。但汇编是对所有著作和编述成果及汇编成果的再处理。这里的史料汇编主要讨论的是用何种形式和方法去编汇所有的现代文学的文献史料问题。

二　众多的形式（体）

有学者认为："文献内容方面的体裁，过去一般分为著作、编述、抄纂三大类；文献形式方面的体裁，至少可以分为文书、档案、总集、别集、类书、政书、表谱、图录、丛书、方志等十多类，细分甚至有数十类……"[①]关于这"文献内容方面的体裁"，我们在上文已做了辨析；而关于"文献形式方面的体裁"，我们则只需要侧重从"汇编"方面去讨论，这就是汇编的形式或体裁问题（以下统称汇编形式）。如果只谈文献史料的汇编形式，则上面所列的表谱、方志等可不列入，因为它们属于"编述"。在一些中国古典文献学或史料学著述里有所谓"文献类型"或"史料类型"，其中所列的

---

① 洪湛侯：《中国文献学新编》，杭州大学出版社1994年版，第45页。

总集、别集、类书、丛书、图录等其实都是汇编的形式。中国现代文学文献史料的汇编形式，除了上述形式之外还要涉及报刊、全集、选本等。其主要汇编形式可图示如下：

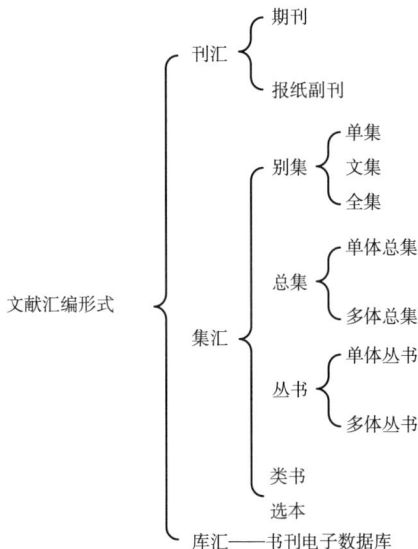

在这些汇编形式中，"类书是根据一定的意图，辑录群书中有参考价值的文献资料，按类别或韵目编排，以供寻检查考的工具书"①。类书是古籍汇编的重要形式，在现代文学文献史料汇编实践中采用较少，主要有一些言论汇编，如《鲁迅论创作》《中国现代文豪妙语录》等。还有一些按主题编选的文集，如《人间四景》按风、花、雪、月编选相关现代散文。这类形式中，比较有文献价值的是钟叔河所编《周作人文类编》，是较典型的以类书形式汇编的文集。而选本则涉及其他众多的文献汇编形式，而且它还是一种特殊的文学批评方式，当另作专论。库汇是指现代文学书籍、报刊和各类文献资料的数据库集成，如已有的"中国近代中文期刊全文数据库·文学专题""民国时期期刊全文数据库（1911～1949）"及在建的"中国近现代文学期刊全文数据库"等。在此亦不做讨论。所以，我们主要讨论其他文献汇编形式。

①　潘树广等主编《中国文学史料学》，华东师范大学出版社 2012 年版，第 373 页。

刊汇是指报刊对现代文学文献史料的汇聚。报刊是现代文学生产特有的传播媒介，先刊后书（先刊发后出版）成为现代文学生产的一般流程。而从文献史料汇编的角度看，报刊可以说是现代文学文献史料最早的汇编形式，或者说是无意的原发的汇编形式。从这个意义上讲，报刊的编辑就是现代文学文献史料最早的汇编者。报刊的发刊词、编后记等则类似于其他汇编形式中的序跋、凡例。中国现当代成千上万种报刊以各自的汇编原则汇编了现代文学浩如烟海的各类作、述文献史料（曾朴创办的《真善美》杂志第1卷甚至就设立了"作""述"这样的栏目），成为后来文献史料汇编取用的渊薮和来源。其他除档案之外的众多汇编形式，实际上多是报刊这一汇编形式的再汇编。如很多单集、别集、总集、选本、丛书等都直接取材于报刊。甚至可以将报刊按新的体例重新汇编，如张宝明主编的"新文化元典丛书"之《回眸新青年》，以政治卷、思潮卷、哲学卷、文学创作卷、文学批评卷等10卷重编这一期刊。

现代文学报刊作为文献史料汇编，呈现几个主要特点。其一，报刊的性质决定了文学文献的存量和文类，但尚须进行更细化的辨识。现代报刊有综合性文化报刊、专业性报刊、纯文学报刊、报纸的文艺副刊等。其中，纯文学报刊、文艺副刊中的文学文献存量最大。纯文学报刊又有综合性和单体性之分。综合性文学报刊如《文学季刊》《现代》《文学杂志》《文艺复兴》等兼载各类文学作品、译作及文论。单体纯文学报刊，如小说专刊《小说世界》（周刊）、《新小说》（月刊）、《小说家》（月刊）等，戏剧专刊如《戏剧》（月刊）、《南国月刊》《戏剧岗位》等，诗歌专刊如《诗》（月刊）、《新诗歌》《诗创造》（月刊）等，散文专刊如《语丝》《论语》（半月刊）、《野草》（月刊）等，一般都明确了其文献的主要文类。但也有混杂的情形，如一些小说专刊往往也刊载其他文类文献，茅盾主编的《小说月报》甚至就是综合性文学期刊。报纸的文艺副刊，如20世纪20年代的"四大副刊"《晨报副镌》《京报副刊》《时事新报·学灯》《民国日报·觉悟》，30年代的《大公报·文艺副刊》《申报·自由谈》，抗战时期的《文汇报·世纪风》《新华日报》副刊，40年代的《解放日报》副刊等也都是现代文学文献的主要园地。文艺副刊因为篇幅有限，短小的杂文、游记、小品等文章居多，长篇小说的切割连载也很常见。而综合性报刊如《新青年》等，甚至专业性报刊如《教育杂志》等也刊载了不少现代文学的重要文献。因此，我们大体上从报刊的性质就能判断其文献存量和文类，但更精确的文献信息则来自对报刊的具体和细致研究。如在不同时期的《大公报》文艺副刊中，我们会发现其不同的文献类别。在吴宓主编时期，主要刊载的是旧体诗词和新文学批评文章；在杨振声、沈从文主编时期，有新文学的各体文章"却没有杂文的身影"①；在萧乾主编时期，则集中刊发了大量"书评"文章。这种对报刊的具体发现，更有助于现代文学文献史料的再汇编。其二，报刊的"个性"区隔了文学文献的群落，但往往又会出现文献混汇的现象。这所谓"个性"是指其党派性、社团性、流派性、同人性、个人性等。这些先在的"个性"决定了其办刊宗旨、倾向及趣味，也规限了其所汇编的文学文献的范围、种属和特点。如"左联"属下的《拓荒者》《北斗》等刊物当然主要是左翼文学文献，而《前锋周报》《前锋月报》等国民党背景的刊物上则集中了所谓"民族主义文艺"的理论与创作文献。文学研究会的《小说月报》《文学旬刊》等刊物与创造社的《创造季刊》《创造周刊》等刊物必然也都侧重刊汇各自社团成员的作品和这两个社团相互之间论争的文献。同人刊物如《语丝》《现代评论》《骆驼草》等的"圈子化"倾向也自然影响了其文献的圈定。另外，邵洵美编辑的《金屋月刊》的唯美、颓废倾向，林语堂主编的《论语》半月刊的幽默、玩世偏好等，无疑是编者个人趣味左右刊物文献选用的典型个例。因此，报刊的这些"个性"容易让我们发现同质、同类的文献群，在人以群分的文化背景中，报刊文献必然出现"文以群分"的现象。另外，也有一些报刊有意显示一种兼容性，不做决然的文献群分和区隔。如受国民党领导并资助的中国文艺社的主要刊物《文艺月刊》，并未成为宣扬三民主义文学的刊物，反而刊载了包括左、中、右不同政治立场、不同文学流派作家的作品。左联的《北斗》月刊也曾有意地"灰色"一点，发表过不少自由主义作家的文章。而本无党派背景的《现代》杂志则既有资产阶级的文学，也有无产阶级的文学；既刊载现代主义文本，也发表现实主义作品；既宣传唯物主义文艺观，也高扬弗洛伊德的性分析理论，文献的混汇特征更是明显。

---

① 张新民：《期刊类型与中国现代文学生产》，中国社会科学出版社 2014 年版，第 158 页。

单集（单行本）是有意识集汇现代文学文献史料的最初形式。单集既有从未发表过的文字结集，更有先刊后书式的单集。后者既有作家发表过的短篇作品的成集，也包括作家被切割连载的长篇作品的单行本。单集中存量最大的是作家个人作品集，即一种别集；但也有不少专题性学术文献集是多人写作，又不能称为"别集"，而是一种"总集"，如阮无名（阿英）汇编的《中国新文坛秘录》、胡怀琛汇编的《尝试集批评与讨论》等。单集是"作"或"述"的结集，但往往正文本为"作"，序跋为"述"，所以通常又是"作"和"述"的合集。单集有很多是他人"剪刀加糨糊"形成的结集，但更多的是现代作家对自己写作的精心总结与编集，如周作人自编的单集有 28 种。现代文学的文献史料单集具有一些共同性的特征：其一，它往往是阶段性的创作文献或文学运动（论争）文献的结集；其二，它往往是刚刚生产的文学文献或首次问世的文献的结集，所以具有即时性和可靠性；其三，它往往有明确的问题或选题，所以有扣题的集名或书名；其四，它往往是单一的文类的结集，但也有两种以上文类的合集。鲁迅自己编定的作品单集具有代表性。如，《呐喊》收 1918～1922 年的短篇小说，《彷徨》收 1924～1925 年的短篇小说，两者皆现实题材小说集；《故事新编》为历史题材小说集；《朝花夕拾》为回忆性散文集；《野草》为散文诗集；《两地书》为书信集；其他杂文的结集也都注意时间性、问题性的集中，也都有一个富有深意的集名。现代文学文献史料单集往往比零散的报刊文献更便于传播和接受，很多作家也主要借单集名世，所以它们常常成为作家和文学史及其叙述的标志性文献，成为名集，如胡适的《尝试集》、郭沫若的《女神》、冰心的《寄小读者》、何其芳的《画梦录》、郁达夫的《沉沦》、张爱玲的《传奇》，等等。也由于单集的这些特性和优点，所以后来一些全集的汇编常常将单集按时间顺序直接整体纳入，如《鲁迅全集》。这些单集也常常成为后世影印文献时的首选，如上海书店在 20 世纪 80 年代影印的《中国现代文学史参考资料》等。

文集和全集是现代更典型的别集形式，是现代作家个人文献较完整的汇编，一般具有多卷本、大体量的共性。有时候全集也称"文集"，文集也称"全集"，却名实不符。而一般来说，文集与全集应该有区别。文集通常是作家生前所编，全集一般在作家故去后才能完成；文集可以由作家自编，全集往往由他人编辑；文集通常会收入作家主要的单集，全集除此外，会收入更多的"集外"佚文甚至未刊文字；文集可限于作者的文学之文，全集则可除"文学编"之外，还收入"历史编""考古编"等，如《郭沫若全集》；文集肯定不全，全集也不一定全，因为常有佚文要补入，更有译文、辑注之类文字未收入，如《鲁迅全集》。文集是一种过渡型别集，是全集的基础和雏形。现代作家中有一些人在生前就参与编出了自己的文集，如20世纪50~60年代出版的《沫若文集》《茅盾文集》《巴金文集》《叶圣陶文集》等。"文革"的动荡，使很多现代作家文集延后出版。当代作家中，健在时就出文集的也不少，如《王蒙文集》《莫言文集》《张炜文集》等。现代作家全集的数量更多，故去的现代名作家，除了周作人等少数人，基本上都出了全集。一些文学史上曾经长期"失踪"的作家也有出全集，如《朱英诞集》等，甚至一些次要作家也出了全集。作家生前自己参与的文集，往往有选择、修改、注释等，但一般都会比较粗疏，也有缺憾。这类文集是过渡型别集，是一种历史"中间物"，我们不必对它苛求。至于作家身后由他人所编的文集更可能良莠不齐，优者如钟叔河所编《周作人文类编》，费十年之功，重编其文类。劣者如《王鲁彦文集》，连作品出处、时间都未署。这类文集有的有一定的汇编质量，有的则只是一种可供普通读者阅读的出版物。而全集则应该是更理想的作家别集，更有学术含量的文献汇编类型，更精确更完备的文献"定本"。因此，全集的汇编也应该是更严谨的学术活动。

作家全集的汇编可以有多种方法。其一是以作家自编单集为基础来汇编，未收入单集的佚文列入"集外集"，如《鲁迅全集》《郑振铎全集》等。这种编法的优点是保留作家原有单集的面貌，而新发现的佚文又可以不断编入新的"集外集"。其二是按文类来汇编，有的如《师陀全集》在主要文类之下依然保留作家自编单集，其他散佚文章收入集外集，非主要文类的文章按书信、日记、文学杂评、回忆录等分类编入。更典型的是《聂绀弩全集》，把作家自己所编单集打散，按文类重新汇编，但同时也标明文章源出的集名，后附同一文类的散佚文章。这种编法的优点是作品归类清楚，避免单文重复入集现象。但有些文章是归入散文或杂文，全凭编者臆断。同时每个单集的序跋与原集分离，被单独归入序跋集。其三是按时间来汇编，可谓编年全集。如《鲁迅著译编年全集》（王世家、止庵编）以年月日编排，同一时间项下，又以日记、创作、翻译、书信为序编文。而《徐志摩全集》（韩石山编）则每一文类中按年编文，每年中又按时间先后编文。这种编法可见诗文写作或发表的时间脉络。《鲁迅著译编年全集》甚至能让读者发现作家同一时间点的不同文章之间的互文关系。但有许多诗文的写作时间或发表时间不明，编年全集就无法准确地放入时间之链中。最后，如果一个作家的著述分布于文史哲不同领域，则有必要按这种大类汇编。如，《郭沫若全集》分"文学编""历史编""考古编"等，《胡适全集》（安徽教育出版社版）分出"文学""史学""哲学""教育"等卷。当然，有时候某些具体文本也不好轻易归类。如，瞿秋白的《多余的话》被归入"政治理论编"，其实它亦可纳入"文学编"，因为此文本是很明显的传记文学作品。全集的这些编法各有优劣，如何根据作家著述的具体情况采用合适的方法，并取长补短，往往需要深入探究。

作家全集可以有不同的汇编方法，但必须有一些共同的学术规范。其一，所编入的文献必须"真"，将不属于作家所出的文献编入即为伪文献，尤其要考量那些从报刊辑入的散佚文献的真伪。即便是直接收入作家所编的单集，有些合作或代笔的文献也必须做必要的说明和注释，如《鲁迅全集》所收入瞿秋白、周作人、冯雪峰等的有这类关系的文献。其二，更重要的是，全集必须"全"。全集除收入作家自编单集之外，还必须收全作家发表于报刊的所有散佚之文，也必须收入作家所有未刊的作品、往来书信、日记甚至检讨书一类文字。全集必须收全作家所有的"作""述""论"文字，包括作家的著述、译作、纂辑、校注等所有文献。从所涉领域角度论，作家全集不应局限于文学领域，还应包括历史、哲学、教育、宗教等不同领域的著述。如此，才算是最完整的全集。其三，全集还必须"准"。全集既是别集的定本，必须提供精准的文献信息，必须交代文献的写作或发表时间、出处，说明文献的版本、修改等。文献还必须经过复原性校勘。若是作家自己修改的异文，最好还要进行汇异性校勘。除了有说明这些文献信息的题注之外，还可以加入关于文献内容、知识或语义的注释。总之，全集能达到"真""全""准"这些标准，才算是理想的全集。全集能臻此境界，必须经历全方位的学术介入。理想的全集绝不仅仅是简单的文献汇编，而是浩繁而精密的学术工程。

　　总集是与别集相对而言的，指的是两家（两位作家或写作者）以上的作品汇编。一般认为《诗经》是中国最早的诗歌总集。晋代挚虞编的《文章流别集》本应是最早的诗文总集，但其书已佚。所以梁萧统编的《文选》就成了最早的诗文总集。中国现代文学最早的作品总集应该是上海新诗社1920 年 1 月出版的《新诗集》。总集在古代文献学著作中一般分为求全性的总集和求精性的总集两大类。前者多断代地收录某一文类的作品，如《全唐诗》《全宋文》等；后者指的是选本，如《唐诗三百首》《古文观止》等。前者大多是大型总集，多卷本、大体量；后者多为单行本的小型总集。现代文学的大型总集往往不能求全而具有选本性质，倒是一些单行本总集能做到求全，如郭沫若等的《三叶集》、邓拓等的《三家村札记》等可以将某一时段的同类作品收全。现代文学的总集不应局限于正规的文学作品，可以包含序跋集、图像集、论争集、理论集等。

　　总集的汇编有多种方式，清代缪荃孙说："古人总集有分代、分家、分类、分体之不同。"（《艺风堂文集》卷四《常州文录例言》）现代文学的总集汇编有时可以用其中一种方式，有时兼顾多种方式。或按年代加多体文类汇编，如《中国新文学大系》《中国新文艺大系》先按文学史时序划为不同时期，每一时期又按文类分卷。或按地域加多体文类汇编，如《中国解放区文学书系》。或按时地加多体文类汇编，如《中国抗日战争时期大后方文学书系》。或单体文类中按作者汇编，如《中国新诗库》以诗人分卷汇编新诗，《现代十六家小品》汇编 16 位作者的小品文。或单体文类中按时期汇编，如《中国杂文大观》分 1919～1937 年、1937～1949 年、1949～1966年、1978～1989 年四个时期收众家杂文。或单体文类中按题材汇编，如《分类白话诗选》分写景类、写实类、写情类汇编新文学初期新诗。或单体之中又按更小的不同文类汇编，如"二十世纪中国文化名人散文精品"按序跋、叙事文、抒情文、游记、自述、书信、日记等不同小类汇编。还有单一流派、社团的单体文类总集，如文学研究会诗集《雪朝》、九叶派诗集《九叶集》；单一题材的单体文类总集，如《抗战独幕剧》等。这些用不同方式汇编的总集，其实已内含一定的文献学目的和效用。《四库全书总目·集部总叙》说："文籍日兴，散无统纪，于是总集作焉。一则网罗放佚，使零章残什，并有所归；一则删汰繁芜，使莠稗咸除，菁华毕出，是固文章之衡鉴，著作之渊薮矣。"此处所说"删汰繁芜"可指求精性的总集或可指选本，这里暂且不论。而"网罗放佚"主要指求全性的总集，或者说指出了古今所有总集的主要特征，就是将"散无统纪"的"零章残什，并有所归"，总汇为整集。其总汇的效用和目的就是使文献得到整序、集中，使其便于保存、传播，同时也方便读者阅读和检索。而按不同的方式汇编出的现代文学总集则使其效用和目的更为具体化。突出年代的总集便于读者知晓现代文学发展的年限、分期及各时期的文学文献全貌。如《中国新文学大系》就是对现代文学各时期文献的一次完整巡礼，加上各集的"导言"，就是具体的现代文学史著。突出地域的总集是地域或区域文学成就最集中的展现，也是了解和研究这类文学的较全面的文献，如《上海"孤岛"文学作品选》《晋察冀诗抄》就集中了这些区域特定时期的主要相关作品。其他突出文体、流派、题材等的总集也都是相关的"文章之衡鉴，著作之渊薮"，集中了相关的有代表性的作品或最基本的文献，具有直接促进相关学术研究甚至某些问题研究的价值。总集只是以某种方式或角度对现代文学文献的一种总结和总汇，但它不一定周全，所以还有补遗性的总集，如孔范今主编的《中国现代文学补遗书系》可补《中国新文学大系》前三辑（1917～1927年、1927～1937年、1937～1949年）之不足。这说明总集也需要不断完善。同时，在特定的问题意识的启发下，还可以汇编出一些更为独特的现代文学文献总集。

　　丛书也是具有悠久传统的文献汇编形式。又称丛刊、丛编、丛抄、丛刻、汇刻、全书等。关于"丛书"的定义有不少界说，如汪辟疆说："总聚众书而为书者，谓之丛书。"[1] 这略显笼统。更具体的定义是："丛书是按一定的原则，收集两种以上的单本图书，经过编辑，赋予一个总书名，采用统一的版式与装帧形式的书。"[2] 更简洁的说法应是：单书（单集）之从聚也。这些定义实际上已将丛书与总集区别开来。丛书和总集（主要是多卷型总集）易被混淆，其差别应在于：总集是一部书，总集中的各卷文献或各家

　　① 汪辟疆：《丛书之源流类别及其编索引法》，汪辟疆：《目录学研究》，华东师范大学出版社 2000 年版，第 102 页。

　　② 徐有富主编《中国古典文学史料学》，北京大学出版社 2008 年版，第 57 页。

作品不是独立的书；丛书则是由一部部独立的书聚合为一体。如《中国新文学大系》只能称总集，是按集编成的，如诗集、散文集、小说集等，即便是两部单独的长篇小说，也可能编为一集。《延安文艺丛书》（金紫光等编）其实也只是总集，却错称为"丛书"。丛书有综合性丛书与专科性丛书之分。按传统四部分类法而言，前者是兼收经史子集或其中两类以上的丛书；后者只收其中某一部类甚至只专收某一学科、某一体裁图书的丛书。现代文学丛书当然只是一种专科性丛书。

现代文学丛书是现代文学文献生产的集群性呈现。这些丛书数量众多，几乎可以说是现代文学的半壁江山。据粗略统计，1917～1949 年列入丛书出版的图书占同期出版图书总量的"四成以上"。[①] 这些丛书有一些共同的特点。其一，与古代丛书的整理旧籍且计划严密不同，现代文学丛书所收往往是作家和学者的新作或新译，即丛书与现代文学的生产具有同步性。这就使得丛书的出版具有松散性和随机性，如不能在同一时间全部推出，每次推出的数量也不等，预告出的图书最后也不一定全部兑现。如商务印书馆的"现代文艺丛书"，只收 13 种单书，却从 1931 年出到 1947 年，前后竟拖了17 年之久。又如"狂飙丛书"第一次出 2 种，第二次出 12 种，第三次出 9种。"沉钟丛书""良友文学丛书"等预告的某些作品最后未出或以其他作品替换。其二，这些丛书，有的体裁单纯，如秦似主编的"野草丛书"全是杂文集，胡风主编的"七月诗丛"都是诗集，但更多的丛书是不同的文类混杂甚至包括文学评论集，如巴金主编的"文学丛刊"。还有创作与译作混杂的情况，如徐志摩主编的"新文艺丛书"等。更有创作、译作和文学研究著作混杂者，如"现代文艺丛书"有凌叔华的小说集《女人》、袁昌英的剧作集《孔雀东南飞及其他独幕剧》和散文集《山居散墨》、陈西滢翻译的屠格涅夫长篇小说《父与子》等，还有苏雪林的古典文学研究著作《玉溪诗谜》等。甚至还有将哲学著作混入文学丛书者，如"创造社丛书"中就有朱谦之的《无元哲学》等哲学著作。所以，许多现代文学丛书往往是中外文学混编、文学与学术混编的文献，不纯粹是创作文献，少数甚至带有

---

　　① 彭林祥：《论现代文学丛书的文学史意义》，《中华文学史料》（第三辑），西北大学出版社 2012年版，第 46 页。

综合性丛书的性质。其三，现代文学丛书的汇聚往往与特定的文人圈子和文学派别有关。有许多文学社团和流派都编有其专属的文学丛书。文学研究会有"文学研究会丛书""文学研究会创作丛书""文学研究会世界文学名著丛书"等；创造社有"创造社丛书"等；新月派有"现代文艺丛书"（商务印书馆）；七月派有"七月文丛""七月诗丛"；沉钟社有"沉钟丛书"；等等。清华文学社丛书的第4种"文艺会刊"甚至附有"本社社员表"，把该社成员名单全部列出。而许多丛书的主编也往往是某一文学流派或文人圈子中的核心人物，如郑振铎、郭沫若、胡风等分别主编文学研究会、创造社、七月派的丛书。周作人主编的新潮社"文艺丛书"所收虽多不是新潮社成员的书，却仍然是周作人圈子里作家的著译。以丛书主编个人名义汇编的丛书，其圈子化倾向可能更明显，如鲁迅主编的"乌合丛书""奴隶丛书"。当然也有一些现代文学丛书，如"良友文学丛书"、巴金主编的"文学丛刊"所收图书不局限于某一流派或圈子，这主要是以良友出版公司、文化生活出版社等出版机构名义推出的丛书。

现代文学丛书具有其独特的文献史料价值。首先，这些丛书的出版，呈现了现代文学生产和传播的集群方式。借助丛书的合力或集束力量，推出了现代文学的众多新人新作，这往往比单独出版单集更有影响，如鲁迅正是通过编辑"未名丛刊""乌合丛书"等使一批青年作家从"未名"和"乌合"状态中脱颖而出。周作人主编的新潮社"文艺丛书"中的《呐喊》《春水》《山野掇拾》《竹林的故事》《微雨》等既是这些作者的处女集，也成为现代文学史上著名的单集和名著。也正是借助丛书的规模效应，彰显了现代文学各流派和社团的创作实绩和集体生产力，广播了其创作理念甚至坐实了许多文学潮流的存在。其次，是保存了现代文学诸多的著述文献。这些丛书多半是即时性的单集的汇编，不一定是周密的系统的文献整理，但终究是有价值的文学文献汇编。如，一些流派丛书无疑是文学流派研究的重要文献；丛书中保留了许多文学名著的初版本；丛书中可能还有被现代文学研究著作遮蔽掉的重要作品或被目录书漏收的珍稀文献。有的丛书中还保存了"文学史"上的"失踪者"、未名者及英年早逝者的作品。如在巴金主编的"文学丛刊"中，能发现许多我们陌生的作者及其作品单集：何谷天的《分》、毕奂午的《掘金记》、尹庚的《吓，美国吗》、白文的《山径》、田涛的

《荒》、宋樾的《鱼汛》、林柯的《沉渊》、屈曲夫的《三月天》、白平阶的
《驿运》、刘北汜的《山谷》、卢剑波的《心字》、卢静的《夜莺曲》、吴岩
的《株守》、阿湛的《远近》、单复的《金色的翅膀》、海岑的《秋叶集》、
林蒲的《苦旱》，等等。还有不少早夭作家的单集，如罗淑的《生人妻》、
缪崇群的《碑下随笔》、郑定文的《大姊》等。① 在"文学丛刊"这套被认
为是现代文学本数最多（共 160 集）的丛书中，有许多集子是巴金亲自搜
集、剪辑报刊等编成，如《大姊》《碑下随笔》及屈曲夫的《三月天》、萧
乾的《南德的暮秋》等，使这些作品不至于散佚。丛书保存现代文学文献
之功也于此可见一斑。到 20 世纪 40 年代末，新华书店出版"中国人民文艺
丛书"，50 年代初，开明书店出版"新文学选集"丛书，已带有利用丛书形
式系统地整理现代文学文献的性质了。80 年代以后上海书店出版的"中国
现代文学史参考资料"丛书、人民文学出版社出版的"中国现代文学作品
原本选印"丛书及其他现代文学旧作重印丛书等，更是真正意义上的"文
献型"丛书，将丛书的文献整理和研究价值彰显出来。最后，从文学史叙
述的角度看，丛书中也蕴藏着众多的文学史料和证据。现代文学丛书文献自
然有助于现代文学的生产史、传播史、流派史等的具体性叙述及整个现代文
学史的完整性叙述，更有意义的是从这些丛书的汇编中能发现许多可以丰富
文学史叙述的细节。如，鲁迅的小说集《呐喊》（1923 年 8 月初版，12 月
再版）原为周作人主编的"新潮文艺丛书"的一种，他们兄弟关系破裂后，
该集又收入鲁迅自己主编的"乌合丛书"（1924 年 5 月出版，即《呐喊》
第 3 版）。编"乌合丛书"时，鲁迅亲自为高长虹的《心的探险》（1926 年
6 月版）设计封面，该书扉页印有"鲁迅掠取六朝人墓门画像作书面"字
样。两年后，高长虹却在"狂飙丛书"第二的《走到出版界》（1928 年 7
月版）中大肆攻击鲁迅。作为"狂飙丛书"第三的《从荒岛到莽原》（1928
年 12 月版）则是《心的探险》一书的"改编"本，且封面已不同，印有作
者像。② 这些作家间的情感牵连、人事冲突等竟也投射在不同丛书的汇编和
出版中。其他如李劼人的"大河小说三部曲"皆收入舒新城任总编辑的中

---

① 倪墨炎：《现代文学丛书散记（续三）》，《新文学史料》1995 年第 3 期。
② 倪墨炎：《现代文学丛书散记（续一）》，《新文学史料》1993 年第 4 期；廖久明：《高长虹年
谱》，人民出版社 2011 年版，第 264 页。

华书局出版的"现代文学丛刊",曹禺的五个剧本——《雷雨》《日出》《原野》《北京人》《艳阳天》皆收入巴金主编的"文学丛刊",都隐含着一段文学史掌故。至于不同丛书之间的明显相关性,更能成为现代文学史叙述的历史连锁证据。如 1946~1949 年,周而复主编的"北方文丛"收入解放区各类文学名著及论文集共 40 种,在五家出版社出版过程中又有所调整,该丛书不同于此前丛书之处,是其对解放区文学做了一次系统整理。其大部分书目又被编入新华书店出版的"中国人民文艺丛书",该丛书在三次编汇出版过程中数量、文类等又有变化(1948~1949 年第一次编汇出版 58 种,1950 年第二次编汇出版 26 种,1951~1954 年第三次编汇出版 22 种)。而1951~1952 年开明书店出版的"新文学选集"丛书则侧重收 1942 年以前就已成名的作家的作品,与"中国人民文艺丛书"做了分工。用"新文学选集"丛书"编辑凡例"中的话说:这两套丛书分别成为"批判的现实主义文学"和"革命的现实主义文学"的文献汇总,展现了现代文学"历史的发展过程"。

以上主要是说现代文学作品的丛书汇编,实际上还有评论类文献或研究著述类丛书汇编。这类丛书最早是 20 世纪 50 年代末上海文艺出版社(新文艺出版社)推出的"中国现代文学研究丛书",收叶子铭《论茅盾四十年的文学道路》等论著。80 年代以后,该丛书继续出版。80 年代至世纪之交,曾出现作家评传类丛书热(学者们所写的作家传,皆属于学术著述范畴)。最重要的有北京十月文艺出版社推出的"中国现代作家传记丛书",收《周作人传》(钱理群著)、《冯至传》(陆耀东著)、《沈从文传》(凌宇著)、《徐志摩传》(韩石山著)、《艾青传》(程光炜著)、《张爱玲传》(刘川鄂著)等。还有重庆出版社推出的"中国现代作家评传丛书"、温儒敏主编的"图本中国现当代作家传丛书"等。此外,80 年代以来,对文学研究界影响较大的一般研究著述丛书,有浙江文艺出版社推出的"新人文论丛书",收王富仁、赵园、刘纳、许子东等人所写论著;有谢冕、李杨主编的"二十世纪中国文学丛书",收陈晓明、张颐武、李书磊等人所写论著;有严家炎主编的"二十世纪中国文学与区域文化丛书",收吴福辉、朱晓进、李继凯、魏建、逢增玉、李怡等人所写论著;有谢冕、孟繁华主编的"百年中国文学总系"丛书,收洪子诚、钱理群、孟繁华、张志忠、孔庆东等人所写论著；有王培元策划的"猫头鹰学术文丛"，收蓝棣之、陈方竞、范智红、李楠、沈卫威、金宏宇、黄开发等人所写论著；有严家炎主编的"20世纪中国文学研究丛书"，收谭桂林、程金城、李今、吴晓东、王本朝、陈国恩等人所写论著；有陈平原主编的"文学史研究丛书"，收孙玉石、李欧梵、陈平原、温儒敏、杨联芬等人所写现代文学论著；有陈思和、丁帆主编的"中国现代文学社团史研究书系"，收栾梅健、吴敏、周燕芬、廖久明等人所写论著；有张新颖主编的"现代中国文学史论丛书"，收陈思和、张新颖、刘志荣、坂井洋史等人所写论著；有季进、王尧主编的"海外中国现代文学研究译丛"，收李欧梵、普实克等人论著中译本。还有姜德明主编的"现代书话丛书"等。当然还有许多重大项目结项丛书等。这些研究著述丛书，在问题意识、新论域、方法论等方面对中国现当代文学研究有引领和开拓的功效，形成集束性的学术冲击和影响，可看作现当代文学研究在不同时段的风向标，其中许多单部著述也往往是著者本人的标志性成果。这些丛书的汇编，有的有拼合的性质，更多的是含有主编者的整体构想，圈子化现象并不十分突出，主编者往往会以学术标准遴选收录著作。

值得特别提到的典型汇编体裁是所谓"资料汇编"。从汇编形式上看，资料汇编可以是专题性的小型总集，如胡怀琛汇编的《尝试集批评与讨论》，霁楼汇编的《革命文学论文集》，张若英汇编的《中国新文学运动史资料》等。也可以是系统性的大型总集，如陈平原等汇编的五卷本《二十世纪中国小说理论资料》，李今主编的十三卷本《汉译文学序跋集》。还可以是体量更大的资料丛书。到目前为止，这类丛书中最重要的还是陈荒煤主编、中国社会科学院文学研究所现代文学室主持、全国近百所高校和科研单位共同协作汇编并在20世纪80～90年代陆续出版的"中国现代文学史资料汇编"丛书。除丙编外，其甲、乙两编都是典型的资料汇编。其甲编为"中国现代文学运动·论争·社团资料丛书"，已出版10余种（本）；其乙编为"中国现代作家作品研究资料丛书"，已出版60余种（本）。2010年，知识产权出版社以"中国文学史资料全编·现代卷"之名重新统一出版，共计81种（本），除去原属于丙编的《中国现代文学总书目》5卷（本）外，其余皆为上述甲乙两编丛书的内容。此外，重要的资料汇编丛书还有20世纪80年代茅盾作序、众多大学和出版社参与的"中国当代文学研究资料丛书"。进入 21 世纪后，较大型的资料汇编有孔范今等主编，山东文艺出版社出版的"中国新时期文学研究资料汇编"丛书。有杨杨主编，天津人民出版社出版的"中国当代作家研究资料丛书"。还有金宏达主编，华侨出版社和文化艺术出版社出版的中国现代文学"名家评说书系"丛书等。这些资料汇编大多侧重于研究"资料"，而把作品（创作文本）排除在外。但也有一些资料汇编包含了作品，如上海社会科学院文学研究所编的"上海'孤岛'文学资料丛书"、田仲济主编的"中国解放区文学资料丛书"等都有"作品选"。这些资料汇编大多是文献的"汇编"，但也有许多混合了"编撰""编述"，如"中国现代文学史资料汇编"丛书的甲编、乙编中单册资料书里就有"大事记""著译系年"等，其丙编则主要是"目录""笔名录"等。

　　"资料汇编"无疑是现当代文学研究的史料大全。除作品类文献外，它往往包含我们所说的各类文献，如回忆录、序跋等杂文学类文献，作家论、作品论、争论等评论类文献，档案、表谱、目录等历史类、工具书类文献。所以，它是集史料大成的综合性文献，是可免一般研究者搜寻之苦的凭借工具书，其学术价值不言而喻。但是，我们也应注意资料汇编的其他特性。在此，我们只以真正属于"汇编"的这一部分资料为批判对象。其一，"资料汇编"的时限性。一些资料汇编虽具有即时性，如霁楼 1928 年 4 月 10 日编成的《革命文学论文集》（1928 年 5 月初版）批评此前丁丁汇编的《革命文学论》是"陈迹"，及时补充收集了当时期刊中关于革命文学论争的最新资料，但此时革命文学论争并未结束，所以这本专题资料汇编仍具有时间上的局限。陈荒煤主编的"中国现代文学史资料汇编"丛书的甲、乙两编是回顾性、总结性的资料汇编，但所收也仅限于 20 世纪 80 年代或 90 年代之前的资料。2010 年，知识产权出版社原貌重印，并未补充后续出现的资料，在时限性方面没有一点改进。其二，"资料汇编"的选本性。很多资料汇编其实都是资料选本。所收资料是否完整，重要的资料是否入选，都会受时代风气、意识形态、美学和历史观念及选家眼光等限制，甚至有的论文只是节选，很难说哪种资料汇编真正做到了完备。当然，也有些资料汇编通过选编加上目录编撰的方式接近了完备性。如，中国社会科学院文学研究所现代文学室编的《"革命文学"论争资料选》选编 1927～1929 年出版的 130 余种报刊上的论文 150 多篇，且全部 350 多篇文章编目附录于后。他们编的《"两个口号"论争资料选编》同样是从 300 余种报刊选录 200 余篇论文且全部 500 篇文章编目附录于后。这种求全方式成就了较理想的资料汇编，淡化了其选本性。其三，还有些"资料汇编"的学术性问题也应该批判。一些资料汇编或缺乏纯正的学术动机，或没有严格的学术规范，其学术价值就打了折扣。如霁楼汇编的《革命文学论文集》只收了 18 篇文章，当然不全，更主要的是每篇文章所源自的刊物及发表的时间等信息皆为空缺。金宏达主编的中国现代文学"名家评说书系"丛书中的《沈从文评说 80 年》等虽然重视收录最具代表性的文章和最新研究成果，但依然是普及型的适合于普通读者的资料汇编，或者说是走畅销书路线的资料书，没有丛书汇编体例说明，不及陈荒煤主编的那套资料汇编的乙编"中国现代作家作品研究资料丛书"那样缜密周全，所选资料也不一定最具史料价值。即便是陈荒煤主编的那套资料汇编，由于一些汇编者不具备史料批判的知识和技艺，难免有缺乏版本意识、疏于文献校勘、收入伪史料等问题，文献的史料质素也很难说达到了最高程度。因此，严格地说，许多"资料汇编"不是原料而类似于次料，可以作为查寻资料的线索，聊以作为参考性资料。真正的学术研究资料还必须追索至其原刊、原书、原始文献。

三　汇编实践批判

以往的文献学或史料学著作往往侧重研究校勘、目录、版本、辑佚、辨伪、考据等范畴，较少论及汇编之业。在古代，相关的论述散见于不同的文献中。"历代以来的文献学家有关编纂的心得和见解，大都写在书录、序言、题记、凡例、缘起、书后、校勘记以及书信、文论、诗话、奏议等形式的文章之中……"① 而且这些零散的论述不一定是专门论文献汇编的。当代出现的一些"历史编纂学""档案编纂学"著作，其重点也往往不是谈我们所说的汇编问题。如白云的《历史编纂学思想卷》被纳入《中国史学思想通论》之中，主要讨论编年体、纪传体、典制体、纪事本末体、学案体、章节体等历史写作文体，及史注、史评、史考等的编纂思想问题，其实所讨

---

① 洪湛侯：《中国文献学新编》，杭州大学出版社 1994 年版，第 229 页。

论的主要是关于历史的写作和著述问题。有些文学文献学、史料学著作中也设有"编纂"专章，却往往将汇编含混于"编纂"之中。如潘树广等主编的《中国文学史料学》的"编纂方法论"，除了论及总集、别集、资料汇编等外，还谈及注本、年谱、书目、诗文系年等的编纂，甚至还涉及标点、校勘、序跋等问题。而在已有的几本中国现代文学史料学著作中，也多不讨论汇编问题。只有徐鹏绪等的《中国现代文学文献学研究》一书对现代文学文献中的总集、别集、丛书、类书、资料汇编等进行了叙述、总结和举例，但又只是把它们当作某种"出版类型"和"文献类型"来看待。因此，可以说，古典文献史料的汇编之业历史悠久，现代文献（包括现代文学文献）的汇编实践成果也极为丰富，但至今仍缺少明晰、集中、系统和深入的理论研究，当然更缺少从史料批判视域对其进行讨论。

从发生学角度说，人类有书籍就有汇编，如中国最早的简策书就依靠绳编、丝编和韦编，这是最物质化的汇编。人类生产文献，也必然伴随着对文献的辑录、集合和重组等意义上的汇编。同时，汇编在文献整理技术的整体构成中，也是基础部分。没有将文献汇编成书籍，也就不会有目录、版本问题，校勘、辨伪、辑佚、考据等活动也无所依附，无从展开。因此，文献汇编可视为古典文献整理的"最先出现的第一道工序"①。如果说中国现代文学文献首先见于报刊，那就可以说，正是报刊这种文献汇编的方式展现了现代文学的初生。同样，现代文学文献整理研究的其他技术也都基于其文献的汇编。因此，文献汇编也是现代文学文献生产和整理的基始之业。但无论是作为"第一道工序"，还是作为基始之业，我们都应对其进行必要的学术批判。

首先，文献汇编对古今文献的生产、传播、控制、研究等都具有极为重要的功用和价值。这体现在多方面。其一，整合、保全了文献。如果没有《诗经》《楚辞》《文选》及其他别集、总集、类书等文献汇编成果，古典文献将会有更多的残缺和散佚。现代文学的文献汇编不仅整合、保全了文献，报刊、丛书等甚至催生了更多的文献。其二，促使了文献的再生和传播。正是《四库全书》等大规模的文献汇编，使许多古籍的珍本、孤本得以再生和

---

① 洪湛侯：《中国文献学新编》，杭州大学出版社 1994 年版，第 224 页。

流传。现代文学文献的机械纸载体更容易破碎或使文献字迹漫漶，也正是依靠不断的汇编和重印来延续文献的生命。秀威出版公司出版的"中国现代文学史稀见史料"丛书则是现代文学稀见文献通过影印而再生的典型。其三，可以对文献进行秩序化或专题化的整理和控制。古代的类书、别集等对文献的分门别类都是对文献的整序。现代作家全集的汇编一般会按四分法序化文献，编年全集则以时间线索去序化。有些作家文集也以主题来序化文献，如《周作人文类编》。研究性文献的汇编，有许多更是专题化的整序。其四，汇编的文献可以成为学术研究的凭借。如从古代类书中可以辑佚，现代文学的作家全集当然是作家研究的最完整的文献文本，文学丛书是文学流派、文学现象研究的重要依据。专题化的史料汇编更是专题研究的主要凭借。同时，文献的有序编排、专题性的集中，为研究者寻找资料提供了便利。当然文献汇编还有文献史料学之外的价值，这些都是汇编之业对现代文学文献的建设性贡献。

但是，汇编也会造成文献的损耗。在谈到古典文献散亡的话题时，张舜徽曾提出六点原因，其中有"删繁存简足以概括多种内容的书"出，而其他各家书弃；"重修的书盛行，而原书便废"。[①]这两点都与文献汇编有关。现代文学文献的产生年代较近，文献的汇编还不至于导致他书、原书被废弃的严重程度，但汇编时乱收他文、版本互串、校勘错误等现象也很常见。如一些新编的作家全集质量较差，以至于出现"全集编而全集完"的夸张说法。而不全的、错误的文献汇编，自然也会影响文献的保存、传播和学术研究的发展。

其次，文献汇编自身的分类、排序等方法固然重要，但更离不开其他的史料批判技艺。要将汇编对文献建设的负面影响降到最低，也需要运用众多的史料批判技艺。古典文献的汇编如此，现代文学文献的汇编也多半如此，只是略有区别，如，报刊、单集两种汇编形式一般只需要校勘，而文集、全集、总集等汇编形式则可能要用上史料批判的十八般武艺。其汇编中的学术含量和复杂程度不亚于古典文献汇编，有的甚至有过之。如，全集的汇编，在整体收入作家的一些单集之外，需要通过"发现的技艺"去辑佚，搜集

---

① 张舜徽：《中国文献学》，上海古籍出版社 2011 年版，第 18～19 页。

"集外文"。这其中，笔名的考证、目录的查寻、佚文的辨伪等又必不可少。对全集中所收文本还有版本考辨的工序。现代文学作品常常遭受查禁、修改等，作品就会有众多版本，其版本密度之大甚至超过古典文献。这时就有版本选择问题，有的全集选初版本，有的全集选定本，其实都需要有对版本演变及其谱系的说明。这又涉及异文的校勘问题，一般只做复原性校勘，而理想的全集，还应该进行汇异性校勘，主要就是因为现代文学文本的异文多是作家自己修改所致。全集当然不应该是"白文本"[①]，应该是注释本，而要正确地注释，许多问题就都需要考证了。为了便于查阅，还必须对全集再次序化，即要编出篇目索引、注释索引，这又是目录学的工作。汇编全集自然又少不了凡例、序跋、作家著译年表等的撰写。以上以全集为例，可以说明文献汇编绝非易事，绝不是一汇而就、一编而就。汇编其实是综合运用史料批判技艺对文献进行全面学术介入的活动。其成果形态也不单纯是一种"编"，而是编、述合一，在汇编的形式（体）中融入了"述"的学术含量和深度。从这个意义上说，高质量的文献汇编尤其是全集、总集、选本之类重要的文献汇编，不是一般的编辑、学者所能为之，它必须是精通史料批判技艺的文献专家方能承担和胜任的学术工程。

最后是关于汇编性质的批判。汇编可定性为一种不同于"作""述"的纯文献学的学术行为和学术成果。其众多形式（体）的"编"，如果再做性质上的区别，则可分为原编与再编、选编与全编。我们可以对现代文学这些不同性质的"编"做具体的价值评判或史料批判。原编是指原发性的文献汇编，包括初次进入报刊的报刊文献、从未发表的单集和直接进入丛书的单集。原编的文献是价值仅次于手稿的原始文献和史料，但原编的文献可能有手民的误植、编辑的修改和检察官的删节。原编只是编辑和作者从文学生产角度的初次汇编，往往缺乏学术化、客观化规范的介入。再编是指再发性的文献汇编，如单集对报刊文献的汇编，全集对单集的收录，总集、类书、选本等也多是再编。再编文献如果进行过细致的校勘、审核和修正，其文献质量可能优于原编，如，鲁迅自己所编的一些杂文

---

① 韩石山：《这样的〈鲁迅全集〉我不买》，《文汇报》2005 年 12 月 13 日；张亚松：《文学课堂与文学研究》，复旦大学出版社 2008 年版，第 42、44 页。

集，恢复了被报刊删去的文字且做了校勘。但再编又可能比原编有更多的错误或改变了文献原貌，如《中国新文学大系》汇编的许多名作，虽做了重新校勘，但剥离了原作所附的序跋等副文本。所以，多数情况下，我们应该看重原编文献，它离文献真实和历史真实更近。但我们更应该整理出比原编文献质量更精良的再编，这才是文献整理的进步和对其进行史料批判的要义。

选编是指对文献的选择性汇编，包括选本、选集、类书，甚至单集、文集、总集等都可能是选编。严格意义上的选编虽有文献价值，但其价值更多在文献价值之外，从古典文献选本《文选》《唐诗三百首》到现当代文学中的《新月诗选》（陈梦家编）、《模范小说选》（谢六逸编）、《新文学选集》《重放的鲜花》等，往往与文学观念、文体意识、文学思潮、文学流派等的倡导或总结有关，与文学批评、写作范本、文学经典化等问题相连。甚至利用选本宣扬某种官方意识形态，如《红旗歌谣》等文献。有些单集其实也是选编，如，《女神》是从同时期发表的大量诗作中挑选而汇编的新诗选本，《尝试集》也是通过众多名家参与的删诗而最后演变为一个选本，都达成了凝练诗集主题、纯化诗人形象、促成诗集经典化的艺术效果。文集、总集往往也是选编文献，如，一些作家文集弃收不利于作家形象的文献，或可能引发人事矛盾、文事矛盾的文献。一些总集可能只选编选者所见到或认可的文献，或吻合特定史观的文献。因此，选编往往是目的性、主观性较强的文献汇编。反过来，选编文献也是足以证明其选编意图及其对应的文学现象的很好史料。但因为是选择性的文献，就只能部分而不能较完整地呈现文学史的实在状态。这个任务只能寄希望于全编了。全编是指对文献的全面性汇编，包括某些单集、总集和全集都可能是全编。尤其是一些单集和小型的总集或事件性的文献总集能够成为全编。如，《故事新编》收全了鲁迅的所有历史小说，《三家村札记》是《前线》杂志"三家村札记"专栏三位作者发表的65篇杂文的完整汇编。苏汶编的《文艺自由论辩集》是1932年关于创作自由问题论辩文献的完整汇编。而一些大型总集很难成为全编，标明"全"的作家全集也往往不全，需要不断地将佚文补入。全编的"全"，既包括数量的全，也包括内容的全。其理想的状态也应如史料搜集一样，是"竭泽而渔"，但这可能是一个永难达到的文献史料整理的乌托邦境界。在历史发展过程中，文献史料的自动损毁、散佚是绝对的，加上保存的不善、文献作者及其家属的有意隐匿、政治因素的阻隔等原因，所以，文献史料的汇编只能做到局部的、短暂的、相对的"全"。在文学研究中，我们常常遇到的是选编，永远追求的则是全编，这正是现代文学史料批判工作必须面对的现实和真实。

附　　录

现代文学研究的史料派

　　有学者曾指出中国当代文学研究中有一个"乾嘉学派"，且以洪子诚、程光炜、吴俊为代表（实际上，陈思和、吴秀明、徐庆全、张均等在当代文学史料研究方面的贡献也很突出）。[①] 这里的"乾嘉学派"当然是一种比喻性的说法，是说其研究近似乾嘉学派的考据风格。这三位学者的部分研究的确体现了当代文学研究的所谓"史料学转向"，但要说在当代文学研究中已形成考据性研究的派，似乎还有待时日。但回顾中国现代文学研究，则还真的有一个绵延已久的独特的"派"。虽然到目前为止，还没有关于此派的正式称号，但我们完全可以用"现代文学史料派"来指称这个事实上存在的"派"。由于研究对象的差异，它不可能俨然像乾嘉学派，但它的确秉承了乾嘉学风及其朴学方法，为现代文学文献史料研究做出了建设性的贡献，它形成了自己的脉络并成为中国现代文学研究的重要一脉。

一　生成历程

　　一般把学派分为师承性学派、地域性学派（包括现代的校园学派）和学域性学派（包括期刊学派）三类；但如果从发生的角度，又可分为自觉生成学派和不自觉生成学派两类。综合地看，师承性、学域性学派的生成有更多自觉，地域性学派的生成大多是不自觉。现代文学史料派（以下简称为史料派）主要是一个学域性学派，但也包含有某种师承的性质。学者们

[①]　孟繁华：《中国当代文学研究的"乾嘉学派"——以洪子诚、程光炜、吴俊等的研究为例》，《文艺争鸣》2018 年第 2 期。

并没有有意识地凑成这样一个派，但都有共同的学域自觉和方法自觉。可以说是自觉为学，不觉成派。它是一个相对松散的学派，2004 年在河南大学成立了中国近现代文学史料学分会，才使这个学派有了一个正式的"组织"。史料派的生成有一个较长的历程，其间至少有四次较大规模的现代文学史料研究浪潮在为其推波助澜。

　　早在新文学诞生不久的 20 世纪初，文学研究会、创造社、新潮社等就纷纷出版文学丛书，这些丛书虽带有史料汇编的性质，但主要还是基于销售、传播的目的。真正的现代文学史料意识自觉则是在 20 世纪 20 年代末。如 1928 年，霁楼汇编《革命文学论文集》，其序中明确说要用"作文学史上参考的资料"。20 世纪 30 年代初出现的第一次现代文学史料整理和研究浪潮，为史料派的生成奠定了基础。如王哲甫 1933 年出版的《中国新文学运动史》的附录中就有"新文学创作书目""文艺刊物调查一览""作家笔名一览"等。当时规模最大的史料整理活动当属 30 年代中期赵家璧策划、众多现代文学名家参与的《中国新文学大系（1917～1927）》的编纂。其成果可谓是文学史上第一部大型的新文学总集。阿英编纂了其中的第 10 集《史料·索引》。阿英还以阮无名、张若英为笔名编有《中国新文坛秘录》（1933 年版）、《中国新文学运动史资料》（1934 年版）。阿英多方面的贡献使他足可被称为史料派的开宗立派者。40 年代，现代文学的目录编纂成绩突出，出现了舒畅（舒蔚青）、赵燕声等目录学家。舒畅编有《现代戏剧图书目录》，赵燕声编有《现代中国文学研究书目》。另外，法国天主教徒善秉仁编的《文艺月旦》也是重要的中国现代文学目录。

　　20 世纪 50 年代末 60 年代初出现的现代文学史料研究第二次浪潮，也为史料派生成做出了贡献。其中，贡献最大的是上海文艺出版社组织出版了"中国现代文学史资料"丛书甲乙两种。甲种是史料编选、整理和编目丛书，当时出版了《鲁迅研究资料编目》《艺术剧社史料》《左联五烈士研究资料编目》《中国现代文学期刊目录（初稿）》等几种。乙种是影印 36 种文学期刊。这套丛书是关于左翼文学史料的一次系统整理，涌现了丁景唐、瞿光熙等史料研究家。其次，是山东师范学院中文系在史料家薛绥之等主持下进行的较系统的现代文学史料研究，编有《中国现代作家著作目录》等内部印行目录和资料汇编丛书。另外，唐弢和周天两位史料家的作用突出。唐弢早在 1945 年就开始写作"书话"，1962 年出版《书话》一书，开启了史料写作的一种新形式。他作为史料派核心人物的作用，在60 年代初他受教育部委托开始主编高校教材《中国现代文学史》时凸显出来，其在写史原则中首次强调要采用"第一手资料"①。周天则于 1962 年发表《关于现代文艺资料整理、出版工作的一些看法》一文，首次系统地总结了新中国成立 12 年来的现代文学史料研究成绩；也是在刚刚经历过对胡适考证学思想的批判运动之后，首次大胆提出现代文学研究也需要采用考证学方法。

20 世纪 80 年代，在中国现代文学史料研究出现的第三次浪潮中，中国社会科学院文学研究所几乎成为史料派最重要的生成之所，涌现了马良春、樊骏、徐迺翔、张大明、刘福春等史料家。他们最重要的贡献是组织汇编了"中国现代文学史资料汇编"丛书。此丛书多半是作家、社团流派、文艺论争研究资料汇编，也有大型目录编纂，如唐沅等编的《中国现代文学期刊目录汇编》，贾植芳、俞元桂主编的《中国现代文学总书目》。多半在 80 年代出版，也有拖至 90 年代以后才出版的，最终总共出版了 80 余种资料书。此外，值得提及的有：马良春于 1985 年发表了《关于建立中国现代文学"史料学"的建议》一文，首次提出建立史料学的动议；而樊骏则于 1989年发表了八万字长文《这是一项宏大的系统工程——关于中国现代文学史料工作的总体考察》，对现代文学史料研究尤其是"新时期"以来的研究成绩、不足、趋势等进行了详尽的概述和论析。此期出现了史料派最重要的期刊《新文学史料》（1978 年创刊），1986 年还出版了第一部现代文学史料学专著，即史料学家朱金顺的《新文学资料引论》。此期，现代文学史料研究的重要推进，还有鲁迅著作的注释工程，使 1981 年出版的《鲁迅全集》有了较完备的注释。这项工程也催生了一批史料家。另外，现代文学的版本研究在此期已形成发动之势，出版了朱正的《鲁迅手稿管窥》（1981 年版）、王得后的《〈两地书〉研究》（1982 年版）、龚明德的《〈太阳照在桑干河

---

① 严家炎：《唐弢先生对中国现代文学学科建设的贡献》，中国社会科学院文学研究所编《唐弢纪念集》，社会科学文献出版社 1993 年版，第 5 页。

上〉修改笺评》（1984 年版），以及湖南人民出版社推出的《女神》等 4 种汇校本。

进入 21 世纪后，在现代文学研究需要"古典化""史学化"的呼声中，现代文学史料研究又掀起一轮新高潮。清华大学、河南大学、中国现代文学馆等单位纷纷举办现代文学史料研讨会。2004 年，中国近现代文学史料学分会的成立，使"史料派"之名呼之欲出。此期又新增了偏重现代文学史料研究的学术刊物，如华东师范大学的《现代中文学刊》、复旦大学的《史料与阐释》。更重要的是史料研究的学术价值得到了更普遍的认同。一方面，史料研究著作不再被认为只是一种工具书或资料书，而被认为是一种有价值的学术研究成果；另一方面，史料研究者也更自觉地将史料研究上升为一种方法论或做理论化的提升，如将史料与阐释相结合。同时，一些原本不专于史料的研究者，如钱理群、洪子诚、吴俊、李怡等也都开始重视史料或转向史料研究。因此，此期的现代文学史料研究成绩突出，除了一批年长的史料学家继续勤奋耕作之外，又涌现出一批更年轻的史料学家，他们共同贡献出一批丰硕的成果。目录方面的重要研究成果有董健主编的《中国现代戏剧总目提要》（2003 年版）、《中国当代戏剧总目提要》（2013 年版），刘福春编写的《中国新诗书刊总目》（2006 年版），刘增人主编的《中国现代文学期刊史论》（2005 年版）及《1872～1949 文学期刊信息总汇》（2016 年版），吴俊等主编的《中国现代文学期刊目录新编》（2010 年版）等大型编著。版本方面的研究成果有姜德明的《新文学版本》（2002 年版），朱金顺的《新文学版本杂谈》（2016 年版），黄开发和李今主编的《中国现代文学初版本图鉴》（2018 年版）及金宏宇的《中国现代长篇小说名著版本校评》（2004 年版）、《新文学的版本批评》（2007 年版）等。校勘方面的重要研究成果有陈永志的《〈女神〉校释》（2008 年版），易彬的《穆旦诗编年汇校》（2019 年版）等。解志熙的《考文叙事录》（2009 年版）等系列校读著作也涉及校勘问题。注释方面的研究成果除新版《鲁迅全集》（2005 年版）的重新注释外，还有钱定平的《破围》（2002 年版），吴永平的《〈胡风家书〉疏证》（2012 年版），洪子诚的《材料与注释》（2016 年版）等注释专著。辑佚、辨伪和考证研究方面的成果有刘涛的《现代作家佚文考信录》及陈子善等大批研究者的大量单篇论文。此期还出现了刘增杰等学者的几种现代文学史料学专著。至此，完全可以说，中国现代文学研究中已生成了一个史料派。

二 一源四派

百年来的现代文学史料研究，除了在"文革"这样的特殊时期，一直未曾中断，许多研究内容及其方法也都有承传的关系。如果把这种研究比作河流的话，可谓是一源四派，即我们统称的史料派，其实又可分为四种不同的派别。当然这四派之间多有交叉、缭绕，并不能做截然的划分。

一谓史料考证派，也是史料研究的主流派。这一派固守传统文史研究中的文献史料学范域，或侧重文献的搜集、汇编，或耕作于文献研究的目录、版本、校勘、辑佚、辨伪等具体分支。在方法上，多半秉承传统的朴学方法，也会吸收西方的或现代的史学方法和史料学方法。在行文上，也有朴学之风，语言朴实，言无枝叶。其研究多半是对现代文学史料的细而具体的考证性工作，以史料的真实、准确、完整为目标。这一派较完备地完成了中国现代文学史料最基础的建设工作。这一派人数最多，甚至可以说凡是从事现代文学史料整理和研究的学者都可归入此派。他们当中最有代表性的史料家是阿英、瞿光熙、朱正、朱金顺、陈子善、陈学勇、倪墨炎、龚明德、陈漱渝、陈福康、钦鸿、刘福春等。

现代文学史料考证派的史料家各有独特贡献。阿英是史料考证派的开宗立派者，早在 20 世纪 30 年代就有突出的贡献。他较早注意到现代文学的资料汇编，编有《中国新文学运动史资料》《中国新文学大系：史料·索引》卷。而后一著述中的"创作编目""翻译编目""杂志编目"等是第一个十年新文学的较完整的目录。其中有些作品篇目之后还附有"按"语，类似"叙录"，述及作品的版本、创作背景等，是更有学术史价值的目录。1935年，阿英发表了《版本小言》一文，明确指出新文学版本研究的重要性。阿英的另一本著述《中国新文坛秘录》中也有不少史料文献及考证性研究成果。瞿光熙除编有《艺术剧社史料》《蒋光慈著译系年目录》外，还与丁景唐一起编有《左联五烈士研究资料编目》。其遗著《中国现代文学史札记》于 1984 年出版，是其于 60 年代写作的现代文学史料札记，多半为考证性文字。这部札记可以确证瞿光熙是现代文学史料考证方法的较早实践者。

朱正关于现代文学史料的研究，最重要的两个方面都是关于鲁迅研究。一是1981年他出版了《鲁迅手稿管窥》（2005年改名为《跟鲁迅学改文章》重版），开创了现代文学的手稿研究，虽然只侧重于文章修改研究。二是1979年出版了《鲁迅回忆录正误》（1999年又增补重印），此书应该是现代文学史料考证研究中侧重辨伪正误的第一本著作。朱金顺除了在现代文学史料学建构方面的贡献外，于1990年出版了《新文学考据举隅》一书，这是现代文学史料研究中第一次以"考据"命名的著作。他后来又出版了《新文学资料丛话》（2006年版）、《新文学版本杂谈》（2016年版）。他除了自己进行正面的史料考证，还尤其注重考证其他史料考证者的失误，他甚至试图建构一门史料研究的"指瑕学"。陈子善作为史料家，最重要的贡献是其文献汇编，他以一人之力汇编了百余种现代作家的作品和资料文献，他主编的《现代中文学刊》也成为现代文学史料研究的重要阵地。其次是对现代作家如张爱玲、郁达夫等的佚文的发现，他以自己具体的辑佚实践展示了"发现的技艺"。他更有大量关于现代文学版本（包括签名本、手稿本等）、辨伪、笔名、广告等方面的研究文章，收入《文人事》《从鲁迅到张爱玲：文学史内外》等著作，展示了他突出的史料考证功夫。陈学勇则是一位品味纯正的现代文学史料考证家，他的考证性文字往往是有据且证，注重专业性的表述和考证方法，是较典范的考据文章。他有《旧痕新影说文人》《林徽因寻真——林徽因生平创作丛考》等著作，在林徽因、凌叔华等民国女作家及其作品的考证研究方面颇见功力。倪墨炎的现代文学史料考证研究成绩主要体现在两方面：一是其《现代文坛灾祸录》一书是现代文学中有关查禁史或文祸史的第一部著作；二是他较系统地进行了现代文学丛书及其目录的研究，可谓是开拓了现代文学史料研究的两块领地。龚明德也有许多扎实的现代文学史料考证成果，收在《新文学散札》《昨日书香》等著作中。他首次明确提出了现代文学的"伪史料"问题。他对史料考证研究最突出的贡献是推进了现代文学名著汇校本的研究，这包括他早期的著作《〈太阳照在桑干河上〉修改笺评》和后来做出的《〈围城〉汇校本》《〈死水微澜〉汇校本》。钦鸿的史料考证著作有《文坛话旧》等，但他最重要的贡献是编撰了厚重的《中国现代作家笔名录》。其他如陈漱渝的鲁迅史料及现代文坛史料研究，陈福康的郑振铎史料及民国文坛史料研究，刘增人的现代文学期刊史料研究，刘福春的新诗目录研究，吴永平的七月派史料研究，李光荣的西南联大作家群史料研究，沈卫威的学衡派史料研究，陈思广的现代长篇小说史料研究，等等，使他们都足以成为现代文学史料考证派的重要代表。

　　二谓史料散文派，主要是指现代书话派。更具体说，这里的"书话"是关于现代文学（包括现代的翻译文学）的书话，而非现代人写的关于古籍的书话。这种书话是以现代文学书、刊为主要写作对象的一种散文类别。它提供了关于现代文学书刊的生产、传播、接受、收藏等信息，涉及书刊的装帧、版本、真伪、掌故等史料，但以散文形式出之。叶圣陶认为书话开拓了版本学的天地①，但书话包含有超出版本之外的史料；书话中虽也有史料的考证，但其篇幅短小会造成史料系统性不足；书话能提供文学史的可信知识，但又弥漫着一种文学的情趣和气息。因此，如果从史料研究的角度看书话，应该注意其史料的零散和文类的散漫。书话是文学史料研究的一种著述形态，也是一种文学亚文类；书话家有史料家的态度和史笔，更有藏书家的癖好和闲话。加之，有许多所谓的"书话"其实是关于现代文学轶闻、掌故的叙述，并不是"书"之话，用史料散文称之更合适。因此，书话派可称为史料散文派。阿英虽在1937年就发表过《鲁迅书话》，但真正的"现代书话之父"应该是唐弢。此派的代表人物还有姜德明、倪墨炎、陈子善等。

　　唐弢是中国现代书话最重要的写作者和理论倡导者。他在20世纪40年代就以"晦庵"为笔名发表书话。1962年结集为《书话》出版，1980年又增补篇幅以《晦庵书话》出版。60年代初，他认为自己的书话"着眼在'书'的本身上，偏重知识，因此材料的记录多于内容的评论，掌故的追忆多于作品的介绍"，把每段书话"写成一篇独立的散文：有时是随笔，有时是札记，有时又带着一点絮语式的抒情"。②70年代末，他似乎更强调其散文性，认为："书话的散文因素需要包括一点事实，一点掌故，一点观点，一点抒情的气息；它给人以知识，也给人以艺术的享受。这样，我以为书话

---

① 唐弢：《晦庵书话》，生活·读书·新知三联书店1998年版，第4页。
② 唐弢：《晦庵书话》，生活·读书·新知三联书店1998年版，第5页。

虽然含有资料的作用，光有资料却不等于书话。"① 唐弢的书话，从史料角度看，其谈书刊的版本、掌故等方面多有价值，还开启了现代文学翻版书、禁书等史料研究论题。姜德明是继唐弢之后最重要的书话家，他在 20 世纪60 年代初即开始写作书话，80 年代以后出版有《书叶集》《书边草》《余时书话》等多部书话集，后从中编选出《姜德明书话》（1998 年版）。其书话观与唐弢相仿，但特别强调："书话不是书评，即不是对一本书作理论性的全面介绍、分析和批评。书话不能代替书评。"② 其书话在新文学作品之外，于期刊、翻译文学、梨园文献等极为用力，丰富了这些方面的史料。倪墨炎有《现代文坛短笺》等多种书话，后又从中选编出《倪墨炎书话》（1998 年版），其书话在史料考证上更下功夫，正如其书话观："书话的核心就是史实、掌故、版本知识以及对这些史实、掌故、知识的观点，倒不是抒情。"③ 其他如陈子善有《捞针集》《发现的愉悦》等多种书话，胡从经有《拓园草》，吴泰昌有《艺文轶话》。另外还有不少藏书家和文史爱好者都以书话散文的形式，参与了现代文学史料的挖掘。顺便要提及的是，青年学者赵普光对中国现代书话进行了较全面的研究，著有《书话与现代中国文学》（2014 年版）一书。

三谓史料阐释派。此派不以发现和考证文学史料为终极目的，而是在此基础上对史料做进一步阐释，或与文学阐释相关联。因此，此派的史料研究向两方面拓展：一方面是通过综合、分析、比较、定位等方法来处理史料，极大地阐发史料的价值和意义；另一方面是以史料锚定文学阐释，使阐释更具实证性。此派也是人数众多，但其研究较具规模且进行过方法论总结的学者当属商金林、解志熙、金宏宇等。商金林以《求真集》及关于《荷塘月色》等作品的解读论文体现了他的"以献定文"追求，这种近似传记批评的方法更注重以史料文献对文学进行实证性解读。解志熙近年以《文学史的"诗与真"》《考文叙事录》等著作实践其"从文献学的'校注'到批评性的'校读'"的相互参证法。金宏宇则从其《新文学的版本批评》《文本周边》等著作中总结出"版本批评""文本四维论"等研究方法。其他如孙

---

① 唐弢：《晦庵书话》，生活·读书·新知三联书店 1998 年版，第 5 页。
② 姜德明：《现代书话丛书·序言》，阿英：《阿英书话》，北京出版社 1996 年版，第 2 页。
③ 倪墨炎：《倪墨炎书话》，北京出版社 1998 年版，第 391 页。

玉石、方锡德注重佚文的文学史价值阐发，颜同林等从入集作品与集外文的合读中还原作家更真实的文学史形象等，都赋予史料阐释以新意。史料阐释派的理论提升，更凸显了现代文学史料的研究价值。

四谓史料学建构派。此派的目的是使现代文学的史料研究也如同古典文学史料研究一样合法化和学科化。马良春、樊骏当然是此派的重要人物，他们是现代文学史料学建构的首倡者和推助者，而其他学者则付诸实践。朱金顺以其著作《新文学资料引论》进行了现代文学史料学建构的初步尝试，有首创之功，可惜偏于赓续古典文献学传统。谢泳的《中国现代文学史研究法》其原名实为《中国现代文学史料的搜集与应用》，提供了许多搜集和扩展史料的有用经验，但理论提升不够。刘增杰的《中国现代文学史料学》重在梳理史料研究的历史和评价史料家，体系尚不完备。徐鹏绪等的《中国现代文学文献学研究》体系较完备，关于文献的层级划分也很严谨，但多以鲁迅的文献引例和分析。潘树广等主编的《中国文学史料学》也以附骥的方式纳入现代文学史料学部分。陈子善的《中国现代文学文献学十讲》则无意于文献学理论体系的设计，而着重讲了十方面的史料研究内容。另外，青年学者付祥喜的《问题与方法——中国现代文学史料研究论稿》、易彬的《文献与问题——中国现代文学文献研究论稿》也讨论了一些专题性的"问题"，也还不是系统性的建构。总之，理想的现代文学史料学著作还未出现，但史料学建构派仍在努力。

三　何以称派

现代中国史学界曾有史料学派和史观学派之分。中国现代文学史的研究也可做二元划分，即可划分为史料派与史论派。史论派是否成立可另当别论。"史料派"的称谓，无论是从二元划分的角度看，还是从实际的学术存在角度看，都毋庸置疑。

首先，史料派具备称派的一些外在表征和条件。学派的形成需要一个时间过程，短时间的发展无法形成学派，短时间的存在也不能存活其学派。现代文学的史料派，如果以20世纪20年代末算作其发生起点，至今也有近100年的时间了。其间虽因战争、政治等干挠暂时地转入低潮，却一直绵延发展至今。学派的存在也需要有核心人物和众多成员。史料派有阿英、唐弢等现代文学史的直接参与者和史料当事人，有瞿光熙、丁景唐、薛绥之、朱金顺、姜德明、倪墨炎、刘增杰、刘增人、陈子善等开拓者，有龚明德、刘福春、解志熙、谢泳、沈卫威、王彬彬、金宏宇、陈思广、张业松、廖久明等中生代（20 世纪 50 ~ 60 年代生人）学者，更有刘涛、易彬、彭林祥、付祥喜、徐强、宫立、凌孟华、袁洪权、王贺等一大批晚生代（20 世纪 70 ~ 80 年代生人）学者的崛起。除了这些学院派学者，还有钦鸿、谢其章、张泽贤、梅杰等民间派史料学人。因此，史料派可谓代代相传，薪火未断。其成员与其核心人物之间也存在间接或直接的师承关系。如，阿英、唐弢是史料派的开山祖师，而许多中生代和晚生代学者则直接与朱金顺、刘增杰、陈子善等有师承关系。学派的确认也需要著作成果作为 "证据"，史料派有成规模、成体系的丛书类文献著作和大型工具书等问世，其核心成员也有各自的代表性著述或汇编成果。此外，史料派的称派，还因其作为学科性的存在，如北京大学、北京师范大学、武汉大学、四川大学、华东师范大学、厦门大学、河南大学等都开设有现代文学史料学课程，也有类似于教材的史料学著作出版。史料派更有专门的史料研究刊物《新文学史料》。该刊自 1978 年创刊至今已刊行 40 余年，成为展开现代文学史料研究的牢固阵地。其他短暂存在的有《文教史料》等。现有的《中国现代文学研究丛刊》《现代中文学刊》等刊物也常设史料专栏，发表了大量史料研究文章和文献史料。这些条件也都确保了史料派的延续和发展。

史料派还具有特定的学术范域和共同的学术关切。其学术范域是研究现代文学的史料和文献，涉及作家的创作文献、传记文献、研究文献的搜集和汇编，集外文的辑佚，作品伪本及文学史实的辨伪正误，作品及其他文献的校勘和版本梳理，作品及其他文献的目录控制，文献和史料的考证，等等。基本不出或不离史料学或文献学的学术范域，但也会涉及一些语文学的内容，如关于现代派诗、鲁迅杂文的注释，既可能导致其文本的扩容和史料的增添，而其诗文语义的著明和疏通又是训诂学或语文学的内容。史料派还有其共同的学术关切，这首先是现代文学文献和史料的完整性、真实性、准确性等，就是要通过对史料整残、真伪、对错、异同等的追索，提高史料的品质保证；或通过对文献的搜集、汇编和控制等，提高文献的可用性。这种学术关切当然也包括对史料和文献的价值评估，即通过对原料与次料、经意史料与无意史料、官方文献与民间文献、积极史料与消极史料等的区分来把握史料和文献的价值相对性；或通过对史料和文献生产、传播等的考察，来辨识其文体差别性、文本编织性、语言修辞性、意识形态性等。所以，史料派的共同关切是聚焦现代文学研究中的史料和文献所具有的品质、价值和保障功能。这其实也就是一种关于现代文学的史料意识和文献敏觉性，或者说这即是史料派治学最基本的问题意识。

史料派更有层叠性的研究方法。史料派的基本方法是从中西文史研究传承下来的文献史料学和语文学及其学科分支中的一些方法。如，中国古籍整理中沉淀的版本学、辑佚学、注释学等具体技艺，西方文献学总结发明的目录控制方法，还有陈垣总结的校勘学的"四校法"、梁启超和张心澂等总结的辨伪学中的辨伪律和辨伪法，等等。这些学科分支的技艺和方法又都离不开考据，所以史料派的基本方法也可通称为考据学方法。胡适曾论及"据"与"证"的差异。谓"据"乃"据经典之言以明说也"，"证者根据事实、根据法理，或由前提而得结论（演绎），或由果溯因，由因推果（归纳）：是证也"。① 可据此言引申说，传统考据学的现代化和科学化的结果，就是从重"据"到重"证"的发展，于是变成了现代考证学。现代考证学既然重视"证"的过程，就会学习现代逻辑学等学科的方法，采用它们通用的一般方法，如归纳法、比较法、综合法、分析法等；也会借鉴历史学、社会学的特殊方法，如计量史学方法、田野调查方法等。在中国文史研究现代化的过程中，学者们总结出了各自擅长的现代考证学方法，如王国维的"二重证据法"、陈寅恪的"三参证法"和"诗史互证法"、傅斯年的"比较法"等。现代文学的史料派既然是研究现代文学史料，所以在考证方法上还有一个本学科化的问题。② 更应该采用文学研究中一些与考证方法有关的批评方法，如传记批评、渊源批评等方法。总之，史料派的治学方法是一种层叠性的方法，以文献史科学和语文学中习得的方法为核心方法，辅以科学研究的一般方法和史学、社会学等的特殊方法，更使用文学研究的某些基本方法。在具体的文献史料考证过程中，则是将这些方法混合或有选择地组合

---

① 胡适：《"证"与"据"之别》，《胡适全集》第 13 卷，安徽教育出版社 2003 年版，第 780 页。

② 金宏宇：《考证学方法与中国现代文学研究》，《中国社会科学》2018 年第 12 期。

加以利用，以与文学研究对象更为契合。

史料派还延续了中国传统汉学研究尤其是乾嘉学派的朴学风格。具体表现，一是“窄而深”的研究。这是梁启超的概括，他说清学正统派的特点是“喜专治一业，为‘窄而深’的研究”①。史料派学者治现代文学史料学的某一学科分支或某一具体学术问题正是一种“窄而深”的研究，也可说是细而全的研究，他们必做相对意义上的竭泽而渔式的史料搜集，必求相对意义上的博征，所谓“非博不详，非杂不备”②。二是“述而不作”。即史料派的为学为文，不是文学式的创作和理论性的架构，而是只对文学史实与真相做客观叙述和陈述，或者只对文献进行注释和疏证，一般不做进一步发挥，更不做过度阐释。三是“有据且证”③。史料派遵从现代考证学的治学之道，必求书证、物证、人证等各种证据，且求具有相关性、可采性和证明力的合适证据，更注重“证”的过程和原则，如，主采本证，辅以旁证，贵在反证，慎用理证，忌用孤证。四是朴实无华。梁启超所谓“文体贵朴实简洁，最忌‘言有枝叶’”④，即文字朴实，词达而已，无须文学的文采和抒情，也无须哲学的抽象和思辨。五是推崇记、录。梁启超谓清学学祖顾炎武的《日知录》实乃札记，认为：“推原札记之性质，本非著书，不过储著书之资料，然清儒最戒轻率著书，非得有极满意之资料，不肯泐为定本，故往往有终其身在预备资料中者。”⑤ 最后其文字“宁以札记体存之而已”。史料派的著述成果也多称札记，如《中国现代文学史札记》《新文学散札》等。“录”也是史料派学者喜用的著述名称，如《现代文坛灾祸录》《现代作家佚文考信录》，还有许多带“经眼录”“闻见录”的书名。目录成果更是名副其实的“录”。还有其他类似的名称都意在表明史料派的著述形态多是史料和文献的记录，这也典型地体现了其“述而不作”的文体特征。关于史料派的学风，可能还有其他的描述和总结，但总的来说，当得起“朴学”二字。

---

① 梁启超：《清代学术概论》，东方出版社 1996 年版，第 44 页。

② （清）袁枚：《小仓山房诗文集》第 19 卷，上海古籍出版社 1988 年版，第 1800 页。

③ 金宏宇：《考证学方法与中国现代文学研究》，《中国社会科学》2018 年第 12 期。

④ 梁启超：《清代学术概论》，东方出版社 1996 年版，第 44 页。

⑤ 梁启超：《清代学术概论》，东方出版社 1996 年版，第 56 页。

四　价值所在

在理论先行或以论带史的治学时代，在热衷西方新方法论的时期，史料派及其学术成果的价值都被低估。进入 21 世纪以后，这种认知状况才有所改观。但直到今天，在现代文学研究界仍以"思想性""思辨性"为高格的主流评判观念中，史料派的价值仍没有得到客观的评估。其实，只有史料派的存在，才能保障现代文学研究形成更良好的学术生态。

第一，史料派是根基派。史料派因其秉持的治学传统、学风和方法等，自然是学有传承、成果扎实的根基派。同时，史料派也在为现代文学研究奠基。现代文学研究如果不是奠定在扎实的史料文献基础之上，就可能出现游谈无根的倾向。史料派正是在进行一种夯实根基的工作。用韦勒克和沃伦的话，史料派从事的是文学研究的"初步工作"①。即文学史料研究是文学研究的一部分而且是作为基础的"初步工作"，一般所谓的文学研究包括文学理论、文学批评、文学史写作等都应植根于此。佚文的搜集、异文的校勘、版本的鉴别、目录的编制、作品时间和作者的确定、作者年谱的编撰、文学史实的考定等无不是在为文学研究提供更精准、更完整的信息和史料。没有这些基础的工作，文学研究的合法性、有效性就值得存疑，就会出现理论的空疏、批评的含混、文学史的片面叙述或以论带史和代史等现象。文学研究的优秀成果也应该是在充足、坚实的史料准备基础上行文、立论。而史料派的扎实成果恰恰可以成为这样的文学研究的史料凭借和保障，至少可以成为文学研究最基本的资料工具书或参考资料，减免搜集史料之劳和节省时间成本。

第二，史料派的工作是要为现代文学研究提供完善的史料"保障体系"②。这个保障体系首先要求史料的"量"的保障，这就有史料的汇编和辑佚等工作；但更重要的是"质"的保障，于是要进行史料批判。所以，史料派又是史料批判派。"史料批判"是来自西方史学的概念，相当于中国传统文史研究所谓的史料考证。史料派通过对史料的批判来保证史料的

---

① 〔美〕勒内·韦勒克、奥斯丁·沃伦：《文学理论》，刘象愚等译，江苏教育出版社 2005 年版，第 53 页。

② 王贺：《中国现代文学文献学的自觉——陈子善研究员访谈录》，《文艺研究》2019 年第 10 期。

"质"。一般有所谓外部批判，即对文学史料的真假、作者、时地等的批判；还有所谓内部批判，即对史料内容与文学史实相符与否及其相符程度等的批判。史料的外部批判与内部批判都是传统意义上的史料批判。在此基础上，更深入的是现代意义上的史料批判，即还要对文学史料的编撰意图、方法和思维，以及史料的文体特性等进行追索，甚至还需要有更形上的史料批判，包括对史料的基本属性、史料观等的反思。通过这几个不同层次的批判，来辨识文学史料的可信性、可靠度、文本品位、意识形态色彩、相对价值等，最终把握史料的"质"，为现代文学研究提供可用的史料。同时，史料派的批判还应指向一般现代文学研究成果中存在的史料问题，为其指瑕匡谬、辨伪证误。如，有学者指出钱理群等主编的《中国现代文学三十年》一书存在一些史料错误，虽然都是小瑕疵，却也会导致文学史叙述的失真，且影响这部文学史著作的可信度。有些文学研究成果的结论，也可能因为使用的史料不准确而出现裂隙甚至自我颠覆。如，有学者认为巴金的《家》里有一个由觉慧与鸣凤、琴的三角关系构成的"潜在的结构"。[①] 但如果去看《家》的初版本，会发现第三章原来的章题是"两个面庞"（从其十版改订本起，删去"两个面庞"这个章题名），即觉慧脑海里有鸣凤和琴两个女孩的面庞，这个三角关系其实就是一个"显在的结构"。如果把觉民放进去，四人之间构成两个显在三角关系；如果把觉新与梅和瑞珏的三角关系算上，那《家》的最初结构里是三个三角关系的显在结构。只是后来不断修改，《家》只剩觉新那个三角关系了。要言之，以史料派的眼光去看现代文学研究，会发现许多错误的史料和结论。因此，史料派是可信赖的批判派。

　　第三，史料派是限制阐释派。史料与阐释的关系可从两方面看：一是史料本身需要阐释；二是史料研究有助于现代文学的阐释。这两者难以决然分开，但还是各有侧重。前者是为了阐发史料的价值，后者则是对文学阐释做具体的限定。这里主要谈后者。现代文学研究中存在所谓"过度阐释"或"强制阐释"的现象，史料派则倡导"限制阐释"为其纠偏。其实，"知人论世"式的批评或传记批评，还有重视文本本义和作者意图的客观主义阐释方法都是限制性的阐释。史料派主张以各类史料去限制阐释的度和边界。

---

　　① 蓝棣之：《现代文学经典：症候式分析》，清华大学出版社1998年版，第94页。

如，有人从朱自清的《荷塘月色》中阐释出"性"的蕴涵，虽有新意，但商金林则认为这有损这篇名作的尊严。他通过朱自清的日记、书信等史料来考证这种解读是过度阐释。① 认为应该"以献定文"。"以献定文"这种概括虽然欠准确，表达的正是以史料来限制阐释之意。除了一些传记性史料可以限制阐释，一些版本和文本史料也有这种作用。如，有人认为钱钟书的《围城》有过分的性戏说和掉书袋现象，但这应该指向其初刊本或初版本才准确。强调对具有版本谱系和文本变异的现代文学名著的解读应遵从版（文）本的精确所指原则，也是一种限制阐释。其他如关注笔名、扉页引语等副文本史料与文本建构的关联，又何尝不是限制阐释。这些都是史料派的擅长和贡献。

第四，史料派还是学术推助派。史料派对现代文学研究的推助是全方位的。他们汇编的资料集、作家全集、目录工具书等无疑是现代文学研究者最直接最方便的资料书。他们发现和考证的新史料也会使某些学术课题的研究走向深入，如陈子善等对张爱玲佚文、遗作的发掘，推进了张爱玲研究；沈卫威等对茅盾生平史料的研究，充实了关于茅盾的传记写作。他们打捞出一些文学史"失踪"作家，更会丰富文学史的叙述，如，对吴兴华、朱英诞等的发现，使新诗阵容和历史更加完整。史料派的研究方法和理念还会改变现代文学研究的学风。如，进入 21 世纪以来，学界"古典化""史学化"诉求，不仅有扭转现代文学研究空疏化倾向之功，也影响到当代文学研究的"史料学转向"。史料派甚至参与现代文学研究"学术发动"中来。一般所谓的学术发动常常被认为是由理论派的理论发明来发动的，实际上，史料派的史料发现也是重要的助力，如对现代通俗文学、潜在写作等研究的倡导，其实正是依托这些文学史料的发现，才使得这些研究落到实处。相反，某些理论发动，因无史料研究的伴随，终无实质性推进。此外，史料派在史料研究中注意发现问题，加以理论化，则会更有助于学术发动，这正是该派中史料阐释派努力的方向。

总之，史料派无疑是中国现代文学研究这一学术共同体的重要组成部

① 商金林：《名作自有尊严——有关〈荷塘月色〉的若干史料与评析》，《中国现代文学研究丛刊》2018 年第 12 期。

分，是其研究可持续的重要一脉。概言之，史料派从事的是现代文学研究的"初步工作"，为现代文学研究提供了可靠的史料保障，其中的厚实著述将成为现代文学史研究的可传成果和长久可用材料。史料派及其成果的存在，也对现代文学研究起到制衡、纠偏的作用，能维护一种"论从史料出"的良好学术生态，提升学术成果的价值层级。当然，史料派要获得更长足的发展，除了坚守学派的"家法"之外，还要不囿于自家的研究，需要扩展其学术视野，尤其需要具备敏锐的问题意识和理论自觉，且高悬一种"有思想的学术"① 的目标。

---

① 王元化：《清园近思录》，中国社会科学出版社 1998 年版，第 261 页。

主要参考书目

梁启超:《中国历史研究法》,中华书局 2009 年版。

梁启超:《中国历史研究法 中国历史研究法补编》,中华书局 2015 年版。

梁启超:《古书真伪及其年代》,中华书局 1962 年版。

梁启超:《中国近三百年学术史》,东方出版社 1996 年版。

梁启超:《清代学术概论》,东方出版社 1996 年版。

胡适:《胡适全集》,安徽教育出版社 2003 年版。

翦伯赞:《史料与史学》,北京出版社 2005 年版。

冯友兰:《中国哲学史史料学》,江苏教育出版社 2006 年版。

陆侃如:《中古文学系年》,人民文学出版社 1985 年版。

严耕望:《治史三书》,上海人民出版社 2008 年版。

白寿彝:《史学概论》,中国友谊出版公司 2012 年版。

杜维运:《史学方法论》,北京大学出版社 2006 年版。

王尔敏:《史学方法》,广西师范大学出版社 2005 年版。

朱本源:《历史学理论与方法》,人民出版社 2012 年版。

王学典:《史学引论》,北京大学出版社 2008 年版。

陈其泰主编《20 世纪中国历史考证学研究》,北京师范大学出版社 2005 年版。

李剑鸣:《历史学家的修养和技艺》,上海三联书店 2007 年版。

陈垣:《校勘学释例》,陈智超主编《陈垣全集》第七册,安徽大学出版社 2009 年版。

张舜徽:《中国文献学》,上海古籍出版社 2011 年版。

余嘉锡:《目录学发微》,中国人民大学出版社 2004 年版。

姚名达：《中国目录学史》，上海古籍出版社 2011 年版。

汪辟疆：《目录学研究》，华东师范大学出版社 2000 年版。

刘纪泽：《目录学概论》，中华书局 1931 年版。

周越然《书与回忆》，辽宁教育出版社 1996 年版。

来新夏：《古典目录学（修订本）》，中华书局 2013 年版。

李致忠：《古书版本学概论》，北京图书馆出版社 1990 年版。

姚伯岳：《中国图书版本学》，北京大学出版社 2004 年版。

武汉大学、北京大学《目录学概论》编写组：《目录学概论》，中华书局 1982 年版。

吴冰等：《现代书目控制理论与实践》，知识产权出版社 2014 年版。

柯平：《知识学研究》，国家图书馆出版社 2017 年版。

张心澂：《伪书通考》，商务印书馆 1957 年版。

张大可、余樟华：《中国文献学》，福建人民出版社 2005 年版。

张三夕：《中国古典文献学》，华中师范大学出版社 2007 年版。

安作璋主编《中国古代史料学》，福建人民出版社 2010 年版。

曹道衡、刘跃进：《先秦两汉文学史料学》，中华书局 2005 年版。

张涌泉、傅杰《校勘学概论》，江苏教育出版社 2007 年版。

杨绪敏：《中国辨伪学史》，天津人民出版社 2007 年版。

司马朝军：《文献辨伪学研究》，武汉大学出版社 2008 年版。

管锡华：《汉语古籍校勘学》，巴蜀书社 2003 年版。

倪其心：《校勘学大纲》，北京大学出版社 2004 年版。

郭康松：《清代考据学研究》，崇文书局 2003 年版。

潘树广等主编《中国文学史料学》，华东师范大学出版社 2012 年版。

张静庐辑注《中国近现代出版史料》，中华书局 1955 年版。

阿英：《中国新文学大系：史料·索引》，上海文艺出版社 2003 年版。

唐弢：《晦庵书话》，生活·读书·新知三联书店 1998 年版。

朱金顺：《新文学资料引论》，北京语言学院出版社 1986 年版。

刘增杰：《中国现代文学史料学》，中西书局 2012 年版。

徐鹏绪等：《中国现代文学文献学研究》，中国社会科学出版社 2014 年版。

吴秀明主编《中国当代文学史料问题研究》，中国社会科学出版社 2016

年版。

谢泳：《中国现代文学史研究法》，广西师范大学出版社 2010 年版。

贾植芳、俞元桂主编《中国现代文学总书目》，福建教育出版社 1993 年版。

北京图书馆书目编辑组编《中国现代作家著译书目》，书目文献出版社 1982 年版。

北京图书馆书目编辑组编《中国现代作家著译书目（续编）》，书目文献出版社 1986 年版。

刘福春编撰《中国新诗书刊总目》，作家出版社 2006 年版。

刘福春：《中国新诗编年史》（上下册），人民文学出版社 2013 年版。

董健主编《中国现代戏剧总目提要（修订本）》，中国戏剧出版社 2012 年版。

吴俊等主编《中国现代文学期刊目录新编》，上海人民出版社 2010 年版。

杨义等：《中国现代文学图志》，生活·读书·新知三联书店 2009 年版。

陈建功主编《新文学（创作）初版本图典》，文化艺术出版社 2011 年版。

樊骏：《中国现代文学论集》，人民文学出版社 2006 年版。

朱正：《鲁迅回忆录正误》，浙江人民出版社 1999 年版。

陈子善：《捞针集》，浙江人民出版社 1997 年版。

陈子善：《从鲁迅到张爱玲：文学史内外》，北京大学出版社 2017 年版。

龚明德：《昨日书香》，东南大学出版社 2002 年版。

龚明德：《新文学散札》，天地出版社 1996 年版。

刘涛：《现代作家佚文考信录》，人民文学出版社 2012 年版。

叶锦：《还艾青一个清白——艾青研究史料考证》，团结出版社 2010 年版。

陈学勇：《民国才女风景》，上海远东出版社 2009 年版。

陈福康：《民国文坛探隐》，上海书店出版社 1999 年版。

王锦厚：《决不日夜记着个人的恩怨》，重庆出版社 2010 年版。

钦鸿：《文坛话旧》，上海远东出版社 2008 年版。

廖超慧：《中国现代文学思潮论争史》，武汉出版社 1997 年版。

王得后编著《〈两地书〉研究》，天津人民出版社 1982 年版。

陈永志：《〈女神〉校释》，华东师范大学出版社 2008 年版。

解志熙：《考文叙事录》，中华书局 2009 年版。

王景山：《鲁迅书信考释》，文化艺术出版社 2013 年版。

周海婴：《鲁迅与我七十年》，南海出版公司 2001 年版。

陈明远：《何以为生：文化名人的经济背景》，新华出版社 2007 年版。

韩石山：《民国文人风骨》，陕西人民出版社 2009 年版。

廖炳惠：《关键词 200》，江苏教育出版社 2006 年版。

刘禾：《跨语际实践》，宋伟杰等译，生活·读书·新知三联书店 2002 年版。

彭刚：《叙事的转向》，北京大学出版社 2009 年版。

傅修延：《文本学》，北京大学出版社 2004 年版。

黄修己：《中国新文学史编纂史》，北京大学出版社 2007 年版。

黄修己、刘卫国主编《中国现代文学研究史》，广东人民出版社 2008 年版。

陈思广：《中国现代长篇小说史话》，武汉出版社 2014 年版。

付祥喜：《问题与方法：中国现代文学史料研究论稿》，中国社会科学出版社 2017 年版。

徐勇：《选本编纂与八十年代文学生产》，人民文学出版社 2017 年版。

金宏宇：《中国现代长篇小说名著版本校评》，人民文学出版社 2004 年版。

金宏宇：《新文学的版本批评》，武汉大学出版社 2007 年版。

金宏宇：《文本周边》，武汉大学出版社 2014 年版。

金宏宇：《现代文学的史学化研究》，长江文艺出版社 2018 年版。

苏杰编译《西方校勘学论著选》，上海人民出版社 2009 年版。

〔波〕托波尔斯基：《历史学方法论》，张家哲等译，华夏出版社 1990 年版。

〔英〕理查德·艾文斯：《捍卫历史》，张仲民等译，广西师范大学出版社 2009 年版。

〔美〕林毓生：《中国意识的危机》，穆善培译，贵州人民出版社 1988 年版

〔美〕布鲁克·诺埃尔·摩尔、理查德·帕克：《批判性思维》，朱素梅译，机械工艺出版社 2012 年版。

〔英〕雷蒙·威廉斯：《关键词》，刘建基译，生活·读书·新知三联书店 2005 年版。

〔苏〕E. M. 茹科夫：《历史方法论大纲》，王瓘译，上海译文出版社 1988 年版。

〔英〕苏珊·海沃德：《电影研究关键词》，邹赞等译，北京大学出版社 2013 年版。

〔法〕皮埃尔·布迪厄：《艺术的法则——文学场的生成和结构》，刘晖译，中央编译出版社 2001 年版。

〔英〕彼德·伯克：《图像证史》，杨豫译，北京大学出版社 2008 年版。

〔美〕理查德·波斯纳：《论剽窃》，沈明译，北京大学出版社 2010 年版。

〔法〕让－伊夫·塔迪埃：《20 世纪的文学批评》，史忠义译，百花文艺出版社 1998 年版。

〔英〕柯林武德：《历史的观念》，何兆武等译，商务印书馆 2007 年版。

〔英〕迈克尔·斯坦福：《历史研究导论》，刘世安译，世界图书出版公司 2012 年版。

〔苏〕巴赫金：《马克思主义与语言哲学》，《巴赫金全集》，晓河等译，河北教育出版社 1998 年版。

〔美〕勒内·韦勒克、奥斯丁·沃伦《文学理论》，刘象愚等译，江苏教育出版社 2005 年版。

〔美〕雷内·韦勒克：《批评的概念》，张金言译，中国美术学院出版社 1999 年版。

索　引

后　记

说实话，我自己都没想到会写出这么一本书。往神秘处寻，可能是冥冥中有某种神力推助，让我碰巧遇到了"史料批判"这个词；往深奥处说，可能是英国哲学家 Polanyi（汉译为博兰尼或波兰尼）所谓的"支援意识"和"默会知识"起了作用；往时机上扯，则是顺应了学术界所谓"思想家淡出，学问家凸显"（李泽厚语）或所谓现当代文学研究的"史料学转向"的趋势；而往俗里讲，其实不过是为了完成这"项目化生存"时代的一个申报到手的课题项目而已。

现时代，每个学人在治学中都可能有自己的张弛节奏。洪子诚先生在21世纪初主持我的博士论文答辩时曾说他每写完一本书后，总要大病一场，病后又继续写他的新书。当年我忘了问他病中会想些什么。我自己每写完一书后不一定身病，却往往心病很久，在倦怠、茫然、焦虑、彷徨中又会思考下一步要做什么题目。我称这为"选题迷思"。多少年前就有学者宣告中国现代文学研究的处女地已开采净尽，所以，选题难！而我要选一个值得做且自己可以做的题目，更难！2012 年，在完成《文本周边——中国现代文学副文本研究》那本论著之后，我又陷入"心病"状态之中。这时，学校出台文件说，无课题的博导暂停带博士生。于是，为了某些硕士有深造的机会，在还未想好选题且未做好各种准备的情况下，我硬选了现在的这个史料学题目，它居然又中了国家社科基金项目。这个选题能中，可能主要是植入了"史料批判"这个概念。当时我设计了流变论、类型论、方法论、价值论四个板块，想用"史料批判"的思想把它们统摄起来，强调对现代文学史料既要有同情的了解，更要有批判的了解。后来在写作中发现这种结构可能部分类似于刘增杰先生的《中国现代文学史料学》，且每个板块在行文或举例时也可能会有重复。于是就变成了现在这种以史料批判的方法论为主，但又融合其他板块内容的写法。现代文学史料学著作已出版过好几本，它们各有特色。我在本书的写作中，也想别具一格。主要是想避免教材气、书话风和泛泛而谈，把每一章尽量写成论文的样子。想尽力在网罗史料的基础上做一点理论化的总结。可能是写出了些许新意，书中的一些章节在出版前只做些压缩就顺利在《中国社会科学》《中国现代文学研究丛刊》《天津社会科学》《现代中文学刊》《福建论坛》《华中师范大学学报》《东吴学术》等学术期刊上发表了。其中有些还被《新华文摘》《中国社会科学文摘》《人大报刊复印资料中国现当代文学研究》等全文或大篇幅转载。能够及时作为论文发表，实际上也成了写作本书的一种动力。就这样边写边改边发表，到最后结项、定稿，这个课题竟拖了八年之久。

　　这期间，其实我并未把所有时间都用在本课题上。因为自己准备不足，加上现代文学"史料批判"这方面的研究可资借鉴的论著很少，所以，头两年本课题的研究几乎被搁置起来。我一度转入现代"杂文学"的研究中，这恰是从本课题生出的另一选题。后来因为本课题结项时间迫近，又只得回头继续本书的写作。经此一番曲折，却给了我两点启悟，或是解决了我的两个问题。第一是觉得只要用了功，运气好，有时一个选题自会生出另一个选题。这就暂时避免了我的下一次选题迷思，接下去我会继续思考现代"杂文学"与"纯文学"的关系，定它为新的选题。第二是突然觉得进入 21 世纪以来我所有的研究似乎不知不觉中自成系统。我总结为"三文三学"。"三文"是指我的研究内容就是一直关注"文献（史料）"、"文本"和"文学"，即主要是以文献（史料）研究为根基，以文本（版本）研究为中心，以文学研究为本位。"三学"是指我的研究方法不过就是朴学方法、史学方法和文学学方法的整合，这暗合于陆侃如先生所谓文学史研究必需的三个步骤（第一是朴学工作，第二是史学工作，第三是美学工作）。于是我似乎走的不是打一枪换一个地方的游击式治学路径。如果真的如上面所言，那也许就是上天的眷顾吧！

　　当然，眷顾我的更有诸多师友（我原本在此列了一长串要感谢的师友名单，最后觉得有附骥、炫耀、讨好之嫌，又把名单删了，让他们铭记于我心吧），还有社会科学文献出版社的张苏琴、刘娟老师和其他审校老师，他们都是我学术旅途上的吉星。写完本书后，我还会继续踏着自己的节奏前行，但真的要特别感谢诸多师友！他们对我的提携、帮助和鼓掌，才是我真正的神力之源！

金宏宇　庚子年春于武昌南湖畔公寓

图书在版编目（CIP）数据

中国现代文学史料批判的理论与方法 / 金宏宇著
. -- 北京：社会科学文献出版社，2021.4（2022.10 重印）
（国家哲学社会科学成果文库）
ISBN 978 - 7 - 5201 - 8012 - 2

Ⅰ. ①中…　Ⅱ. ①金…　Ⅲ. ①中国文学 - 现代文学史
- 史料 - 研究　Ⅳ. ①I209.6

中国版本图书馆 CIP 数据核字（2021）第 032220 号

·国家哲学社会科学成果文库·

中国现代文学史料批判的理论与方法

著　　者 / 金宏宇

出 版 人 / 王利民
责任编辑 / 张苏琴　王小艳
责任印制 / 王京美

出　　版 / 社会科学文献出版社·当代世界出版分社（010）59367004
　　　　　　地址：北京市北三环中路甲 29 号院华龙大厦　邮编：100029
　　　　　　网址：www.ssap.com.cn
发　　行 / 社会科学文献出版社（010）59367028
印　　装 / 北京盛通印刷股份有限公司

规　　格 / 开　本：787mm × 1092mm　1/16
　　　　　　印　张：21.75　字　数：351 千字
版　　次 / 2021 年 4 月第 1 版　2022 年 10 月第 2 次印刷
书　　号 / ISBN 978 - 7 - 5201 - 8012 - 2
定　　价 / 168.00 元

读者服务电话：4008918866